OPEN是一種人本的寬厚。

OPEN是一種自由的開闊。

OPEN是一種平等的容納。

OPEN 1/26

在語詞的密林裡
——應用社會語言學

作　　者　陳　原
責任編輯　雷成敏　高淑華
校 對 者　趙美倫　劉素芬
美術設計　謝富智　吳郁婷
出 版 者
印 刷 所　臺灣商務印書館股份有限公司
地址：臺北市 10036 重慶南路 1 段 37 號
電話：(02)23116118 · 23115538
傳眞：(02)23710274 · 23701091
讀者服務專線：080056196
郵政劃撥：0000165 — 1 號
E-mail：cptw@ms12.hinet.net
出版事業登記證：局版北市業字第 993 號

初版一刷　2001 年 2 月

定價新臺幣 450 元
ISBN　957-05-1679-8（平裝）／40023000

OPEN 1/26

在語詞的密林裡

應用社會語言學

陳 原／著

臺灣商務印書館 發行

目次

辭書和信息

在語詞的密林裡

語言和人

台灣版序言

《語言與社會生活》、《在語詞的密林裡》、《語言與語言學論叢》三卷書是我在中國大陸改革開放二十年間（1978—1998）從事社會語言學研究和實踐的著述彙編，原書三卷合售，名為《陳原語言學論著》。對於學術研究而言，二十年不算長，但如果從三〇年代參加語文運動算起，我涉獵語言和語言學的領域已虛度了六十載；其間戰爭、革命、建設，加上六〇年代中期發生的社會悲劇（「文化大革命」）……迫使我不能專心一意進行研究工作，直到七〇年代末八〇年代初，才有可能逐步走上專業研究的道路。

去年，有評論家認為我同我的許多可敬的先行者一樣，之所以獻身於語言學研究，是從中國知識分子憂國憂民救國救民的願望和理想出發的；進行這樣的研究，其目的是要改革傳統的書寫系統，以利於開發民智，振興中華。評論家指出我是這些先行者中最年輕的或者最後一批中的一個。這個論點言之成理，可能是對的，我不想作出評論之評論；但是我自己知道，我確實是從改革漢字系統即通常說的文字改革的斜面切入語言學研究的。毫無疑問，我所崇敬的先行者們，如陳獨秀、胡適、錢玄同、趙元任、劉復、黎錦熙、吳玉章、胡愈之……他們也多少是從改革漢字系統即文字改革切入語言學領域的。我本人不至於如此狂妄，竟敢跟這一群可敬的先行者相比，只應當說，我也是依循著他們的腳印走他們走過的路罷了。

我青少年時代參加語文運動，談不上什麼研究，但是這項活動卻引誘我對語言和語言學發生濃厚的興趣。為了改革文字的實踐，我曾不得不去研習語音學、方言學和普通語言學。我作過粵方言的聲調研究，寫過論文，參與過粵語拉丁化（即用羅馬字母記錄和書寫廣州方言）方案的制訂，編過這方面的課本，那些成果當然是淺薄和可笑的，為了展現歷史的足跡，在《語言與語言學論叢》中收載了六十年前為捍衛和宣傳改革漢語書寫系統的幾篇幼稚的論文，雖則會令後人發笑也在所不計了，因為它不僅記錄了我個人的而且記錄了我同時代人的腳印。上面提到過，在這之後，戰爭與革命使我在這個領域沉默了幾近四十年，直到我行年六十，才有機會重理舊業。

應當說，我重理舊業的頭一階段是從字典辭書研究開始的。1973年，由於我推薦出版《現代漢語詞典》，被當時推行文化專制主義的極左分子（後稱「四人幫」）誣陷為「反動勢力復辟」——後人惶惑不解，一本詞典能夠形成「反動勢力」復辟嗎？但這是當時中國大陸的現實。用當時的語言來說，是我挨了「沉重的棍子」。這棍子打得好，它使我有了差不多足足兩三年時間，去通讀幾部著名的中文和英文詞典，並且結合著我青少年時期所獲得的語言學一知半解的知識，從實際出發，日以繼夜地去鑽研詞典編纂學，旁及社會語言學和應用社會語言學。「賦閒」不僅鍛鍊了人的意志，它還誘導人進入一個迷人的學術王國。這段事實，記錄在《語言與語言學論叢》一書附錄柳鳳運寫的〈對話錄：走過的路〉裡。而收載的《語言與社會生活》就是這個時期最初的研究成果。之後，時來運轉，我有幸參與了制訂編纂中外語文詞典十年規劃，並且在隨後大約五六年間跟蹤這個規劃，為實現這個規劃而奔走呼號，有時甚至為某部詞典的某些詞條做審核定稿的工作。從實踐所得的或者引發的有關詞典學或語彙學的一些觀點，大致寫入我的五篇題為釋什麼釋什麼的論文，我自己很喜歡這幾篇似專論又似雜文的東西，我的一些日本語言學界朋友也很喜歡它們，所以在東京出版了日文譯本。儘管這五篇文章的某些觀點，我在後來的研究中改變了，但我不想去修改它，仍照原樣收在《在語詞的密林裡》，讀者可以從我後來的論文中看到我的觀點的改變。

我的研究工作後一階段，是從1984年開始的。從這一年起，直到退休，我投身於文字改革和語言文字規範化的實務，成為一個專業的語言工作者了。雖然行政工作消耗了我很多時間和精力，但是實踐對我的研究仍有極大的好處，它經常修正或深化我的認識和觀念。無論如何我在這個階段仍然有足夠的機會從事理論研究和教學工作。這個時期的成果，見《在語詞的密林裡》收載的《語言和人》以及《語言與語言學論叢》所收一些專門論文。

八〇年代初，當我從封閉的中國走向開放的世界時，六〇年代興起的信息革命，已經在我們的星球上開出燦爛的花朵，我有幸在美洲在歐洲在日本結識了從事當代跨學科研究的語言學家和信息科學家，他們誘導我迅速接觸了新的科學。這使我思考了和研究了一些從前沒有想到過的語言學新問題，包括現代漢語若干要素的定量分析和信息分析以及術語學、語言信息學等等（有一個時期，人們把這一類工作稱之為「語言工程」）。記錄這個時期我走過的路的，主要是收在《在語詞的密林裡》的《語言和人》跟《語言與語言學論叢》的許多論文、演講稿、報告提綱和未成篇章的札記。有些札記不過是我準備寫作《語言信息學》的素材，未成體系，鑑於餘日無多，便順從我的知友的勸告，也把它印出來以供同好。

三卷書所收單行本著作，比較有影響的一種是《社會語言學》（1983），此書出版以來，印過多次，國內外也屢有評論介紹。也許因為它是近年來國內這一學科的第一本系統著作，也許因為它並沒有採取教科書式的枯燥寫法，所以受到讀書界的歡迎和學術界的關注。我在此書中論述了和闡明了社會語言學的一些重要範疇（其中一些是前人未曾涉獵過的），但遺憾的是它沒有接觸到這門學科一些非常重要的範疇——例如語言的變異、語言的文化背景等等。後來我在另外的場合，試圖作補充的論述——例如在《社會語言學方法論四講》中，論述了語言的變異，可是對另外一些範疇仍舊沒有觸及。

前幾年曾想過將問世多年的《社會語言學》徹底重新改寫，試改的結果，發現難於下筆，可能是原書寫時一氣呵成，修改還不如另起爐灶。因此我放棄了這個念頭。此書雖然有這樣那樣的缺點，可是也有可取的一面，即書中所有的推導都是立足於我們中國的語言文字作出的，即從漢語特別是現代漢語出發進行研究的，涉及外語時也是從比較語言學特別是比較語彙學出發的，跟某些根據外國專著改寫的社會語言學書籍有所不同。多年來我得益於國內外這門學科的先行者，特別是趙元任、羅常培、呂叔湘、許國璋諸先生，我從他們的著作或言談中，得到很多啟發，如果沒有他們的言行指引，我現在這一點點的微小成就也不會有的。飲水思源，我感謝他們。

八〇年代末，我應邀同美國學者馬歇爾（David F. Marshall）一起，共同編輯了一期《國際語言社會學學報》（*International*

Journal of the Sociology of Language），即第81本《社會語言學在中華人民共和國》（*Sociolinguistics in the Peoples Republic of China*）專號（1990），國內著名的社會語言學家都在上面發表了著述。這個學報在國際上久負盛名，發刊於1974年，每年出版三數本，主編是著名的美國社會語言學家費希曼(Joshua A. Fishman)。專號首頁有題詞，雖簡短但情意深長。它寫道：

> 「本專號是美中兩國社會語言學學者合作的成果。兩國學者之間有著太多的東西可以互相學習，而曾經顯得那麼寬闊的大洋，將變得愈來愈容易跨越了。」

專號有兩篇導言，一篇是馬歇爾寫的，一篇是我寫的。我在導言中強調，社會語言學在中國最重要的特徵是它從一開始就帶著實踐性，我指出我國的社會語言學研究著重在應用，即將社會語言學的理論應用到文字改革、語言規劃和語言規範化等等方面。我這篇導言的改寫本，在《在語詞的密林裡》的《語言和人》中（第十四章）可以看到。

現在，我作為一個立足於現代漢語的社會語言學者，將這些年我對這門學科探索的微薄成果，貢獻給海峽那邊的讀書界和同道，使我有機會向他們請教，這無疑是最愉快的事。出版者說，由於眾所周知的原因，海峽那邊的讀書界對我這個人是很不了解的，希望我作點補救。語云：「讀其書而不知其人，可乎？」確實如此。我理解出版者的心情和好意，但是我缺乏觀察我自己的能力，何況自己介紹自己總帶著某些偏見。好在有附錄〈對話錄——走過的路〉和本版增加的同一位作者寫的〈陳原其人〉，著重寫了作為「人」的陳原（而不是一份履歷書），也許略能彌補這個缺陷。

最後，為著這三書的出版，請允許我向海峽兩邊的出版者致以最誠懇的敬意和謝忱。

陳原

1998.7.16在北京

語云：讀其書而不知其人，可乎？

陳原其人

柳鳳運

「書林漫步、書海浮沉、書林記事、書海夜航、醉臥書林、人和書、書和人和我、書話、書迷、書人……」這是他為自己的著作取的書名、篇名、章節名，或文中愛用的詞語。

如今，他那十四平米的書房兼起居室，又是四壁皆書了（在那荒唐的「文化大革命」中，他被迫毀棄了上萬卷書）。書架、書櫃、書箱都毫不客氣地在爭奪「生存空間」，幾只「頂天立地」的書架，已是裡外兩排了，每排上面，又有橫臥者，以致凳子底下、椅子底下，直至床底下，都塞滿了書。這些書的登錄卡都裝在他的腦子裡，任何一本書，他幾乎都能一下子就說出是在哪一架、哪一排，前排還是後排。他的書，對他來說，都是值得收藏的，對他都是有用的。新書一到手，他都要立即瀏覽，迅速作出判斷，有用的上架，無用的放在地上；若只有幾章有用，便將這幾章撕下保存。經常見他從大本書刊（哪怕是新買的）中，撕下需要的幾頁，餘者棄去。他說，他的書房不是藏書樓。

他愛書，他是書迷。找書，買書成了他的樂趣——特別是近年「賦閒」以來，去書店「淘」書，幾乎成了他的主要「外事」活動。淘書是他外出的動力，而任何其他外出的動機，也往往以淘書為歸宿。他的行蹤常常是，一出家門便跳上公共汽車，在書店附近的車站下來，找到想要的書，買了就走，又上車，下個書店又下⋯⋯有時大獲而歸（有時也難免空手而返）。若果目標明確，便「打的」（搭出租車）直奔某圖書城。去來如閃電。他找書，可真有點「特異功能」，無論是去聽音樂會，還是去逛商店，或是路過書攤，他能都「嗅」到他要的書，摟草打兔子地把書買回家。

除了書，在這間他自稱可以打滾（我以為說「原地自轉」更確切）的斗室中，還擺滿了電腦、掃描機、打印機、電視機、錄相機、影碟機、高保真音響、無線電話、對講機⋯⋯可見九〇年代的他，不僅漫步於書林，亦漫遊於網上。他已不是傳統的讀書人，他的視野從書本隨時切入社會，且已超越時空，走向世界，貫串古今、直視未來。

*　　*　　*

他現在還是開足馬力，每天在讀、在寫，他總是幾本書一起讀，幾篇文章一齊寫。當談到一件有趣而不急的工作時，他常常說「等我老了」再做，彷彿他「並不老」；為此，八十足歲的他，常常被年輕的朋友抓住，一起大笑。的確，他不老。

記得那年他初到商務印書館（1972），才五十有四，應該說正是年富力強，風華正茂之時，他卻也是灰白的頭髮所剩無幾，有那麼兩根，從左邊珍重地拉到右邊，卻仍無法遮蓋那光亮的大片禿頂。他總是微笑著說點什麼，似乎很健談，可是誰也記不起他談了些什麼。在人人都要表態時，他總是拖到最後，說大家都談得很好，現在快要散會了，下次再談罷，下次復下次，於是「化解」了。在那「三忠於」，「四無限」的「文革」年代，這樣做確實有點「大逆不道」，但人家也奈何他不得。所以，無論是善良的人還是充滿敵意的人，背地裡無不說他「狡猾狡猾的！」在這一點上，應該說是老了—「老」於世故了。

他沉默了十年。回頭一望，這沉默是聰明的，是智慧的，也需要很大的耐力和勇氣。隨著「文革」的結束，改革開放年代的到來，他又煥發了「青春」，充滿了活力和生機，他有許多工作要做，有許多書要讀，有許多文章要寫。他總是精神抖擻地出現在會議上，暢談自己的見解。他像消防隊員一樣，隨時出現在困難和問題面前，所到之處，總是給人們帶來辦法和希望，並且以他特有的幽默語言引起一陣笑聲。他的文章和專著，一篇一篇地，一部一部地問世；長的或短的，專業的或通俗的，理論性的巨著或精彩的思想火花，絡繹不絕地問世，誰也不知道他哪裡來的如此多的時間、精力和能量！

他在二十歲時（1938），曾以老到的文筆，為香港報紙寫過驚心動魄的廣州大撤退的長篇報導；二十一歲時（1939），寫成了一部《中國地理基礎教程》，在那時的「大後方」和陝甘寧邊區傳誦一時，給苦難的人民增加幾分抗戰必勝的信心。從此，他筆耕不懈。而今，他的文章在睿智凝鍊之中，卻更多了幾分活力，幾分昂揚之氣。他的年齡實在不可用歲月來計算，他自己也感到較往日似乎更年輕，更有活力，更「文思滾滾」。也許如他所說，在史無前例的「文革」和「文革」前的「運動」年代，他足足損失了二十個春秋，所以他喜歡說他現在只有六十歲；上帝憐憫他，並且給他補償，其代價卻是昂貴的……，他只能更加吝嗇地利用每一分鐘每一秒鐘，使這分分秒秒充滿著生機、活力和創造性。

的確，他不老，見過他的人都這樣說。

* * *

凡喜歡音樂，崇拜「老柴」的人，大都讀過他翻譯的《我的音樂生活——柴科夫斯基與梅克夫人通信集》，以及新近翻譯的《柏遼茲》（或譯《白遼士》）和《貝多芬》，認為他準是一個音樂家、翻譯家；有人讀了他近年出版的幾本散文雜文集，認為他的散文豐富多采，獨具精深之見，發乎自然，絢爛歸於平淡，是「具學人之體，得通人之識」的散文家……等到三卷本《語言學論著》面世，人們又驚異地發現了這是一位社會語言學家。

他，簡直是個「多面人」，「萬花筒」。

何止是學問，作為一個人，他亦復如此。時而研究所所長，時而文化官員，時而翩翩學者，時而總編輯總經理……他在不同的場合給不同的接觸者以不同的印象。由是鑄成他的性格：有時古板嚴肅，有時熱情奔放，有時嚴格得道貌岸然，有時也很有人情味……

他很少談自己；但是，從他的文字中可以發現，他童年受過良好的舊學薰陶；初中三年沉醉於文學美術音樂，高中三年則鑽研數理化和政經哲，古今中外，無所不愛，無所不讀。大學專攻工科，卻因國難日亟，他奮力參加救亡運動。大學一畢業（1938），便投身進步文化事業。編輯、寫作、翻譯、研究、出版、發行、音樂、戲劇、管理、行政，……樣樣都做過。他的社會實踐，他的經歷，他的研究和寫作，似乎不專屬哪一界，又似乎哪一界都沾點邊。以致各「界」都不視其為同道，使他不免略感寂寞，形同一隻離群的孤雁。確實，如他那樣的廣泛涉獵，在學科林立，壁壘森嚴的世俗社會裡，哪一界都很難「收容」他。如今，他已經習慣了，常怡然自得地稱自己為「界外人」。

他十幾歲時寫過〈廣州話九聲研究〉的專論，大學畢業的論文是〈廣州石牌地區水土流失與排水工程設計〉；二十一歲到三十一歲之間，寫譯了十六七本地理書，儼然一位專治地理的老學者；與此同時，作為一個文學青年，翻譯了六七部俄國和西方的文學作品；在戰爭中和戰後，寫譯了大量分析國際形勢的文章，獨力編成《世界政治手冊》那樣的大部頭專門參考書；六〇年代，他又迷上了鴉片戰爭史，從《林則徐譯書》開始，寫了一系列專論，吸引了史學界的注意（他說，他原想寫一部歷史書外加一部歷史小說），不料，那場浩劫中斷了他的研究，現在，只剩下一箱筆記和殘稿。

六十歲（1978）開始，他才重新搞他的語言學。此時他有了機遇，參加了語言規範和語言規劃的實踐，陸續寫下一百幾十萬字的論著。八〇年代，他應邀參加了許多國際間的學術會議，這種國際間的學術交往，大大開闊了他的眼界，結交了不少邊緣科學研究者，對他的語言研究，影響頗大。由於他不同程度地掌握幾種外語（但他自己常說他其實哪一門外語都沒有通，因為他缺少長住外國的機會），無論訪問歐美俄日，或參加國際學術會議，他都是獨往獨來。外語素養無疑給他提供了極大的方便。

而這三卷語言學論著，主要是近二十年的作品。讀他的社會語言學，似乎不需要多少語言學準備，亦不會令你感到枯燥。正如海外一個青年讀者發給他的e-mail說的，老人和青年讀來都有興味，而且"You can read it just for fun, or for knowledge, or for thinking, even for serious research."正所謂不論是為了排遣時間，讀來消閒，還是為了求得知識，或進一步思索，甚至為著嚴肅的研究，讀這三卷都能得益。讀過此書，也許你對他這「界外人」會有更多的體會。

*　　*　　*

八十年前，「五四」新文化運動的前一年（1918），他出生在廣東新會。他是在嶺南文化和通才教育（liberal education）的薰陶下成長起來的。在古老帝國最初的開放口岸廣州的生活，不但激發了他的愛國熱情，也使他很早便沐浴了西方文化。之後，他在大江南北奮鬥了幾十年，如是養成他的廣博而通達，敏銳而深邃，務實而超然的獨特性格……

讀書與寫作，在他已是生活的不可缺少的組成部分，他曾戲稱之為種「自留地」（是「正業」之外的「副業」），因為那時「正業」要處理的事太多，「副業」只得在夜深人靜時進行。這自然要比常人付出更多的艱辛與勞累。他不以為苦，反以為樂，以致幾十年樂此不疲。推己及人，他總是熱衷於誘導人們去讀書。在戰火中度過青年時代的老人，會記得他在青年時代主編的《讀書與出版》，它曾在艱難年代引導讀者走上進步之路。七〇年代末改革開放的最初日子裡，幾位有識之士策劃創辦一個刊物，為讀書人所愛好，同時能在這上面說出自己要說的真話。他提出「要辦成一個以讀書為中心的思想評論雜誌」，他的建議被接受了，這就是近二十年來深得海內外知識界好評的《讀書》雜誌，他被推為第一年的主編。現在，《讀書》的羽毛豐滿了，他也早「下崗」了，如今他帶著幾分滿足，站在遠處，注視著它的成長和變化……

前些年，他喜歡說「醉臥書林君莫笑」；近年，好像他不再「醉臥」了，他在新出版的《書話》中豪邁地說：「書海夜航，說不盡的風流瀟灑。」好一個「說不盡的風流瀟灑！」我想這大約是因為他在人生的黃昏時刻，終於找回了自己的思想，終於找回了他自己，因而他常引用一位哲人的箴言：「人的全部尊嚴在於思想。」正因為這樣，他才更睿智，更虛懷若谷。

這就是我所了解的陳原其人。

1998年7月在北京

三卷本《語言學論著》付印題記

如果從我參加三〇年代的語文運動算起，已經過去了整整六十個年頭。在這漫長的歲月裡，我經歷過救亡、戰爭、革命、建設，然後是文化大革命十年浩劫，然後是開放改革。忽而雨雪霏霏，忽而陽光隨處——這個世界原不是單色的、不是孤獨的、更不是平靜的。總算熬過了六十年；生活充滿了甜酸苦辣，坦率地說，充滿了苦難，也充滿了歡樂，常常是在苦難的煉獄中煎熬出來歡樂。不能不說，我所經歷的時代，是一個偉大的時代，是一個變革的時代；是生死存亡搏鬥的時代，然後是為中華民族興盛而拚搏的時代。對於一個社會語言學研究者來說，生活在這樣的時空是幸福的；因為變革中的社會生活給我們提供了無比豐富的語言資源，同時也向我們提出了艱鉅的語言規劃和語言規範化任務。我本不是專治語言學的，只是從來對語言現象有著濃厚的興趣；我長時期參與了文化活動和社會實踐，卻最後走上了專業語文工作者的道路，這是我最初沒有想到的，但也確實感到高興，因為這或多或少圓了我少年時代的語言夢。不過高興之餘，卻著實深感慚愧——因為在這個領域裡，無論是研究著述，無論是實際建設，都做得太少了，僅有的一點點成果又那麼不成熟，且不說其中必定會有的許多疏漏謬誤。當我步入黃昏時分，回頭一望，實在汗顏。

此刻，熱心的出版家卻慫恿我把過去的書稿整理一下，編成有關語言和社會語言學的多卷集問世。這建議充滿了善意，當然也充滿了誘惑。我聽了深感惶惑，難道值得把這些不成熟的東西編印成文集嗎？一個熟悉的聲音彷彿在我耳邊低語：編就編！為什麼不？正好給過去劃上句號，然後再出發。——說得多美：「劃上句號，再出發！」這又是一個動人的誘惑。於是我由近及遠將已出版和發表的有關語言學論著置於案頭，從中挑選出包括單行本和單篇論文在內的著述約一百萬言，輯成《語言學論著》三卷，卷一論社會語言學，卷二論應用社會語言學，最後一卷則為語言與語言學論叢。

這三卷論著，主要輯錄了我從事社會語言學研究以來的單本著作以及部分單篇論文。第一卷收錄了《語言與社會生活》（1979）和《社會語言學》（1983）。對於我來說，這兩部書是我進入社會語言學領域最初的系統論述；我對社會語言學所持的觀點，基本上在這裡面闡發了。這兩部書受到學術界和廣大讀者的歡迎，我所景仰的前輩學者作家如葉老（聖陶）、夏公（衍），以及呂老（叔湘）都給我很多鼓勵和教益；甚至有我尊敬的學人將它過譽為開山之作，我當然領會這只是對我的鞭策，因為人們都知道，在這個領域裡，前輩學者如趙元任、羅常培、許國璋等都進行過卓有成效的研究，留下了奠基性的著作。我從他們的研究成果中得到了極大的啟發，而我有幸同他們中的兩位（趙元任先生和許國璋同志）有過或短或長的交往，確實得益匪淺。我自己明白，我這兩部書之所以受歡迎，主要是時代的因素和社會的因素促成的；我只不過是在填補一個絕滅文化運動結束後留下的真空，說出了讀書人久被壓抑的話語罷了。兩書出版後沒多久，我本人也就從業餘單幹戶轉而為語言工作專業戶，即從純理論性的研究走向與實踐相結合的道路，有機會在實踐中檢驗自己的觀點是否正確，是否可行。實踐是愉快的，這愉快至少勝過在書齋裡獨自沉思；正如一個哲人所說，哲學家歷來都是用不同的方式去解釋世界，而問題在於改造世界。我有機會去進行某些哪怕是微小的變革工作，也實在感到高興。本卷所收《社會語言學專題四講》（1988），便是實踐的部分見證——這部書是我當年為中國社會科學院研究生院語言文字應用系作輔導報告的講稿，收入本卷時，把書名《專題四講》改為《方法論四講》，這是日本青年漢學家松岡榮志先生將此書翻譯成日文時作的改動，這樣改動可能更切合演講的內容。

我把第二卷題名為應用社會語言學，第一部分收載了我在《辭書和信息》（1985）一書中的五篇主要論文。這五篇以「釋～」「釋～」為題的論文，是1980至1984的五年間，即我個人「專業化」以前的研究結果，其時我正在全力為實現1975年制定的中外語文辭書規劃而奮鬥。這一組論文是透過辭書工作來觀察語言現象的論著，感謝《辭書研究》雜誌每年都讓出篇幅給我發表其中的一篇。我喜歡這幾篇東西，我的許多朋友，包括日本語言學界的朋友，也喜歡它們；之所以喜歡，大約因為這幾篇東西探索語言學跟其他學科「綜合」的道路，充分顯示社會語言學作為一種邊緣科學的特徵。這組論文另一個特點是貼近生活，當語言學跟社會生活密切結合在一起時，它才能為群眾所喜聞樂見。編入本卷的還有兩部單行本：《在語詞的密林裡》（1991）和《語言和人》（1993）。《在語詞的密林裡》是很特別的語言隨筆；它的頭半部曾在《讀書》雜誌連載，贏得了許多讀者的喜愛，有幾位語言文學界的老前輩，也給我很大的鼓勵；以至於我說「啡啡」（再見）時，引起讀者多人的「抗議」。我手邊還保存著好幾封

「抗議」信；這些抗議信，對於作者來說，無疑是最高的獎賞。至於《語言和人》一書，則是我在應用社會語言學的框框下所作的演講、報告、論述；成書時都曾加以剪裁，有的又是幾次演講的合編，有的卻是原封不動的記錄。我認為所有這些就是應用社會語言學的內涵。

第三卷是單篇論文的彙編。論文大部分作於八〇年代到九〇年代。舉凡我在國內外學報或報刊上發表的論文以及在國內或國際學術討論會或報告會上的發言，基本上都收集在這裡了。原用外文寫成的論文，改寫漢語時曾加某些改造。本卷一部分論文採自《社會語言學論叢》（1991）和幾本雜文散文集，另外一些則從未發表過。編輯本卷時按文章的性質大致分排若干輯，但分輯也很不嚴格。我想說明的是：最初一輯頭幾篇是我在1935年寫的，論點當然很幼稚而且在很大程度上是不正確的，但它卻真實地反映了三〇年代語文運動（拉丁化新文字運動）的風貌和作者本人當時的水平；我想，作為史料編入本卷，是有意義的。最後的一輯是我主編的一系列應用語言學集體著作（即《現代漢語定量分析》、《現代漢語用字信息分析》和《漢語語言文字信息處理》）的序論；所議論的主題，涉及語言信息學的內容，讀者如要進一步了解，只好請找原書查考了。一組關於術語學的論文是我訪問了加拿大兩個術語庫後所作的，那時術語學在國內剛剛興起，因為實際生活需要它；當年成立了兩個研制審訂術語的機構，而我的論述就起了拋磚引玉的微小作用。

編輯這三卷文集時，對過去已刊書稿的觀點，不作任何改動，以存其真；這是實事求是的歷史主義態度。原作疏漏之處或筆誤排誤，則盡可能加以改正；少數地方還加上注釋（用〔注〕這樣的符號，排在有關處）。在這裡我得特別感謝柳鳳運——她在幫助作者編輯本書的過程中，幾乎把整整一年的業餘時間都投入這項工作，逐字逐句認真校讀了所有這三卷書稿，提出了有益的意見，使作者有可能改正一些疏漏和完善某些論點。本書的附錄也是她做的。

最後，對熱心出版這三卷文集的出版家和處理本書的編輯、校對、裝幀工作的同道們，同時對過去出版過或發表過我的著作的出版社、雜誌社的同道們，我也表示最誠懇的謝忱。

著　者

1996年春於北京

辭書和信息

釋「一」

——關於詞典收詞、釋義的若干隨想

1 「一」是漢字中筆畫最少，結構最簡單，最常用和常見的字，有點像拉丁字母表中的第一個字母a。小學生上學，拿到語文教科書第一冊，翻開第1頁，讀第一課——他最初遇到的一個漢字（不一定是第一個）就是這個「一」。在按部首排列（或者說，不用號碼、音序或筆形排列）的詞典中，「一」字總是排在第1頁第一個位置上。《辭源》、《辭海》以及它們歷次的修改本，都是這樣安排的。一千幾百年前許慎編《說文解字》，「一」字也是放在「第一」（上）的第一項。這是盡人皆知的事實。「一」的一般用法、含義，好像是什麼人都說得出來；但是「一」的特殊用法、含義，那就不一定了。至於以「一」字作為字頭所構成的語詞和術語，那就更多了，它們的含義也就不一定一看就懂了。所以，一部字典（詞典）該收哪些字，哪些詞，不收哪些字，哪些詞，收多收少，解釋到什麼程度，這都要按照這部詞典的方針任務和規模，分別情況作出規定，不能簡單地一刀切。

像「一」這樣的常見字、常用字，彷彿誰都一看就懂得的字，收不收進語文詞典，曾經發生過一場爭論。在實踐中，這個問題是解決了的，那證據便是：沒有一本詞典不收「一」字。在文化大革命動亂的十年間，特別是當一些不搞語文，完全不研究語詞的一般規律和特殊規律的同志們進入詞典編纂領域時，這樣的爭論在不同的場合裡曾經進行得很熱鬧。當時代表「革新」者的一派意見，認為詞典不應收常見字（詞）。「誰會在字典裡查個『一』字呀？」可也是。當時代表「守舊」或「復辟」者的一派意見，認為既是詞典（或更準確地說，一般語文詞典），什麼字都應當收，「一」字也不例外。前者激烈反對，說，一呀，二呀，三呀，四呀，人呀，手呀，桌椅板凳呀，蔥薑油鹽呀，這些字或由這些字構成的詞，如大蔥、生薑、菜油呀等等，以至老師、學生、爸爸、媽媽之類，都不必收在字典（詞典）裡——他們那時把問題一下子提到階級意識和階級鬥爭的「高度」來闡述。比如說，只有地主才分不清什麼是大蔥、生薑，貧下中農對這些詞兒太熟悉了，用不著查；因此，如果一部詞典收進這些據說只有地主才不知道的詞兒的話，那麼，這部詞典就不是為工農兵服務，而是為地主階級服務，從政治路線上說，這就叫做復辟，等等。這種「理論」自然是荒謬的，是一種極左思潮的表現；但如果平心靜氣地從學理上探索詞典該不該收最常用的字（詞）這個問題，倒也確實是可以討論的。

我是收錄派。在幾次會議上我發表過意見，後來綜合起來收在我那篇〈劃清詞典工作中的若干是非界限〉（見《中國語文》1978年第一期）裡，但那裡比較多的是從政治上立論的，我想，還可以從詞典編纂學的角度加以闡述。我以為，在一般（通用）語文詞典中應當收錄最常見的字（詞），有幾層意思：

頭一層意思，詞典（字典）是語言現象的記錄——或者說，詞典（字典）是人類社會語言現象中特別是其中詞彙現象和表現法的記錄。這裡所謂記錄，包括整理的意思在內；不是單純的機械「記錄」。凡是社會語言中擁有的詞彙，都應當不分它的難易或常見程度，收進詞典（字典）中去；當然，要按對象和規模來決定所收詞彙的範圍和數量——但是數量的起點不是多少生僻字，而是常用字。詞典不是專門論文，它沒有權利排除習慣用的語言現象，正相反，它只能按照一般的以及特殊的規律，來闡發或解釋這種即使是最常見的語言現象。因為它的任務是對特定範圍的社會語言現象的系統描述、整理和加以規範化。詞典也不是語文課本，語文課本可以按照教育方針和主編者（們）對這個方針的見解，定出該給多少字，該給哪些字，以及該闡明哪些漢字中的哪一個義項，課本完全有這種權利；在不同時期或不同主編者主持下的語文課本，可以對語言現象作不同的處理，至於哪種處理更有用些，可以讓實踐來檢驗。詞典不能作出像課本這樣的選擇。無寧說，詞典要記錄、描述、整理較為一般的、大範圍的語言現象，不管主編者願意不願意。當然，毫無疑問，語文課本所給出的字和詞以及表現法，首先是從常見和慣用入手的；排除常見和慣用詞彙來編初級、通用、一般語文課本，這是不可能的，編出來也是不實用的。在這一點上，詞典（字典）也是不能完全排除常見慣用的語言因素的。

再一層意思。所謂「常見」、「常用」的概念，有些是全民性的，譬如「一」字，大人小孩，沒有不知道的；有些卻不是全民性的，譬如上面提到過的類似「大蔥」「生薑」的詞兒（注意，我是說「類似」）。往往有這樣的情況，這部分人常見習用的，那部分人不常見不習用；這部分人不需要查字典的，那部分人需要得很。這是由於社會生活是很複雜的，發展是很不平衡的，差別是客觀存在的，所以發生在我以為常見，在別人就以為罕見。講到這裡，我就不能不回憶起十年動亂期間一樁事。某地把英語教師連同學生拉到農村去，讓教師把農村中慣用的農具和農家生活用具譯成英語教給學生，什麼籮籮筐筐，罈罈罐罐，耖耙鏵耬，條播、點播、撒播之類，當然這位同志一時找不到英語的等義詞來對譯，於是某些人們就哈哈大笑，證明所謂「理論脫離實際」，最後證明「臭老九」無用——我當時看了、聽了，確實很難受。我想莎士比亞那麼大的詞彙學家被拉到這樣的場所去，也只能瞠目結舌的。因為這部分詞彙他不熟悉。同樣，城市裡的孩子都知道什麼是電視、頻道、天線、煤氣、液化石油氣、暖氣、冷氣、空調、電冰箱、半導體，諸如此類；目前的農村，很多大人都說不清這些是什麼東西，別說小孩子了。為什麼？因為他們的生活環境不同；他們的生活環境同城市生活環境有很大的差別，記錄反映這些生活環境的詞彙，就不能不被一部分人所常用，而被另一部分人認為罕見。因此，一部詞典的編纂者，很難準確地區別、判斷出所有的字和詞，說明哪個詞是全民常用的，哪個詞是哪一集團的人群常用的。對於詞典編纂者來說，全民常用的或一個集團人群常用的字或詞，當然要經過調查研究，推理分析，做到心中有數，但是在通用的一般語文詞典中，編纂者只能把它們統統收進去，以便不常用的人可以在這上面找尋到他所需要的信息，而不能有別的選擇。或者說，作出別的選擇（例如在一般公用詞彙中去掉所謂常用語詞），只能招致片面的效果，實用價值是值得懷疑的。

還有一層意思。漢字中某些常用的字和詞，往往具有罕用的僻義——如果詞典不收這種僻義，尤其是中型或大型語文詞典不收這種僻義，那麼，詞典就很難起到它的被人查考的作用。還是以「一」字作例。《老子》裡「道生一，一生二」，其中的「一」，在現代是僻義，是很費解的，《辭海》新版釋為「這裡的『一』指從無形的道派生出來的混沌之氣」，這釋文也是不易解的，可能它拘泥於道德經，也只能這樣解釋。說「一」就是「混沌之氣」，那麼，下文「一生二」，混沌之氣又生出什麼來了呢？這類東西，恐怕只能在中國哲學詞典這類專科詞典或百科全書中來尋找妥貼的釋義了，不能苛求於語文詞典（那怕是大型的兼有百科性質的語文詞典）。我在這裡舉這個例，不過是論證最簡單的最慣用的字（詞）有時會引起很不容易解釋的特殊意義，不要忽略了這一點。

再一層意思。「一」字雖然常見慣用，但是詞典有義務去綜合描述或記錄這個常用字的多種表現形式——而這多種表現形式中，有些是為人忽略的，有些是某一層人（例如青年人）所沒有注意到的。我欣賞《辭海》舊版中的這麼一段解釋：

「按一，近世公牘帳簿記數多作壹，商碼作｜，阿拉伯數字作1。」

又說：

「樂譜表示聲調之名稱，或作乙。」

「注音符號韻符之一，讀如衣，單韻。」又，「本韻符寫法有二：豎行作一，橫行作｜，國語羅馬字母為I。」

這裡給出的信息是很有趣的：

一＝壹＝｜＝1＝乙（樂譜）＝｜（注音符號）＝I（國羅字）如果還可以給信息的話，則作為數碼符號的「一」，在羅馬人來說，

＝I（大寫的拉丁字母）。

我說這些信息是「很有趣的」，就是說，詞典往往是（或者

在某些場合是）有趣的讀物，它常常會給出人們習慣上忽視了或遺忘了的信息。例如當代青年人不大習慣帳簿用字（也稱為「大寫」數碼），但是現實生活，寫張收據之類，又常常要求用這種字，當他不知道或忘記了「一」字的帳簿用字（大寫數碼）時，一查字典，得到「壹」的信息，他是多麼高興呀，他就說：這部詞典真有用——於是他從心底裡感謝詞典的編纂者。我說「有趣」，就在這些地方。

順便想到一個問題。漢字有它獨特的形體發展的歷史，因此，在大型的通用漢語或者大型的古漢語字（詞）典來說（例如在編輯中的《漢語大字典》和《辭源》修訂本），值得考慮在每個漢字下面收載能夠搜集到的形體變化，比方甲骨文、金文、鐘鼎文、大篆、小篆、草書，等等方面的材料，這對於研究和解釋漢字內在的特殊規律是有重大意義的。日本人諸橋轍次在他的十三卷本《大漢和辭典》中這樣做過了，瑞典人高本漢（Bernhard Karlgren）的詞典顯示的是音值變化（時代的和地域的），張瑄在香港出版的詞典也在字形方面做了一點工作[①]。我以為字形的變化很值得詞典界的重視，在某一種意義上說，甚至比音值的變化，更為當前使用者所歡迎。我們的漢字的字形直到現在還不斷在變化著，我指的是簡化字。有時是群眾在那裡促它變化，有時還得加上自上而下的行政力量（即規範化的努力）。

漢字字形的變化同釋義有若干內在的關係，這本來是文字學的範疇，但是在詞典編纂學上它也是需要認真考慮的。這一點，同使用字母拼音的文字不同。拉丁系統也好，斯拉夫系統也好，

---

① 諸橋轍次：《大漢和辭典》（全十三卷），1941，大修館。Bernhard Karlgren: *Analytic Dictionary of Chinese and Sino-Japanese*, Vienna。張瑄：《中文常用三千字形義釋》，1968，香港大學出版社。

作為拼成單字的基本材料——字母，不過二十幾三十幾個，展現這幾十個字母形體上的來源和變化，是比較容易的，所以西方一般語文詞典裡很少注意字母形態的變化。無論牛津系統的詞典，還是韋伯斯脫系統的詞典，對此都是不予論列的。麥美倫公司1974年出版的一部《學校用英語詞典》①，二十六個字母都有它的淵源，有點像我們的文字源流那樣的味道，是很別致的——比方A字下列舉了1.閃語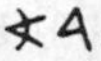A，2.腓尼基語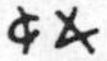，3.早期希伯來語，4.公元前九世紀希臘語，5.公元前八世紀希臘語AA，6.英語A，還有一段簡潔的很有啟發的說明。這樣的釋文是在當代西方語文詞典中不多見的。至於我們漢語，眼前還沒這樣的詞典，而我和一些對語言文字有興趣的同志，包括我所曾接觸過的某些中學語文老師，都盼望有這麼一本詞典。

2 接著要闡述的一個問題，是釋義的排列次序——這個問題是詞典界所熟悉的，在不同時期引起過爭論的問題。我想用一本詞典的兩個版本對照一下，即《四角號碼新詞典》第七次修訂本（62年）和第八次修訂本（77年）。前者列七個義項，後者列十一個義項。請看：

①數目名	①數目字
②統括全體的詞（一切，一概）	②專一（一心一意幹革命）
③劃一（統一）	③滿，全（一屋子人）
④專一（一心一意）	④劃一（統一）
⑤同樣（一色一樣）	⑤相同（一樣）
⑥另外（一名，一說）	⑥另外（一名）

① William D. Halsey：*School Dictionary,* 1974, New York, MacMillan.

⑦每逢（一想，一聽）	⑦稍微（看一看，談一談）
	⑧與「就」呼應，每逢（天一亮他就起床）
	⑨乃，竟（一至於此）
	⑩放在「何」字前，表示程度深（一何怒）
	⑪舊時樂譜記音符號之一

第七版有七個義項被第八版沿用了，第八版增加了四個義項（即⑦、⑨、⑩、⑪），其中兩個基本上不是現代漢語的釋義（⑨、⑩），還有一個是音樂符號（⑪）。增加這幾個義項，使「一」字得到更多的釋義，有助於閱讀非當代文體的書籍，這當然是可以的。我想提出的問題是，這些義項的排列，在兩版中有所不同，有什麼非這樣改動不可的理由嗎？這就是排列義項的原則問題。大約詞書義項的排列，基本上是兩個極端，一個極端是按歷史語言發展的順序來排，最原始的意義放在最先，然後逐步發展，當代的使用法則放在最末項。如英國牛津大字典（O.E.D.）①就是這樣辦的。另一個極端是按常用的頻率來排義項先後，用得多的，排在前，用得少的，排在後，現代有號稱用計算機來計算每個字每個義項的使用頻率，然後排列的——我寫上「號稱」，是表示這裡面有吹噓之意，似乎不是每一個字每個義項都經過這樣周密的調查的。人們說美國「藍燈」出版社（Random House）的英語詞典②

① 這部詞典 *Oxford English Dictionary* 原名叫作 *A New English Dictionary on Historical Principles*（按照歷史原則來編纂的新英語詞典）。

② 指 *The Random House Dictionary of the English Language*，據說它使用計算機來調查某些單字義項使用的頻率。例如terrific一字，經過調查，認為現代用法，多半作extraordinary great or intense（十分，極其）解，故把原義terrifying（可怕）排作第二項，將常用義排為第一項。

中關於義項頻率的調查，是利用了計算機的。在這兩個極端之間，當然可以有種種彈性，但大體上以常用的詞義放在前面，僻義放在後面，是得到讀者歡迎的。至於專門以研究語源為任務的詞典，又當別論。《四角號碼新詞典》第八版改了第七版的幾個排列次序，如②變③，③變④，④變②，看來是說不出什麼重大理由的。如果沒有重大理由，一部詞典的修訂本最好還是按原本來排列。因為是在修訂，而不是新編。我們過去的詞典很少經常進行修訂，這個問題還不突出，今後我們的政治環境穩定了，修訂的工作就應當而且可以經常地進行，這就必須嚴格遵守一條規矩：原來錯的，把它改正；不錯的，就不要另出心裁去改；原來不夠確切的，把它改得更確切些，這叫做精益求精，而不必硬是為改而改，更加不能隨著政治形勢的變化而突出增加一些口號式的東西，這是有害的。有一部詞典編了二十年，編纂者弄得痛苦難當，為什麼？每一次運動都帶來一次大修改，結果語文質量沒有提高，只是政治口號式的東西變來變去。有時實在很可笑的。比方文化大革命一來，就拚命地去批所謂階級鬥爭熄滅論；於是詞條立了，釋義也按此胡謅了，舉出用例也是謾罵式。今天罵某甲為鼓吹階級鬥爭熄滅論；明天某乙倒了，又罵某甲、某乙統統都是鼓吹階級鬥爭熄滅論；然後某甲平反了，又改為只剩下某乙在鼓吹。歷史隨便你去揉，愛罵誰就罵誰。有一部詞典按當時的「風尚」，大批「林彪鼓吹階級鬥爭熄滅論」──試問林彪是以極左面貌起家的，他把一切都提到階級鬥爭的「高度」，你這釋義從哪裡說起呢？到「四人幫」被粉碎，又換一下「時裝」，改為「四人幫鼓吹階級鬥爭熄滅論」，這行嗎？編輯當然不要做「風派」，詞典編輯更絕對不能做「風派」；當詞典編輯成為「風派」時，他不但害了讀者，也害了詞典本身，叫做害人害己。話說回來，修訂詞典要尊重前人的勞動，要尊重歷史，要講求實效。

3 「一」字項下，《四角號碼新詞典》第七版收68條，第八版收90條；《現代漢語詞典》修訂版收259條；《辭海》新版收244條；《辭源》修訂版收450條。所有這些詞目，都包括兩個方面，一個方面是語詞的，包括熟語、成語、習用的片語、常被人引用的「警句」（外國人專門編印「引語詞典」或「警句詞典」[①]）；另一個方面是百科性的，包括人名、地名、事件、常用的專科術語，等等。即使是專門處理「現代漢語」的詞典（如《現代漢語詞典》），或專門處理「古代漢語」的詞典（如《辭源》修訂版）也不例外。這是中國近代詞典的特點。近代出的兩大辭書《辭源》、《辭海》，都跳不出這框框。也許因為近代中國客觀上需要各科知識，不能滿足於純粹講字形、字音、字義以及純粹語詞方面的內容，這樣，近代漢語詞典就包羅了比較多的知識性詞目，也即百科詞目。這就是我們詞典界口頭常說的「以語詞為主，兼及百科」，也即是說：兼有點百科全書、百科事典的味道。保持這種特色，沒有什麼壞處——至少對於目前中國來說，

① 引語詞典，在西方國家有不少。例如企鵝公司的廉價本《企鵝引語詞典》（*The Penguin Dictionary of Quotations*）。這部詞典的前言說，引語詞典必須有三個用途：一、使讀者借助索引能查出他頭腦中隱約記得的警句、名言的原文；二、使讀者能查出某句名言的出處、版本、頁數等；三、使讀者借助索引能查出有關某一特定主題的警句和名言。例如伽利略的名言「但是它（地球）確實在轉動呀」，在164頁可查出該警句是宗教法庭迫使伽利略放棄地球繞太陽轉動時說的話，查出伽利略生卒年為1564——1642，查出此言的拉丁文原文和英語譯文。1983年牛津出版了《牛津警句錄》（*The Oxford Book of Aphorisms*），是格羅斯（John Gross）選編的，書前有序，述說「警句」是什麼東西，「警句」同「格言」（maxim），有無區別等等，序的末段說本來還收了維特根斯坦（Ludwig Wittgenstein）的許多「警句」，但其人的版權代理人不同意，所以沒有收。維特根斯坦的確有很多很有意義的「警句」，他的《邏輯哲學論》幾乎都用警句組成的。

是大有好處的，因為我們大抵是知識貧困而且手頭又不那麼自如，一本書最好兼有多種用途。看來，即使中國大百科全書相繼出版以後，漢語詞典的這種特色還是要保持下去的——嚴格地說，詞典對百科術語的釋義，同百科全書相比，應當是不一樣的，這是另外一個問題，此處不想多所論列。以上講的是詞條的構成。當然，每一部詞典因為它自己有不同的對象，不同的方針，不同的目的，這個構成（特指語詞與百科的比例，以及收列哪些「百科」詞目等等）可以而且應當不是一樣的。

不論是語詞的釋義，還是百科詞目的釋義（尤其值得注意的是百科詞目的釋義），最重要的問題是：要用最簡潔明白的語言，來解釋錯綜複雜的現象。廢話是不需要的，套話是使人厭煩的，空話是沒有信息量因而也是毫無效果的，一般不需要的形容詞、副詞之類的東西是多餘的，多餘的話對詞典來說是一大忌。詞典的釋義，要用事實說話。當然，在選擇和提供事實時，以及描繪這些事實時，無論如何是需要有傾向性的，可是，詞典應當在提供必要的事實與論斷的同時，給查閱的人留下思考的餘地，須知人們不用腦子是學不到東西的，是消化不了信息的，即使查詞典所得的信息也不例外。

前些年我曾廣泛作過些口頭調查（雖則不是有系統的），我發現人們對《四角號碼新詞典》的釋義，一般地說是欣賞的。人們欣賞它短、簡單、明白。在第七版以前的這部詞典，儘管有這樣那樣的問題，但是每條詞目的釋義就是只占一行或兩行的地位，用幾個字，十幾個字，最多幾十個字，把這個詞目的要義（主要的、概括的、一般人日常所應掌握的意義）提供出來了。這是一種功勞，很不容易的。專門家責備它們不夠周全，很對，從專門家的角度，完全可以作這樣的責備；但是一般讀者寧願要這樣的釋義，儘管是不完全的釋義。「一六〇五」，一查，他知道是一種殺蟲劑，知道是一種農藥，充其量知道是製造這種劑的研究單位編號為E-605，故名「一六〇五」，一般場合下對一般讀者來說，這就夠了──當然這釋義還沒有給出最科學的概念。《辭海》新版只用了二十四個字：

> 「一六〇五。農藥名。德國研究單位內部編號E-605，故名。即對硫磷。」

我欣賞這個釋義。我認為這個釋義對一般讀者來說，是給出了全信息的。比方說，從一篇小說看到「一六〇五」這個詞，不知道它確切是什麼，一查，知道了，這就是全信息。自然，即使二十四個字的釋文，仍然可以簡化，比方說第二句中的「內部」編號的「內部」兩字，就可推敲，至少這個信息是不太需要的。反正它是一種編號，是德國的，研究單位的，一種序列號，至於是內部還是外部，一般讀者也無需深究。當然，你要了解多一些，在「對硫磷」這條詞目中可以查到。《辭海》未定稿，詳細釋義在「一六〇五」條，而簡義在「對硫磷」條，新版則相反。我以為新版是比較妥當的，因為「一六〇五」只是一個代號，只須知道是什麼東西──是農藥，而不是別的什麼──就夠了，但「對硫磷」則是一個學名，或者說是一個專門術語，因此應當提供科學的信息。但是我們的詞典（特指大型詞典）有一個弱點或缺點，往往不標出「參見」的符號，或者標出的不夠多。其實在這個釋義的最末一句「即對硫磷」末尾，比方說加一個「＊」號，表示欲知其詳，可檢查帶有＊號的詞目，那就功德無量了（《辭海》有＊參看符號，這條可能是漏列了）。這在西方學術索引方面叫做「交叉」參考、檢查「交叉」索引之類（Cross-reference），不可少的。外國有的詞典用「參見」，中文詞典有時也有「參見」

某某條，我以為不如用規定的符號更節省篇幅。

《四角號碼新詞典》隨著中國政治形勢的緊張和動盪，不知從那一版開始——也許第六版（58年）開始「政治」化了，到第七版（62年）更加厲害，這與當時（58、62年）的政治形勢比較緊張有關。那時將一些政治詞目（或帶有政治性的詞目）修訂得十分「詳盡」，盡量地拉長，盡量地多說一些，盡量地把一些政治概念塞到那裡面去，因此任何人一翻開這部詞典，都會得到一個明顯的印象，政治性詞目釋義都是長得囉嗦不堪，而其他詞目（以及一些政治性不那麼強的詞目）都相對的簡潔，總之是很不相稱。完全不能責備詞典的編纂者們——請替他們設想一下，如果不那樣做，會給自己或給這部書帶來什麼後果。「突出政治」，「為政治服務」，「政治第一」，諸如此類的口號、號召、政策，那時都是深入人心的。不那樣辦不行。突出的例子可以舉出「修正主義」一條。58年第六版這一條占十行，已等於一般詞目的十倍或五倍；62年第七版占二十二行半，又增加了一倍有多。到77年修訂本即第八版，又恢復到十行。在那樣一種空氣壓力下，人們不習慣於用樸實的語言，開門見山地提供必要的事實作為釋義的主要點，卻是不能不重複一套誰都可以背誦一百遍的陳詞濫調，盡量「同義反覆」，甚至加上一兩句火氣十足的咒罵語。比方第六版釋文，開宗明義說修正主義「背叛無產階級」，是一種「反動思想」，中間還得加上「有利於帝國主義，不利於社會主義」，最後再「同義反覆」，說它是一種「反動、錯誤的思想」。「背叛」無產階級即是有利於資產階級，有利於壟斷資本，有利於資本主義，有利於帝國主義（光一個有利於帝國主義還不夠呢！）；思想已經「反動」，就不僅僅是「錯誤」了，反動、錯誤思想包括了兩種思想範疇，這不是很使人煩躁嗎？第七版導語轉為「國際工人運動中披著馬克思主義外衣的反馬克思主義思潮」，後半段著重講二次大戰後的情況，點了白勞德、赫魯曉夫的名，最後講的一句話是政治號召，在詞典的釋文中是毫無意義的，它說：「現代修正主義是馬克思列寧主義當前的主要敵人，必須和它進行堅決的、徹底的鬥爭。」把一個時期報紙社論的東西盡量塞到詞典釋文中去，這是當時的「風尚」，報紙時常可以改變自己的論點，但是可憐我們的詞典卻是在比較長時期供人查考的工具書，不能天天改變的。第八版改得明快些，卻又加上文革時期很流行的術語（「打著紅旗反紅旗」之類），這詞目釋義的導語是「一種打著馬克思主義旗號反對馬克思主義的資產階級思潮」，結束語加上一條「修正主義是當前的主要危險」——這是一個不管任何社會、任何國家、任何時期、任何意識形態範疇的政治論斷，這是同詞典的性質不相容的，因為詞典是比較長時期使用的，比較概括地提供信息，作出比較一般規範化論述的工具。

4 「一」這個字頭下面有一條哲學術語「一元論」。在中國，「一元論」這樣的哲學名詞，已成為社會上的日常用語。對照看看《四角號碼新詞典》、《現代漢語詞典》和《辭海》三部詞書中「一元論」這個詞目的釋文，是頗有啟發的。首先你注意到這三條釋文，按其內容來說，幾乎是完全一樣的。這不奇怪。這反映出中國是一個社會主義社會——中國的意識形態是以馬克思主義為指針的。這說明了一個問題，即，詞典中的成分（單字，詞兒）是沒有階級性的，但是編纂詞典的人是社會的一員，他不可能不帶著社會性（即他的觀點、他的立場、他的態度等等）。這樣，詞典在特定的場合——比如在對哲學用語的釋義上——就不能不帶有階級的烙印。

現在讓我們來考察一下三部詞典對「一元論」的具體釋義。我們馬上會發現，三條釋義的導語是完全相同的，「認為世界只有一個（種）本原的哲學學說」。只差一個字，兩本用「一個本原」，一本用「一種本原」（這個字當然是有考究的），但就本質來說，三種釋文導語可以說是完全一致的。

持「一種」的釋文，是《辭海》新版，就其下文來說，順理成章，無可非議。釋文中主體的部分是闡明有兩種一元論這個概念，三種釋文對照起來是：

《四角》	《現漢》	《辭海》
一元論有兩種，凡認為物質是世界本原的，是唯物主義一元論；硬把精神顛倒為世界本原的，是唯心主義一元論。	認為物質是世界本原的是唯物主義的一元論。認為精神是世界本原的是唯心主義的一元論。	肯定這種本原是物質的是唯物主義的一元論；肯定這種本原是精神的是唯心主義的一元論。

如我在上文所指出的，三種釋文幾乎是相同的，在字面上也都有所斟酌，我想暫時不在這裡推敲這些微小差別。我想提出的一個現象是，把一些不必要的，或者更準確地說，把一些就上下文來看，不加上去也就能看得懂（所謂「其理自明」）的字或句放在釋文中，是完全不值得稱讚的。上舉第一種釋文，「一元論有兩種」，這個短句在詞典的釋文中是完全可以省略的，因為你看下去會碰到完全相對的（對應的）兩個概念，你立即會總結為有兩種一元論的。加這麼一句有什麼錯誤？沒有。這裡講的不是正確和錯誤的問題，是必要和不必要問題。加這麼一句不是更好麼？

不。不是。在詞典中一定要把可以不加上去的字或句擠掉，然後才能使翻檢者在最短的時間裡以十分迅速的步驟獲得他那時急切需要的必要信息。第一種釋文還有一個「凡」字，同樣是不必要的。在詞典中一切規範性的論點，都可以加一個「凡」字——「凡」，就是規範性的用語。如果詞典中每一種規範性的現象都加一個「凡」字，那麼，我們就得動用很多很多的「凡」字，無論對查考者節省獲得信息的時間或精力來說，還是對生產者節省排印物質和程序來說，這個字都是可以節約的。讀者還注意到第一種釋文有幾個字是其他兩種釋文所沒有的，就是它在解釋唯心主義的一元論時，用了「硬把」和「顛倒」這樣的富有色彩的狀語或動詞，而其他兩種釋文則對唯物主義的一元論和唯心主義的一元論平列，沒有「表態」。換句話說，第一種釋文使用了一些尖銳的（有時往往沒有什麼信息的）字眼（如「拋出了」、「跳出了」之類有明顯的傾向性的動詞或狀詞，這些字眼在一些諷刺小品中也許是可以存在的——當然也不是絕對必要的——，可是在新聞報導中它們就沒有多少價值，在穩定性比較強的工具書中更沒有絲毫的價值）。有一個時期人們是喜歡這些字眼的，特別是在大字報裡；可是詞典不是大字報，它不必過多的去考慮表態的問題，有時有些現象還不大好表態，那就更值得深思了。詞典的釋文最好是客觀報導、客觀描繪、客觀闡述，客觀就包含了立場，一個有偏見的人是不能作出客觀報導的。因此，我傾向於在詞典釋文中，不要輕易加上一些不含信息的副詞形容詞或者誇張的動詞，而是用平靜的語調客觀闡明某些現象的本質為宜。

為了「一元論」這個詞，我翻看了多種外語詞典，一般的釋文平平，沒能引起注意，但我發現有兩部詞典的釋文是很有興味的。一部是道地資產階級國家出版的《美國韋氏新世界美語詞典》[1]；一部是十月革命後出版的烏沙柯夫的《俄語詞典》[2]。美國韋氏系統的詞典是帶有百科性的，去年牛津的柏奇菲爾德博士來華講學時還舉了hotel一字來加以善意的「嘲諷」。在這部詞典中，美國人這樣地給「一元論」下定義：

「**一元論**。〔哲〕認為只有一種本原（這裡用ultimate substance or principle幾字）。唯心主義（idealism）認為〔本原〕即是精神（mind），唯物主義（materialism）認為即物質（matter），或認為第三種東西。」

在這裡，美國人也說有兩種（或不止兩種）「一元論」，美國人也承認從「精神」或「物質」出發，所得的一元論就不一樣，有趣的是美國人把「唯心主義」放在前，「唯物主義」放在後，同我們三部詞典的釋文剛剛相反。這不是偶然的。這就是我在上文所說的，反映了詞典編纂者的意識形態。值得注意的，美國人這條釋文後面（如外國許多詞典所常有的）有這麼一段：

「參看：Dualism（二元論），pluralism（多元論）。」

這樣「參看」一下，查考者認為需要時，他就會按圖索驥，由是擴大自己的知識儲藏庫，這也是詞典所能起的作用之一。我想，我們的詞典今後是應當注意這一點的。

烏沙柯夫的釋文是1937年付排的，它寫道：

「**一元論**。〔哲〕一種哲學體系，認為世界及其現象只有一種本原（與二元論和多元論相對應）。唯物主義的一元論（Материалистический монизм）。唯心主義的一元論（Идеалистический монизм）。」

這裡根本不解釋以物質為本原或以精神為本原，而只給出兩個合

---

① David B. Guralnik: *Webster's New World Dictionary of the American Language*, New York, 1972.

② Д. Н. Ушаков：*Толковый Словарь Русского Языка*，Москва，Том 2.（1938）.

成詞（複合詞），兩個哲學術語，即唯物主義的一元論，唯心主義的一元論。也許這表明，查考這部大詞典的，只要有前面的本質論述和舉例（兩個概念都是用舉例的形式出現的）就夠了，或者可以認為，當時蘇維埃人就會明白這兩個複合詞的含義了。使我們得到啟發的是這個釋文也帶出了「二元論」（Дуализм）和「多元論」（Плюрализм）來，同美國人的詞典如出一轍，但它用了一種帶有傾向性的形式，而這種傾向性不是外加很多富有色彩的形容詞或副詞構成的，卻是自然而然形成的，沒有強加於人的味道。由一個詞擴大到另一個（二個、三個）詞，這是詞典對查考者的啟發，這種作法是值得提倡的。

5 我還想舉「一」字項下「一二九運動」這一條，來說明釋文所提供的信息量。「一二九運動」是歷史事件的詞目，它和人名詞目一樣，要求提供很多基本的信息——換句話說，如果這樣的詞目只提供論點，而不提供事實，那麼，幾乎可以說它沒有提供足夠的信息量，不能給人思考。列寧說過，人是要用很多知識才能夠進行思考的。生活實踐證明，沒有信息，你對任何事物都沒法作出判斷，這已經是常識了。前幾年某些關於詞典的爭論，往往不是詞目釋文提供的事實準確不準確，而是所標出的「招牌」、「路標」或「指示燈」夠不夠上「綱」。這幾年當然已經不發生這類爭論了，但是例如歷史事件這樣的詞目釋文，信息量充分不充分，仍應引起我們的注意。

照我想，像「一二九運動」這樣的歷史事件詞目，它首先提供主要的信息應當包括：1.何年何月何日在何處發生？2.是一個什麼性質什麼目的的事件？3.扮演者是一些什麼人（主角？配角？）？4.事件進行的簡單經過如何？5.它在歷史上的地位、意義、作用或後果如何？起碼要能回答這五個問題，這才算有足夠的信息量。當然還要按詞典的規模和性質來定奪釋文是否都要回答這五個方面的問題，或者還要增加那些方面。比方說，小型的初級詞典，也許它只須提供1.2.3.項就行了；大型的百科詞典或百科全書除了上述五項之外，可能還要闡述它的時代背景（或者說，要描寫它的「典型環境」），甚至總結它的經驗教訓。

現在我們看到的幾種詞典中「一二九運動」一條的釋文，總的說都是符合要求的；但是在中小型詞典中的釋文，說道理的話仍然多了一些，如果把這些話說得更簡單些，再充實一點有關的信息，例如「受國民黨軍警鎮壓」這樣重要的信息，我以為是應更會受讀者歡迎的。因為除了我們這一輩親自參加過救亡運動的人以外，四十歲以下的青年人，在查考「一二九運動」這一詞目時，他們完全沒有「軍警鎮壓」這樣的思想準備，當然也聯想不起這樣的場面，而實際上這個場面是很重要的，不能忘記的，有了這個信息，我們這一個詞目就加添了很大的信息量。它用事實教育群眾，這是最有效的。

《辭海》是一部大型詞典，在「一二九運動」這一條釋文中信息量是充分的，包括我在上面指出的「軍警鎮壓」場面在內。一般地說，讀者是會滿意的，但是有兩點還可以提出來商榷。這條釋文有一句導語，是：

> 【一二九運動】「第二次國內革命戰爭時期，中國共產黨領導的一次大規模學生愛國運動。」

一般地說，即使是像《辭海》這樣一千二百萬言的詞典，在這樣的詞目釋文中，也不必使用這樣講道理而沒事實的導語。我不是一般地反對詞典釋文用導語，我是說，可以不用光講道理而不給事實的導語。如果要給導語，是不是可以寫成比方「1935

年12月9日北平（今北京）學生在中國共產黨領導下發動的抗日救國運動」。這句話見於《現代漢語詞典》，是「一二九運動」釋文的第一句，也可以說是導語。為什麼我傾向於這樣寫呢？因為詞典的使用者看完這樣的導語一下子就把上文1-2-3-4這幾方面的本質東西掌握住了，不看下去也行了，看下去，就有這個導語做「指針」，使下面的事實和論點都可以更加明確。「第二次國內革命戰爭時期」，如果在一部革命史中，當然可以這樣分析，但這個時期很長，詞典光講這個時期沒有用，你提供了1935年，那自然就可以使讀者知道這不是在第一次國內革命戰爭時期，而必定在第二次國內革命戰爭時期，可是，這信息就「確實」、「明朗」多了。「大規模學生愛國運動」，這樣的導語給出的信息，不如上文所舉的「北平（今北京）學生……發動的抗日救國運動」。那時，抗日救國運動叫做救亡運動，它當然是一種愛國運動，但比之一般性愛國運動，這又是目標更明確些。如果加導語，我贊成寫成這樣的導語。詞典的編纂者心中，時刻要記住讀者是在翻檢查閱——他匆忙要得出他所急迫等著「下鍋」的信息。《辭海》這一釋文，還有一個值得注意的問題，就是「12月9日，北平（今北京）學生六千餘人……」一句的年份（注意，在歷史事件釋文中，年份是最重要的信息），放在上文另外的句子裡，年份和月日相距九行，而且不是在一個長句裡，而是在另外的句子裡。這是釋文的一大忌，何況這還是釋文中的主體。讀者必須像看地圖似地翻查上文，如果上文有幾個年份，常常會引起錯誤。你辛辛苦苦提供了那麼些重要的信息，結果反而引起錯誤，豈不很可惜！

＊　　＊　　＊

講到詞目釋文，我常常聯想起列寧的《告農村貧民》。這是七十七年前寫的通俗小冊子，大半個世紀過去了，它卻仍然是富有啟發性的讀物。列寧給普列漢諾夫的信中提到，他要給農民寫一本通俗小冊子，「我很想根據農村居民的四個階層（地主、農民資產階級、中農及半無產者和無產者）的具體材料，來闡明我們關於農村階級鬥爭的思想。」列寧這裡說的是根據一些「具體材料」，來闡明黨的「思想」。這部小冊子不是詞典，但是這裡面給很多概念下了「定義」，有如詞目的釋文。注意，我說「有如」釋文，你不能用詞目釋文去要求它，但它總歸給人很多啟發。例如「社會主義社會」，「社會主義」這樣的「詞目」，編過詞典的人總會感到困難的，字多了嫌囉嗦，字少了嫌說不清楚。列寧在這部小冊子中給這些概念作了通俗的闡述。比方，他說：

> 我們要爭取新的、美好的社會制度：在這個新的、美好的社會裡不應該有窮有富，大家都應該做工。共同工作的成果不應該歸一小撮富人享受，應該歸全體勞動者享受。機器和其他技術改良應該用來減輕大家的工作，不應該犧牲千百人民的利益來使少數人發財。這個新的、美好的社會就叫社會主義社會。關於這個社會的學說就叫社會主義。

這樣的釋文多麼引人入勝啊！——當然我們不能照抄到我們詞典裡去，但我們從這裡會受到啟發。列寧在同一個小冊子釋「無產者」這個詞，只用了僅僅三十個字。他寫道：

> 那些既沒有土地又沒有作坊、終生替別人做雇工的工人，在全歐洲都叫做無產者。

這三十個字說得多麼明確呵。從特定意義來說，詞典其實也是做一種通俗論述的工作，如果詞典中的釋文比專門論文還要艱深，還要難懂，那麼，這樣的詞典就只配束之高閣，它起不到傳播知識的作用。從這一點出發，我以為我們搞詞典工作的同志很可以研究一下列寧這篇通俗著作（當然不限於這篇）。人們常說，榜樣的力量是無窮的；我說，偉大哲人寫的通俗作品，它的啟發力也是無窮的。

（1980年3月）

釋「大」

——關於詞典學、語彙學和社會語言學若干問題的隨想

1 大，是現代漢語的一個字，同時也可以說是現代漢語的一個詞。

「字」和「詞」，在現代漢語是兩個概念。現代漢語同現代西方語文不同；在羅曼語系、日耳曼語系、斯拉夫語系的種種語言，我們心目中的「字」和「詞」幾乎是同一的：字就是詞，字典同詞典幾乎是一樣的意思。但在現代漢語卻並非這樣。我們現在通常說的「字」，是指單個漢字——方塊字，它本身往往是一個詞（即具有完整概念的文字符號），但它常常又是一個詞的組成部分——換句話說，一個漢字，可以是一個詞，也可以只是詞的一個部分。

歷來中國只有字書，沒有現代意義（以完整概念的文字符號即「詞」為主體）的詞典。字典和詞典，在漢語——特別在現代漢語——是有區別的，而在西方現代語文則字典和詞典是一樣的。

這裡涉及現代漢語語彙學上的構詞法問題。（而在現代西方語文，構詞法只是造字法，造字法同構詞法在現代漢語也是有區別的。）可以從描寫語言學的傳統方法去考察現代漢語的構詞

法，也可以從現代語言學（比如從功能學派、從社會學派的觀點）出發去研究構詞法。構詞現象及其規律性的研究，對於社會語言學、語用學、語彙學、語義學都是很有用的，而對詞典編纂學來說，則不僅具有理論的意義，同時具有實用的價值。

2 大——這是現代漢語廣泛應用的一個字，也是學習現代漢語最初就會遇到的一個字，而這個字單獨存在時也是一個具有完整意義的詞。

請看下面的例子：

1. 他住的房子真大。
2. 他住的房子很大。
3. 他住的房子不大。
4. 他住的房子太大。
5. 他住的房子夠大。

上面隨便舉引的五個句子中的「真大」「很大」「不大」「太大」「夠大」，儘管一眼看上去好像是五個詞，但這只是一種錯覺，產生這種錯覺是因為現代漢語很多詞是由兩個漢字組成的；而實質上，它們不是具有獨立、完整意義的詞。「大」這個詞前面的「真」「很」「不」「太」「夠」，都是用來限制、描述、修飾、形容「大」這個詞的語義的。這幾個附加的字（詞），是「大」這個詞的附加物，而沒有跟「大」這個詞構成另一個具有獨立完整概念（封閉概念）的詞。因此，現代漢語詞典，不會把「真大」「很大」「不大」「太大」「夠大」當作一個獨立詞目（詞條）予以收載；不，它們也許只作為一個用例收在「大」這個詞目項下。

詞典要收錄的詞目（詞條）是應當審慎考慮和選擇的，在現代漢語尤其要下功夫。這是因為，哪些單字的組合可以算作獨立的詞，哪些單字的組合只不過是一種主題帶上附加物，對此還沒有作過大規模的科學研究[①]——而在現代西方詞典編纂學上這個問題顯得簡單多了。

3 「大」的釋文，在我們歷來的字書、詞典裡，大都採取這樣的說法：大是小之對——用現代術語來說，大的反義詞是小。

利用反義詞來解釋某一特定的詞，那是詞典常常採取的一種方法，可能算不上是最好的方法；當然，利用同義詞（不同深度、不同廣度、不同語感）來解釋一個特定的詞，在某些場合也許更為讀者喜歡，但也不是最好的方法。有人說，利用同義詞比利用反義詞來詮釋詞義要有效些，也許有點道理，但也不能一概而論。外國有些詞典釋「大」字，也有用同義詞的，例如前年新出版的一部給群眾用的英語詞典（柯林編的《簡易英語詞典》）[②]釋big（大）即用了一個同義詞：large；而釋large（大）時也用一個同義詞big。這樣，big——large——big，繞了一個圈，真可謂「知之為知之，不知為不知，是知也」了。用同義詞釋文有時煩死人而不得要領，由此可見一斑。

① 這裡使人想起現代信息科學（電子計算機語言等等）所提到的「主題詞」，主題詞是以概念為基礎的，經過規範化的並具有檢索意義和組配性能的單詞和詞組。參見《漢語主題詞表》第一卷社會科學，第一分冊主表（字順表）的〈說明〉（科學技術文獻出版社，北京，1979。）「組配性能」即下文提到的「構詞力」——例如該書有「大國沙文主義」、「大國一致原則」、「大國主義」等等可以檢索的詞組。請注意：現代信息科學在編索或檢索時要發出指令，而這過程都離不開選擇恰當的「主題詞」。又INSPEC（國際物理與工程情報服務部International Information Service for the Physics and Engineering Communities）從1973年起出版*INSPEC THESAURUS*（主題詞表），每兩年改版一次，1981年第五版，含4,000－5,200主題詞，是國際上有名的主題詞表。

② *Harrap's Easy English Dictionary,* ed. by P. H. Collin, Harrap London, 1980.

我們的古字書《說文解字》，對「大」字的解釋，既不用反義詞，也不用同義詞，而用了今天看起來頗為古怪的釋文：

「天大地大人亦大，故『大』象人形。」

這條釋文是很耐人尋味的。為什麼說「天大地大」？而且「人亦大」？既然天、地、人都「大」，為什麼不以天、以地為形，而要「象人形」呢？《說文解字》夠古了，有一千七百年以上的歷史，是用小篆寫的字形；再往前，則我們現在看到的甲骨文和鐘鼎文，這個被釋為「大」的字形也確乎是「象人形」的（見圖1和2）。

為什麼「大」字要取「人」的形象？「人」字又取什麼形象呢？《說文解字》中的「人」（見圖3），是這樣詮釋的：

「天地之性最貴者也。此籀文，象臂脛之形，凡人之屬皆從人。」

據認為，甲骨文表示「人」的符號也類似這種形象（見圖4），金文也近似（見圖5盂鼎）。看去都是一個人的側立像。張瑄氏說「蓋象人側立鞠躬之狀」[①]，——是否鞠躬，我不敢說，但狀如側立的人像，則似乎是可信的。

令人感到興趣的是，拿我國現存的圖形文字（也是目前世界上少有的若干種活著的圖形文字）納西族文字[②]來比較，「人」字同漢語古代的「大」字相似（如圖6，或如圖7、8和9），像正立的人形，或側立的人形。而「大」字形如圖10，據說這是女性的象徵（符號）。

1 2 3 4 5 6 7 8 9 10

① 張瑄：《中文常用三千字形義釋》，香港大學出版社，1968。
② 方國瑜編撰：《納西象形文字譜》，雲南人民出版社，1981。「人」見頁201第446字；「大」見頁331，第1,167字，又見頁330，第1,161字。

為什麼漢語側立人像即「人」的代符，而正面立人像卻是「大」的代符呢？也就是說，至少在二千年前，正面的立人像比側面的立人像更加「大」。這是當時的社會準則。此刻我們還沒有足夠的背景材料，來闡明當時「人」是最受尊敬的語義；但完全可以說，從漢語的書面語看，中華民族自古以來正面的人是崇高偉大的概念。如果說在歐洲中世紀以後，文藝復興才又找到了人的價值，那麼，在中華國土古代，人的尊嚴就表現在文字上了——也許那時奴隸不算「人」吧。

從語言文字（例如現代語彙的變化或古代圖形文字的結構等等）來研究人類社會的奧秘，這也是社會語言學的任務。郭沫若從甲骨文研究古代社會就是一例。在大型的完備的以歷史演變為原則編纂的漢語詞典，對其中一些詞彙是可以進行社會語言學的探討的，我這樣認為。

4

「大」字在現代漢語中的造詞力（構詞力）是很強的。我說的造詞力，就是現代信息科學所說的（單詞）組配性能。有些單字是比較消極的，它很不容易同別的單字結合而成一個新詞；但是「大」字則屬於那些很活躍的、造詞力很強的漢語單字。

先考察一下「大」字與另一個漢字結合構成的新詞類型。這種新詞是由兩個漢字組成的，其中一個漢字就是「大」作為「根詞」（這裡暫且借用這個術語，可能是不很確切的，它表明這是個有編組能力的詞）而構成的。兩個漢字構成的詞，在現代漢語比較多——有人稱之為「雙音節」語詞（作為詞使用的一個漢字稱為「單音節」語詞）——我不很喜歡用「單音節」「雙音節」來描寫現代漢語的語詞，因為「音節」同「重音」往往是有關聯的，在描述現代西方語文時，音節同重音這種術語當然是很恰當的，在現代漢語則不是那麼恰當。我寧願使用「兩個漢字構成的語詞」來代替「雙音節」語詞。

以「大」字為根詞的、由兩個漢字構成的語詞，可以歸結為四類，即：(1)「大」字跟它的反義詞（「小」）結合（大小）；(2)「大」字重複疊用一次（「大大」）；(3)「大」字之前與另一漢字結合；(4)「大」字之後與另一漢字結合。第(1)(2)兩種各有一個詞（即「大小」和「大大」）；第(3)種和第(4)種是比較多的，尤其是第四類型。

上面提到過大是小之對，但是當「大」和「小」這兩個方塊漢字（當然在它們單獨分別使用時也是兩個具有完整概念的詞）聯寫在一起、構成一個詞的時候，這個新詞的語義起了變化，它不再是原來兩個字（詞）的語義的簡單總和，而被賦予另外一種嶄新的語義。或者可以概括地說，某些形容詞的詞根，加上它的反義詞詞根，構成一個新詞時，這個新詞的語義帶有抽象概念，成為抽象名詞——它的語義即這兩個語義相反的形容詞的綜合概括，如〔大＋小〕即成為〔大小程度〕，同世界語在某些形容詞詞根加上表抽象化的-ec-而形成的新詞（抽象名詞）有點相類[①]。

請看下面的例子：

6. 大小（這衣服給我穿大小正合適。）
7. 長短（這褲子我看長短正好。）
8. 高低（那兩座山高低一樣。）
9. 上下（這兩種收音機難分上下。）
10. 輕重（要不要住院，看病情輕重而定。）

① 世界語「大小」譯為grandeco（即grand（a）大+ec+o），「長短」譯為longeco（即long（a）長+ec+o），如此類推。

11. 左右（喝退左右）

上面舉引的六個例，從6－10這五個例都屬於同一類型，表示一種抽象程度，只有最後一例（11）——「左右」，雖也是兩個反義（形容）詞構成的，形式上與6－10例一樣，但它不屬於同一語義型。「左右」也是從「左」和「右」這一對反義詞抽象出來的，但它並不表達「程度」的概念，而表達一種社會習慣所形成的抽象概念。「左右」就是「隨從」的意思——因為舊時代的達官貴人，他們的一大群隨從都分別侍立於這個顯貴的左邊和右邊（多闊呀！），以便隨時聽候主人的吩咐。我們的先人把他們概括為「左右」，是很形象化的。因而「左右」這一個由一對反義（形容）詞構成的抽象名義，就帶有社會習慣的抽象，而不是某種邏輯的抽象。當代外國闊人的保鏢（或叫「特工」）也還是穿了便衣巡遊在主人的左右，隨時準備跟主人的仇敵對抗。所以「左右」一詞即在現代也還是有同樣的作用的，其抽象出來的語義還是確切的——雖則這個詞在現代漢語已經不怎樣常用了（在近代白話小說中則是常用的）。

現代漢語的這種結構（我在下文稱之為〔dD〕型，公式中d為原詞，D為反義詞），是一種獨特的表現方式，這種由原詞加反義詞形成新詞的方式，在現代西方語言中是少有的（有些類似結構，如世界語的vole-nevole①）。

但是6－10五個例子的〔dD〕型構造，除了上面講過的抽象概念外，同一個結構還表達了另外一種語義。這就是說，一個特定的詞，在活的語言中，常常會有兩個或兩個以上的語義，而且常常不是鄰近的語義，而是截然不同的語義。

① 世界語vole-nevole係由vole（願意）+ne（不）+vole（願意）構成，即「不管願意不願意」，或「有意無意」。

上舉五個詞〔dD〕都具備另外一種語義，請看下例：

6[a] 大小（全家大小三口。）

7[a] 長短（背後議論人家的長短。）

8[a] 高低（不知高低。）

9[a] 上下（上下一條心。）

10[a] 輕重（小孩說話不知輕重。）

這些不同的語義因為語境①不同而轉變。詞典的任務就是：(1)從大量的分析研究中歸納出一個詞的一種或多於一種的語義；(2)按照邏輯推理，分類排列在什麼場合在什麼語境應當具備哪一種語義；(3)根據詞典的性質和任務確定這許多語義如何排列；(4)必要時還要提醒讀者注意在什麼條件下應用哪一種特定的語義。因此，詞典排比一個語詞的語義（詞典學上習慣稱之為「義項」）時，決不是任意的。如果把本質上相同的語義分解為幾個項目，或者把應當分述的語義列為一個項目，同樣都會引起讀者的迷誤。詞典義項的排列，是一個並非不重要的問題②。

其次，原詞本身重疊的構詞：「大大」。

「大大」表示一種著重的語義，加強的語義，或一種確信的語感。這個詞在近年使用得越來越多，例如：

12. 大大

「現在農用拖拉機、排灌機械和化肥施用量都大大增加。」

「城鄉人民的健康水平大大提高，平均壽命大大延長。」

從前，這裡的「大大」一般都用「大為」，大為增加，大為提

① 語境（context），以前通作「上下文」，就是一個詞的語義和用法，常常因為上下文不同而引起變化。我在使用社會語言學的術語時，則寧用「語境」這樣的一個詞，有所謂「社會語境」（social context），就不單單是語文上的「語境」（上下文）了。「語境」，我從前也用過「語言環境」四個漢字組成的詞組。

② 關於義項的排列，我在〈釋「一」〉一文曾作過簡單的論述。

高，大為延長，近年來則連口語也多半使用「大大」，現在的習慣，凡在強調的場合都使用本身重疊的構詞：「大大」。

自然，「大大」一詞還使人聯想到一些現代小說和戲劇在描寫日本侵略軍學講漢語時使用不當的例子，例如：

13.「你的良心的大大的壞。」

這裡的「大大」（大大的好，大大的不好，大大的壞），帶有諷刺的語感，有一陣當「樣板戲」盛行之際，街頭巷尾小孩子怪聲怪氣在那裡學日本軍官的尖叫聲，「大大……」之聲不絕於耳。

現代漢語中像「大大」這種構詞，即重疊本身（根詞）的用例是較多的，例如：

14. 稍稍
15. 微微 （根詞本身是副詞）

16. 教教
17. 說說
18. 歇歇
19. 走走 （根詞本身是動詞）

在美國新近出版的一部《漢語語法》[①]第三章〈語詞結構〉中還舉出由兩個漢字組成的單詞重複疊用的例子，如：

20. 請教請教
21. 討論討論
22. 批評批評
23. 考慮考慮
24. 研究研究

這樣的一些例子表明，重複疊用一個根詞與單獨使用這個根詞的

① Charles N. Li and Sandra A. Thompson: *Mandarin Chinese*（A Functional Reference Grammar），加利福尼亞大學出版社, 1981。

語感是大不相同的。「討論」──這個詞很實在，是一種確定無疑的命題；「討論討論」──這個詞組表示不是確定的，只不過稍微進行一種討論。至於上例第23和24則富有時代感。當一些需要立即作出決定的問題，提到官僚習氣嚴重的幹部面前時，他們的表態是既不肯定，也不否定，只不過「考慮考慮」，只不過「研究研究」，即用拖延時間的「官話」來應付和搪塞。這兩個詞組本來是沒有貶義的，對新問題確實需要「研究研究」，需要「考慮考慮」，才能得出比較可行的答案；但在當代社會生活中，這兩個詞組（正面的積極的）卻引起一種因循苟且、拖拉搪塞的官僚作風的感覺，因此這兩個詞組在很多場合下帶有諷刺味道。

要一部漢語詞典（那怕是大型的）對某些在社會生活中起了語義或語感變化的詞彙，作出如此細微的詮釋，幾乎是不可能的。可我常常希望有一種學習詞典，能夠給讀者提示注意之處──當然這些注意點應當是符合科學的，即既符合社會習慣同時也符合語言規律的，經過深思熟慮最後確認為對漢語的準確使用或規範化有必要的。

《現代漢語詞典》在某些地方有這樣的提示，但這部詞典的主要任務不在這方面，不能過分苛求。例如在〔大家〕[2]這個詞目下，這部詞典提出了兩點「注意」：一、當「某人或某些人跟『大家』對舉的時候，這人或這些人不在「大家」的範圍之內；二、「大家」一詞常常放在你們、我們、他們、咱們後面做複指成分，如「明天咱們大家開個會談談」。這當然是很好的。如果有這麼一部專供學習用的詞典，如牛津出版的洪恩比教授（Prof. Hornby）編的專供外國學生用的那本詞典①，或者哈拉普出版的

① 我指的是 *The Advanced Learner's Dictionary of Current English*，牛津，1963。中文本稱《現代高級英漢雙解辭典》，香港牛津，1970年初版。

柯林編的，供本國讀者用的那兩部詞典[①]，那將是漢語讀者的福音，也是對漢語規範化有促進作用的。在這裡，我以為，呂叔湘主編的《現代漢語八百詞》（北京商務，1980）雖則旨在供外國學生或少數民族學生使用的，卻也帶有這種學習詞典的味道。

再次，是根詞（「大」）與另外一個漢字結合，而另一個漢字放在根詞前面。例如：

25. 偉大（建立了偉大的中國）
26. 壯大（人民力量日益壯大）
27. 浩大（聲勢浩大）
28. 巨大（取得了巨大成就）
29. 重大（起了重大的歷史作用）
30. 強大（空前強大的政治團結）
31. 廣大（緊密地依靠廣大人民群眾）
32. 龐大（機構龐大臃腫）
33. 寬大（寬大處理）
34. 正大（光明正大）
35. 擴大（擴大企業自主權）

上面所舉的語詞，每一個都有自己的特殊語感，在一般情況下都是不能互換的，例如你只能說「聲勢浩大」，你不能說「聲勢偉大」或「聲勢龐大」，更不能說「聲勢重大」，如此類推（自然也

---

① 這裡指的是Peter H. Collin編的*Easy English Dictionary,* Harrap, London, 1980。和同一編者的*2000 Word English Dictionary*, Harrap, London, 1981。後一部可以說是供一般讀者使用的兩千常用字字典，例如在April（四月）這個詞條後附有「注意」April 5th；讀作"the fifth of April"或"April the fifth"字樣；又如home（家）的adv（副詞）項下，有一「注意」不用前置詞，只用此字，如he went *home*；she's coming *home*等等；又如some（若干）字項下有「注意」：some與一些複數名詞聯用，也可以同沒有複數的名詞聯用，如some people（一些人，people無複數），some apples（一些蘋果，apples係複數），some bread（一些麵包，bread無複數）。

有些時候不排除某一兩個詞可以互換）。我上面說的「特殊」，可以歸結為三層意思：

（Ⅰ）語義所表達的概念，有深淺不同，大小不同，輕重不同，強調的地方不同……；

（Ⅱ）所帶的語感不一樣，即是說，感情色彩不同，思想傾向不同，引起的情緒變化不同……；

（Ⅲ）所要求的搭配是特定的，一般地說，是不能跟另外的詞相互聯繫。

應當指出的是，這種類型的構詞（下文稱為〔xd〕型）在現存的詞典中根詞（「d」）項下是找不到的，它們分別放在頭一個漢字的項目下，而實質上它們主要不是由頭一個漢字生成的——它們的生長點（或者說構詞的主要部分）不在頭一個漢字，而在根詞（「～大」）。因為我們現在的漢語詞典一般是以字頭引出詞目來的，不管引出來的詞目是不是主要從這個字頭所生成的，也一律放在這個字頭下面。這是漢字本身的結構造成的習慣，不這樣，也是不容易解決實際問題的。但是語文使用者希望詞典能幫他選擇一個適當的搭配時，例如他不知應當用「浩大」還是「重大」還是「龐大」時，他查來查去也很有點困惑。我想，上面提到的學習詞典，有責任去解決這困難。1975年詞典會議前後，我曾提議（並且奔走呼籲）修改增訂一部叫做《繪圖注音小字典》①的小書，就是看中這部字典有這方面的萌芽因素（可惜我的願望

① 這部《繪圖注音小字典》，是文字改革出版社1959年出版的，三十二開，6+6+273+32頁。「這是一本給注音掃盲畢業學員用的初級字典。」「有的時候，有些學過的字回生了，看到後一時想不起是什麼意思，也可以查這本字典，使這些回生的字回熟。」我希望把這部字典改造成為至少有這樣的特色：1.有種種插圖，凡是可以插圖的都加插圖；2.增加所收字數；3.增加一些構詞或詞組的釋義；4.要發揚原來的一種傾向（也許不是很有意識的），即不只收〔dx〕型，還要收〔xd〕型的詞等等。

沒有實現）。舉個例：

36. 代 dài

代替　代表　人民代表大會

交代　朝代　下一代

37. 導 dǎi

導彈

領導　指導　報導

38. 漢 hài

漢族　漢字

好漢　老漢

這樣編的一部詞典應當是很有實用價值的。如果離開詞典舉出一個社會語言學的詞彙例子，那也是饒有興味的，我說的是下面的三個詞例：

39. 錯誤

40. 失誤

41. 迷誤

三個詞例俱見關於歷史問題的決議①

39a「九大在思想上、政治上和組織上的指導方針都是錯誤的。」

「主要由於『大躍進』和『反右傾』的錯誤，……」

40a「這十年中，黨的工作在指導方針上有過嚴重失誤，經歷了曲折的發展過程。」

41a「這就使我們把關於階級鬥爭擴大化的迷誤當成保衛馬克思主義的純潔性。」

在《現代漢語詞典》中只有「錯誤」「失誤」而無「迷誤」一詞，

① 即《中國共產黨中央委員會關於建國以來黨的若干歷史問題的決議》，北京，人民出版社，1981。

「錯誤」的意思是「與客觀現實不符合的」不「正確的事物、行為」；而「由於疏忽或水平不高而造成差錯」，是「失誤」，也就是說因為經驗不足或者種種主客觀原因引起差錯，叫做「失誤」；「迷誤」則比較「玄」一些，既不是主觀錯了，也不是經驗不足，而是迷上一種不正確的什麼觀念或現象，作出不正確的判斷因而引起的差錯。這三個詞的語感是不相同的，各有各的語義場。不是經歷過這三十多年的社會生活，人們是體會不出這三者奧秘的語感差別。

最後，說一說最常見的漢語語詞結構（下文稱為〔dx〕型），即根詞「大」在首，隨之是另一個漢語單字。例如：「大菜」，「大蟲」，「大夫」，「大雪」，「大漢」，「大亨」等等，除了字面的語義外，各有其特殊化的語義，請看

42. 大菜（特指「西餐」，是1949年前習用的，現在一般不這樣用了。）

43. 大蟲（特指「老虎」，在明清白話小說中以及北方口語中習用。）

44. 大夫（特指「醫生」，此時「大」字字音變化，讀作dai。）

45. 大雪（特指二十四節氣中的一個節氣。）

46. 大亨（特指「闊佬」。）

由「大」字在詞首組成的語詞，有很多都會有專門化的語義，隨手都可以舉出例證來的，這裡就不再論列了。

寫到這裡，想起一個「怪」人，即英國的德．波諾[①]，他有

① 德．波諾（Edward de Bono, 1933—），我說他有點怪，是因為他初學醫，後來又學心理學和生理學，做的也是這幾方面綜合研究工作，但他寫了好些科學幻想小說，又編了這麼一部詞典（*Word Power: An Illustrated Dictionary of Vital Words*，企鵝，倫敦，1977。）這部詞典收載265個專門化的字（詞），加以詮釋，凡是通用詞義，這本書一律不加詮釋（因為這是一般語文詞典可以找到的）。

一部很特別的詞典叫《詞力》，副題為《重要詞目圖解詞典》，其中一段講得很好：

> 在正常情況下，我們遇到不懂的語詞時，才會去查詞典；假如要找一個有用的新詞時，一般不會去查詞典的。這是因為詞典的釋文很短，短到不足以使我們熟悉新的概念。僅僅翻閱了一下詞典，就能夠掌握一個新詞，這樣的例子是很少見的。但在這部書中，每個詞目都解釋得比較長，特別是利用「可用的語義」和這個語詞的語境進行詮釋。因此，人們通讀了這部書，就可以豐富他的概念和語詞容量。

這段話說得簡單一點，就是：要掌握一個新詞，光靠普通詞典的釋文，是很不容易做到的，而德·波諾的這部「怪」詞典，卻把某些常用的、新穎的、有多種語義的單詞，就其特殊的專用法加以詮釋，以便讀者深刻理解這些單詞的語義，從而能夠恰當地運用它們——首先是理解，然後是運用，這就是德·波諾編這部專門化詞典的用意。我以為作者這些想法對現代詞典編纂是有啟發的，或者說，對編一部學習詞典更加有啟發性。

5 上面一節考察了以「大」字為根詞而組成語詞的四種常見構造，這四種構造也是現代漢語常見的構造（用兩個漢字組成的單詞），但不是每一個漢字都能有這樣的四種構造，只有像「大」這樣構詞力較強的漢字才能四類全有。如果把這四種類型都算在內，那麼，常會遇見的以「大」字為根詞的構造大約可歸結為下面十四類。

〔注意〕下列公式中，

d＝根詞（一個漢字），這裡即「大」字。

D＝它的反義詞（也是一個漢字），這裡即「小」字。

x，y，z，w，v＝（各代表一個漢字）。

……+……（表明構成一個詞組）。

①〔dD〕大小

②〔dd〕大大

③〔xd〕偉大

④〔dx〕大雪

⑤〔dxy〕大力士

⑥〔dxx〕大猩猩

⑦〔xyd〕窮措大

⑧〔ddxx〕大大咧咧

⑨〔dx+dy〕大吃大喝

⑩〔dx+Dy〕大驚小怪

⑪〔dxyz〕大國主義

⑫〔dxyzw〕大漢族主義

⑬〔dx+yz±wv〕大國沙文主義

⑭〔xy+d+zw〕文化大革命

從①到④是常見的漢語語詞構造；⑤⑥⑦是在一個詞根前或後加上兩個漢字（或由這兩個漢字組成的單詞）而成的格局；⑨和⑩也是漢語的一種比較常見的構詞法——構成四個字的詞組；⑪至⑭，是多漢字組成的詞或詞組，不是每一個根詞都能有這樣結構的。

上面一節已經論述了前四種構造，下面一節將論述帶有濃厚的時代感和社會性的語詞結構，其他幾種類型在這裡就不打算一一論述了。

6 在一般情況下，「大」這樣一個形容詞性質的根詞，並不帶有什麼傾向性，即不帶褒義也不帶貶義；由於它本身的語義（數量上、品質上，……等等）的關係，可以說人們對這個「大」字（詞）並不發生惡感。但是在特定的社會環境中，以「大」為詞根組成的單詞或詞組，卻會引起人們感情激動。例如杼〔dxy〕型的「大躍進」、「大批判」、「大鍋飯」等等。

47. 大躍進

這個單詞在一般詞典中照字面解釋（很大的躍進，長足的發展），是沒有什麼可以責備的。可是在社會語言學家看來，只作字面上的簡單解釋，根本不能表達這個詞的語義。「大躍進」是特定地點（社會主義中國）在特定時間（1958年）一種特定思潮（誇大了主觀意志和主觀努力的作用那種思潮）指導下發生的一種「左」傾政治運動。如果一部力求完備的對人民給出最多信息量（對當代和對後代負責）的漢語詞典，不能使用最簡單明確的方式（而不是像我在上面用的囉里囉嗦的方式）給這個詞指出它的社會意義（社會語境），那麼，讀者有權利說它還沒有盡到自己對語言現象進行嚴肅對待的職責。當然，這個課題是艱難的，也許這只是一個社會語言學家美好的願望。

同樣，

48. 大批判

這個單詞在特定時期給中國的社會主義事業帶來多少損害，給我們年老的、中年的、年輕的社會主義建設者帶來多少辛酸呵。光從字面上詮釋，而不點出它的社會意義，那麼，同時代人不滿足，後一代人不理解，「大批判」其實並不等於高一級的批判呵，甚至完全不是人類思維所理解的批判；不，完全不是那麼一回事。至於

49. 大鍋飯

也絕對不是用一個大鍋燒米飯的意思，當然也不是因為吃飯的人多所以要用很大的鍋來燒飯的意思——這是一種具有特殊語義和語感的單詞，凡是在中國社會生活中生活過的都懂得它的語義——有點像俗語所說的「幹不幹兩斤半」的意思。五〇年代初期，後一句話在南方新區是很少人確切懂得的（因為兩斤半指的是小米）。至於十年前在「五七」幹校流行的幾句順口溜：「下大田，流大汗，吃大飯」，凡是待過「五七」幹校的老老少少都懂得其中三昧的，現在的青年人少年人已經不很懂了。這是時代所創造的語言，它是「斧子也砍不掉的」。作為語言學家和詞典學家，將怎樣對待它們呢？

〔dxy〕型還有一個值得一說的詞：

50. 大革命

在「革命」（xy）之前冠以「大」字，使這個（由三個漢字組成的）單詞帶有更加崇高的意義。不是所有的「革命」都能稱作「大革命」的——1934年史達林等就認為法國革命（專指1789年那一次）不能稱為大革命[①]，而應該把它稱為資產階級革命；在同一個意見書中，呼之欲出的是，只有俄國十月革命才有資格被稱為大革命（文件沒這樣直截了當的說法），因為這後者是消滅一切階級制度的革命。這在理論上無疑是對的，但可惜習慣上把西歐的法國資產階級民主革命稱為「大革命」甚至簡稱「革命」（前面加一個定冠詞La Rèvolution），都是可以理解的，這樣寫法也未必要取消的，雖則不算太科學——而在社會語言中不科學的地方可太多了。例如，中國習慣上也把第一次國內革命戰爭稱為

① 見史達林、基洛夫、日丹諾夫：《對於近代史教科書綱要的意見》，1934年8月9日。參看《馬恩列斯思想方法論》附錄（解放社版；人民出版社版）。

「大革命」的，不但那時口頭這樣說，現在寫回憶錄也這樣寫。今天寫一般文章沿用這個詞也是未可厚非的，除非是在編寫一部正式的黨史或革命史。尤其值得注意的是，在很長時期內，一提起十月革命，都要寫正式的稱呼，叫做「偉大十月社會主義革命」（Великая Октябрьская Социалистическая Революция），少一個形容詞也不行，字序倒一倒也不行，寫短篇文章或報告也不能用簡稱，這是使語言僵化的方法。——我們漢語受它影響，也如此叫了好些年——不過確切地照漢語構詞法來翻譯，應當是「十月社會主義大革命」，似乎從來沒有人這樣譯過，都把「大」譯為「偉大」，並按原文字序放在詞組之首。

在「革命」二字之首冠以「大」字，則以

51.「文化大革命」

這樣一個〔xy+d+zw〕型的詞組最為觸目。「文化革命」這個詞組是早已存在的，也許就是從列寧的著作中譯過來的，只是從1966年以後才在「文化」與「革命」之間加上一個很活躍的根詞「大」。即在那一年，在有名的「五一六通知」和著名的《十六條》中，「文化革命」和「文化大革命」兩個詞在同一文件中同時並用，而且是等義詞——但後來（大約在紅衛兵運動興起以後）則都採用有「大」字那一個詞組（除了「中央文革」的「文革」是「文化革命」的縮寫之外）。到了明確指出「文化大革命」不是什麼「文化」的「革命」，而是一場「政治大革命」（1968年4月10日）之後，「文化大革命」這個詞組就更加固定下來，語義同列寧當初用的「文化革命」完全不同了。這個詞組，代表了「既不符合馬克思主義，也不符合中國實際」的那種政治運動。這個詞組生成了，生長了，鞏固了，固定了，神聖不可侵犯了，然而它所代表的社會內容違背了社會規律，它（這個詞組）最後只能消亡了。在現實社會中，這個詞組不起作用了（消亡了），但在歷史文獻中，因為有過很強的生命力，因此它在歷史語言範疇是絕對不會消滅的。不但社會語言學家，即使是語彙學家和詞典學家，對這一類消亡了的（而曾經有過很強的生命力的）詞彙，是應當認真對待的。在詞典上加個標記（label）——至於什麼標記當然各有各的看法——給它占幾行地位，難道是不應該的麼？自然，這些富有社會歷史意義和語感的語詞，應當由社會語言學家在調查研究的基礎上作些艱苦的分類排比和揭露本質的工作，這才有利於詞典學界，使他們有可能加以去粗存精，加以提純利用。

一部詞典不記錄一個時代，這部詞典只是抄下來的文字彙編，而不能稱為創造性的著作。

（1981年）

釋「鬼」

——關於語義學、詞典學和社會語言學若干現象的考察

1 《爾雅．釋訓第三》：「鬼之為言歸也。」

郭璞注本說：「尸子曰：古者謂死人為歸人。」

這用現代語簡單地說，就是，人死了變鬼。

許慎的《說文解字》沿用此說①：「人所歸為鬼。從人，象鬼頭，鬼陰氣賊害，從ム。」

這就是小篆裡的「鬼」字：

鬼，誰也沒見過。人以自己的形象創造了鬼和神——所以古人認為鬼也像人似的，有一個頭。鬼頭，自然也沒有誰看見過，是不是由這個樣子的，恐怕古人自己就判斷不來。甲骨文中也有被釋為「鬼」的字，那也是很別致的：

真有點像戴了一個假面具的人，下身是人；頭部是誰也沒有見過的東西，或者這是古代巫師弄鬼作怪，戴個假面具之類的東西，

① 我認為《爾雅》編成比《說文解字》早，雖則作為書的形式也許出得晚一些，故用「沿用」兩字。關於這一點，此處不詳論。

藉以嚇唬人的怪樣子。這樣，我們就有了鬼頭人身像，同西方古代的人面獅身像、人頭馬身像相媲美了。

把鬼畫成什麼樣子也可以的，因為自古以來就沒有真正見到鬼。好像是韓非子（公元前三世紀）吧，說過俏皮話，說是有人為齊王作畫，齊王問他畫什麼最難？畫家答，畫狗畫馬最難；齊王又問，畫什麼最容易？畫家回說，畫鬼最容易。那道理也很簡單——狗同馬，人們天天都看見，你畫得不像，人家會笑你、批你；鬼，有誰看見過？你怎樣畫都行。

難怪外國的圖解詞典從來沒有畫過鬼。不是難畫，隨便怎麼畫，人家也駁不倒你，但也決不會公認你畫得對。歐洲流傳很廣的《杜登》（*Duden*）圖解詞典，一邊是圖，一邊是詞，三百六十行，行行名物都有，就是沒有「鬼」。例如這部詞典較新的版本（經過增訂），是1980年英德兩國合作出版的，洋洋384個雙頁（即頁碼相同的兩頁，一頁圖，一頁文），也沒有一隻鬼。327頁有很多傳說中的神怪，就是沒有鬼，如人魚（díe Nixe）、司芬克斯（díe Sphinx人面獅身）、人頭獸身的der Zentaur，等等，這些物事都有民間傳說，久而久之有眾所公認的形象，畫出來大家都認得——可是鬼卻沒有公認的形象，不好畫。這部書在「教堂」（Kirche）一欄裡，甚至有聖母瑪麗亞雕像（die Madonnenstatue），在「美術」（Kunst）一欄裡還有佛像（die Buddhastatue），有濕婆（Siva-Schiwa），就是沒有一個「鬼」像。聖母、佛祖之類也沒有人見過，但他們是宗教傳說，有眼有鼻，而且自古以來就有形象化的東西可以給後人作範本，所以能畫出來——而鬼呢，大約如前所說，還沒有得出公認的形象，是一個非常抽象的非現實的東西，所以在一般出版物中畫不出鬼來。

生活在雲南西北部麗江一帶的納西族現在還使用著的圖形文

字，是世界現存的很少幾種活著的圖形文字之一。納西族圖形文字本來是這裡東巴教寫經書、傳巫術的書面語，從這裡可以遇見很多種形狀的「鬼」。這種圖形文字的「鬼」，同甲骨文釋為「鬼」的字樣，有點類似。可以發現，鬼是一個披頭散髮的人（見圖1），圖2～5是各種「鬼」，基本上也還是披頭散髮的樣子，飛鬼（圖6）有翅膀，水鬼（圖7）是從一般的鬼（圖1）變來的，水怪（圖8）恐怕是比較厲害的水鬼，看那樣子是附加了一些什麼可怕的武器或工具似的。惡鬼（圖9）沒有頭，但雙手卻是腫脹了；另一個惡鬼（圖10）則有一個很可怕的頭（專家說，這是表聲用的，不是表形，我則以為還可以研究①），吊死鬼是披頭散髮作上吊狀（圖11），而傻鬼（圖12）則瞪眼吐舌，很滑稽似的；不知為什麼病鬼（圖14）是由惡鬼加傻鬼構成的，難道說惡鬼附身致病而竟至於發傻麼？但「病鬼」一詞使人更加覺得「鬼」是從「人」那裡派生的，鬼也會病，鬼也能死的。可笑的是餓鬼（圖13）——還是那個披頭散髮的鬼，不過肚子中空了，成一個鵝蛋形，餓得慌。

從這裡看到的鬼，不過是人的變形；人死了到另一個天地去，那就是鬼。鬼屬陰間，人在陽世，這恐怕是遠古以來我們先人的觀念。陰間和陽世構成一個宇宙，在這宇宙間，人與鬼共

① 這裡的鬼譜引自方國瑜教授編撰的《納西象形文字譜》（和志武參訂），雲南人民出版社，1981。引見頁359第1320號。這裡1－14圖，選自該書頁358－361。這是一部很有價值的書，也是非常獨特的書；可惜標音（手寫體）不夠理想。

存——所以在文字上鬼是人的延長。古代中國人用不著天堂，也用不著地獄[①]。有天堂地獄一說，恐怕是佛教傳入中國以後才產生的。

令人吃驚的是，古代埃及人想得更複雜些。他們並不認為只有幽明兩界——不以為人死了只變成鬼。上個世紀發掘到的古埃及人的《亡靈書》證明，古埃及人關於人的精神世界的想像力是十分豐富的。《亡靈書》是人死了，他的後人寫成一部紙草書給死者陪葬，以便死者可以在死後世界（afterworld）裡活得更美些；《亡靈書》反映的是公元前3000－1500年的社會，亦即距今四千年以前的社會[②]。

如果加以簡單的概括，那麼，古埃及人認為肉體只不過是「人」這個總概念的構成部分——看得見的部分，那時把這叫做「喀特」（xa或khat），寫作  ，古埃及人相信人是魚變的，也許這個圖形表示的是魚。還有一個看不見的軀體，叫做「沙胡」（sāhu），也許可以譯作精體（與肉體相對），寫出來是：在這個複雜的圖形中，注意其中有一隻像鳥一樣的東西，原來古埃及人死後變為鳥（人死了不變鬼，而變為鳥，想像得多美

① 這裡我贊成郭沫若的說法。他在《中國古代社會研究》（1929）第一章中寫道：「靈魂不滅的觀念確立以後，世界化成了雙重的世界：靈的世界和肉的世界。上帝永存的觀念隨著靈魂不滅的觀念發生出來。幽明兩界好像只隔著一層紙，宇宙是鬼和人共有的。有這樣的鬼世界，所以中國人用不著天堂，用不著地獄。鬼是人的延長，權力可以長有，生命也可以長有。」（1954版，頁48。重點是引用者加的）

② 《亡靈書》（*Book of the Dead*），用紙草（Papyrus）寫成，1888年出土的《安尼紙草書》（*The Papyrus of Ani*）是其中最大的一部。第一次印書是在1890年。古埃及人相信人的肉體死了，他在墓中繼續另一個行程，他將抵禦鬼妖的攻擊，並且要渡到更好的世界去。所有的經文、祈禱文以及後來記在亡靈書中的種種，都是為了幫助死者在開始新「生活」時得到更多的力量的。參看E. A. Wallis Budge: *The Egyptian Book of the Dead*（New York, 1967），序言，x，xi，xii。

啊！）。構成「人」的除了「肉體」和「精體」之外，還有叫做「巴」（ba）的，譯作「魂」，簡直就是一隻鳥：。看不見的要素不住在肉體內，不住在精體內，而是住在「靈體」中的，靈體叫作「卡」（ka），卡是軀體的複身，寫作「凵」。還有一個「影」（稱喀依比特，khaibit）是可以脫離軀體到處跑的，不過「影」也是人這個總概念的一個構成部分，寫作：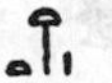，是「人」的另一個獨立存在。影子在原始民族心中是同「人」一樣的，但它又不是本人，卻具有本人一樣的作用——我們這裡相傳也有用腳踐踏別人影子的傳說，說是踏了你的影子，就等於侵害了你，至少對你不利的。「人」還有一個不朽部分是「精靈」（叫喀庫khu或Xu）。「精靈」也是一隻鳥，複數是：，然而每個人還有他相應的部分不住在人間（不論是人世還是墳墓），而住在天國——這個部分叫做「天靈」（作塞含姆，Sekhem），寫成：

「人」的最後部分是「名」（作「仁」，ren），即  分明是一個人影，坐在那裡指著自己的鼻子說：這就是了！一個人的名字，在古代社會是很神秘的，絕不能讓仇人知道；你的名字被仇人知道了，那麼，你就很不安全，因為仇人可以作踐你的名字，效果就應在你的身上①。

在古埃及人那裡，「人」是由肉體、精體、靈體、魂、影、精靈、天靈和名等等組成的。人的肉體消失了，精體、魂等還存在。肉身不過是人的一個組成部分，僅僅是一個單位，還有很多組成部分獨立於肉身之外。多麼複雜的一幅圖畫——簡直像一個原子，有原子核、有電子、有中子、有質子……都在按照自己的

① 我在《語言與社會生活》第十二節中舉了《紅樓夢》第二十五回趙姨娘要馬道婆替她作法整治賈寶玉和王熙鳳的事。不過那裡整治的不是名字，而是年庚，其理則一。

規律運動著。這就是人！與此相適應，產生了一連串的圖形文字，各有自己的形、音，和語義。《亡靈書》反映了古代埃及人的自然觀、世界觀以至社會規範。請看一部《亡靈書》中的祈禱文①：

請別 鎖著　我的靈魂，　請勿關著　　我的影，　請打開　　一條路

給我的靈魂，　給　　我的影，　讓它　參拜　　上帝。

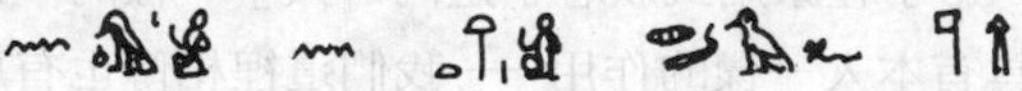

《亡靈書》提供了很多古埃及學者感到有興趣的資料，同時，也為當代社會語言學者提供了饒有興味的資料。

古埃及人認為人本來就不會死——但他們努力用防腐劑使屍體不化——，即使肉體部分腐化了，他（人）的其他構成部分仍然一樣地生存。這種觀念，現代人一看就覺得可笑，可是古代人是嚴肅地這樣思考的，他們決不能理解人為什麼停止了呼吸就不再存在了，他們還不能理解生物學上「死亡」這個詞的語義。古代中國人對生、死和靈魂等等觀念，同這類似，因而古代東方和古代西方都有殉葬這種殘暴的措施，當代一個埃及學者認為，現代人用現代的觀念來分析殉葬是「不公平的」；由於古埃及人對於人的構成有那樣複雜的觀念，因此，「希望在死後得到較好的生活而作的犧牲，頗有可能是自願的，甚至是求之不得的。」②

語言是同社會生活密切關聯的——有時人們可以從深入探究古代語言以及語言（語彙、語音）的變化（時、空的變異），來

① 見頁46注② Budge書，關於永生的原理，頁lxvii。這裡是照字面「譯」的，可以看見靈魂和影子那熟悉的形象。

② 這是當代埃及著名的考古學家阿哈默德·費里（Ahmed Fakhry）的說法，引見他的演講錄《埃及古代史》（1973）第二章第十一節。

闡明人類社會生活的某些現象。

2 世界上一切名詞，都是現實事物的反映。世界上有人，然後才產生「人」這個名詞。就是抽象名詞，例如「相對」、「絕對」，也不是和現實生活脫離的，只不過是許多現實事物的抽象的記錄[①]。但是現實世界中從來就沒有鬼，而且古往今來沒有人見過鬼，為什麼會產生「鬼」這個名詞呢？這是因為，在可以感知的世界上，的確沒有鬼——科學發達了，也證明沒有鬼——，然而在遠古的社會生活中，人們卻從許許多多不能解釋的自然現象或社會現象中總結了（抽象了）一些在我們以為很可笑，而在當時的人們卻往往認為反映了現實的東西，鬼就是一例。抽象了「鬼」的概念，然後產生「鬼」這名詞。這樣的語彙，在古代語言以及現代語言（它是繼承古代語言來的）中是很多的。在活著的語言中，不符合現代科學解釋的，或者現實世界不存在的事物的語彙，比比皆是。一方面，它們反映了古代社會生活的思想、意識；另一方面，它們證明了語言這種社會現象是有承繼性的，不因社會制度的變革和科學技術的突破而一下子廢除舊的語言，正相反，舊的語素，在新的社會生活條件下往往有了新的轉義、喻義或引申義——即使沒有新義，它們也還是以反映舊的觀念或事物而繼續存在。因此，一般地說，在語文詞典中決不能把這一類（特別如現實生活）並不存在的事物的反映（語

① 毛澤東讀艾思奇《哲學與生活》一書的摘要中，有這麼一段：「我們所用的一切名詞（或概念，範疇），例如『絕對』、『相對』等等，都是現實事物的反映。世界上有現實的馬，才有馬的名詞。相對、絕對兩名詞，也不是和現實事物離開的。」（引見《艾思奇文集》，1982，插頁）。艾思奇〈抽象名詞和事實〉一文說：「說到名詞，也是一樣，名詞是事實上的名詞，它的用處也不外是用來反映事物。」（見上引書，頁110）

彙）排除乾淨。即使是這種語言的現代階段已經不習用這些古老語彙，在一般語文詞典中都應收錄這些語素，——所以連給小學生用的小詞典，也收了「鬼」字，這不是提倡迷信，無神論者為了證明世間本無鬼，也得要這個鬼字，不承認主義在這裡是無效的。

有一個時期（十年動亂時期）有好心的同志嚴肅地建議，應當把記錄這些不存在的「荒誕」的事物的語彙，從雙語詞典中統統刪掉。這是並不可笑的。我手頭有一個油印件，可以作證。這個油印件一本正經地認為某本英漢詞典中收的「舊詞」太多，應予刪除，一則提倡馬克思主義，二則免使這些舊東西毒化使用者。這個油印件的一之1之(1)和(2)是建議刪去宗教（這是現實世界存在的，但同我們馬克思主義者的無神論相逕庭的）和神話（這是現實世界不存在的，當然也不是馬克思主義者所相信的）的詞彙。試舉A字部的例子（這裡為節省篇幅，只列漢語），如聖父、修道院長、神父、修道院、洗禮、再浸禮、三位一體；又如阿多尼斯（愛神阿芙羅狄蒂所戀的美少年）、阿耳戈英雄（隨伊阿宋到海外尋金羊毛的英雄）、阿芙羅狄蒂（愛與美的女神，即羅馬的維納斯）。以此類推，凡是希臘神話和羅馬神譜中的一切專名，在二十世紀社會主義中國都不存在的，彷彿都不能讓它們在詞典中占一席位，以此類推，舉凡酒神、海神、太陽神、月神、戰神、冥神以及眾神之神、水妖、木精、妖精，都只好請他們退出詞典舞台了。這好心的建議曾經被有些同志鼓掌歡迎，至少詞典可以薄一些，定價可以便宜些。顯然，他們忘記了詞典不是教科書（絕對不是政治教科書），詞典是供人們碰到了「攔路虎」（即不理解的東西）翻、檢、查、閱用的工具。工具是不厭其多的，當然要適用，要適用就得適應多種用途，因為社會生活是十分多樣的。

神話、傳說以及原始社會的一些觀念，固然是反映了唯心主義的意識、人的幻覺，都是現實社會生活中不存在的東西，但是決不要忘記馬克思說的：「任何神話都是用想像和借助想像以征服自然力、支配自然力，把自然力加以形象化；因而，隨著這些自然力之實際上被支配，神話也就消失了。」[①]神話消失了，但表述神話的語彙卻作為人類童年時期的遺跡進入了語言的儲藏庫。這些語彙再也不能起到它們最初出現時的魅力，但要把它們隨便抹去可不行。

《說文解字》和《康熙字典》收載有關「鬼」的詞彙各有幾十個之多，其中只有幾個（至多十餘個）在現代漢語中還保存著它們的生命力，其他大多數已隨著時間的推移而停止它們的活動了——不再在現代社會生活中傳遞或交換信息了，要處理這些單字（或詞彙）有兩種辦法：（i）在中級詞典中作綜合的敘述（這可能也是字書——詞書的一項革新），（ii）在大型詞典中仍然分別給它們以應占的位置。這可能是唯一可行的處置方案。

3 幾十個以「鬼」為偏旁的字，加上個別雖沒有「鬼」偏旁但有鬼語義的詞彙，構成了一個現代語言學所謂的「語義場」（semantic field）。這些語彙包括：

反映各種鬼怪的語彙；

反映神秘世界（即與肉體世界相對應的，並不存在的另一世界）的概念的語彙；

反映同醜惡有關的概念的語彙；

① 馬克思：《政治經濟學批判》導言；《馬克思恩格斯選集》卷二，頁113。

由這些語義所引申或轉化的語彙。

語義場是現代語言學受現代物理學場論的啟發而產生的一種理論。最初，當西方語義哲學盛行的時候，語義場理論被認為同著名的薩丕爾．沃爾夫假說有關係的理論，即所謂交際系統的形式（方式）決定一定文化的世界圖式（對世界的看法）；說得簡單些，語義哲學家以及符號學家認為，語義場是決定文化方式的因素——這裡說的「文化」，不是通常意義的「文化」，而是指表達和觀察「外部世界」的方法體系。照語義場的創始理論家特里厄（Trier）的說法，語言創造了實在（reality）；語義場是一種特定語言（某一種語言）的語彙庫中的一部分，每一個語義場內在都是一致的，它在特定語言中構成了「一幅世界的圖畫和一種價值的尺度」。這裡不準備去探究說明這種理論的唯心主義、反科學的色彩；如果我們把語義場看作一種研究語彙和語義的手段，強調特定語言體系的同一性（語彙的同一性）和語境對表達的意義的影響，那麼，這種場論將會給我們的語義學研究帶來一些新的啟發——至少是打破了陳規，即將語素分割為一個一個孤立的現象，然後進行研究的因循習慣。

現在讓我們從我們所能接受的語義場論出發，來研究一下漢字的偏旁。必須承認，偏旁部分是活躍的結構，偏旁所組成的字（詞）很有規律地形成了一個一個語義場。例如，以「鬼」字為偏旁的字和從這些字組成的詞，都反映著同一個神秘世界的神秘事物或神秘力量；正如以「氵」（水）字為偏旁的字（詞）都反映著與水有關的事物（江、河、湖、沼、滴、漏、湄、涓……），以「木」為偏旁的字（詞）展開了一幅樹木系列的圖畫（杉、松、櫻、橙、柑、桔、樺、楓……），以「女」為偏旁的字（詞）使人聯想起與婦女（或家族）有關的人的世界（姊、妹、婦、嫗、妃、妞、妓、她……）。這些字（詞）各個構成特定的語義場（當然，這裡所說的「語義場」同語義哲學中的同一術語的含義有所差異），從各個語義場出發去探究這些字（詞）的形成和演變的社會意義，以及這些字（詞）作為語義場的組成部分在各個特定語義場中所起的作用，各個組成部分之間語義的同化、轉化、影響、擴大、縮小……等等，將會是社會語言學的一個新的研究天地。

古代社會對於現實生活並不存在的各種鬼物都給以專名，這是探究以「鬼」為偏旁的語義場所見到的頭一樁令人驚訝的事，比如雷有雷鬼（䨮），雨有雨鬼（䨺），水有水鬼（魀），木石有木石鬼（魍魎），當然還有惡鬼（魓）和旱鬼（魃），以及種種只留下字形（字書上甚至注上字音）而一下子不知究竟是什麼鬼的字（詞）。《康熙字典》把例如魀、魡、魗、�……這些特定的鬼概括為「鬼名」，即各種鬼的稱呼——從前，幾十年前，當英語最初傳入封閉的中華古國時，有些英漢詞典也採用過這種概括、抽象實則模糊的釋義，說是「一種鳥」、「一種魚」、「一種樹」之類，並沒有給出另一種語言（在這裡是漢語）的等義詞。這種辦法對於讀者是不能解決問題的，因而是不足為訓的。不過話又說回來，對於古代社會生活中各種鬼的稱呼，連《康熙字典》也不肯花力氣去考究出究竟是什麼鬼，對於我們遠離原始社會的讀者，確是難於辨認的。從這許多「鬼」字為偏旁的漢字群看來，我們的祖先可能認為每一種動物或每一種植物或每一種現象（如生病）或每一種運動過程（如作惡），都有一個精靈主宰，這個精靈都被歸入「鬼」類，各給一個以「鬼」字為偏旁的名詞。這種語言現象向人們展示了萬物有靈論的影子——西方現代語言似乎沒有這麼許多精靈的叫法的，雖然西方古代社會也存在萬物有靈論。

值得一提的是以「鬼」為偏旁的字（詞）的語義場中，頗有些字（詞）不一定屬於精靈。《抱朴子》[①]中的「魈」（後來稱為「山魈」？），語義是「山精」，書中說這種精靈「形如小兒，獨足向後，喜犯人，呼其名則不能犯也。」照這裡所記，「魈」恐怕不是鬼物，即不是古人原始意識的超自然物，而是一種罕見的動物——北京動物園曾經陳列過一隻「山魈」，深紅色的鼻子，鮮藍色的兩頰，深而黑的眼睛，什麼地方還有一撮白毛，如果在暮色蒼茫中驟然碰到牠，真要嚇一跳，竟以為是妖怪！——難怪我們的先人把它歸入「鬼」類，造了從鬼從肖的一個字。凡是罕見的、形狀特殊的動物，在未能認識的條件下，完全有可能歸之為鬼妖。至於「呼其名則不能犯也」是一種迷信，也就是所謂的對名字的靈物崇拜，實際上不會發生的。《山海經》[②]記有所謂「人面獸身」的鬼怪「䰠」，恐怕也是一種動物。另外還有所謂「魑魅」的鬼怪，也是人面獸身的，有時又寫作「螭魅」，說它有四足，「好惑人」——這種怪物還會引誘人，顯然也是一種動物，不是鬼。古人稱為在水中暗害人的鬼物為「鬼蜮」，「蜮」字居然從「虫」，走進了以「虫」為偏旁的語義場了。可見古人有時也覺得這種怪物大約是一種動物，不過它很神奇，那時也沒有生物學家，也還沒有解剖學家，不知道的東西比現在多得多，無以名之，故歸入「鬼」類。

古時有些星宿的名稱也從「鬼」旁——這也是有趣的事實。古字書中的「魁」——從「鬼」，就是屬北斗七星的星名；還有

---

① 《抱朴子》，葛洪著，為現存關於神鬼的完整體系著作，約成書於第四世紀——大略同於郭璞注《爾雅》的時代。

② 《山海經》，古地理著作，據說是戰國時期前後所作——那是在公元前幾百年的事了。

魁、魑等等。古希臘人以神話中的人（神）或動物（怪物）來稱呼星座，例如「半人半馬座」（Centaurus）。這也反映了古代社會的意識，也就是英國人類學派所謂萬物擬人化①的具體表現。

在這個「鬼」的語義場中，瀰漫著表達「醜惡」②的語感。鬼，在許多語言中是代表邪惡的、可憎的事物。「鬼」——在一般場合下不是受壓迫者的形象，也不是壓迫者的形象，而是一種令人厭惡的醜惡的形象。漢語「醜」這個字本身就從「鬼」旁，「酉」（這個字的另一構成部分）只是表聲。古字書記載的有「䰡」、「䰢」（這兩個字＝「醜貌」）；此外還有：䰩、魓、䰦、䰷、䰳。這樣的字據傳都表示醜陋、醜惡，等等。自然，這些字現在都已先後退出歷史舞台，不再在社會生活中繼續起作用了，換句話說，除了專門研究古文字學或古籍的學者以外，誰都不認得它們，但是人們還可以通過它們出現的時間（時代）、語境（上下文）和情景來考察特定的社會生活。當然，這不是一般詞典和詞典學的任務，這是社會語言學的任務。

「鬼」在自己的語義場中有時又轉化而為鬼的對面——人。例如海禁初開時（一個世紀至兩個世紀前），人們把外國入侵者鄙稱為「洋鬼（子）」——在廣東話則鄙稱為「番鬼」。「番」就是外國的意思：「番邦」即外國；南瓜被稱為「番瓜」，用現代話來敘述，也許是從海外引進的。「番薯」（白薯、紅薯）不知為什麼加一個「番」字，至今廣東話還把肥皂稱為「番梘」——即從外國（番）傳入的「梘」（皂），香皂則稱為「香梘」，略去

① 我指的是弗雷澤（Sir James Frazer）的一派。「在他（古人）的宇宙中每一種東西都是擬人化的」，參見乍荷達（G. Jahoda）：《迷信心理學》（*The Psychology of Superstition*）1969，頁35。

②「醜惡」的「醜」字已簡化為「丑」，看不見「鬼」了。

「番」字了。來自外洋的令人討厭的邪惡的人，這就是番鬼，男的叫「番鬼佬」，女的稱「番鬼女」，或「番鬼婆」。最早來華的一個美國冒險家亨脫（William Hunter），有一部回憶錄的書名就叫做《廣州番鬼錄》，他也無可奈何自認為「番」「鬼」了。在語義場的這一角，鬼就不是幻想中的另一個世界的精靈，而是現實世界的實體，——是人，不過帶有被鄙視的成分罷了。西方人「有禮貌的」罵人話：「讓它見鬼去罷」，現在也在漢語的文章中使用了。見鬼，活見鬼，見鬼去！——古代中國沒有這樣的表現法，這是舶來品，但人們不嫌其「洋」，越用越多了。這種表現法相近於英語的“*go to the devil !*”（直譯是「到鬼那裡去！」）同世界語的表現法是一樣的：“*diablo prenu !*”（直譯是「鬼（把你）奪了去！）或“*al la diablo !*”（直譯是「到鬼那裡去！」）這使人想起俄語裡的“к чёрту !”（直譯是「到鬼那裡去！」）俄羅斯人講的 чёрт，是一種有角有尾的人形怪物，有人說這就是俄羅斯鬼——大抵每一個民族心目中都有自己的鬼，《聊齋誌異》描寫的許多鬼，是中華民族的意想物，同別的民族的意想物是不一樣的——這部講鬼的書，描寫的鬼很多都不是令人厭惡的，雖則它有時也惑人、誘人、迷人，但不戳穿了可是很可愛的。這部書迷人的地方就在此，鬼有人味，而決不在荒誕。

上引的表現法，通常的意義是「完蛋了」、「毀了」、「潰了」，或者「滾開」、「滾蛋」、「讓開」，有時是「該死！」的味道。最初也許說話人是信鬼的，但現在不然，說話人完全沒有鬼的觀念，提到上引句子中的鬼時，大腦裡連一點點鬼的影子或聯想都沒有的[①]。

① 粵語有「撞．鬼！」一語，「撞」＝碰見、遇見，讓你（或我自己不幸）碰見邪惡的鬼，交惡運了。這種表現法可能有半真半假的語感，不一定指鬼。

鬼的語義場中出現了人——說鬼，其實指人，還可以舉出廣泛流行的語詞：「小鬼」。這個語詞是十年內戰（第二次國內革命戰爭時期）在蘇區產生的，它的語義帶有很可愛的、很親暱的語感，它指的是天真活潑而又十分勇敢的小紅軍戰士。斯諾在他著名的《西行漫記》中有一節的題名，就是〈紅小鬼〉。作者帶著虔誠的心情讚嘆道：

> 「總的說來，紅色中國中有一件事情，是很難找出有什麼不對的，那就是『小鬼』。他們精神極好。……他們耐心、勤勞、聰明、努力學習，因此看到他們，就會使你感到中國不是沒有希望的，就會感到任何國家有了青少年就不會沒有希望。」

小鬼，在這裡就成了神聖的可愛的人的希望，而絕對不是邪惡的象徵了。同一個名詞（小鬼），在「文革」的動亂的十年間，還用在一句經常掛在人們嘴邊的話裡，即「打倒閻王，解放小鬼！」這個小鬼，是十年動亂時期的小鬼，而不是十年內戰時期的小鬼，並不像斯諾筆下的小鬼那麼天真可愛。這句十年動亂中的熟語在當時的社會語境下，意味著要粉碎任何的權威（「閻王」——另一個世界的權威——是它的象徵），讓他的手下得以「造反、奪權、坐江山」。對於這句有很深沉的社會語感的話，經過那一段社會歷史時期的人們，是能體會出那「小鬼」的內涵和實質的。由此可見，同一個詞，「小鬼」，在不同的語境中會產生完全不同的語義和語感。

「鬼」的語義場就是這麼複雜和饒有興味的。

4

有這麼幾個以「鬼」字開頭的詞組：

「鬼斧神工」，

「鬼使神差」，

「鬼哭狼嚎」，

「鬼泣神號」，

「神憎鬼厭」。

其中有兩組不同作用的詞：（甲組）鬼——神；鬼——狼。（乙組）斧——工；使——差；哭——嚎；泣——號；憎——厭。鬼同神都是同類的對立物——所謂「同類」，指都存在於人類想像中的世界，而不是生活在現實社會中的東西；所謂「對立物」，鬼住在下界，而神則住在上界；鬼是可厭的、邪惡的，神是可敬的、正派的象徵。鬼同狼也可以說是同類（指同是可憎和可厭的性質）的異物（它們不能說是對立的，只是異種，一在幻想世界，一在動物世界。我想仿照符號學的理論，把上引語言現象稱為「矛盾語義場」[1]。

由於這些對立物（矛盾語義的產物）所形成的詞組，加強了這個語詞的語義，「神工」加強了「鬼斧」，「神差」加強了「鬼使」，「狼嚎」加強了「鬼哭」，同樣，「神號」也加強了「鬼泣」；當然也可以說，兩個組成部分互相加強了語義，例如「神憎」和「鬼厭」相互之間起了作用，分別講的不是同一事物，但合起來講則是加強了的同一事物。後面的詞加強了前面的詞（或者反過來），前後兩詞互相加強——我把這種現象，這種漢語獨特的表現法，稱之為加強語義場，或加強矛盾語義場。語義得到了加強，自然語感也得到了加強。恰當地使用這種詞組，將會給人傳遞一種強烈的、濃縮度很大的感情色彩。

還可以舉出若干詞組來論證這個矛盾語義場，如：

---

① 矛盾語義場（contradictory semantic field），參看義大利符號學家烏姆貝托·厄柯（Umberto Eco）的《符號學原理》（*A Theory of Semantics*），1979. §2、8、4專門論述〈矛盾語義場〉（頁81－83）。

狼吞虎嚥（狼～→虎，吞～嚥。）

東張西望（東→西，張～望。）

東奔西跑（東→西，奔～跑。）

長吁短嘆（長→短，吁～嘆。）

陰差陽錯（陰→陽，差～錯。）

天涯海角（天～海，涯～角。）

來龍去脈（來→去，龍～脈。）

（→表示對立；～表示相似，相類。）

這裡需要再一次指明，這一類詞組所表達的，表面上是兩碼事，實際上是一碼事；例如「鬼斧神工」，不是表達鬼幹得怎樣好、神幹得怎樣好，而是表達同一種概念（幹得好極了、巧極了，簡直是無可比擬了）。

在這種矛盾語義場中，有一個詞組「牛鬼蛇神」是很有趣味的詞組。「牛鬼」相傳是牛頭的鬼，「蛇神」相傳是蛇身的神，可能是萬物有靈論的遺跡。牛鬼——蛇神，也同別的矛盾語義場一樣，它說的不是兩種東西，而是一個詞加重另一個詞的語義，或者兩個詞互相接觸時加重了同一個語義。對「牛鬼蛇神」這個詞，傳統的詞典字書都引用唐詩人杜牧評李賀的詩作為書證，這裡說：「鯨呿鰲擲，牛鬼蛇神，不足為其虛荒誕幻也。」因此，後人以「虛荒誕幻」的東西作為「牛鬼蛇神」的語義。「牛鬼蛇神」看來不是兩個概念，而僅僅是一個概念，有點神秘莫測，富於想像的味道，原來看不出有什麼令人憎惡的語義，——當然也沒有值得人們景仰或眷戀的意味。這個加強語義的矛盾組織，後來則轉化而為種種壞人，例如清人小說中的「牛鬼蛇神」，就沒有一個是好人了。到了近二十年，這個構成矛盾語義場的詞組被賦予前所沒有的很重的貶義。例如1957年一篇著名的社論[1]說那一個時期報紙發表許多「鳴放」材料：

「其目的是讓魑魅魍魎、牛鬼蛇神『大鳴大放』，讓毒草大長特長，使人民看見，大吃一驚，原來世界上還有這些東西，以便動手殲滅這些醜類。」

這裡的魑魅魍魎就是邪惡的鬼物，這裡的「牛鬼蛇神」也是一樣令人「憎厭」的東西，這個構成矛盾語義場的詞組從此就流行開了。到了1966年，人們差不多天天都在說在嚷這個東西——它成為一種咒語，是「敵人」的代名詞或等義詞。1966年6月著名的社論[2]就是用這個詞組構成題目的：〈橫掃一切牛鬼蛇神！〉，文中所謂「盤踞在思想文化陣地上的大量牛鬼蛇神」，是指所謂的資產階級專家、學者、權威、「祖師爺」等等，要把這些人打得「落花流水」！而在實際生活中，「牛鬼蛇神」擴大了自己的語義，它不僅包括知識分子，還包括各級幹部以及被「造反」派看不順眼的人們。同年6月另一篇社論的題目再一次使用這個詞組：〈革命的大字報是暴露一切牛鬼蛇神的照妖鏡〉[3]，此時，「牛鬼蛇神」又已升級，並且被認為是「三反分子」（反黨反社會主義反毛澤東思想的黑幫）的同義語。這個加強語義的詞組頓時成為一切邪惡的代表，即不單是思想意識上的邪惡的代表，而且是政治上的黑幫的代表。由這個詞組引申出一個廣泛流行的「牛棚」一詞，即把牛鬼蛇神集合（拘留）在一起的場所——其實這個詞在十年動亂中並不流行，它也許早已誕生了，也許只在一部分「牛鬼蛇神」中傳用，但它作為正式的詞彙補充到全民語彙庫中，恐怕是在結束這段動亂歷史之後。

① 指《人民日報》1957年7月1日社論。
② 指《人民日報》1966年6月1日社論。
③ 指《人民日報》1966年6月20日社論。

「牛鬼蛇神」這個詞組譯成外語，記載在幾部不同時期、地區出版的詞典中，也留下了社會運動的軌跡。例如《漢俄詞典》（1977出版，但它成書於十年動亂時期，粉碎「四人幫」後只能作一些極為必要的修改）還收了「横掃一切牛鬼蛇神」這樣一個怵目驚心的命令句，使人記起了那個災難的十年。這部詞典用“Нéчисть”一詞來譯「牛鬼蛇神」，有人說很恰當，有人說不很恰當，不管怎樣，這個俄語單詞使人記起了十月革命後內戰時期使用的 Белогвардéйская Нéчисть（白衛軍妖孽）這種字眼，牛鬼蛇神於是被看作同白衛軍差不多的東西了。稍遲出版的《漢英詞典》（1978，實際工作大部分也是在十年動亂後半期完成的）收有「牛鬼蛇神」詞組，而沒有「横掃一切牛鬼蛇神」這個命令句。但詞組條目下加了一句用英語寫的說明：它（牛鬼蛇神）是“class enemies of all descriptions”，意即「種種式式的階級敵人」。注意，短短的一行英語說明，揭示了「牛鬼蛇神」不是別的什麼，而是階級敵人。這幾個字給後人留下深刻印象，也給這個詞留下了深刻的社會語義（不是哲學語義）。美國出版的一部《當代漢英詞典》（1977）[①]是一部對很多詞目有語義解說的、值得一讀的書，它給「牛鬼蛇神」寫的說明是：“epithets, much used in the Cultural Revolution, to impugn persons alleged to be anti-Mao.”（「這個詞組在『文化革命』中常用以指責被稱為反毛澤東的人們。」）——這種語境解說是符合當時的社會語境的。由此想到，假使將來有人編一部現代漢語常用語詞典時，對一些流行著的，或已流行過而起過很大作用的語詞（詞組），作一些語義解說、語境解說，這將會是一樁有意義的事，它不僅對社會

---

① 指 *Chinese-English Dictionary of Contemporary Usage*, comp. by Wen-Shun Chi（紀文勛）, University of California Press.

語言學有貢獻，而且對當代社會史也會有貢獻的。

5 特定的民族語的語彙，有些是可以準確地改寫為另一民族語的對等語彙——叫做「等義詞」——，有些卻不那麼容易，不那麼準確，甚至幾乎不可能。比方「桌子」、「椅子」、「男人」、「女人」、「抽象」、「具體」……，這一類詞語是很容易在另一語言中找到等義詞的。有些詞卻不那麼妥貼，找到的對應詞語的語義，不是寬了，就是狹了，不是重了，就是輕了。「鬼」這種詞語就是這後一類中的一個。「鬼」譯成英語，可能作ghost——這是很普通的一個表示這種玄而又玄的東西的詞——，或作spirit、devil、genius，甚至作phantom等等。西方前幾年有一部很受觀眾歡迎的電影，諷刺「有錢能使鬼推磨」（這是道地的中國諺語，同樣也是十足美國式的拜金主義的寫照），名字叫做*The Ghost Goes West*，我國譯作《鬼魂西行》——ghost作「鬼魂」，其實就是「鬼」。

著名的《共產黨宣言》第一段話也寫到這樣的玄乎其玄的物事：

> 「一個幽靈，共產主義的幽靈，在歐洲徘徊。舊歐洲的一切勢力，教皇和沙皇，梅特涅和基佐，法國的激進黨人和德國的警察，都為驅除這個幽靈而結成了神聖同盟。」

這裡的「幽靈」，在另外的場合，也許會稱作「鬼影」，或索性叫「魔影」，有時甚至叫「妖魔」或「妖魔鬼怪」。須知，「鬼」同「魔」雖然在《說文解字》裡被當作同樣的東西，可是在社會生活中這兩個詞代表的語義（或微語義）和語感是不完全一樣的，讀一讀《西遊記》這部小說就可知「鬼」和「魔」不可以替換用。現代漢語則常把這兩個漢字合起來構成一個「魔鬼」的詞，這「魔鬼」自然也不完全等同於「鬼」，它的隱義和喻義——邪惡的勢力——也同「鬼」不那麼完全一致。鬼是怕見太陽的，說到底邪氣還是怕正氣的，這大約古今中外都有這樣的觀念。法國作曲家聖－桑（Saint-Saëns）有一部交響音詩，題名為*Danse macabre*——此處的*macabre*是「死」、「死者」或「亡靈」之意，人們把這部交響音詩譯為《死之舞》(《亡靈舞》)，描寫死神半夜坐在墳頭，用腳跟敲著墳墓，好像打鼓似的，招呼亡靈（鬼魂）從墓中偷偷出來跳舞，直跳到雄雞一唱天下白，才沒命地奔回他們隱匿的地方——鬼魂是陰性，怕光，怕陽光，天亮了就沒命了，所以趕快逃命——鬼也要逃命的，可見鬼也怕死的。這裡的*macabre*也不好譯，譯成另一種語言時語義不那麼準確的。

語詞從甲語譯成乙語所引起的語義變化，或不同語言中表現法的差別，語言相互接觸時（轉譯時）引起語感的變化，這些都是現代語言科學、語義學、符號學和語用學所深感興趣的課題。厄柯教授舉過一個例子①，說拉丁語中的mus（鼠）一字譯成英語，可以有mouse和rat兩個等義詞。據OED②說，rat是比mouse大一點的鼠，這是OED的「古典」說法，現實生活用這兩個字恐不會有這種差別。漢語譯拉丁語的mus，倒是方便的，可作「老鼠」或「耗子」，文言味重一點的可以只用一個「鼠」字。厄柯說，對於講英語的人，提到「鼠」類時有兩種說法（他用的是兩個文化單位cultural unit)，而講拉丁語的人卻只有一種說法（一個文化單位——符號學家常用「文化單位」來表達一種文化方式、文化體系，這裡不詳述）。由此可見，轉譯即使是就語彙來說，也是學問不少的。語義、語感的轉譯有很多問題值得

① 見厄柯的《符號學原理》，頁78—79。
② OED即《牛津英語大詞典》略稱。

探索，所以社會語言學家對語義場、語境和社會生活之間的關係，是要下功夫研究的。

6 講關於鬼的語彙而不提《袖珍神學》[1]，那將是很大的憾事。這部十八世紀卓絕的法國無神論者的輝煌著作，又名《簡明基督教詞典》。這部書是值得當代人一再誦讀的，其中〈鬼魂〉一條寫道：

> 「凡有善於分析的頭腦的人是不信鬼魂的，但任何好基督徒都必須相信。聖靈在《舊約》中承認鬼魂，因此，我們這時不相信鬼魂就是異端了。加之鬼魂能引起恐怖，而凡是能引起恐怖的，都對教會有好處。」

這條釋文是針對那時的教會寫的，含蓄而又潑辣，思想之活躍，在十八世紀那時是站在最前列的。統治階級的思想就是統治思想，因之，聖靈信鬼，你就不得不信鬼。不信，在教權統治國家的時代，就是異端。同一部詞典有「魔鬼」一條，其釋文簡直就是一篇尖銳的超短雜文。請看：

> 「魔鬼　是天庭的首相，教會藉以進行工作的槓桿[A]。上帝一句話就能使他——指魔鬼，引用者——化為烏有，然而他——指上帝，引用者——禁忌這樣做：上帝非常需要魔鬼，因為他可以把一切只能歸咎於他自己的蠢事記在魔鬼的帳上[B]。因此他不打擾魔鬼[C]，並且耐心地忍受魔鬼對他自己的妻子，對他自己的孩子，甚至他自己本身的一切乖張行為。上帝沒有魔鬼是不行的[D]，敬畏上帝常常不外是對魔鬼的恐懼。要是沒有魔鬼，許多篤信上帝的人永遠既不會把上帝，也不會把它的僧侶放在心上[E]。」

---

① 《袖珍神學》，荷爾巴赫著。*Théologie Portative ou Dictionnaire abrégé de la religion chrétieune*，1768年版。有單志澄等譯的漢譯本，北京商務印書館版。

寫得多好呀——兩百年後的今天看來，還是動人的。我斗膽在其上標上ABCDE五個標號，指明這裡至少（注意：至少）有這麼五層意思。教會是靠魔鬼進行工作的，上帝把惡行都歸於魔鬼，因此上帝才不打擾魔鬼；上帝沒有魔鬼就難以進行工作，因為不怕鬼，那也就不敬上帝，不敬上帝自然不敬僧侶了。這裡的意思即使在今天看也是深刻的：不怕鬼！

類似《袖珍神學》那樣旨在諷刺的「詞典」（那只是一種寫作形式，不是我們日常生活中所說的「詞典」），還有一部頗有名氣的，那就是美國幽默作家比厄斯（Ambrose G. Bierce 1842—1914?）著的《魔鬼的詞典》（*The Devil's Dictionary, 1911*），這部書最初叫做《一個憤世嫉俗者的字書》，有很多條目的釋文是寫得別有風味的，反映了作者的時代（十九世紀下半期至二十世紀初）和社會（資本主義走向帝國主義時期）的一些懷疑論的思想。作者本人晚年思想上找不到出路，頗有點迷惘，他深知這個千瘡百孔的社會是無法挽救的，所以他在第一次世界大戰前夜，離開故國，去了墨西哥，從此就再也沒人知道他的蹤跡了——也許自殺了，也許病死了，也許隱姓埋名，總之從現實社會隱去了。這部大書有一條釋「鬼」（Ghost），照作者下的定義，「鬼」就是內心恐懼的一種外在的可見的符號。他說，海涅曾引用某人的論述，說鬼怕人正如人怕鬼那樣，這是很有道理的。這部不算詞典的詞典，到處反映了作者的思想迷惘和矛盾，也反映了作者厭惡資本主義社會的情緒。有一陣《辭書研究》討論過詞典有沒有階級性，我以為凡是使用詞典（不必編過詞典）的人，都會有自己的答案。一部書（詞典也是書），即使是編的書，也不能不表露作者自己的觀點或傾向性。至於以為詞典應當有階級性，就硬把一些同信息無關的陳詞濫調塞到釋文裡面去的那種想法，是不科學的，也是不受正直的求知的讀者歡迎的。

文學作品有不少是沾「鬼」邊的——在中外名篇中出現鬼魂，那是不足為奇的。十年動亂時期，一見到沾「鬼」邊的作品即要把它打倒，那是一種形而上學。共產黨人陳毅那傳誦一時的名句：「此去泉台招舊部，旌旗十萬斬閻羅！」難道這詩人將軍真的信鬼麼？不是的。這是隱喻。這同迷信無關，也不是反科學——無非表明：反動派聽著，死了也要跟你們鬥到底，非把你們鬥垮不行！至於莎士比亞《哈姆雷特》中出現的鬼魂，只有「呆鳥」[①]才說這是迷信。文學作品、藝術作品中的鬼魂，同巫師嘴裡的鬼魂不同，這是常識。特別是在階級社會中，被壓迫者一時不能復仇雪恨，寄託自己的希望於化為厲鬼，那還是一種可以理解，甚至值得讚賞的意識。魯迅稱頌紹興戲中一個吊死鬼的形象為「一個帶復仇性的，比別的一切鬼魂更美、更強的鬼魂」，就是這個道理。這才是合乎辯證的科學。

（1982年）

①「呆鳥」是魯迅對這些說大話的人的諷刺話。

釋「典」

——關於詞書的記錄性和典範性以及詞書的社會職能

1 「典者，常也。」

這是中國最老的字書《爾雅》對「典」字的詮釋。中國最老的史書《史記》，則記載了「典常」一詞。《史記禮書》說：

「定宗廟百官之儀，以為典常，垂之於後云。」

如果用現代漢語加以通俗的解釋，那麼，「典」帶有「規範化」的意思——即帶有一定程度的人為因素，或社會因素，換句話說，就是帶有一定程度的強制因素。

中國的字書、韻書、語詞的類書，以「典」字為名者恐怕始於《康熙字典》(1716)。在《康熙字典》以前，少有以「典」為名的字書。《爾雅》不稱典，《說文解字》也不稱典；爾後的字書，如《字林》(晉呂忱撰，佚)、《玉篇》(南朝顧野王撰)和《字彙》(明梅膺祚撰)、《正字通》(明張自烈撰，或題廖文英撰)也不作「典」。《康熙字典》則大言不慚地自稱為典範——饒有興味的是，在《康熙字典》之後，在我國社會生活中起過重大影響和作用的、較大規模的詞書，也不稱「典」，如《辭源》(1915)、《辭通》(1934)、《辭海》(1936)。

康熙帝為《康熙字典》寫過一篇序。這篇「御」序揭出了要奉此書為「典常」的理由，它寫道：

〔前此所出的字書〕「或所收之字，繁省失中；或所引之書，濫疏無準；或字有數義而不詳；或音有數切而不備；曾無善兼美具可奉為典常而不易者……」

而此書一出，則應「奉為典常」，因為它

「悉取舊籍次第排纂，切音釋義，一本《說文》、《玉篇》，兼用《廣韻》、《集韻》、《韻會》、《正韻》；其餘字書，一音一義之可採者靡有遺逸。至諸書引證未備者，則自經史百子以及漢晉唐宋元明以來詩人文士所述，莫不旁羅博證，使有依據。然後古今形體之多，方言聲氣之殊，部分班列，開卷了然，無一義之不詳，一音之不備矣。」

這段「御」文——也不知是皇帝「御」筆親寫的還是御用文人代庖的——幾乎可以收入現代廣告文字彙編裡；不過這樣的廣告，卻也提醒人們，當時政治局面比較安定，經濟發展比較順手，文化需求比較迫切，所以要整理過去成果，編成一部「規範化」的字書，使這個社會交際工具更能按照當時的社會準則和語言規範加以標準化。這就是「典」字的重大社會意義。

不過標準化和規範化——「定於一」——不是易事；尤其是在學術上更不容易。《康熙字典》確實對過去的字典作過一番整理，力圖加以「規範化」，但是同一朝代的王引之（1766—1834），就對這部被誇大了「典常」作用的字書考證出2,588條錯誤來。當然，這也不能說明這部力圖將漢字加以規範化的字書就沒有價值了，不，完全不是這樣。《康熙字典》收字47,035條，查出其中二千多條錯誤，約合二十分之一，那是完全不奇怪的，而且也無損這部書的價值。英國字書的始祖約翰遜（Samuel

Johnson, 1709—1784）在《康熙字典》印行的同一個世紀，就說過很公平的也是很有心得的話。他說，什麼作家都會有被讚揚和稱頌的機會，唯有詞書的作者卻只能希望逃過被譴責的難關。

雖則如此，字書詞書在一定意義上也還是社會語言的規範——它有權被尊稱為「典」。1949年後出版的兩部流行較廣的詞書，也用「典」為書名，那就是銷行了以億計算的《新華字典》（初版於1951年）和印行了以千萬計算的《現代漢語詞典》（初版於1973年）。

《現代漢語詞典》在十年動亂時期遭到「四人幫」大棍的打擊，那是盡人皆知的事了；說它是尊孔、回潮、復辟的「黑」書，那也是盡人皆知的事了。有一句話是原書〈前言〉中說的，「這部詞典是為推廣普通話、促進漢語規範化服務的」，這也成了當時「眾矢之的」——說：怎麼能為「規範化」服務？要為工農兵服務嘛！這是典型的形而上學，因為工農兵也好，被稱為「臭老九」的知識分子也好，全都有語言「規範化」的問題，把規範化同工農兵對立起來（這本來是兩個完全不同的範疇，沒有可比性，也決不是對立物），然後引導到為規範化服務就必定反對為工農兵服務的荒謬結論。這件公案已成為歷史了，但這裡又向我們提醒一個問題：詞典的任務是否包括了或者著重在語言（語詞）的規範化？

《新華字典》——這部入門書是1949年後立即著手組織的第一部企圖將日常應用的現代漢語〔特別是在小學生開始學文字時〕加以規範化的字典。這是新華辭書社在著名的語言學家魏建功先生主持下編成的一部入門字典。那時，不著手編漢語大詞典，而著手編一部入門的、以小學生為對象的小字典，我認為是切合實際，而且是有戰略意義的。回憶在1949年的前夜，有關部門著手籌備編纂中學小學教科書的同時，也研究過編入門字典的事。葉聖老（聖陶）的《北上日記》中有這麼幾條，從一個側面反映了那時的部分籌備工作：

（一九四九年一月十四日）陳原、李正文、宋雲彬來訪。

（一月十八日）應新中國書局之約，談編輯小字典事。主其事者為陳原，荃麟亦與聞其事。

（一月廿三日）夜應徐伯昕、邵荃麟、陳原等之招，宴於紅星酒家，談出版編輯方面事。

所記的時間是1949年1月，地點是香港。文中提到的「新中國書局」即三聯書店準備在1949年後打出的招牌，那時主持三聯編輯部的是邵荃麟同志，我也在編輯部工作。當時準備以最快速度編成一部以啟蒙為目的（小學生、文盲為對象）的入門小字典，適應1949年以後新形勢的需要。由我起草了計畫，編出了樣張，分別徵求一些學者和教員的意見——葉老日記所載就是指我們向葉老請教的幾次活動。計畫和樣品都找不到了，留在我記憶中的只有這麼一點：這部字典要教人會讀（注音）、會寫（注筆順）、會用（單字與單字的搭配等等）。因為國共戰爭形勢發展出乎意料得快，這件工作後來沒有可能在香港進行下去；後來，出版總署成立後，上面提到的《新華字典》就是這一想法的具體實現。

《新華字典》是力圖在人們學習語文的最初階段，將字音、字形、字義加以規範化的工具。應當說，它是花了力氣編的，不能說它沒有缺點和疏漏，但它是在竭力向「規範化」的方向努力的。近來海外有個別人在報紙上大罵《新華字典》，說「這部字典是什麼樣子，大家心中有數，絕不是一本上乘的字典」，由此推斷中國的詞典界「簡直貧乏到可悲的地步」。這種不顧事實的謾罵是站不住腳的，而且是不值一駁的。我重複說一遍，《新華字典》的初版是在魏建功先生的不疲倦的努力下成型的，一點也不見得「貧乏到可悲的地步」。這部小字典在很多方面作了一些新的嘗試，或者用時下的話說，有了某些「突破」，這對於漢語詞典編纂學是一種貢獻。十年動亂時期，因為要恢復小學教育不能沒有入門字書，所以決定修訂《新華字典》——按「四人幫」的「理論」，必須「大批判」開路，於是把它批得一無是處，那是絕對不公平的。幸而周恩來出面干預，這部字典才有了1971年版。這一版大致上保持了1965年修訂版的內容，包括後來1979年版所刪去的「多字頭」在內。

所謂「多字頭」就是由兩個（或兩個以上）漢字組成的詞——嚴格地說，這個詞的組成部分不能拆開來單獨使用，也就是說，其中一個單字孤立起來看是沒有完整語義的，因此也是不能用的。《新華字典》這樣做的時候，也許是想在漢語單字（詞）的寫法上作某些突破。這也算是一種規範，至少在原編者認為是值得提倡的一種規範。例如A部就有：

腌臢(不乾淨)　娭毑(祖母)　欸乃(搖櫓聲)　靉靆(雲彩厚)

瑷琿(縣名)　骯髒(不乾淨)

在B部即有：

擘劃(安排)　蓓蕾(花骨朵)　荸薺(植物名)　觱篥（古樂器）

嗶嘰(紡織品)　睥睨(斜看)(看不起)　狴犴(古獸名)　蝙蝠（動物名）

繽紛(多而亂)　檳榔(果實名)　餑餑(饅頭、點心)　玻璃(物品名)

鵓鴣(動物名)　薄荷(植物名)

在C部也有：

鶬鶊(黃鸝)　參差(長短不一)　嗆嗆(象聲詞)　嵖岈(山名)

侘傺(失意狀)　徜徉(來回走)　硨磲(動物名)　踟躕(猶豫狀)
彳亍(慢慢走)　躊躇(猶豫狀)　綢繆(修繕)
惆悵(失意狀)　蓯蓉(植物名)　蹉跎(白耽誤)

瞧！這是一種很有意義的嘗試——如果不能稱之為突破的話。如果把這當作規範詞，那麼，就會在這種基礎上生長或發展另外一些多單字的（多字頭的）詞兒，這些詞兒形態固定了之後，對拼音化書寫會產生很有利的影響，這應當得到很高的估價。

2 關於詞書是否應當（或必須）具備典範性，這個問題爭論了很久，在當代外國詞典編纂和出版事業中是個常常爆發爭論的「永恆主題」。這就是通常所謂

Prescriptive（規範性、典範性）

和

descriptive（記錄性、描述性）

之爭。有的說，詞典只能是記錄語言的；有的說，詞書絕對不能「有聞必錄」，在作出何者要描述何者不要描述時，就必然要有指導性、傾向性，或乾脆就叫做典範性。

這場爭論以不同的形式進行了一百幾十年，到六〇年代初，因《韋氏（國際）詞典》第三版的出現，又爆發了一場達到白熱程度的批評和反批評——人們（差不多可以說全美新聞界出版界和很大一部分學術界）都批評這部詞典太「粗野」，不及它的第二版；有些人是有意識地，有些人是隨風附和，有些人因為經濟利益而幸災樂禍地抨擊這部詞典「破壞了」教育的傳統、文化的傳統、語言的傳統，總之，是一部「大逆不道」之作，是應當予以銷毀之作，是查不得的，或不應去查閱的東西。翻閱了那時一大堆激烈批評，無非是說它太注重口語的記錄，太不加選擇地把

俚語尤其是「四字經」[①]收進去，簡直不成體統，說它把市井「下里巴人」的語彙盡收到這麼大規模的詞書中去，讓它們占著「合法」的地位，「罪該萬死」等等等等。翻閱這些文章時，忽然使本文的作者有如回到「五四」時代在我國爆發的文白之爭的情景——著名的保守派林紓討伐白話的「檄文」以及革新派劉半農與錢玄同演的一場雙簧戲。繼而在抨擊韋氏詞典最激烈的兩篇文章中——即在《生活》雜誌和《紐約時報》的社論中，維護第二版而貶低第三版，贊成只印第二版而毀掉第三版的「激烈」言論中，前者竟有40個詞不見於第二版（而見於第三版！），後者有153個詞只能在第三版中找到——要是毀了第三版，人們到那裡去查考這篇抨擊文的這些語詞呢！作為這場論戰的結果，反對「記錄性」，贊成「典範性」的一派，編出了一部著名的詞典，即《美國傳統詞典》（AHD）[②]。

1969年當這部作為「規範派」詞典的「樣版」面世時，它的護封上作了這樣的廣告：

> 「這是一部全新的詞典——內容（content）新，版式（format）新，提供的信息（information）財富新。」

這自然是「廣告」式的吹牛，語言文字是千百年承繼下來的，父傳子，子傳孫，任何一種語言都不可能一朝「新」起來——語言發展沒有「爆發」，不可能有「內容」「全新」（completely new）的詞典——編法新，那倒是可能的。那麼，這部以「規範派」學說標榜的AHD，在編法方面有什麼「新」的突出表現呢？有的，即它聘請了一百十八位「專家」（expert）組成語詞用法指導

---

① 「四字經」（four-letter word），由四個字母組成的英語單字，其語義常常是下流的，有時則是上層社會羞於啟齒的。

② AHD即 *The American Heritage Dictionary of the English Dictionary*。

部（Usage Panel）即「法官」（！），給了大約800條「用法」——指導某些語詞的用法，以便讀者按此（而不是隨意）使用。或者按這部詞典的主編摩里斯（William Morris）所說，是一種社會責任感（他叫做作為監護人對美國傳統〔語言和歷史兩個方面〕的責任感，responsibility as custodian of the American tradition in language as well as history）。這一派——規範派——認為，先是在詞典中注上一個標籤，例如「口語」、「俚語」、「非標準語」等等是不夠的，還必須給讀者指出如何使用這種語言（how to use the language）。

有的評論家認為聘請這許多使用法專家來指導，這些專家代表的是一種代表「正統」的或者叫做「保守」的傾向。最有趣的是，有一個評論家考察了這些專家中九十五人的年齡（也就是說，只知道這九十五個人的年齡），僅僅六個人年在五十歲以下，八十九人都年過五十，而在八十九人中又有二十八人是上個世紀出生的——這位評論家說，只此一端就可以推斷出他們是代表一種「舊」的——而不是「新」的傾向。有人說，他們所提出的用例，只有一例是「一致」同意的，即全體認為simultaneous一字用作副詞是完全錯誤的。試舉這個用例如下：

> Simultaneous（同時）。……
>
> 〔用法〕Simultaneous只（能）是形容詞，如：Simultaneous with the election was areferendum on daylight-saving time。用作副詞如simultaneously，雖然常見，但不標準。下面的例句與上面引句同義，但專家團全體認為是不可取的：The referendum was conducted simultaneous with the general election。

再舉一個ain't的用例，是很有啟發性的，那就是：

> ain't（ānt），非標準語（nonstandard）。即am not的縮寫。亦可

引申為are not，is not，和have not等義。〔用法〕Ain't一字，被「用法指導部」（Usage Panel）的專家們（除了少數例外）強烈反對；他們認為這個字出現在書面語和口頭語時，如果不是經過考慮當作俗語使用，或意圖引起一種幽默的、使人厭惡的或其他特殊效果時，是不可取的。第一身單數疑問式ain't I（意即am I not或amn't I）被認為是一種特例，比之ain't用以聯結其他代名詞或名詞較為可以接受。（Ain't I至少包含有am同I兩方面的一致。與其他代名詞或名詞聯用，ain't即代替isn't和aren't等字，有時還代替hasn't和haven't等字）。指導部有99%認為ain't I用在書面語時，除非表示俗話，否則絕不可取，有84%認為即使在口語中使用也是不足為訓的。像It ain't likely這樣的例句，則99%認為在文字上或口語上都是不可取的。Aren't I（作為ain't I疑問式的變體）用在書面語則有27%認為可取，用在口語則有60%贊成。克倫能堡格（Louis Kronenberger）有這樣典型的反應：「用此字是假斯文，比ain't I還糟。」

人們讀完這麼一個提示，得出的印象就是口語中用用還勉強可以，文字上切不能用。這就是本書編者「規範派」要達到的目的。如果再舉出下面一例，再同其他字典比較，那顯然是饒有興味的。

enthuse.（表示）熱心〔由enthusiasm一字逆構成〕〔用法〕Enthuse一字用在比較正經的書面語上是不足為訓的。下面的用例經用法指導部絕大多數認為不可取：The majority leader enthused over his Party's gains 有76%不贊成。He was considerably less enthused by signs of factionalism則有72%不贊成。可供選擇的說法為：became（或waxed）enthusiastic或was less enthusiastic over。

此字在《韋氏第三版》中沒有提示，亦無標籤；在《韋氏新世界》

則標明：「口語」；藍燈字典提示：「此字雖在規範化的教員或作家的口語或文字中廣泛使用，但很多人認為此字風格不高（to be poor style），在正式文件中最好使用另外的說法。」

英國字典對ENTHUSE一字的態度是：《簡明牛津》、《袖珍牛津》、《小牛津》都加了「口語」這一標籤；唯獨1981年新出的《微型牛津》①沒有加任何標籤。牛津的《現代高級》加了「俗語」標籤，同一編者（Hornby教授）的《牛津大學生詞典》②加了「非正式」（informal）標籤，《牛津（中小）學生詞典》③不收此字；1979年新編的《牛津紙面》④收了而不加標籤。牛津系統以外的，如朗文字典和企鵝字典⑤都加了「非正式」標籤，Chambers字典收在enthusiasm一字之下，無標籤。

中國出版的英語詞典，鄭編加了〈俗〉這一標籤，簡明⑥（這是一部有自己獨特系統的、著重用法的詞典）加了〈口語〉標籤，《新英漢》也加了同一個標籤。

從以上的敘述中，能夠引導出什麼結論呢？我以為，不論是哪一學派的詞典，它可以企圖作出規範性的勸告，也可以不企圖作出勸告，它可以用加標籤的方式或加說明的方式來勸告，它也可以用例句來作出勸告性的分析，但是有一點是不能忽略的，即，對於在社會生活中——在人與人的語言交際活動中——已經占有地位的字（詞），誰也沒有權利而且不可能把它消滅掉。一

---

① 即Concise（簡明）、Pocket（袖珍）、Little（小）、Mini（微型）Oxford Dictionary。
② 即Prof. A. S. Hornby的*The Advanced Learner's Dictionary*和*Oxford Student's Dictionary of Current English*。
③ 即D. C. Mackenzie的*The Oxford School Dictionary*。
④ *The Oxford Paperback Dictionary,* comp. by Joyce M. Hawkins, 1979.
⑤ *The Penguin English Dictionary,* comp. by G. N. Garmonsway，初版1965。
⑥ 鄭編即指鄭易里編《英華大詞典》；《簡明》即指張其春、蔡文縈編：《簡明英漢詞典》，初版，1963。

派的詞典收錄了這個字，只告訴你這個字活著，生長著，用它不用它，在什麼場合用它，不管。也許這就叫做記錄派或描述派。另一派的詞典也收錄了這個字，只不過還告訴你這個字雖則活著，生長著，可是不該讓它活下去，或者至少在什麼場合不能讓它出現。「牛津」系統一個詞典編纂家說，決不能對語言採取一種專制態度，決不能隨便「槍斃所有我們不贊同的詞語」。韋氏系統一個詞典編纂家說，「沒有一個詞典的編者被賦予准許或不准許某種用法存在的權力，他只負有向社會提供在其編纂期間實際使用情況的責任。」反對韋氏系統的「傳統」學派說，詞典應當忠實地記錄語言，這是詞典的職責所在，問題是如何記錄，應按照什麼標準記錄。法蘭西拉魯斯系統的詞典編纂家說，沒有例句的詞典是一堆枯骨——換句話說，血肉是由用例來提供的。俄國（蘇聯）學派的詞典編纂家說，詞典只能解釋而不必分析。……還可以引用這個或那個編纂家的見解，但聰明的讀者不難自己得出結論，所有爭論、討論，無非是圍繞「規範——記錄」或「記錄——規範」這樣的主題進行的。

我以為凡事絕對化都不可避免地引導出片面性。我想起很受讀書界歡迎的一部書，《現代漢語八百詞》（呂叔湘主編）。這部書在某種意義上說是現代漢語八百詞的「用法詞典」，其中特別是〔比較〕和〔注意〕兩項，提出較為實際的規範性勸告。這些規範性勸告對於漢語不是自己父母語的讀者，和對於漢語是自己父母語的讀者，同樣具有啟發性，因此它應當是有價值的，受讀者歡迎的。比如：

〔比〕注意「不比……」跟「沒〔有〕…」意思不同。

他不比我高（＝他跟我差不多高）

他沒〔有〕我高（＝他比我矮）

這裡沒有給出過多的分析解說，實際上只給出兩個例句（用例）就把不同的意思表達無遺了。「沒有例句的詞典只是一堆枯骨」——自然而然使人想起這一句話。記錄了麼？記錄了不同的用法。描寫了麼？描寫了。給出規範性的勸告了麼？勸告了，這勸告沒有禁止，沒有「槍斃」，而只是記錄了人家通常怎麼說，那就達到了規範的目的。這是社會性的規範，而不是某一學者、某一學派強迫他人接受的「規範」。

3 詞書——不管它是規範性的「字典」、「詞典」，還不是規範性的「字書」，在社會生活中是不可缺少的。正如語言是為全體社會成員服務的交際工具一樣，詞書也是為整個社會交際服務的工具。所以現代人把詞書叫做「工具書」。它是書，但同時它是工具——交際工具的總匯，或者甚至可以叫做「工具箱」。

社會成員需要詞書。第一，是為了求解；第二，是為了尋求一種合適的工具；是為了識別或鑑定一種事物、一種觀念、一種說法；第三，是為了鞏固自己已獲得的語彙、概念或更普遍的知識；第四，是為了由此及彼，擴大或豐富自己的語彙庫，或者說，擴大或豐富自己的知識面。

〔3-1〕當人們遇見一個詞（字），而不知它代表的是什麼，或已經知道它所代表的概念，卻不知在語法範疇內（或邏輯範疇內）應當怎樣應用時，人們就去查詞書。例如碰到氕、氘、氚，這麼幾個像漢字又不像漢字的「字」或「詞」時，儘管有文化的人一眼望上去就知道這是幾種氣體（這是從字形「气」推斷出來的），卻不能準確地理解這些確實是什麼樣的氣體，甚至還不知道這幾個字在現代漢語裡該怎麼念，這就得查詞書。中日邦

交正常化的時候，VIP[1]嘴裡常常提起的「一衣帶水」這樣的短語，也許你會猜想到這是「近鄰」的意思，可為什麼叫「一衣」，為什麼叫「帶」，為什麼叫「水」，或「帶水」？一個嚴肅的認真的社會成員，他就自然而然引起這樣一種「欲望」——要探求這個詞（短語、熟語、成語）的奧秘：他可以有兩種選擇，一是問人，二是問書——而問書的含義常常意味著查詞書。又比方幾十年後的讀者看到現今的出版物，發現「牛棚」這樣的語詞，他多半不明白這是指什麼東西——「牛棚」是養牛的麼？他懷疑為什麼幾十年前大城市裡有那麼多「牛棚」，而且裡面住的是人而不是牛，那麼，他——如果不是一個「不求甚解」的人——大約只好去問詞書，因為像我這樣住過「牛棚」的人大抵那時都已經物化了。所以我們的口語常說，「查字典」；外國人常說"to consult"（請教）字典，都是一個意思。

一般地說，查字典要解決的是一個字（詞）的音、形、義——怎麼念（語音學範疇）、怎麼寫（正字法範疇）、什麼意思（語義學範疇）。近來還有人加上第四個功能，要解決一個字（詞）的用法（語用學範疇），用法的問題通常屬於句法或語法的範疇，有時則涉及修辭學或邏輯學的範疇。

檢索詞書的人決不限於小學生、中學生——在現代社會生活中，完全可以說，任何一個社會成員，在特定的場合都要去請教詞書。晚近社會生活比從前繁複得多，節奏也快得多，知識部門比從前任何時期都老化得快，因此，任何一個社會成員對於整個社會的一切知識都不可能全部通曉——大學問家也只能精通一門科學，雖則他的基礎知識也許比別人要多得多，但總有許多部門

---

① VIP——「要人」，即 Very Important Person 的縮寫。

的知識，他或者一竅不通，或者一知半解，或者不甚了了，遇到這些語詞（術語），他就不得不立即去請教詞書。別說術語，連成語也常有創新的。現在不是電子時代麼？常聽美國人說這麼一句話：Garbage in, garbage out.（廢料進，廢料出）這裡指的是計算機輸入一個錯誤的數據，輸出也必然是錯誤的數據。這句新成語已經流行了，有時又有它的縮寫形GIGO①。社會生活提供了新的語詞——碰到了，不懂，只好請教詞書。因此，要求詞書年年更新。所以，詞書是為社會全體成員服務的，一部大型或中型的百科、語詞或百科兼語詞的詞書，不但為正在受基本教育的學生所歡迎，而且同時必然成為各門專家（在遇到他的專業以外的語詞時）不可缺少的「工具」。人們現在習慣把各種詞書（大的小的，專科的綜合的，百科或語詞的，雙語或多語的）稱為「工具書」，是有充分道理的。

〔3-2〕詞書的社會職能（我以為完全可以使用「社會職能」這個術語）不限於查考一種人們所不知的語詞；當人們忘記了使用一個什麼詞來表達哪一種概念時，或者說，當人們要表達某種概念或行為，想找出一個非常準確的字眼時，這時，他就沒有別的選擇，只得借助詞書。比方說，他不能確定在追悼活動中應當用「化悲痛為力量」（注意：悲痛）呢？還是應當用「化悲哀為力量」（悲愁？悲愴？悲怨？……等等），他去請教詞書。在這點意義上說，詞書確實起了典範作用。一部好詞典將會告訴你如何去解決這一類問題。哪一種用法是好的，哪一種是不好的，哪一種是值得推薦的，哪一種不宜使用，哪一種應當在什麼情景下避免使用等等。

---

① 這個成語已收進1982年版的《簡明牛津成語詞典》（*The Concise Oxford Dictionary of Proverbs*），J. A. Simpson編，見頁90。

又比方你去聽音樂會——交響樂團的幾個大鼓，平放在樂隊的最後面，不是軍鼓（假定你認得它），也不是小鼓（假定你見過它），更不是鈴鼓（假定你買過這樣的玩具），不是腰鼓（假定你在人家扭秧歌時認得它），而是幾個你不知道名字的「洋」鼓。那麼，你得去請教詞書——當然，你可以去問音樂愛好者，你也可以查音樂書，但在社會生活中，如同我在本文一開頭時說的，詞書是「萬家寶」——，你可以查「打樂器」或「打擊樂器」或「管弦樂」、「交響樂隊」或「鼓」這些詞目（或者在現代信息學中所說的「主題詞」），你可以發現你所需要的詞（一種你所不知道叫什麼的鼓的名稱）——是「定音鼓」或"timpani"（或作tympani）①。

由此可以設想，應當有各種用途的詞典，或者換句話說，應當有適應各種目的的詞書（這兩句話乍看差不多是同義語，但實質上可以作不同的理解）。比方有的可以從主題詞查派生詞，有的可以從一個單詞查成語，如此等等。這同檢字法一樣，不能強行「定於一」。一部《新華字典》，可以有按漢語拼音音序排的版本，可以有按四角號碼排的版本，還可以有按部首排的版本。適應不同用途的詞書當然用不同檢字法，這不過是一個比方，說明這樣一條道理，在社會生活中應當而且必須有按不同的文化層次、不同的對象、不同的內容、不同的排列方式……編成的各種詞書。

〔3-3〕在社會規範上了軌道（或者說能夠保持穩定的政治條件）的情景下，詞書會發揮它更高一級的社會職能，即，人們

① 在音樂詞典（例如N. Lloyd編的《音樂百科詞典》1968）中你可以在「打擊樂器」（Percussion instruments）或「鼓」（drums）這些詞目的釋文中找到「定音鼓」一詞。

利用詞書的典範作用（典範性）來鑑定、鑑別或審定某種社會現象（或如美國人稱為某種「行為」）的正確與否。當然，人們作出這樣的審定時，往往要依據當時這個社會中最有權威的詞書——例如英國的牛津大字典、法國的學士院大詞典等等——。有過一個傳說或真事，據說法國一個芭蕾舞女演員傷了腳，要求保險公司（不用說她的最重要的職業「工具」——腿部——是買了保險的）付給賠償費，保險公司認為她傷的是jambe（腿），而不是「保險」的部位，拒絕付給賠償費，這樣，打起官司來。法院根據最權威的學士院詞典中對jambe的釋義（「下肢自膝至腳的部分」）和引申義（「引申為整個下肢」），判定保險公司應當付給賠償費，亦即根據權威詞典鑑定保險文書中的「字」所含的意義。這雖有點近乎「刀筆吏」的行為（同我們傳說中的貪官將「馳馬傷人」改為「馬馳傷人」有點相似，一個字序之差，即發生有罪無罪之別），但也許這則故事可以啟發我們，往往有些不很容易作出決定的情景，倒可以受詞書的定義的啟發，而作出比較符合實際的（或者恰恰相反：作出有利於某一方而比較不符合實際的）決定。

舉一個例。將來人們編詞書，對於現代漢語「錯誤」、「失誤」、「迷誤」這樣三個語詞，必會作出明確的不同定義，以及描寫在什麼情景下應該使用三個語詞中的哪一個。反過來說，在將來寫作文件（文書）時，必將根據這種不同的定義來確定在這個文件中必須使用哪一個詞，而不得使用另一個詞。我這裡想說的一層意思是，有權威的詞典日益會在社會生活中顯現出它的職能不限於一般的求解，而能夠為人們在交際行為中找到最恰當的用語。到了此時，詞書升了級，它成為一種像鑑定劑、試劑或量器那樣的工具。詞典必須準確——或者說，詞書必須保持最大限度的科學性，由此可見。

〔3-4〕在學習外國語中，詞書在鞏固和擴大語彙方面的作用（職能）特別顯著。學習外國語的時候，特別是在學習語系完全不同的外國語時（例如說漢語的人學習英語），頭一個難關就是遇見很多從所未知的詞（知其意而不能記得它的構成），首先要使這許多詞的音、形（拼法）連義一起收進大腦中的記憶庫。說也怪，這些外國語詞往往進入了大腦的臨時記憶庫，二十分鐘之後大部分就「跑」了。必須強迫它們進入永久記憶庫。學習心理學指引人們要反覆遇見這個詞，反覆記誦這個詞，才能記得住它。一忘記就去查詞典——為的是讓大腦反覆接觸這個詞，以便誘導這個詞不從大腦的臨時記憶庫中滑走。注意，歷來在傳統外國語教育學上使用的方法是多讀和多查（查字典）——也許這種方法並不完全符合新發展的控制論教育學的理論，這裡不詳細論述了①——。經驗證明，一個外國字，查了十次字典（即碰到十次），或查了十五次字典以後，一般都能記住：這就是說，查上十遍（或＞10）這個詞（音、形、義）就會進入大腦的永久記憶庫，就是說，忘不了了。當然，如果丟下幾個月，幾年，都不碰見這個字，可能記得住，也可能記不住，概率只有50%，但在通常使用的情景下，查了十遍的字總比只查過一遍的字記起來牢得多。學外語的人如果不勤查字典，將會很苦惱的；當然，如果真的勤查字典，也可能同樣地苦惱。前面的苦惱是記不住，後面的苦惱是煩死人——而且往往一查出來，不是「似曾相識」，而是自己健忘了，因而覺得自己太笨、太拙，以至於苦惱。然而，俗語說「英雄乃苦練得來」，不苦是學不成外語的。

---

① 參看H. G. Frank《外語教學的控制論教育學理論》（見*Lingvokibernetiko / Sprach-kybernetik, Tübingen* 1982）一書，頁123－144。

從前有人提倡背字典。也許是擴大字彙的一種辦法，但是字典不是按語義（當然無法按聯想）來排列的，所以背字典不但枯燥無味，而且很多「所得」也還是從臨時記憶庫中溜走了，可能是「事倍功半」。這已經涉及語言獲得學的範疇，超出詞書的職能範圍了。

4 正題已講完，還有一兩樁小事想提一下。

其一，越簡單的事物，越不好下定義。也就是說，越常見的語詞，越難把釋義寫得恰如其分。一個「人」字，中外語文詞典費了很大功夫，下了種種認真的、嚴肅的、社會學的、生物學的、有趣的、枯燥的、惹人發笑的……定義；有時越看越有「啟發」（從好的方面說），有時越看越糊塗（從壞的方面說）。比如「門」字——天天都接觸到的一種事物的名稱——，《韋氏》字典給出的釋義是可笑的，它寫道：

> Door（門）。名詞。一切可活動的堅實材料或一個結構，通常沿一邊被支撐著，並在樞軸或鉸鏈上（擺動），沿一個凹槽滑動，前後滾動，像四葉扇的一葉那樣地旋轉，或像一個手風琴那樣地張疊，藉以使一個開口關閉或打開，以便穿入或穿出一個建築物、屋子或其他被掩護的圍牆，或出入汽車、飛機、穀庫或其他交通工具。

天呀，這是典型的「描述派」！但它的對立面《傳統》所下的定義也不簡單——

> Door，名詞。任何一個能活動的結構，可以阻擋一個房間、一座屋子、一輛車子或圍牆的進出口，本身是由木料、玻璃或金屬造成，能在樞軸上轉動的東西。

對這個定義也可以叫一聲「天呀！」不過《現代漢語詞典》也只

好下類似的釋義。我還是佩服《新華字典》的編者，他能那麼簡潔地說明這個常見的物事——

「建築物的出入口。又指安在出入口上能開關的裝置。」

我以為這樣的定義（也許不「周全」），對於一般讀者是足夠了，再繁瑣就顯得有點「傷腦筋」了。

其二，對於科學名詞（或本身雖不是科學名詞，卻要求一種科學釋義）的釋義，在專科（專業）詞典和一般語文詞典應當有不同的要求，在後者，應當強調向非專業讀者給出一眼就能明白的、雖不精確但不失其本質意義的近似值。但從另一個角度看，即從擴大知識面——特別是普及科學知識的角度看，在給出近似值的釋義時，還應當盡量使用準確和比較精確的材料和界說。例：

〔人造棉〕A「切斷長度一般為三十八毫米，纖度為二點五旦。」

B「其長度和纖度與棉纖維相仿。」

A例用的是比較精確的定義，其中有「切斷長度」、「纖度」、「旦」三個專門術語；B例不用精確的量，而只用了模糊定義。有人贊成前者，有人贊成後者。但不論A例或B例，我以為「與棉纖維相仿」這種使人一看就明白的釋義是重要的。假如把這一短語加在A例中，將使這個抽象（但精確）的釋文成為似近（但易懂）的釋文，更易為人所接受。典範性在一定的語言情景中是可以提出不同的要求的。這也算是對詞書社會職能的一點補充。

（1983年）

釋「九」

——關於漢語書寫系統的社會語言學考察

1 也許可以說，「九」是十進法中最大的一個基數。從一數到九，八以前的數字都比九小，沒有一個比九大的。九加一，成了「十」，有人說，「十」才是最大的一個基數；有人說，不，「十」已經不能算是基數了，它已經是兩位數了。用阿拉伯數字記數法來表達，1至9都只占一個空位（space），而10則由1和0兩個符號組成，占兩個空位了。用羅馬字記數法，卻完全不是那麼一回事；在羅馬字記數法那裡，一、五、十都是單個符號（Ⅰ、Ⅴ、Ⅹ），二、三、四、六、七、八、九卻是用多個符號組成的（Ⅱ、Ⅲ、Ⅳ、Ⅵ、Ⅶ、Ⅷ、Ⅸ）。照漢語的書寫系統，則一至十都是占一個空位的，十一以上每一個數目才是兩個符號的組合，因此有人認為一至十都是基數。如果將「0」也作為基數，那麼，「9」就是十進法中最大的基數；如果不把「0」作為基數，那麼，「十」才是最大的基數。講這一段話的意思是說，在漢語中「九」和「十」都表示一種比較多的數量概念，當然這只是一個模糊概念。埃及的計數制度也是十進位制，其原理是運用加法——一畫表示1，兩畫表示2，……直到「十」的概念，才用反寫的U（即Ω）來表示，「二十」則用兩個這樣的符號，直到90。到「一百」則用新的符號，像一根捲起來的繩子，「一千」的記號像一朵蓮花，「一萬」則用一根豎著的彎曲手指。這樣，每個記號都重複使用九次①。巴比倫人曾和埃及人長期保持著商業上的密切接觸──他們也採用十進制，但是他們卻補充了一種以60為基數的進位制，1854年出土的一塊泥版上載有一串數字②，前七個是：

1，4，9，16，25，36，49。

這一連串數字表明巴比倫人知道自然數平方的序列，即

1^2，2^2，3^2，4^2，5^2，6^2，7^2。

但這序列中斷了，人們沒有發現預期要發現的$8^2=6^4$──在那裡，人們只看見這樣的表現法

1. 4

接著人們看見

1. 21，……直到最後58. 1

如果以60為基數（這裡用1.來表示）這個假設能成立的話，那麼，這幾個數字幾乎立刻可以記錄為

	1. 4	1. 21	……	58. 1
	‖	‖		‖
假設	〔60+4〕	〔60+21〕	……	〔60×58+1〕
	‖	‖		‖
	8^2	9^2		59^2

請注意92是用1. 21來表示的，這當然是很有趣味的發現和假設。

---

① 參見斯科特（J. F. Scott）：《數學史》（*A History of Mathematics*, 1958），第一章，埃及一節。

② 上引書，巴比倫一節。一個地質學家1854年在森開萊發掘出兩塊泥版，其中一塊大約是巴比倫第一王朝國王（約公元前2000年）時代的。

2 為什麼很多自然語言的記數法都是十進位呢？在種種解釋當中，我無寧認為這種說法是有說服力的，即在原始社會生活中最初是利用兩隻手的十隻手指來數數的。十隻手指都記滿了，那就在身邊放一塊石頭表示已滿了一個十位數；然後又重新用十隻手指再算下去。滿了，又放第二塊石頭表示第二個十位數。

但現在也知道有些地方有些部族（雖然不多），卻不採取十進制。他們採用的竟是二進制，逢二進一。二進記數法所記錄的數字從一到九是這樣的：

一 — 01
二 — 10
三 — 11
四 — 100
五 — 101
六 — 110
七 — 111
八 — 1000
九 — 1001
十 — 1010

現在還沒有能解釋為什麼這個部族由於什麼樣的社會原因，什麼樣的社會需要，竟然捨棄了兩隻手十個手指這種「工具」，卻去運用這種看起來十分笨拙的、煩人的二進法。有人說，採用二進法就是利用了兩隻手——每個人都有兩隻手，一隻手就是一，兩隻手就是二，再數下去又是一隻手（進了位了），如此類推。瑪雅人用的是二十進法，是不是兩隻手的十隻手指加上兩隻腳的十隻腳趾呢？——話說回來，或者可以武斷地說，如果採用二進法的某些原始部族沒有取得重大的社會效果時，現代科學技術採用二進法卻實現了一種重大的突破，以致於現代信息交換和電子計算機運算都不得不採用這種只需要兩種物理狀態來表示的記錄法。電流一「開」一「關」，燈光一「明」一「滅」，穿孔紙帶上一「有孔」一「無孔」……矛盾的雙方構成了二進法的基本條件。因為現代技術運算得快，所以抵消了那種表面上看來沉重的煩人的似乎十分笨拙的用0和1重複組合的記數法的「不便」。當代的科學技術，充分地運用了二進法簡化了自己的程式。有趣的是，一百四十多年前（1840取得專利），摩斯（Samuel Morse，1791－1872）發明的電報碼也是運用了兩個符號（一個長的叫dash〔橫〕，一個短的叫dot〔點〕）的組合來表示不同的拉丁字母、數字和標點符號，這種編碼法直到現在還廣泛應用於電報、旗語、燈語等等信息傳遞中。例如9是四長一短----·共五個符號組成，而表示求救信號的SOS則用九個符號（三短三長三短）組成（嚴格地說，這套符號除了「－」和「·」外，還有一個表空隔的頓），這個信號可以用長短、明滅以及種種方法表現，已成為國際社會通用的符號了。

3 提到二進法，不能不想到著名的古代著作《易經》[①]——一部也許是四、五千年前的占卦書。正所謂混沌初開，乾坤始定；無極生太極，太極生兩儀，然後兩儀生四象，四象生八卦，八八六十四卦——始於矛盾著的乾坤（陽和陰）雙方，以兩個符號即代表陰的〔--〕和代表陽〔—〕的符號，組成一系列的「卦」。用數學來表現，則$2^2=4$，$2^3=8$，$2^4=16$，$2^5=32$，$2^6=$

①《易經》是我國古代卜筮的底本，有點像現代還可以看到的寺廟裡的靈籤。我贊成這樣的論點，即這部書不一定是一個人作的，甚至是連綿多少年代積累下來的東西。

64，都是二的冪。八卦是2的三次方，組成了☰☷☵☲☶☳☱☴這樣的符號集，這裡包含著智慧、創造，也包含著愚昧、迷信，同時包含著樸素的辯證法，即對立物和對立物的統一。

於是產生了互相對立的陰陽、剛柔、天地、日月、男女、父母、水火……這樣的符號集。從語義學看，這是正反義詞的集合。正面的詞有它的反面，這是語言系統的基本組成部分，或者可以說是一個子系統——所有語文詞書都必須妥善地對待這個子系統。郭老在半個世紀以前斷言，「八卦的根柢我們很鮮明地可以看出是古代生殖器崇拜的孑遺。畫一以象男根，分而為二以象女陰。……」[1]古代社會的靈物崇拜中，生殖器崇拜和語言崇拜一樣，都是人們對自然現象、生理現象不了解所導致的，這也就是控制論創始人之一維納所說的[2]，所有語言文字在最初階段總是同巫術共生的，至少是有密切關係的。近來海外有人認為[3]，二進制最早見於五千年前伏羲所製的「卦」——有沒有伏羲這個傳說中的人物，已經爭論了很久了，這裡不打算去論述，照晚近海外說法，古代中國占卦算命的巫師是用蓍草來占算的，一根蓍草為陽（⚊），一根蓍草斷為二則成了陰（⚋）。這位論者認為德國數學家和哲學家萊布尼茨[4]四百年前發現的二進制記數法，同《易經》的最根本原素（陰陽）幾乎是一致的，「陰」在萊布尼茨是宇宙的空幻虛無，「陽」則是主宰宇宙的神。（列寧說唯心

① 見郭沫若：〈『周易』時代的社會生活〉(《中國古代社會研究》第一篇，1927)。
② 見維納（Norbert Wiener）《人有人的用途——控制論和社會》（*The Human Use of Human Beings—Cybermetics and Society*, 1954）第四章：〈語言的機制和歷史〉，原文云：「在許多原始民族中，書寫和巫術並無多大區別。」
③ 說見*Asiaweek*雜誌1983年5月6日的一期，〈易經與電子計算機〉。
④ 見萊布尼茨（G. W. Leibniz, 1646－1716）：《人類理智新論》（*Nouveaux Essais sur l'Entendement Humain*），這本書可以說是萊布尼茨哲學的百科全書（中譯本編入《漢譯世界學術名著叢書》，北京商務版，1982）。

主義者萊布尼茨的「單子」，「＝特種的靈魂」，而物質不過是「靈魂的異在或是一種用世俗的、肉體的聯繫把單子黏在一起的漿糊」①)，無論如何，幾千年前的「易」和四百年前的單子論，都是採用了二進法的，自然二進法本身也不能立即導致當代電子計算機或系統論②。

這裡引起注意的是「陰」、「陽」兩個字。要解釋這兩個漢字，恐怕不是那麼容易的，因為幾千年的社會生活從政治的、宗教的、迷信的、醫學的、天文學的以及社會的、歷史的、哲學的、文學的角度賦給這兩個漢字以極豐富的、極分歧的語義。社會語言學者常常可以從某些語詞（語言中帶有語義的原素）去考察或推斷社會生活的變化或變革。別說外國人（即他們的父母語不是漢語的那些人），即漢族本身（即他們從出生之日起就以漢語為自己的社會交際工具）也不容易掌握這兩個漢字在不同場合所表達的準確的信息。所以，外國人索性把「陰」、「陽」兩字譯音，在語言接觸時凡是難於精確表達語義的時候，總是採用音譯的辦法來形成借詞的。英語即用「Yin」、「Yang」來譯這兩個字，法語也作「Yin」和「Yang」——據《牛津大字典》兩卷本縮編的增補，這兩個借詞於1911年進入英語③——我懷疑這個

① 列寧的話見《哲學筆記》，中文版，頁430。

② 參見魏宏森：《系統科學方法論導論》(1983)，第二章第一節。

③ 見 *The Shorter Oxford English Dictionary on Historical Principles* 兩卷本，下卷，頁2672。釋文為：

「陽（Yang），1911.（語源出自中文）按中國哲學，陽為宇宙中積極的、男性的要素。參看『陰』。

「陰（Yin），1911.（語源出自中文）按中國哲學，陰指宇宙中消極的、女性的要素。參看『陽』。」

1969年經過一場論戰編成的美國「規範派」詞典 *The American Heritage Dictionary of the English Language* 對這兩個字的釋文大致也是如此，不過分別加了如下的註解：〔陰：中國官話，Yin¹（第一聲），表月亮、陰影、女性〕，〔陽：中國官話，Yang²（第二聲），表太陽、男性〕。

年份，可能會更早些。當顧令編《中國百科全書》[1]時——也許這是西方第一部專講中國並以「百科全書」命名的著作——自然也收了這兩個借詞。隨後這兩個字（借詞）進入了英語和法語的現代語彙中，比方說，分別收在以群眾（而不是以學者）為對象的《簡明牛津》[2]和《小拉魯斯》[3]這兩本字典中，但比這一級更通俗的詞書[4]則沒有收了。

4 充滿了神秘色彩和神話故事的《河圖》、《洛書》，揭示了我們先人對「數」的研究在幾乎兩千年前就到達了可以稱道的高度，只不過這裡留給我們「由一二三四五六七八九配合而成魔術方束」（郭老語）[5]，那就是有名的古算法「九宮算」——說是「二四為肩，六八為足，左七右三，戴九履一，五居中央」的圖（diagram）——順便說一句，由於漢字本身以及由字組成的四字組合存在著一種內穩態，所以在很多學科都發展了一些被稱為「口訣」的技術指南。這種「魔術」似的圖式是：

a

2	9	4
7	5	3
6	1	8

或

b

4	9	2
3	5	7
8	1	6

---

① 顧令（Samuel Couling），英人，他的書 *The Encyclopaedia Sinica* 1917在上海印行。見頁615，Yin and Yang（陰陽）條。

② 見 *The Concise Oxford Dictionary* 第六版。

③ 見 *Petit Larousse Illustré* 1981，頁1084，分別釋為陰，源出中文，與「陽」及「道」密切相關，表被動的一面，「陽」，源出中文，與「陰」及「道」密切相關，表運動的一面。

④ 以牛津詞書系列為例，比《簡明》更小的《袖珍本》（Pocket）、《小型本》（Little）、《微型本》（mini）以及派生的《紙面本》（Paperback，1979初版），都沒有收這兩個借詞。

⑤ 見郭沫若：《中國古代社會研究》。

利用了九個基本數字，排列到橫看直看或對角線看的三個數字之和都等於15。古人對這種顯然是偶然的發現一定感到無限的神秘，有如英國古時的「魔方」(magic square)，它的排列卻是[①]：

c

2	7	6
9	5	1
4	3	8

其實上面a、b、c三個圖式的排列都是一樣的，這裡不存在互通情報、信息交換的問題，因為在古代還沒有可能作空間如此廣闊的信息傳遞。這裡也不必誇稱那一種最初出現（當然不會同時出現），因為這種「數」字遊戲或語言中數詞組合，任何部族到了一定的文明程度都會偶然發現的，前些年以為凡事必稱「第一」，才算宣稱愛國主義的那種做法，未必是可取的，也未必能產生預期的效果。

5 上面說過，從社會語言學看來，記數法採用十進制是從人類最原始的「與生俱來」的「生產工具」——手——那裡發展而成的；有些社會環境可能不一樣，因而產生了另外的進位法（例如二進法、十二進法、二十進法和六十進法），那是由於特殊的物質生活條件所要求的，只能說哪一種進位制比較適應於哪一種社會條件及其孕育的科學技術，而不能說哪一種進位制是優越的，另一種進位法是劣等的。在漢語中除了十進法之外，還補充使用了十二進法。最顯著的是干支——「干」（天干）是用十進的，「支」（地支）是用十二進的，即：

---

① 見*Chambers Twentieth Century Dictionary* 1972年版，頁788 "magic square" 釋文。

（十干）甲乙丙丁戊己庚辛壬癸

（十二支）子丑寅卯辰巳午未申酉戌亥

而漢族紀年則用干支構成的，如甲子、乙丑……如是輪下去，到六十年為一周，稱一「花甲」。俗語說，「六十年風水輪流轉」，就是指這樣的一個周期①。工作到六十歲就退休了，也就是說，到了「花甲」之年，即「天干」「地支」組合了一個周期時，就退出第一線，讓年輕的人接班。外國社會沒有「花甲」組合，可是近代資產階級民族國家，一般也以六十歲為退休年限，這也許是人活到六十歲就進入衰老階段，不適宜於再在第一線叱吒風雲了——即使現代的生活條件較好，一般地可以活到六十歲以上五年、十年，甚至十五年或更長些。漢族的社會習慣也反映到語言上，即十二地支各有一「生肖」，也就是十二地支中每一個都「代表」一種動物，例如「子」年（不論是「甲子」年還是「丙子」年……）的代獸為「鼠」，故稱「鼠」年——凡在這一年出世的，都被稱為「屬·鼠」。這十二地支的屬相是——

子	丑	寅	卯	辰	巳	午	未	申	酉	戌	亥
↓	↓	↓	↓	↓	↓	↓	↓	↓	↓	↓	↓
鼠	牛	虎	兔	龍	蛇	馬	羊	猴	雞	犬	豬

比方我生於1918年，輪到「戊午」，午的象徵是「馬」，故人稱我屬馬；如果有誰比我遲生十二年（即晚生一個地支周期），即1930年，歲在「庚午」，那麼這人也屬馬。

天干和地支有多種社會效能，例如舊時可以作資料序列符號，檢索符號，地支又表示時辰，一日有十二個時辰，同時也表示羅盤儀上的十二個方位（須知指南針是中國發明的）。至於紀

① 顧令在他的著作中索性用"cycle"一字來表達。

年屬一種獸，那在我國以外也有的，不過所表的獸有所不同。這十二種獸中，除了「龍」之外，都是常見動物，大部分還是家畜（馴養動物），而「龍」則反映了漢族一種傳說——「龍」大抵是被尊重的聖物，著名的《陋室銘》說，「山不在高，有仙則名；水不在深，有龍則靈。」而且自古以來，「龍」即作為皇帝的象徵，至高無上的象徵。所以這十二種動物（其中包括一種誰也不曾見過，但世代相傳是非常神聖的理想動物）反映了至少兩千年我國社會經濟生活的某一個側面，至少從漢朝直到現在兩千年，這十二種動物中十一種是社會經濟生活中不可缺少的，而其中一種則是精神生活中不可缺的。

這種十二進法的「生肖」，幾乎上溯到有史書記載的年代，外國有人以為是從匈奴那裡傳入中國的，而匈奴又是同土耳其人接觸後「引進」的，有人則以為源出埃及，然後傳入基督教，再傳播各地①。這些全是假說，其實並沒有文獻資料可以證實。從社會語言學的觀點看來，有一種社會現象同十二生肖（儘管各個部族有所不同）的社會習慣密切相關，那就是靈物崇拜現象——由於對某些自然現象不理解，導致了對某一動物或某一物體發生迷信，也就是以為它在一定條件下具有超人的力量，因而奉之為「神」，這是一種不可忽視的社會現象，把人的出生年（月）同某一種牲口（某一種動物）聯繫起來，從而可以據此進行占卦算命。社會前進了，知識豐富了，但是社會習慣卻像生了根似的，一代傳一代，所以至今還流行著生肖的現象。在對話當中，問人的年歲只須問他的「屬」性，屬馬，還是屬羊，知道了生肖，屈指一算，就可確知其年紀——如果生肖相同，而年紀彷彿，則必

① 見顧今書"cycle"條。

同年；如果懸殊，可能就差十二歲或n倍十二歲。其實，這種信息交換帶有一種代替委婉語詞的作用。

6 在現代西方語言中採取十進法和在記錄系統（文字）有若干變化，不能證明只有漢語是採取十進法，而別的語言則不是採取十進法。採取逢十進一，這是一回事；在記錄系統中有若干變化，那又是另一回事，後者不能否定前者——規律中帶有變化，這是語言系統常常發生的，這也是語言系統有別於其他嚴格的邏輯系統的地方。英、法、德、俄語在11—99之間的構詞法會有一些（同全體規律比起來，是占份量較少的）變化，不那麼嚴密，也不那麼規則，這同鐘點的叫法一樣，各種語言表達的鐘點稱呼不是完全一樣的，就是使用同一種語言（英語）的英美兩國，對鐘點的稱謂也略有不同。這是社會習慣導致的，社會習慣引起的語言變異，是經常發生的，這不是什麼可怪的事，更不能以此證明只有漢語是最邏輯的，也不能因此否定其他語言就不好，就沒有優越性。採用十進法同語言的優越性也沒有內在的關係。那種認為漢語11—99都由0—9的數字衍化而來，進而認為這種現象為中國人的數學思維提供了極大的方便，最後確認漢語標數法的十進邏輯最能適應數學這種科學語言——這樣一種說法把漢語書寫系統的優越性提高到不適當的程度，不一定是可取的。

對一個社會語言學者來說，任何一種自然語言都有它的優點或缺陷，但是語言學者絕不能武斷地認定哪一種自然語言比另一種自然語言優越。社會語言學認為任何一個部族或民族，都有自己的充分發展的語言——它能最大限度地表達以這種語言為父母語的部族或民族的一切思想和感情。我以為美國語言學家愛德華·薩丕爾[①]在這方面所發表的論點是可取的。他說過，「最落後的南非布須曼人（Bushman）用豐富的符號系統的形式來說話，實質上完全可以和有教養的法國人的言語相比。」他又說過，「許多原始的語言，形式豐富，有充沛的表達潛力，足以使現代文明人的語言黯然失色。單只清算一下語言的財富，就會叫外行人大吃一驚。通俗的說法以為原始語言在表達方面注定是貧乏的，這簡直是無稽之談。」（重點是引用者加的）儘管由於社會發展的程度不一樣，例如在不發達的落後部族中，他們的語言可能沒有發展那麼多的抽象語彙，但完全可以想像，即使如此，他們也能用這種父母語來表達他們需要表達的思想感情；而且一旦他們的社會生產水平改變，他們的語言必定能作與此相適應的改變。

但是語言的書寫系統，確實存在著能否適應社會生活的要求的問題。換句話說，自然語言的書寫系統，在適應性方面可能有優劣之分。1924年土耳其共和國將古阿拉伯式書寫系統改為拉丁字母式的書寫系統時，就是為了廢棄那種不能很好地適應新的社會條件的舊式書寫系統，而代之以比較方便的、適應力比較強的新式書寫系統。再舉個很容易了解的例子，如果我們現在還採用甲骨文、金文、大篆或小篆這樣的書寫系統，來記錄和表達現代漢語，那麼，人們就立刻會發現，這種古老的書寫系統不能很有效地適應當前社會生活的要求，甚至不能適應當前社會的節奏。也正因為這樣，鑑於連漢字本身也不能很好地適應，才提出了現代漢語的第二書寫系統，即利用拉丁字母和標音符號構成的、以社會公認的正詞法為依循的漢語拼音方案書寫系統，以適

① 見薩丕爾（Edward Sapir，1884—1939）的《語言論——言語研究導論》（*Language：An Introduction to the Study of Speech*, 1921），引用文見該書第一章。

應現代化科學技術的需要。

語言的「優越性」同書寫系統的優劣不是同義語，不把這兩者加以區別，就容易導致不符合客觀現實的推論。

7 漢語中表示較大、較多的數詞，有「三」、「九」、「十」這麼幾個，而這幾個一般地說表達「多」的信息的量詞，又各有不同的級別和語感。「三」，很多；「九」，比三還要多，極多；而「十」，則一方面同「九」相等，有時在語義和語感上又比「九」更為完滿些、積極些。如果用數學公式來表達，那就是〔$10 \geqq 9 > 3$〕，〔$3 \geqq n$，n是通常計量的整數〕。

「三人行必有我師。」可能恰恰是三個人，也可能抽象地指不止一個、二個、三個人，即眾人。「三折肱」，手折斷多次，不一定剛剛三次，而且往往大於三次。「三日打漁，兩日曬網」——這裡的「三」、「兩」都是數詞，可以剛剛等於3或等於2，但也可以是抽象的概念，曬網的日子幾乎等於打漁的日子，這不是語義範疇，而是語感範疇。

「九折臂」——並不是說折臂折了剛剛九次，而是好多次，語義略等於「三折肱」。《孫子》說的「善守者藏於九地之下，善攻者動於九天之上。」——這裡的「九天」和「九地」，是指最高處和最深處，「九」不是通常的量詞，自然，同一個「九天」，卻又可以表達一個天體或方位的實體，即東、南、西、北、中、東南、西南、東北、西北這九個實體。同一個「九」，有時是實的（$=9$），有時是虛的（>9）。所以清人汪中說得不錯，在很多場合，「凡一二之所不能盡者，則約之以三，以見其多；三之所不能盡者，則約之以九，以見其極多。」

在語感上說，「十」比「九」還要「多」一些，可能已不只是量多一點，而是有點完善或到了極限的狀態。「三思」——「三思而後行」，再三思考然後幹，「子聞之，曰：『再，斯可矣』。」孔夫子聽了不以為然，也許他認為只要略加思考（再思）就可以去幹了。我們的語言又有「九思」一語，不只再三思考，用現代語說大約是認真地反覆思考的意思，「願加九思，不遠迷復焉」。「九思」之外還有個「十思」，也許那是指不僅反覆思考，而要深思熟慮，想透了，「每事必十思」，「十思」比「九思」還要想得周到些，所有方案都一一檢驗過才下決心的意思。三思、九思、十思：這三個例子說明了「三」、「九」、「十」的語感和輕重有所不同，不過這種例子不多見，「九」的構詞力不算太強，它只能跟很少的名物或動作搭配起來。

講到「十」的語感，那是一種飽和、飽滿幾乎到要溢出的感覺。「十全十美」，世間就沒有這樣的理想境界。「十死一生」和「十生九死」這樣的熟語，表達出只有十分之一那麼一條生路，少有的機會。人們說某某壞人壞到「十惡不赦」的程度，那就是無以復加的地步，誰也不會去查證究竟是哪十種「惡」，是隋唐以來立下的刑法裡所沿用的十種罪惡呢，還是佛教中所規定的十種罪過呢，總而言之，這句熟語表達了無可救藥的那種罪惡，真可謂罪大惡極——又「大」又「極」了。從前數落別人的罪行，也總是湊夠．十條，叫做「十大罪狀」，表示已經到了不得了的程度。甚至連打仗也說「十面埋伏」，比「四面埋伏」或「三面埋伏」完整多了，「十面」構成了一個沒有一點疏漏的系統：因而琵琶古曲也描寫「十面埋伏」的狀態，其中一段千軍萬馬奔騰，敵人簡直逃不出我的掌心，一聽，就知道這是最完備的防禦境界。

同「九」這樣的語感或語義聯繫起來的文句、諺語、文章、作品，是以漢語作為交際工具的信息活動的一個特點。有些是偶然巧合，有些是蓄意安排，但不論哪一種都給人很多乃至極多的模糊感覺，這種感覺是別的數字所引導不出來的。這叫做社會習慣。語言同社會習慣是十分緊密聯繫在一起的。屈原的作品常常用「九」來表示特殊的語感，比如《離騷》，屈子說認定了目標，啥也阻擋不了，「亦余心之所善兮，雖九死其尤未悔。」通常說「死而不悔」、「死而無怨」，而這裡不僅一死，「九死」而尤未悔，好厲害呀。

「指九天以為正兮，夫唯靈修之故。」

「余既滋蘭之九畹兮，又樹蕙之百畮。」

「百神翳其備降兮，九疑繽其並迎。」

「思九州之博大兮，豈惟是其有女。」

「啟九辨與九歌兮，夏康娛以自縱。」

「奏九歌而舞韶兮，聊假日以媮樂。」

其中有些語詞例如「九歌」可能有實的含義，但用於抒發感情，卻無寧取其虛義。單詞的語義有實有虛，虛義常常是從實義派生出來或誘發而成的。在研究翻譯學（這是將某一種語言的信息精確地用另一種語言的習慣方式傳達出來的科學）時，實→虛和虛→實是很重要的因素，否則只能傳達表面的語義，而不能達到神似的境界；在詩歌的翻譯中，尤其要特別講究。

據說金聖嘆把《水滸傳》攔腰斬了——所斬之處卻是一百零八條好漢（梁山泊人物的全部）聚義之時，那裡標示出三十六員天罡星，七十二員地煞星。為什麼是三十六與七十二，而不是別的數目呢？是小說作者任意選定還是偶然巧合呢？誰也說不好。不過有趣的是 $36 = 9 \times 2^2$，而 $72 = 9 \times 2^3$，都與0—9這十個基本數字中最大的一個有關。《西遊記》九十九回記載，當唐僧一行四眾經歷了無數苦難才到達西天樂土，閒極無聊的觀音菩薩卻問諸神「那唐僧四眾，一路上心行何如？」諸神送上了記錄災難的簿子——觀音菩薩從第一難看到第八十難——多虧小說作者把八十回災難都一一列舉出來了，可真教人怵目驚心，只是那位道行極高而又決不馬虎的觀音菩薩「將難簿目過了一遍，急傳聲道：『佛門中九九歸真。聖僧受過八十難，還少一難，不得完成此數。』」菩薩看來是很會作弄人的，既然「九九」(9^2)才能「歸真」(附帶說一句，乘法表的最後一項「九九八十一」，因此這八十一不是憑空想出來的，而是基本運算中乘法口訣的最後一句)，那就必須讓他們再經歷一次災難，於是讓他的手下揭諦趕上護送以唐僧為首的代表團回國的八大金剛，趕緊製造一次空難事故，然後使他們得成正果，正所謂：「九九歸真道行難，堅持篤志立玄關。」

8 「九」字的構詞力不算是強的，這就是說，它只同某些特定的單字結合為有獨立語義的詞；但是由於它是一個基本數字，因此它是常用的。在近年來唯一的一次大規模漢字頻率調查(1975—76)中，「九」字排列為第262字。毫無疑問，由於調查時期的特殊語境①，其中特別是出版物的品種過分的單調和過分的政治化，以及政治運動所導致的某些詞語不正常使用，使整個調查帶有不可彌補的缺點，但是無論如何，「九」字的常用性是不可否認的，它可以歸在最常用的漢字系列中。

當然我們還可以進一步對漢字和語詞進行一次正常語境中的

---

① 特殊語境，指1975—76年是「文化大革命」的最後兩年，「批林批孔」、「反擊右傾翻案風」之類的運動紛至沓來，有些特殊的字(不是一切字)是用得特多的——例如「彪」字本不是常用字，竟列為第461號(在通常用的五百字之內)。

使用頻率（頻度）檢查[①]，這有助於把漢字當作現代漢語的第一書寫系統作為一個系統來研究，自然而然，這也同時有助於對漢字構成的語詞系統進行研究。這種研究是同四個現代化息息相關的。《康熙字典》大約有45,000個漢字，其中可以說四分之三（例如35,000個）都只是異體字，完全沒有實用價值。中國國家標準（GB2312—80）頒布的3,755個字，被稱為常用字——而在上述特殊語境中對兩千多萬字系列調查的結果應用的漢字有6,374個（去掉錯漏重複，實為6,335個[②]），約稱6,000字。趙元任教授1967年發表的《通字方案》[③]收了2,085個字的字表，這種設想是現代計畫語言學中的一種嘗試[④]，我在這裡只給出一個常用漢字在通字計畫中的量的概念，約為2,000個。2,000個、3,000個、6,000個，這三個約量可以再進一步有計畫地對正常語

① 1985年公布了這樣的一個調查結果，是由國家語委的前身中國文字改革委員會屬下的漢字處和北航共同完成的。
這次調查產生的《漢字頻度表》（北京新華印刷廠，1977），以及由此編成的《按字音查漢字頻度表》（1980），儘管有特殊語境所引起的缺陷，也是很有價值的參考書。此次調查用了八十六本書，一〇四本期刊，7,075篇文章，總字量達到21,629,372（超過二千萬）。

② 採用鄭林曦、高景成主編的《按字音查漢字頻度表》。又，「頻度」，即frequency，亦作「頻率」。

③ 趙元任，《通字方案》（*A Project for General Chinese*），英文本1967，中文本1983。

④ 趙元任教授認為可以通過《通字方案》，研究基本漢語的問題，也許基本漢語是受奧格登（C. K. Ogden）的850字組成的基本英語啟發的，洪深編過《一千一百個基本漢字的教學使用法》（上海，1935）——如果把這納入漢語常用字範疇，這種研究是可取的；如果像奧格登的基本英語那樣的「簡化」語言，則是另一問題了。
這部研究著作還引起一個很有趣的問題，即寫別字。趙元任說得很幽默，「……古人不問意義就按著音寫字就美其名曰『假借』，可是現代的小學生按著音寫字就叫『寫白字』（文言稱為『別字』）。」拉丁化運動的先行者胡愈之在三〇年代提倡過寫別字（見《太白》1933）。顯然，寫別字要同詞兒連寫合起來使用，否則會引起歧義。
這部著作也研究到漢字的信息量問題。

境的出版物調查這幾方面的內容：（甲）漢字頻率，（乙）漢字構詞力統計，（丙）語詞和術語統計，（丁）不穩定的新詞、借詞。這是研究現代漢語書寫系統所要取得的基礎素材。

至於標準電報碼[①]也不超過10,000字（在0000至9999之間有2902個空位），實際只有7,000字左右。如果要提高信息交換的效率，將來勢必要作很多改進，照原來排列次序「九」編碼為0046，國際羅馬字編碼是按三個拉丁字母排列組合而成的，「九」編碼為ABU，完全是一種任意性的代碼符號，記不住的。

北方民間稱冬至以後經過九個九天（$9 \times 9 = 81$）就叫做過盡了嚴冬——故稱「數九」，「數九寒天」中「三九」、「四九」（即第三、第四個九天）可能是最冷的日子。這是我們居住在黃河南北的先人們經過千百年的實踐得出來的氣候學總結，一般地說同節氣一樣是符合氣候變化的。從前，在「數九」開始，人們逐日記一筆，記錄了「9^2」次——而最後寫成的卻是一句很美麗、很上口的韻文，即：

庭前垂柳珍重待春風

這裡有九個方塊字，每個方塊字（不用簡化字）有九筆，每天添一筆，正好$9 \times 9 = 81$筆，也就是經歷了八十一天，天就轉暖了。這句像詩似的韻文，多麼有意思呵，它給人一種希望，一種冬天去了春天就要來的希望，也就是雪萊的名句「如果冬天來了，春天還會遠嗎？」（If Winter comes, can Spring be far behind？）那樣的希望。寫這九個字可不能寫簡化字。但現代生活又不能不寫簡化字。所以「數九」的那句韻文也就只好隨著寧靜的節奏緩慢的日子逝去了。至少可以說，幾千年來，漢語的書

① 指中華人民共和國郵電部編的《標準電碼本（修訂本）》（1981），這是一部正式的標準書。

寫系統無日不在簡化中——趙元任教授說得好，「其實有史以來中國字是一直總在簡化著呐，只是有時快有時慢就是了。」[1]簡化是無從阻止的，問題是在規範書寫系統中每年簡化若干好呢，還是主要把約定俗成的簡體字集中起來加以取捨，在一定期限內（例如二十一三十年）成批加以規範化好呢。我作為一個出版家，贊成後者。

（1984年）

① 見《通字方案》中文版，頁9。

在語詞的密林裡

一句不恰當的話，一個奇怪的詞兒有時比十個漂亮句子使我學到更多的東西。

——狄德羅

(0) 小草

在密林裡漫步，每走一步都會踩到小草——一首迷人的曲調這樣唱道：「沒有花香，沒有樹高，我是一棵無人知道的小草；從不寂寞，從不煩惱，你看我的夥伴遍及天涯海角。」正是「離離原上草，春風吹又生。」語詞的密林裡最可愛的是無人知道的，卻又在頑強地生長著的小草。在語詞的密林裡沉思時偶有所感，便記錄成為互不連貫的斷章，也許這不過是些無足輕重的小草罷。

(1) 甲肝

報載上海甲肝流行——甲肝，甲肝，這個語詞很快便在社會生活中傳開了。「甲肝」代替了「甲型肝炎」（台灣通稱「A型肝炎」）這樣的病名。甲肝不是豬肝、牛肝的肝，甲肝是一種病。甲型肝炎，去了第二第四兩個字，「壓縮」成甲肝。一個新語詞能在很短的期間（不到一個季度）廣泛出現在報刊、廣播、電視和口語中，而又為人所接受，不多見。也許因為病情蔓延得快，開放型社會交際的速度也快，新詞語的形成也就比之尋常快得多了。

(2) 感冒丹

因為怕被流行病感染，預防藥成了熱門貨。速效感冒丹、奇效傷風丸，市面上賣得歡。照邏輯講，吃了感冒丹導致感冒；吞了傷風丸會引起傷風。其實不然。不能看字面。「感冒丹」跟「傷風丸」，是「壓縮」了的語詞，應當理解為「預防感冒丹」，「防治傷風丸」。但是習慣成自然，人們寧可用較短的壓縮詞——有個數理語言學家說過，凡是最流行的語詞，必定是最短的語詞：也許是這樣的吧。

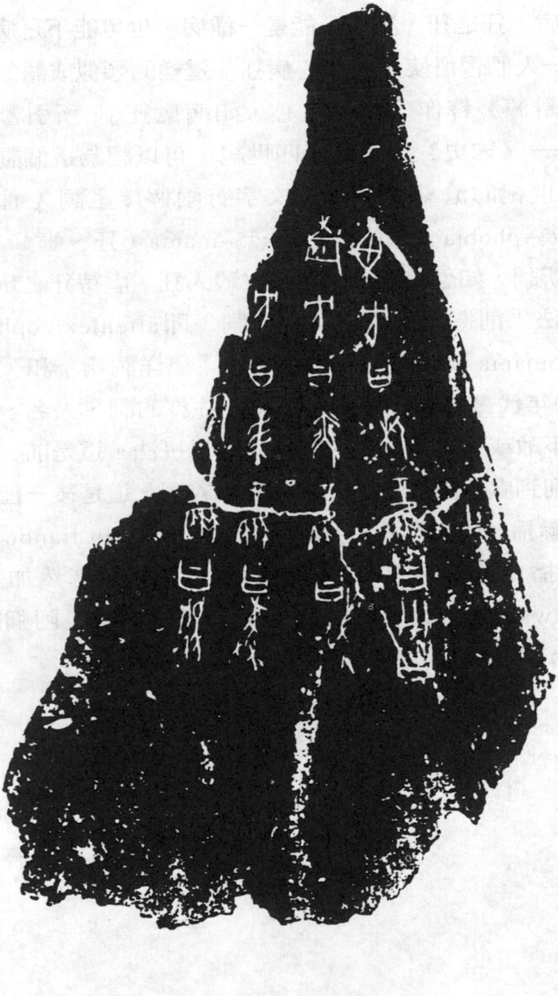

(3) 病狂

病是病，狂是狂，狂也可能是一種病，也可能不是病，只是一種癖——人們習慣使用「喪心病狂」這樣的類似成語的詞。這個詞，《辭源》釋作「喪失常心，如病瘋狂」，所引書證見於《宋史》——《宋史》成書於十四世紀，可以認為這個詞至少經歷了六個世紀的滄桑了。歐洲文字有兩個接尾詞（通稱「後綴」），一為-phobia（恐懼病），一為-mania（狂、癖），可用以組成各種新詞，如恐核病、恐水病、殺人狂、虐待狂之類。我仿洋人構詞法「創造」了兩個可笑的詞，即alienlexicophobia和alienlexicomania，譯成現代漢語可作「恐洋詞病」和「嗜洋詞狂」。五〇年代書刊唯恐見到有用洋字注釋的詞、人名、地名、專名，都不敢或不肯注明原來的拉丁字母拼法，這是前一種病；八〇年代則到處都濫加不必要的英文等義詞，這是後一種狂。電視「新聞聯播」，四個漢字下附漢語拼音xinwen lianbo，沒得說；但聯播中的「國際新聞」四個漢字下卻赫然加上英語"world news"——破了一種病，又染了一種癖，阿彌陀佛！（注：現已消失，可喜可賀！）

(4) 郭嵩燾

第一個出使英國的清外交官是很可敬的，他既不害怕洋詞，亦無嗜洋詞癖——只不過他大膽用漢字作為工具轉寫了他接觸到的新人新事。據他的日記記錄，他接觸到後來嚴復譯過的名著《原富》，稱之為阿達格斯密斯《威羅士疴弗呢順士》；他又接觸到一些新的學科，例如珥勒客得利西地、馬提麻地客斯、鏗密斯得里、波丹尼、阿思得格倫羅格爾、波柏利喀赫爾斯，郭氏日記寫於上個世紀七〇年代，充滿了像上面所引代表新事物的一串一串漢字——今日有心人也能「猜」到這一串漢字的含義；例如那一串中漢字即電學、數學、化學、植物學、天文學和公共衛生學。如郭公者可謂大膽「引進」的先驅了！

(5) 潘光旦

利用漢字的音義結合，組成新詞，「引進」新觀念的先行者中，不可忘記潘光旦。他曾創始了一個自詡為「音義兩合，可稱奇巧」的「佳麗屁股」——希臘字 kallipygos 的譯名。潘氏云：「希臘關於愛神阿福羅提忒（Aphrodite）的雕像最多，流傳到今日的也不少，其中有專門表示臀部之美的一尊，叫作 Aphrodite Kallipygos。Kalli 是希臘文的『美』字，pygos 是希臘文的『臀』字」，故取讀音近似的漢字，照顧其語義譯作「佳麗屁股」（見《性心理學》）。近人喜稱獨特的稀有物為「一絕」，「佳麗屁股」這個「術語」，當可謂「大膽的一絕」。

(6) 科學的衝擊

「五四」時代「引進」了一大堆音譯的「社會語」（三〇年代日本改造社曾編印過《百科社會語辭典》），《語言與社會生活》曾用這麼一堆「串」成一段可笑的文章——充滿了普羅列塔利亞特、小布爾喬亞汎、意德沃羅基、印貼利更追亞、煙士披里純、奧伏赫變、苦迭打、德模克拉西、賽恩斯等等。八〇年代「引進」的則是一大串自然科學名詞：心態傾斜、文化落差、時代同步、怪圈、深層結構、超前折映、遞歸意識、撞擊、嬗變、激活、衍射、半衰、熱寂、強相互作用、場、偏振、散射、再生制動……這是一種新的語言現象：說明科學在衝擊社會生活和人的意識，可能會有一點激活作用，也可能有一點負效應，引起主軸心態傾斜……

(7) OK / KM

報上有人以為電視播放國產載重車廣告，用戶歡呼“OK”兩字不可取；作者說，連洋人的雀巢牌咖啡廣告也不用西文，而用漢語「味道好極了！」對此，我不加評論，卻認為在必要時、需要時說聲OK亦無不可，正如北京街頭新立的路牌上指明某路口到天安門為1KM，到通縣8KM的KM（公里），也是可取的。這兩個拉丁字母已成為國際通用的「意符」，通俗地說已成為一種符號，而且「標準化」了，不見得「崇洋媚外」。這既非病，亦非狂，而是社會生活的需要。

(8) 攻關／公關

這一對詞在口語上完全分辨不開——拼法和聲調都一樣，但語義卻大不一樣，寫成漢語拼音gongguan（或加注聲調gōngguān）都分不開，只能依靠上下文（或稱「語境」）才能確定它的語義。「攻關」指科學研究上結合許多部門許多人的力量向著大目標「進攻」，是科研用語；「公關」即「公共關係」的壓縮稱呼——現今的企業大抵都設「公共關係部」，即舊時代所說的「交際處」，而又比交際處的含義更廣泛些、更積極些。同音詞（同音同調詞）在現代漢語是個大問題，有人說嚴重，有人說不嚴重，有待利用計算機作量的測定後才能下斷語。

(9) 飯店

同一日英文《中國日報》刊登了七家企業的廣告，其標題都有中英文對照，七個廣告顯示了三種方式：

建國飯店（Jianguo Hotel）
龍泉賓館（Dragon Spring Hotel）
百樂酒店（The Park Hotel）

英文叫做Hotel這樣一種東西，在現代漢語衍化為「飯店」、「賓館」、「酒店」——飯店不是專門吃飯的地方（也有吃飯的餐廳），酒店也不是光飲酒的地方（也有飲酒的酒吧），只有賓館顧名思義倒是招待客人的處所——這種處所還有別名，叫「旅店」、「旅館」、「客店」、「客棧」，還有不少叫做「招待所」的，各有各的語感，恐怕不能用一紙命令統一，也不忙去統一。

(10) 最大障礙

一位作家說，「中國文學走向世界的最大障礙還是它所使用的符號系統——方塊漢字。」此說又對，又不對。世界上能讀漢文的不多，而譯成英文或其他外文的中國作品也不多。說這是一種障礙，對。再想深一些，怕不完全對。世界上知道易卜生的太多了，但懂得挪威文的卻很少；哪一國的兒童都能神往於安徒生的童話，但未必有多少人通丹麥語。捷克有部小說《好兵帥克》，匈牙利有個詩人裴多菲，世界聞名——通捷克文和匈牙利文的怕也不多。可見也許不能把符號系統看作最大障礙。那麼走向世界的最大障礙是什麼呢？可能是封閉、僵化的思維。

(11)「文改萬歲！」

——倪海曙（1918－1988）彌留時拉著我的手輕輕地說：「文改萬歲！」這是當代一個把整個生命獻給語文事業的學者和活動家的信念的概括。倪海曙畢生從事拉丁化新文字、簡化漢字、漢語拼音、借助拼音識字提高語文教育效率的一切活動——所有這一切，都可以概括為「文改」即「文字改革」，改革是為了語言文字規範化，是為了適應國家現代化的需要。如果這樣理解，為什麼不能「萬歲」呢？能。

(12) 選詞

作家柯雲路的新作《衰與榮》（下卷）中出現了一串串由漢字構成的詞群——這些詞形成了獨特的語義場。舉例：「鞭炮震天響，硝煙瀰漫中，鑼鼓聲喧天，送出（開出？衝出？馳出？吐出？鑽出？擠出？）一支披紅掛綵的車隊……」「孟立才的奢華婚禮轟動（震動？嘩動？騷動？打動？激動？）了整個縣城。」有點像計算機的選詞——請用者（讀者）自己選。由「出」字作詞根，由「動」字作詞根構成了一個一個新詞，這是現代構詞的一種規律——逆引詞同順引詞一樣，都富有生命力；可喜的是現在終於出現了一部逆引詞的詞典了（《漢英逆引詞典》，1985）。

(13) 金克木

金克木〈悼子岡〉（《文藝報》88.03.05）一文，感人肺腑，為近來少有的好悼文。文短而意深，子岡其人活現紙上，且旁及楊剛、高灝、肖珊這幾位女性。「一個從嚮往革命到投身革命而對革命卻充滿熱情而理解不足的天真的女性」——文如其人而又不如其人，是這樣的罷。

(14) 符號

皮厄士（Pierce）給「符號」下的定義是：

> 某種對某人來說在某一方面或以某種能力代表某一事物的東西，即符號。

這個定義很拗口，有點玄——不過表達很多確定的和不確定的語義。

(15) 牙具

開會通知：請自帶牙具到某處報到。

「牙具」是這幾年新興的詞，是不是只包括牙刷、牙膏？牙而又具，卻不是刷牙的工具，有點像「傷風丸」那樣的結構。

(16) 打的

客從廣州來，說要「打的」到頤和園去。

打的——近年流行於廣州的新詞，意即「搭乘的士」，或「乘出租汽車」。這個詞由南至北——我懷疑這是「搭」「的（士）」（即Taxi的音譯）的壓縮稱謂。「搭」（dā）乘車船之謂：搭車、搭船、搭貨不搭人；「搭」在粵方言讀入聲{dap}，但廣東人按普通話念，去掉入聲，作「dā」，「dā」在粵方言有同音字「打」，故轉而為「打的」。語詞的變異隨處可見。

(17) 連寫

一個詞（不論多少音節）都應該「擠」在一塊，如「電話」（兩個字的詞，即兩個音節）；「三角形」（三個字的詞，即三個音節）；用漢語拼音來寫，當然可以連起來（三〇年代推行「拉丁化新文字」時叫「詞兒連寫」；1949年後推行漢語拼音方案叫「正詞法」），但寫漢字卻沒有在詞與詞之間留半格空位的習慣，因此準確地切分一個詞，機器是不容易勝任的。近日中國社會科學院慶祝中澳合作編製的《中國語言地圖集》出版的會議廳所掛橫額，其英文寫作：

LAUNCHINGOFLANGUAGEATLASOFCHINA

三十一個字母（六個詞）連在一起，煞費目力，且不可解——這是寫慣漢字的心態（心理狀態）對寫「印歐文字」的一種「折射」，人們不知不覺（下意識地）把語詞、句子的所有原素都收集在一起了。不可小看這種幾千年文化所形成的心態和習慣的「魅力」，或「凝固力」。

(18) 國庫券

中國的國庫券正面除了漢字「中華人民共和國國庫券」之外，還附有漢語拼音，這是一個非常好的交際手段（信息傳遞工具），可惜把所有字母都連寫起來：

ZHONGHUARENMINGONGHEGUOGUOKUQUAN

共三十二個字母——三十二個字母連寫在德文是不算一回事，德文的複合詞往往是一連串，例如馬恩全集用過的「殺人工廠」Menschenabschlachfungindustrie，有三十個字母。也許因為漢語拼音還不習慣，詞的切分有了困難，主管語文的機關該解決這個問題吧！

(19) 對稱

著名的數學物理學家魏爾（H. Weyl）寫了一部非常有趣的小書，叫《對稱》；闡明對稱性的重要意義和在藝術和科學上的多種應用。

漢語（例如在構詞）的對稱性也有重大意義，實際上有了廣泛的應用。今日（88.03.20）報上發表幾篇十分動人的散文，隨時可以摘出對稱性的構詞和造句：

——為死了的，永遠帶走了的夢。

為活著的，多年未圓的夢。

為年輕人一天要作三個夢的美夢。（黃宗英）

——且喜夢多夢酣，

何計夢破夢圓。（黃宗英）

——東險西奇，北秀南絕。

它峰巒林立，怪石崢嶸。（秦牧）

——或如仙女端坐，或如巨蟒出洞，

或雄踞如獸，或筆立如旗。（秦牧）

(20) 對稱性

魏爾在〈左右對稱性〉這篇論文中說，對稱性這個語詞有兩重意義。

一重意義是指勻稱，有著良好的比例、良好的平衡的那種東西；

另一重意義是指協調，即表示結合成一個整體的幾個部分的協調。

這不只是美學的定義，還是語言學的定義。

Ad ſextam Verſus.
DEus in adiutorium meū intende.
℟.Domine ad adiuuandū me feſtina. Gloria patri, & filio, & ſpiritui ſancto. Sicut erat in principio, & nunc, & ſemper, & in ſecula ſeculorum. Amen. Alleluia. Hymnus.

(21) 不可譯

有作家說，「美文不可譯」。西方有人說：「翻譯家都是叛徒」——這「叛徒」是象徵的說法，其實也是說譯出來的比起原著來走了樣。這是絕對化的說法。信息的表達怎麼會不可能呢？然而各個社會集團的感情（社會感情）是不一樣的，要傳遞這樣的感情當然是難的，但也不一定是絕對不可能。

(22)「官場用語」

日本《朝日新聞》（88.03.03）說，有議員要求政府官員答辯時不要使用「難懂的用語」，例如答辯時說「表示遺憾」，可能「表示完全否定、半否定，或肯定。」這位議員說，「官場語言難懂的原因」在於「日語某些詞彙的曖昧性造成的」。不，我看不是語言本身造成的，是「官場」的現實導致了使用ephemism（委婉語言）——我們熟知的「官場用語」：「考慮考慮」、「研究研究」，不是很說明問題嗎？

(23)「簡明英語」

無獨有偶，英國《每日電訊報》（88.03.10）也說，英國內閣也要求公務員使用公眾「能夠理解的英語書寫、說話和思考問題」。柴契爾夫人也呼籲放棄這種「難懂的」「公文語言」。天呀，不能完全歸罪於語言。「公文語言」之所以難懂，因為有權者正利用這種「模糊性」來隨心所欲地解釋一種意圖，或逃避一種直言所引起的後果。

讓「不受歡迎的人」在限期內離開——這個語詞說穿了其實是抓不到真憑實據或無法抓到真憑實據的「間諜」，可一說穿了，就不好處理了。

所以，這一類「官場」用語是特定社會生活的反映，不能完全歸罪於語言本身。

(24) 手包

「有一次在巴黎地鐵裡，她的手包及文件被搶走」。（《人民日報》88.04.01）「地鐵」即「地下鐵道」，北京新興語詞。「手包」為handbag的意譯，舊稱「手提包」。「手包」這樣的語詞將悄悄導入社會生活，因為它簡明，如同「地鐵」一樣。

(25) 編輯／編輯家

人說：「報上報導聖陶老人逝世的消息時，尊他為『我國著名的作家、教育家、出版家和社會活動家』，這都符合事實。但為什麼不首先稱他為我國傑出的編輯家呢？聖陶老人九天之上對離世時未曾聽到『編輯家』這一他最喜歡的稱呼，恐怕也不無遺憾……」（《新聞出版報》88.03.19）

聖陶老人何時「最喜歡」稱他為「編輯家」呢？他1982年元旦撰文說：

> 「如果有人問我的職業，我就告訴他，我當過教員，又當過編輯，當編輯的年月比當教員多得多。」

聖陶老人自稱為「編輯」，而不是「編輯家」。

編輯是一種人，同時又是一種工作。

編輯既是人，則不必加「家」。

作家、畫家、作曲家、文學家、科學家——稱「家」。

司機、教師、出納——不稱「家」。

(26) 雨衣／風衣

用卡幾布製成的外衣，五〇年代以前稱為「雨衣」；八〇年代的現在，同樣的「穿著物」則稱為「風衣」。美國人喜歡穿

「風衣」，中國人此刻也喜歡穿「風衣」。雨衣用來防雨，風衣則既防雨又防風——雨衣的用途小於風衣，因此現在無論下雨與否都可穿這種「穿著物」，因為下雨防雨，不下雨防風，無風無雨穿著也不犯禁。七〇年代一度被稱為「風雨衣」，現在「風雨衣」一詞已不多見。是生意經——文謅謅的說法：市場——創造了新語詞，還是新語詞創造了市場？或者互相「促進」？

(27) 聯想

某市開闢一個居民小區，建有離休幹部的「幹休所」。這個城市的路名大抵取地名作路名，如青島路、大連路、銀川路等，而這個新區則碰巧取名「上饒路」。老幹部離休後住在這裡，客問：住在何處？答：「上饒集中營」，說者聽者都苦笑一聲。

由上饒路聯想到上饒集中營，只有在老一輩革命者心中才會發生，因為他們經歷了（不管是否親身經歷）皖南事變，所以一聽見「上饒」便不能不聯想到集中營。

在現實生活中，人們寧願避開這種能引起痛苦聯想的語言（文字），這是不難理解的。上面提到的路，何必一定用「上饒」、「渣滓洞」這一類語詞命名呢？

(28) 運作

近年「運作」一詞在海外（包括香港）流行，其意即「運轉」或「活動」——例如《中報》（美洲）說：「中國的民主前路漫漫，從這次選舉可以看出，中國的『議會』運作，距離合理性仍遠。」（88.04.16）「運作」能導入這裡的現代漢語麼？等著瞧。

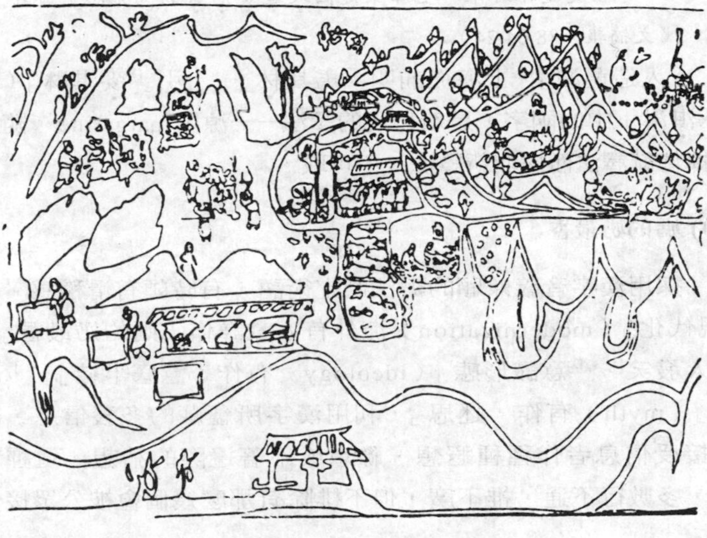

(29) 麥淇淋／人造黃油

《赫魯曉夫回憶錄》中一個句子有兩種譯法：

「史達林常稱毛澤東是麥淇淋式的馬克思主義者。」(《報刊文摘》88.04.19)

「在史達林看來，毛澤東是個人造黃油式的馬克思主義者。」(《文摘報》88.04.24)

「人造黃油」，上海從前叫「馬其林」，上引「麥淇淋」(採「冰淇淋」中的兩字)是新出現的譯法──源出margarine，隨意棄掉傳統譯法而採取新譯法，不可取。

(30) 媽的奶最香

採用漢字音義兼顧的辦法制定術語，有時頗有滑稽感。如「現代化」(modernization)海外有人戲譯作「媽的奶最香」，令人發笑。「意識形態」(ideology)有作「意底牢結」，「神話」(myth)有作「迷思」，利用漢字所蘊藏的多義信息，誘導接受信息者作種種遐想、聯想或不著邊際的猜想。這種方法，多數行不通，推不廣，但不排除有那麼幾個會被公眾接受的。

(31) 公開性／透明度

蘇聯近一年多頻繁使用了一個過去不那麼惹人注意的詞：「公開性」(俄文是 гласность，英文轉寫為glasnost)。中國在十三大前後也頻繁出現一個詞，即「透明度」。無獨有偶。粗淺的比擬，也許可以認為：公開性和透明度雖不是等義詞，但至少是近義詞。

性和度這兩個附加成分，近年來有所發展；最常見的如：可讀性、知名度。

(32) 器泳／蹼泳

游泳術語進入日常用語，新近見報的有「器泳」：「鄭世玉在女子100米器泳預賽中，以39秒25的成績超過了她本人保持的39秒55的世界紀錄。」（88.05.10.）

「39秒25」和「39秒55」的寫法彆扭。同一新聞稱：「鄭世玉後幾天將參加蹼泳和屏氣潛泳比賽。」

(33) 催化

「沿海發展戰略催化人才資源開發」（88.05.10）催化由催化劑轉成——催化劑（catalyst）本為化學術語，用催化劑促進反應；石油化工有「催化裂化」一詞（catalytic cracking）。科學術語進入日常語彙，在八〇年代特別明顯。《文藝報》（88.03.26）文章中有：

> 「現在這些作品裡，『意識』似乎不見了，代之而來的是生存本身的·硬·度，是生活自身的『原色魄力』……」
>
> 「……主要還是為了寫出民族某種性格的生命的存在形式，即把各種層面的因素全部擠壓到生命的形式中，寫生命的躁動，生命的扭曲，生命的萎謝的悲劇性存在過程，從而激起重塑民族靈魂的願望。」

這段文章頗難「透切」理解，比方說，什麼是「生命的躁動」呢？

(34) 安樂死

時下頗有爭議的是「安樂死」——有人認為「安樂死」是為謀殺張開了保護傘，有人則認為「安樂死」給無望而痛苦的病人、病人家屬以及社會帶來了方便。安樂死一詞譯自euthanasia，大抵歐美現代文字都源出這樣的組合。eu——源出希臘文，意即「好」，引申義為「安樂」；thanasia源出希臘文thanatos，意即「死」。一部詞典稱之為「(為結束不治之症患者的痛苦而施行的)無痛苦致死術」，看來這個定義比較完善。這個字和「優生」相對，可戲譯為「優死」乎？

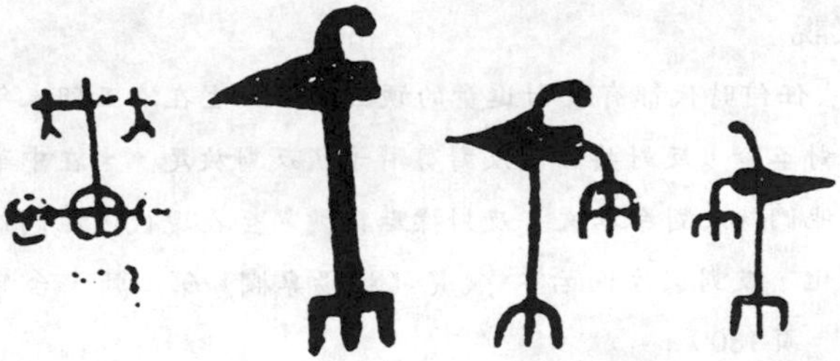

(35) 從左向右

台灣作家柏楊先生十年前曾寫過一篇雜文，標題為〈珍惜中國文化〉，副題為：

> 中文橫寫，天經地義的應從左向右。

他說，不但橫寫應從左向右，就是直寫，也應從左向右。柏楊先生堅持此說有一條很令人信服的理由：「中國文字在構造上，全都從左向右，所以再僵硬的朋友，寫字時都得從左向右。」

對極了。比如漢字的「漢」——無論繁體字漢還是簡化字汉，都先寫「氵」後寫「莫」或「又」，偌大一個中國，還不曾見過（也不曾聽說過）有人先寫「又」，再寫「氵」字。不信，請你試試寫幾個漢字——從上向下者有之，從左向右者比比皆是，未有從右向左的漢字。

(36) 提倡簡體字坐牢

還是上面提到的柏楊先生那篇文章中說：

> 「談到文字改革與簡化，事體重大，我曾為提倡簡體字坐牢。」

他又說：

> 「任何時代都有反對進步的頑固分子，生在清王朝末年，他們就反對革命，反對共和，反對剪辮子，反對放足。生在中華民國初年，他們就反對白話文，反對標點符號。生在現代，他們就反對文字簡化，反對從左向右。」（見《柏楊專欄》第二輯，台灣星光出版社，頁180）

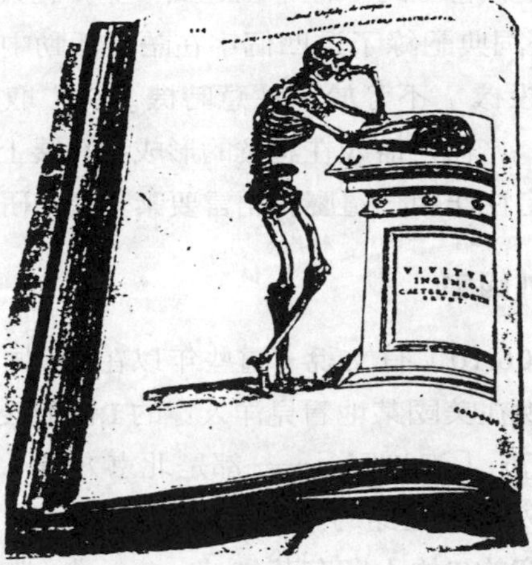
VIVITVR
INGENIO.
CAETERA MORTIS
ERVNT.

(37) 投機取巧

有人說，成語詞典把「投機」「取巧」這句成語列為貶義詞不對──理由是我們的祖先創造「投機」「取巧」兩個詞組（應為「詞」）時並非貶義，其實這表示「注意時機」，「採用巧妙方法」云云。祖先創造時如何，我不曾考證過；但多少年來人們用這四個字表達了社會上的一種不正之風，並非詞典把它歸入「貶義範圍」，而是詞典記錄了這四個字在語言活動中所傳遞的貶義信息。況且「投機」不等於「注意時機」；「取巧」也不等於「採用巧妙方法」。約定俗成在詞彙的形成和發展上確實起作用，有時甚至是決定性作用，這屬於語言要素變異的研究範圍。

(38) 衣服上印外國字

報上（88.06.10）有文說，這些年以在「T恤」上印外國字為時髦。作者說在美國某地看見洋人穿的T恤前後各印三個大漢字：「蓋了帽」、「沒治了」──都是北京方言。我前年在巴黎街上看見一位外國小姐穿的外衣上印了漢字，是「散文選」。據聞廣州有少女穿的T恤上印有英文“kiss me”（吻我）字樣，招來別人前去「接吻」的意圖云云。

一般地說，衫上印的字只能是一種圖案，傳遞一種美感信息，而不傳遞語義信息，所以穿衣者只須看這個字體美不美，合意不合意，根本不必理會這是什麼文字，更不必問它的語義。

但後一例卻又說明在某種場合被當作裝飾品的文字符號傳遞了語義信息，甚至惹來麻煩。

(39) T恤

源出英語T-Shirt（或寫作tee shirt），是一種男人穿的短袖襯衣（女人穿的襯衣有時也用這個詞），有趣的是，T像形：上面一橫表兩邊短袖，下面一豎表襯衣身。「恤」，shirt的音譯（廣州方言），流行於廣東不下百年了——有時稱「恤衫」。「恤」（音譯）加上「衫」（語義，表所屬類別），正如「啤」（音譯）加上「酒」（類別語義），成為現代漢語接受外來語的一種特徵。

(40) 意識

用「意識」來構詞是近一兩年來出現的新的語言現象。我前年（1986）12月收集了十六個，去年（1987）3月共得二十四個，近來增加了多少，沒有準確的統計。看到這樣的句子：

> 「中國知識分子嚴重的憂患意識，掩蓋了自己的主體意識和獨立意識。」

然乎？否乎？這裡不想評論。什麼是「憂患意識」呢？文中解釋說：

> 「——從孔夫子開始，知識分子就把『國家興亡』看得很重要，到宋代范仲淹提出『先天下之憂而憂，後天下之樂而樂』，憂患意識已得到『輝煌表現』。」

憂患意識就是通常說的「憂國憂民」。什麼是「主體意識」和「獨立意識」呢？文中說：

> 「——知識分子從未形成獨立群體，自己不能主宰自己的命運。知識分子不是一個獨立階層，是附在皮上的一根毛，這個觀點現在應受到挑戰。知識分子除有知識外，必須是有獨立功能的人，由於理論上的曲解，導致知識分子的自我意識薄弱，只追求人格上的完美，而不善於處理個人與周圍環境的關係，因而沒有西方知識分子那種『超越』能力。」

主體意識，獨立意識，自我意識，以及獨立功能，超越能力——有點像朦朧詩似的，玄之又玄，我這個知識分子恐怕也因為自我意識不夠，說不出其中的主題意識，自慚形穢，有點自卑意識。

(41) 略語

略語就是把一個詞組壓縮成非常簡略的符號——這在拼音文字中，只須將每個詞第一個字母抽出來寫在一起即成，如NATO（北大西洋公約），CCCP或USSR（蘇聯），USA（美國）；非拼音文字壓縮的方法卻不是這樣，也許更複雜些。

科技上的術語或詞組用略語表達的比比皆是，比方北京正在建造的BEPC（正負電子對撞機）和報刊上常常提到的MIRV（多彈頭分導重返大氣層運載工具），漢語還沒有創造出恰當的略語來。

(42) 去往

你聽過火車上指導旅客換車的廣播嗎？

「有去往鄭州方面的旅客，請換乘第×××次快車；有去往瀋陽方面的旅客，請換乘第×××次特快……」用現代口語不常用而過去曾經用過的「去＋往」這種結構，是一種很有趣味的用法。「去鄭州……」「往鄭州……」是一個意思，「往鄭州去……」「去往鄭州……」有近似的語義。雙音節的去往比之單音節的去或往，更能促使聽者注意下面的地名。

(43) 曠日持久

日本卡西歐計算機株式會社在《文匯報》（88.06.13）登的廣告，有——

「袖珍多功能日記簿

用途多種多樣，

曠日持久

快速調用、安全保密」

我手頭就有這樣一個電子日記本，怎麼成了「曠日持久」呢？原來是誤解了這個詞組了。「曠日持久」是個帶有貶義的詞組，《現代漢語詞典》釋作：「多費時日」，「拖得很久」。故《漢英詞典》給出的英語等義詞為prolonged，protracted。這裡應當是「經久耐用」而不是「曠日持久」。各種語言都有自己習慣的褒義詞和貶義詞，不能按使用者主觀意志改變的。

(44) 急症室 / 急診室

中央電視台播放的電視劇《警花出更》，有「急症室」字樣。「急症」，港粵通用的詞彙，北方話區稱「急診」。「出更」，現在通用的港語（粵語過去有過這樣的詞彙），略近於值班巡查、值勤巡邏之意。Cowles那部大部頭的粵語詞典沒有收。近來電視和報刊常常出現一些從南方（尤其港澳）傳入的語詞：開放的社會理應如此。

(45) 米高峰

> 「不知是什麼東西刺激了一位華人，他向主持人要了米高峰，向華作家發砲……。」（香港《大公報》88.06.23）

一個新的譯名：米高峰（台灣通作麥克風），即megaphone，或microphone，這裡都叫「話筒」。搶米高峰，即搶話筒。

(46) 國罵與詩

中國作家代表團在巴黎龐比杜文化中心與法國公眾見面。據報導（香港《大公報》88.06.23），一位作家——

> 「他說在出國前，他曾到長城去遊覽，爬到長城牆頭上，俯瞰下來，心裡倒想該寫首詩，沒想到詩寫不成，只想到那麼一句話：
>
> 長城啊，真他媽的長……」

「國罵」出現在巴黎「文化中心」。西方有個詞叫「反文化」（anticulture），不知這是文化或者是反文化，不明白。

(47) 不詩

趙元任的名譯《阿麗思漫遊奇境記》是一部研究現代漢語語

言學的必讀書。書譯於1921年，初版於1922年，距今已超過半個世紀了，但現在讀來還是一種道地的現代漢語，讀來仍發現不少新意，例如：

> 「但是有時候譯得太準了就會把似通的不通變成不通的不通。或是把雙關的笑話變成不相干的不笑話，或是把押韻的詩變成不押韻的不詩，或是把一句成語變成不成語……」（見《凡例》）

請注意：「不笑話」、「不詩」、「不成語」。——不愧語言學大師：這是語言遊戲式的構詞。

(48) 美國加州——蒙古烤肉

北京有個大飯館，門前豎起霓虹燈招牌：

美 國 加 州
蒙古烤肉

百思不得其解。蒙古烤肉怎麼能搭上美國加州呢？比方「北京烤鴨」是北京特產，能否這樣寫：

美 國 紐 約 州
北京烤鴨

年輕時聽人說笑話月亮也是外國的圓，到現在才知道蒙古烤肉是美國加州烤的香——可惜的是，我到「美國加州」不下七八回，卻未聞到蒙古烤肉味。（注：這家飯館的霓虹燈現在作「加州烤肉」，香極了。）

(49) 投訴

「投訴」一詞由南而北，流行開了。規範性的詞書和一些方言詞書多未收此詞（我說未收，不說不收，其用意表明詞書收詞的速度常常趕不上語詞在社會生活傳播的速度）。英漢詞書complain一語有訴苦、抱怨、控訴等釋義，也未收「投訴」一義。

語彙是語言中最活躍的成分，也是最敏感的成分，同時是變化得最快的成分。

Roy T. Cowles的《廣州口語詞典》（*The Cantonese Speaker's Dictionary*）第1045頁有「投訴」一詞：

t'aū-só = To lodge a complain（即向政府有關部門提出申訴之意）。

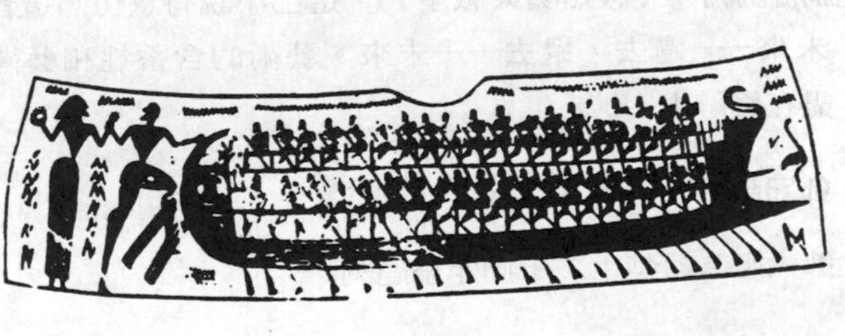

(50) 令譽

作家劉心武在一篇文章中把「令譽」一詞解釋為「您的名譽」，引來了熱心人士十多封指正信。「令」作「善」「美」解，也許由這裡派生出「令親」、「令郎」的「令」來（《辭海》312頁有這麼一點「因用為敬語」之意）。劉心武引用並贊同王蒙的倡議：作家要學者化。

「學者化」，難。「勤查查《辭源》等工具書」（劉心武語）卻是易於做到的。

一般洋人家裡必備兩書，一是詞典，一是地圖，這叫做需要，也叫做文明。難道不是麼？

(51) 《明天發生了戰爭》

有名的電影片《而黎明，這裡靜悄悄……》（*…… А зори здесь тихие*），原作作者，寫了另一部小說，去年（1987）拍成電影，也是寫戰爭插曲的，受到觀眾熱烈的歡迎。這部小說的名字也一樣的特別，*Завтра была война*（《明天發生了戰爭》），描寫未來的動詞卻用了過去式——二次大戰前夜蘇聯一首流行歌的名字 *Если завтра война*（《假如明天戰爭》），這部小說有意仿照這首歌取名。未來——過去，過去——未來。藝術的含蓄性和藝術的深意，盡在修辭中。

(52) 鄧穎超

鄧大姐為蔡楚生二十周年祭題詞：

蔡楚生先生是
中国进步电
影的先驱者！
邓颖超　1988年

全是規範化的簡化字。這是領導同志題詞用規範化漢字的一例；希望在實際生活中它不是唯一的一例。

(53) 文傳機

telex一詞初到中國，有人誤譯為「電報掛號」，後來才知道這玩意兒不是電報掛號，而是一種自動收發報機，此時——只有此時，即了解了新概念代表了什麼新事物時，才確切地解釋為「用戶直通電報」，簡稱「電傳」。《參考消息》（88.07.06）介紹新興起的fax時，譯為「文傳機」——這是跟打字機大小差不多，利用普通電話線把手寫的或打字的文件傳遍世界的新事物。「文傳」——妙哉，不是話傳、碼傳，而是文傳，俗稱「傳真」者是。報紙廣告（《人民日報》第八版，88.07.07）卻用另一種稱呼：

日本電氣NEC
NEFAX—10　圖文傳真機

這裡「傳真機」加上「圖文」兩字，表達這個「機」的作用。

(54) 麻瘋？

報紙標題：「是麻風不是『麻瘋』」（《北京日報》1988.07.07），文曰：

> 「影片《紅高粱》榮獲第三十八屆西柏林國際電影節『金熊獎』後，報刊上發表了不少評介文章。影片的主人公『我奶奶』先嫁的李大頭是個麻風病人。某些文章把『麻風』寫成『麻瘋』，是不對的。」

按傳統醫學，「風」是「六淫」（風、空、暑、濕、燥、火）之一，外感疾病。「瘋」在現代醫學是另外一種症狀。風≠瘋。

(55) 詩的翻譯

譯詩，難事。譯得太「直」了——等於幫讀者查字典；太著重「意」——又常常走樣。《阿麗思漫遊鏡中世界》最後的一首詩的最後兩段共六句，語言學家趙元任譯得既有詩味，又有詩情，瞧——

本來都是夢裡遊，
夢裡開心夢裡愁，
夢裡歲月夢裡流。

順著流水跟著過——
戀著斜陽看著落——
人生如夢真不錯。

好一個「夢裡開心夢裡愁」，好一個「夢裡歲月夢裡流」。譯成七言，卻又不拘於舊格律；押了韻，卻又不顯得勉強。請看原詩：

In a Wonderland they lie,
Dreaming as the days go by,
Dreaming as the summers die！

Ever drifting down the stream——
Lingering in the golden gleam——
Life, what is it but a dream？

如果照原文逐字逐字「直」譯，詩味沒有了，意境也沒有了。那時，真如西諺所謂：a translator － a traitor （翻譯者是個叛徒）。

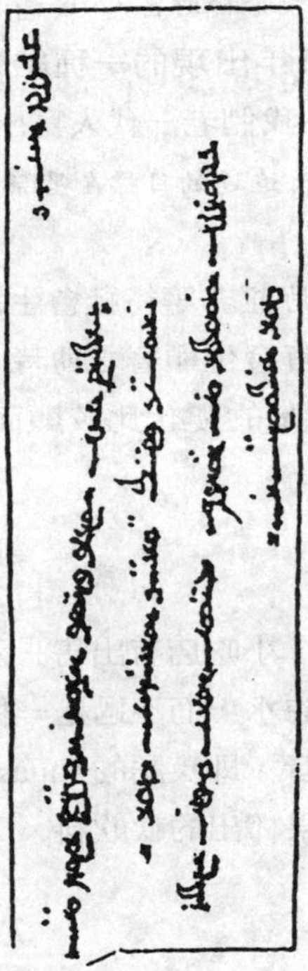

(56)……在了

《參考資料》（88.07.10）的一篇論文有這樣的句子：

> 「航天計畫每天追逐的目標在星際，把和平擺在了首要地位。因為和平可以帶來繁榮和財富。……」

「擺在了」，這是近幾年出現的一種結構：「（動詞）在了」＝「（動詞）在」。上句在我們老一代人寫出來時是這樣子的：

> 「航天計畫每天追逐的目標在星際，把和平擺在首要地位。……」

語言要素的變化，有時並非等待社會生活的變化而變化——這是說，即使社會生活沒有發生顯著變動時，語彙、語音和語法都可能悄悄地起變化。語彙的變化比較顯而易見，語法的變化卻少些。

(57) 西瓜水

在抗戰中的重慶，小吃店有出售「西瓜水」的，一嘗，完全不是把西瓜壓榨出來的水，而不過是一種果汁：在重慶時是橘子汁。「西瓜水」是譯音，即英語的squash——在英國英語裡，這個詞的一個語義為漿果榨出的軟飲料。「西瓜水」這個詞現在消失了。

(58) 地名學

新近成立了地名學研究會。地名學是一門綜合的學問，也許可以說是多科交叉性的學問。地名學是地理學的分支，實用的分支；地名學同時也是應用語言學的分支。地名學至少牽涉到地理學、社會學、語言學、歷史學、民俗學、民族學等等學科。西方有一個字叫做Onomastics，譯為「命名學」，是研究人名地名的來源的學問。還有一個字叫做toponymy，也許就是「地名學」。

地名是很有意義的，研究地名是一門饒有興味的學問。比方「羊城」（廣州關於五羊的傳說），「哈爾濱」（一說由滿語halifan轉化而來，意為一種扁豆）。

美國有三個地名顯示了三種語源——同時也說明了這三個地方的早期社會史：

New York（紐約）——在英國舊地名「約克（郡）」（York）之前加上一個「新」（New）字，表明這是初來美洲的英國人用他們熟習的地名稱呼這個新地方。

Los Angeles（洛杉磯）——西班牙文「天使們」之意，表明從西班牙人進入中美洲後來到這個地方，以西班牙語命名。

Chicago（芝加哥）——這裡的chi-不念「芝」，念shi-（希），源出印第安語，是某一種植物（也許是此地的特產），可見此地原來是印第安人聚居之處。

研究地名，往往如讀一部社會史或民族史。

(59)「西西」

「演員一曲終了，手握話筒，款步彎腰，道一聲『西西』，『請多關交』，或者添一句：『但願你死歡』。」（《人民日報・海外版》88.07.07）「西西」即「謝謝」的訛音，「關交」即「關照」，「死歡」意為「喜歡」。——評者謂：說這是粵語，粵人噁心；說它為閩語，閩人未必高興；「四不像」，卻充滿「港味」。粵方言區講普通話發音不純，聲調不正，情有可原——問題出在全國性表演中出現這種不必要的訛音，完全可稱之為某種程度的語言「污染」。

(60) 烏爾都語／英語？

巴基斯坦是多民族國家，二十四種民族語中的烏爾都（Urdu）語在全國應用最廣，但因為英國百年統治，英語在大中城市中相當普及。巴基斯坦在1973年憲法中規定：

> 「巴基斯坦的國語是烏爾都語，自憲法生效之日起十五年內（即1988年4月12日之前）為其作為官方語言做出安排。在烏爾都語取代英語之前，英語作為官方語言。」

所以在1988年4月前後，全國上下對這個問題爭論激烈。語言問題的「熱點」今年移到巴基斯坦——前幾年熱點先後在比利時、加拿大。

反對以烏爾都語為官方語言的理由是：

(1) 認為烏爾都語科技詞彙貧乏，採用烏爾都語，摒棄英語將降低教育水平和科技水平；

(2) 認為除烏爾都語以外的其他一些民族語也應當享有同等的「國語」地位；

(3) 認為烏爾都語「落後」，不利於國家的發展。

在多民族多語言社會，即使規定其中流行最廣的一種為「國語」，都會導致激烈的語言衝突。

可見對待語言問題——其中包括對待文字問題，包括對待方言土語問題，政策性是多麼強。

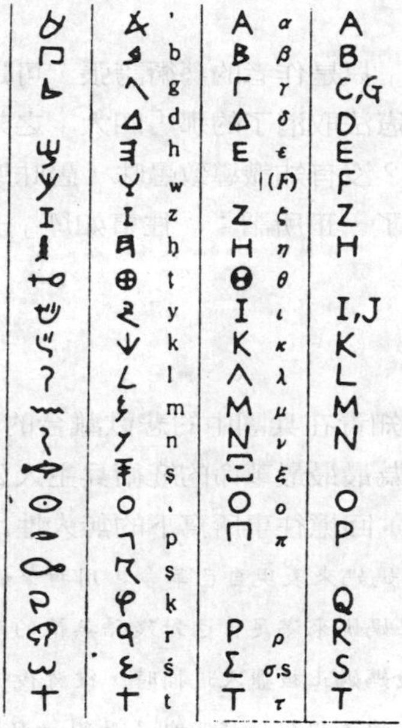

(61)「四大」

近年流行的「嚴肅文學」《血色黃昏》這部小說中描寫文化大革命十年災難中的一個社會現象：

> 「一米六幾的大姑娘像小兔子一樣，什麼也不知道。問她我國四大發明是什麼？回答：大鳴、大放、大字報、大辯論。」（頁436）

也許這個「故事」只是作者的藝術誇張，可是回頭一望，那些歲月除了現在被從憲法取消了的那「四大」之外，還指望青年人會得到什麼信息呢？沒有知識導致愚昧，愚昧導致盲從，其結果是一切都化為烏有了。正所謂：「往事如煙」——人間萬物化為一縷青煙，嗚呼！

(62) 無人性

還是那本寫知青在兵團中的悲歡離合的小說《血色黃昏》，真實地描繪了作為最最最革命的紅衛兵主人公（據說即《青春之歌》作者的兒子）回憶往事所寫下的無人性片段：

> 「用打擊媽媽來表現自己革命，用打擊媽媽來開闢自己的功名道路，用打擊媽媽來滿足自己對殘酷無情的追求。我不知道一隻小狼會不會在牠媽媽正被獵人追捕時，從背後咬牠一口，可我卻利用文化大革命之機，狠狠地捅了自己母親一刀——不管她有時怎麼摳門兒，脾氣怎麼壞，終歸是把自己哺育大了的母親！」

從無人性到獸性，從獸性到超獸性，這一段自白寫得淋漓盡致。

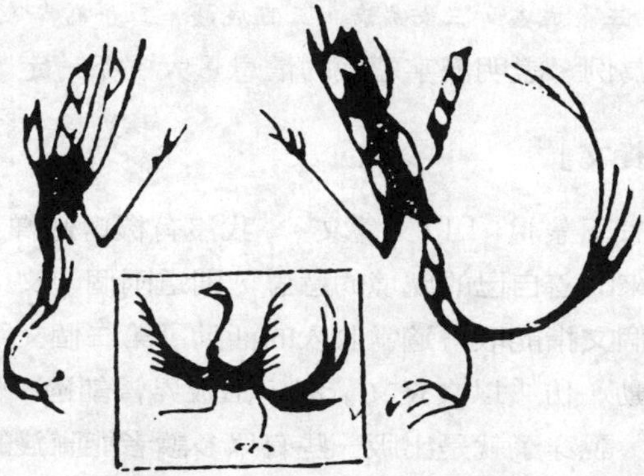

(63) 三人成众

三個相同的漢字（或者漢字的三個相同的「部件」），組成一個新的漢字，這新的漢字往往是那三個組成部件的總和或超總和。三人成众——众是簡化字，卻是合規律的，众＝人＋人＋人。或者：众＝Σ人（人的集合體），集合體比三個成分之和要大得多。

> 三口成品，三木成森，三日成晶，三火成焱，三耳成聶，三水成淼，三金成鑫，三女成姦，三直成矗。三手為掱，即扒手也。

或以此為例，證明漢字蘊藏的信息量大，不一定。

(64)「以文養文」

報載作家王蒙說：「以文養文。」我沒有機會聽釋義，如果是想辦法創收來改善自己的處境的意思，則這兩個「文」字詞義不一樣，第一個文指能取得適當收入的活動，第二個文則指難於取得收入的活動。仿「以文養文」例，出版界曾創過一個詞組——「以書養書」，說穿了就是出版一些有眾多讀者能賺錢的書來支持另外一些內容專門且要虧本的書。

這種「以（什麼）幹（什麼）」的語詞結構，在漢語裡屢見不鮮。例如「以心比心」（或「將心比心」），兩個都是心，但又不完全是一個人的心；「以牙還牙」，兩個都是牙，但前一牙是我的牙，後一牙則是敵人的牙。還有常見的「以毒攻毒」——兩毒都毒，但屬於不同主子的毒。前清時提倡「以夷制夷」——即利用這一部分「夷」人（洋人），來整治另一部分「夷」人，而那時的帝國主義分子卻反其道而行之，「以華制華」——末一個「華」字是中國人，頭一個「華」字是漢奸，或者走狗，不是人。

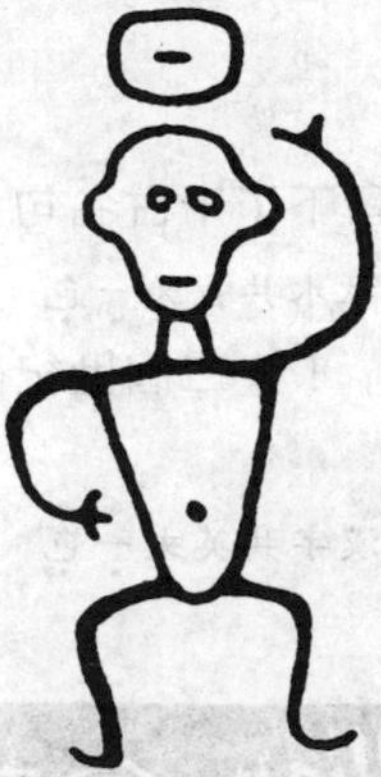

(65) 言語／語言

語言學專著把「言語」和「語言」分開，來表述瑞士語言學家索緒爾（Saussure）的兩個術語，即langue（語言）和parole（言語）。索緒爾說，「語言就是言語活動減去言語」，又說「語言」和「言語」是「言語活動」所代表的整個現象中的兩個因素。我懷疑這兩個顛倒了漢字所能表達的區分，有更好的譯法麼？——日本一個著名雜誌《言語》，研究的就是語言＋言語。

(66) 齊飛·一色

七世紀的王勃給我們留下了千古名句：

落霞與孤鶩齊飛，秋水共長天一色。

好一個「齊飛」對「一色」！十三個世紀後，仿古作如下兩句打油詩：

標題與廣告齊飛，漢字共英文一色。

謂余不信，請看某報——

「足球天地」是報上的一欄，“goldlion”與「金利來」是一種洋商品或土洋結合商品的商標，真可謂得商品經濟新秩序風氣之先者也！

(67)「大」字風

〈釋「大」〉一文（收在《辭書和信息》一書中），闡明了現代漢語的某些規律性東西。作者曾喟然而嘆曰：

> 「大躍進是特定地點（社會主義中國）在特定時間（1958年）一種特定思潮（誇大了主觀意志和主觀努力的作用那種思潮）指導下發生的一種『左』傾政治運動。」（頁39）

作者認為「只作字面上的簡單解釋，根本不能表達這個詞的語義。」

時文（《文匯讀書周報》88.07.02）提醒：近來作品題名刮起一股趨「大」風。繼《唐山大地震》後出現了可觀的「大」書名：

《中國大趨勢》

《陰陽大裂變》

《世界大串聯》

《人工大流產》

《鴛鴦大逃亡》

時文作者（賀錫翔）以為《南京大屠殺》的「大」字用得對，用得嚴肅；而《人工大流產》的大字卻有點不倫不類。

凡是詞語形成一股「風」的，都會產生「負效應」，難道不是麼？

(68) 樂仔

合眾國際社報導（88.07.07英文電）云：

> 「已有五千年歷史的中國語言又出現了一個新詞『樂仔』，該詞是靠近香港城市廣州的一個專有名詞。」

樂仔＝同性戀者——連這家外國通訊社也不得不驚嘆「這一短語表明廣州出現了一種令人吃驚的時髦」。

同性戀的事實出現在中國的歷史上不算短，但像西方那樣公然以同性戀者姿態暴露在公眾面前，是新近才發生的。開放帶來了一些預想不到（其實也預想得到）的消極因素，毋需吃驚。

正如西方出現homosexuality（同性戀）時「製造」了一個新詞gay來稱呼這些「分子」，此刻在我們這塊黃土地出現同一類社會現象時，不知何人也「製造」了這麼一個新詞：「樂仔」。

gay不見於正經的英語詞典；「樂仔」也未入典，是不是從香港華語「引進」的呢？

(69) ○（零）

從前「崇洋」者說，月亮是外國的圓；如今，任何人都有權利說，「零」卻是中國的圓。

「零」用現代漢語表達為圓圓的○，同阿拉伯——乃至西方的表現符號即橢圓0不一樣。

○已製成字模，而且各種字體各種尺寸的字模，且進入《現代漢語詞典》，但很多「典」未收。

「到二○○○年如何如何」——照現在公布的數字寫法應作「到2000年」，沒有那個圓圓的圈；「一九三○年春上海」寫作「1930年春上海」，也失去了那圓圈。不過正式文件上寫年月日時仍用漢字，一用漢字，則這個圓圈就不可少了。

博士（＝博學之士）于光遠（不是于光遠博士；「博士」在人名前或後，釋義不同，「博士」在人名之後是一種學銜，現又改為職稱；「博士」在人名前意為「博學之士」或「博識之士」，可見漢語字序的重要！）近來呼籲常用漢字和通用漢字都應該加一個圓圓的〇＝零，恰當之至。

(70) 後門

1988年7月31日，王府井某大企業星期日例行休息，門前掛一大牌子，上面寫道：

有事請走後門

妙哉！「有事請走後門！」前門休息了，「有事」只好請走後門——後面的門。「前門」走不通了，也只能「走後門」。後門，走後門，請走後門，只好走後門，只能走後門。妙哉！妙哉！

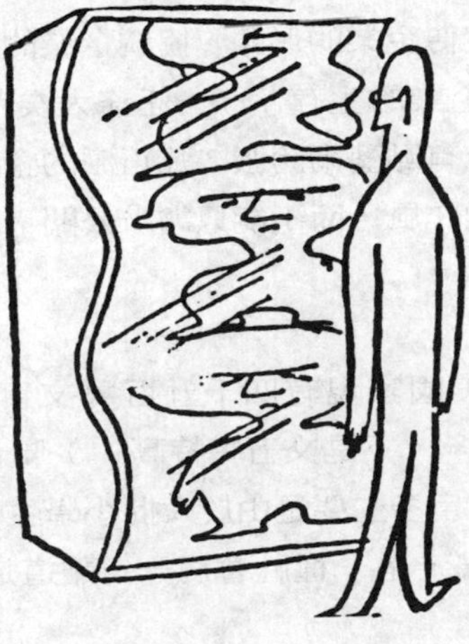

(71) 公關小姐

廣州及其周圍，對女服務員大都稱「小姐」，——這是近幾年稱謂的變化，由「同志」變為「小姐」，恰如幾十年前由「小姐」變為「同志」。報上標題：〈穿軍裝的公關小姐〉(《人民日報》88.07.31)。這篇報導文章出現了這樣一大串由「公關」組成的詞語：公關小姐——公關舞台——公關部——公關協會——公關理論——公關活動。文中說，「公關小姐」的使命：「溝通和外界的聯繫，宣傳企業的形象，協調企業的內部關係，推銷企業的產品，維持企業的生存」——任務大矣哉！前四句也許恰當，最後一句未免有點藝術誇張。凡正派的企業賴以生存的是自己的產品和企業的作風，而不能只靠「公關」維持罷？

(72) 文盲

消息說，拉美國家現有四千五百萬文盲，40％在巴西。(注意：巴西人口多，不是文盲率特高。)聯合國教科文組織官員說，拉美國家文盲多主要是由於大批小學生輟學引起的。

小學生不讀書，是一種社會病——難道這不引起我們警惕嗎？

列寧說過，文盲不能建成共產主義。何止如此？文盲是什麼主義也建不成的，只有殖民主義可以容忍文盲。

(73)「只賣香菸，不賣口號」

一家周刊(台灣《新新聞》88.06.12)載稱：台灣省菸酒公賣局「局長」鄭世津要求以後在各機場免稅店所販賣的國產香菸，外包裝將不再印刷「三民主義統一中國」字樣，據說是為了

「返鄉客」探親便利。這家周刊還說，國民黨一直使用標語、口號來宣傳政策，每個口號都代表了某一階段的某一政策，上面這個印在香菸盒上的口號，是其中最沒有「攻擊性」的一個云云。這位「局長」說，「只賣香菸，不賣口號。」

如果把這位「局長」所說的各個時期的香菸盒子搜集齊全，倒也不失為從語言研究社會進展的最好材料。

原來在海峽兩邊都盛行口號：不能不說這是幾千年封閉社會「語言拜物教」所導致的特殊語言現象。

Audi fili mi disciplinā pr̄is tui et ne
dimittas legem mr̄is tue: ut addatur
gracia capiti tuo: ⁊ torques collo tuo.
Fili mi si te lactaverint peccõres: ne ac=
quiescas eis. Si dixerit veni nobiscū.

(74) 迷你

港台譯mini（微型）為「迷你」，已有十幾年的語史，傳入國內，有人將原來的「超短裙」改為「迷你裙」；一時走運，一時不興，近來又來「迷」你了。《中外產品報》稱，去年歐洲女性掀起「迷你裙熱」，但美國職業婦女卻不大歡迎「迷你裙」云云。

裙而迷你，一個常用的語詞頓產生想入非非的聯想，故不可取——牛津出版的「微型字典」（minidictionary）實在迷不了你，也迷不了我。

引進須優選：別害怕引進有用的、合用的、確切的新語詞，可是有必要拒絕一些不確切或產生歧義和聯想的語詞——漢字組詞力特強，聯想義也特強，不可不注意。

(75) 模式

近來有人認為，理論家筆下的「模式」均是「mú式」，而非「mó式」——「模」有兩音，mó和mú；一般字典的「模式」、「模型」，均讀mó～；只有「模版」、「模具」、「模樣」讀作mú～。模（mó）式不讀模（m-u）式，這是語言習慣。即讀之為「mú式」，亦解作「模mó式」。探求「模式」是否供模仿之用，抑只能參照、比照，問題不在讀音；從音、形出發對某些術語作詮釋，恐怕只有漢字系統帶來這麼一種「望文生義」的傾向。

(76) 綠色

「綠色革命」是六〇年代突起以反對環境污染，維護生態平衡為目標的一種理想。據說，時下西方有「綠黨」，志在擺脫左的與右的思維方式的政治組織。綠色——歷來是和平、中立的顏色；一百零一年前，波蘭醫生柴門霍夫創始世界語（Esperanto）時，即以綠旗、綠星為其標誌。現代漢語有「綠帽」、「綠頭巾」之說——即歐洲所謂「頭上長了角」那種「人際」狀態。

(77) 順口溜

群眾的語言常常不僅生動，而且顯得富有魅力。報載（《人民日報》88.08.02）一首順口溜：

穿著料子，
挺著肚子，
拖著調子，
畫著圈子，
出了再大的事兒也不會離開位子。

料子、肚子、調子、圈子、位子——「五子登科」，一副新官僚的樣子！

還有一首：

下來像個辦事的樣子，
進出像個貴賓的樣子，
吃喝像個過年的樣子，
返回像個打獵的樣子。

四個「樣子」！好一副「公僕」的樣子！

這使我想起了《古詩源》——何不編一部《今詩源》？

(78) 帶響

新聞界出現了這麼一個新「行話。」報上響、喇叭裡響、電視上響——一響而帶動百響，是謂「帶響」，正可稱「一響百響」，一窩蜂上，這也是大鍋飯的副反應。

(79) 無獨有偶

上回有「美國加州　蒙古烤肉」的招牌；無獨有偶，大街上又見有另一個「北京加州」招牌：

北京　加州 牛肉麵大王 California Beef Noodle King Beijing

中英對照，妙不堪言。兩個地理專名，結合起來創造了另一番「天地」──語義的色彩濃極了。

(80) 倒

《水滸傳》什麼人在黑店中吃了蒙汗藥，只見黑店店主拍手道：「倒也！倒也！」現今蓋了無數摩登大樓，怕難遇見「倒也！倒也！」的情景──只是碰到了一大撮（一小撮的反面）「倒爺」，使你不得安生。舊文字稱為「二道販子」的，如今都叫「倒爺」：「販子」上升為「爺」，可見其厲害。名菸名酒開放價格，倒爺們衝向次名菸次名酒，一元五角一包的香菸，「倒」了一「倒」，消費者非五元五角買不著了。倒那麼一倒，價錢漲了幾倍；如果倒那麼幾倒，倍數就更直衝雲霄。更加神通廣大的是「官倒」，官倒者即有權有勢之人（多半是一個權威「公司」）來倒買倒賣，真所謂吃人不吐骨者也。

(81) 倒掛

近來「倒掛」一詞活躍紙上，不止入文章，而且入文件。倒掛通常指「體腦倒掛」——這個詞或詞組是一種很奇特的壓縮型詞組，簡練而有深意，「腦」者腦力勞動也；「體」者體力勞動也。體腦倒掛者即云腦力勞動者的收入低於體力勞動者的收入，說得文謅謅一點：精神生產者在種種方面大大不如物質生產者，故有「手術刀不如剃頭刀」的諺語——不是那把刀不如這把刀，而是操手術刀的醫生收入不如操剃頭刀的理髮師之謂——這就是「體腦倒掛」。

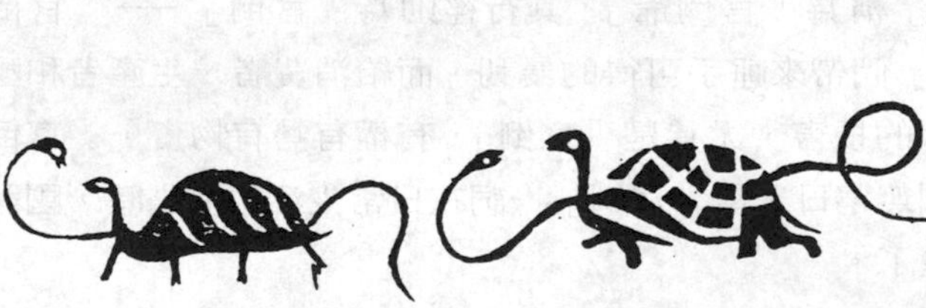

(82) 憂→優

看見一幅漫畫，主人翁是一個穿西裝的胖胖的君子，端坐在「八大件」之間，畫題：「先天下之優而優」——僅僅換了一個漢字（把「先天下之憂而憂」的「憂」換上「優」字），語義大變，挖苦之情，逸於紙上。語言遊戲常常反映了一種社會的愛憎，漢語如此，外國語亦是如此——說者謂漢字所含的「信息量」大，故易「做文章」云云，存疑。

(83) 再說「倒」

時維龍年八月，「倒爺」以及「官倒」、「私倒」這樣加引號的語詞，見諸於正式文件；至於新聞報導中出現這種字眼，則已司空見慣。例如《人民日報》頭版（88.09.03）標題：

> 上海有色金屬行業職工致函本報
>
> 揭露「官倒」層層盤剝內幕

同日同報評論員文章：〈堅決懲治「官倒」〉。倒者利用價差（物價漲落之差，仿落差一詞形成的）買入賣出，牟取暴利之謂也。幹這行傷天害理勾當的人，被「尊」稱為「倒爺」；「倒爺」有公私之分，亦即官民之別，民間「倒爺」名為「私倒」；官家「倒爺」稱為「官倒爺」，其行徑則為「官倒」——「官倒」給「倒爺」們帶來唾手可得的暴利，而給消費者、生產者和國家帶來莫大的損害，尤其是「官倒」，有權有勢有物資，「官倒」不治，國無寧日。當「官倒」一詞在日常生活中消失時，國計民生便有望了。

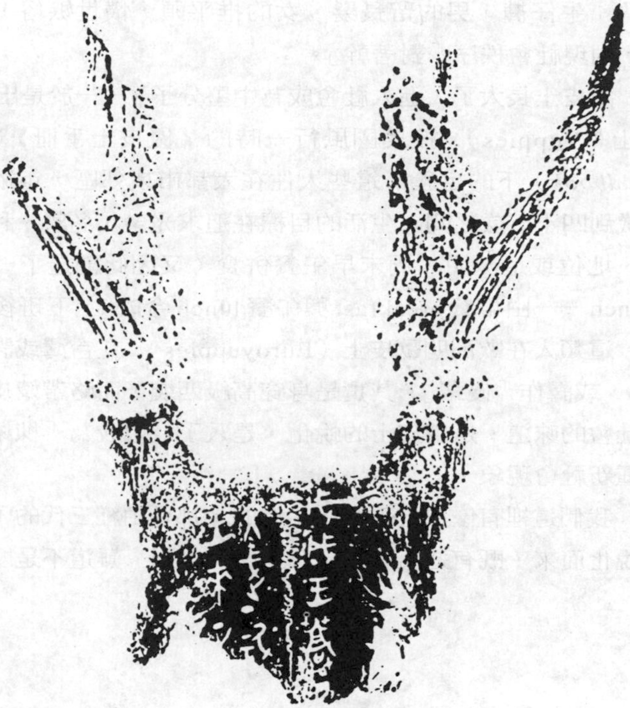

(84) 優皮士

十年前我介紹過「嬉皮士」（hippies）這個新詞語；我說，嬉皮士是六〇年代後半期在物質豐富與精神空虛的美國泥土中誕生的；牛仔褲，男的留長髮，女的推平頭，憤世嫉俗，玩世不恭，同現社會秩序「對著幹」。

嬉皮士長大了，進入社會成為中堅分子了——於是出現了優皮士（Yuppies）。按美國風行一時的《優皮士手冊》（*Yuppie Handbook*）下的定義，這些人住在大都市或郊區，年齡自二十五歲到四十五歲之間，生活的目標在追求光榮、名望、利益、權益、地位或這一切，周末早午餐併食（又因此創造了一個新詞brunch——由早餐breakfast與午餐lunch合成），下班後還去運動。這類人在歐洲叫歐皮士（Euroyuppies），在台灣或譯作「雅痞」，或譯作「優輩」。其實是身穿高級西裝，而略帶嬉皮士那種反社會的味道。是嬉皮士的蛻化，是入了社會成為「棟梁」後的一種新社會現象。

我們這裡有優皮士乎？曰：有的。那是由紅三代的子孫紅衛兵蛻化而來，既有造反脾氣，又有賺錢本領。難道不是麼？

Sommeille en paix ma chere Annette ;
Hélas ! c'eſt pour moi seul que sont faits, tous les maux.

(85) 塗鴉

在北戴河海濱見一位少女穿的外衣上有一個義大利字：Graffiti（這是個複數名詞，原形為graffito），我問：你知道寫在你外衣上的字什麼意思嗎？她答：不知道。穿寫了語詞的衣服是時下一種「新潮」（new wave）——「新潮」一詞在港地流行，即一種新款式、新傾向、新趨向、新風尚，現在也慢慢北移了。

至於graffiti這個義大利字，是指例如紐約地下鐵道車廂內外的亂寫亂畫——文謅謅地說，即塗鴉；其實是西方一些「反社會」的青年為發洩自己的表現欲望，在街頭（屋邊、牆角、車廂、公共設施）隨意塗抹的字畫。紐約地下鐵道集graffiti之大成，我曾經寫道：

> 「車廂四壁上上下下，塗滿了下流的、野蠻的、粗魯的字句以及不堪入目的『現代派』圖畫——活像在舊中國公共廁所裡所見到的。在這可憐的地下鐵道中，我看到另一個美國。」

台灣一位作者（詹宏志）也作過描寫：

> 「黑漆漆的換車廠裡，成群的青少年拿著手電筒，在兩次車班交替的時間內，同心協力用罐裝噴式油漆，迅速地把車廂外壁畫成了大花臉。」

(86) 分偶

這是台灣使用的一個新詞，即apartnership的譯語。原來的詞語是英文中的新詞，不見於字典，只見於報刊（《紐約時報星期刊》），是由apart（分開）和partner（配偶）加ship（表示一種行為狀態的後綴）而成。台灣作者是從「配偶」一詞出發，把它譯成「分偶」的——據說美國實行「分偶」者有五十萬人，成為美國八〇年代一種新的社會現象。

「分偶」者男女雙方固定關係（新的婚姻關係？），但不同住在一個屋頂下，持續十幾二十年每周固定約會，甚至有共同的子女，子女或歸男的撫養，或歸女的撫養，這些「分偶」獨居而不同居，彼此不見對方的「醜態」，彼此相敬如賓，愛情久而彌篤云云。

有社會責任感的人，或引以為憂，或稱之為突破了傳統。分偶與配偶，進步與災難，主婦與主夫，從語彙學看只不過是相對應的語詞，它們卻反映出社會思潮的變化與變革。

會有哲人給《家庭、私有制和國家的起源》寫續篇或加新注麼？

(87) 記號

符號學界多推崇瑞士語言學家索緒爾為「祖師爺」。索氏說的「符號」（sign）實即記號，是由兩個側面所組成——即索氏所稱的「能指」（台灣譯「意符」significant），「所指」（台灣譯「意涵」signified）。L. Hjelmslev稱前者為「表現」（expression），稱後者為「意義」（meaning）；他說表現和意義為矛盾的對立物，而矛盾的統一即為符號。

(88) 滑坡

「上海地方財政兩年連續滑坡原因何在？」這是導入科學技術名詞（術語）來評論社會現象的新例子。上引句中的滑坡一詞，以前使用連續下降或連續減少等等語詞——但八〇年代的社會習慣，卻喜歡使用科技術語，似乎只有這樣，才能更有效地描繪出語言色彩。對此，有人反對，有人稱道。能「定」於「一」嗎？不能。

(89)「國科聯」

報載：「國科聯第二十二屆大會在京召開。」（《人民日報》88.09.12）。報導說：

> 「目前世界上最大的非政府性國際學術團體——國際科學聯合會理事會（簡稱「國科聯」）第二十二屆全體大會，今天在北京開幕。」

由此可見，「國科聯」實為「國際科學聯合會」的略語。說者謂：不知道為什麼不簡作「國際科聯」，而簡作「國科聯」；「國際科聯」比「國科聯」只多一個漢字，但其傳遞的信息對社會成員心理說更完整、更準確。正如：

「國家計畫委員會」簡稱「國家計委」而不簡作「國計委」；

「國家教育委員會」簡稱「國家教委」而不簡作「國教委」。由於現代漢語的「國」字可構詞為

「國家」

或　「國際」，

因此國內機構簡稱「國家」，國外機構簡稱「國際」。

例如：

「國際世界語協會」簡稱「國際世協」，而不作「國世協」；同樣，「世界和平大會」簡稱「世界和大」而不作「世和大」。與此相類似的，UN（為United Nations的縮寫）在現代漢語簡稱為「聯合國」，而不作「聯國」；UNESCO（為United Nations Educational, Scientific and Cultural Organization的縮寫）簡稱為「聯合國教、科、文組織」而不作「聯國教科文組」（相對應於英語六個單詞的縮寫）。注意：這裡用聯合而不用聯，用組織而不

用組。

從社會語言學角度看，這叫做語言習慣，這裡還牽涉到現代漢語的構詞法習慣。

(90) 嬰兒也會思考

報載美國康乃爾大學心理學家史貝爾克博士新發現，嬰兒也會思考。她認為思考、感覺、運動功能三者都是「與生俱來」，並非後天習得的，因此，思考是一種本能。

報上只寥寥數語，未見論證，不知其詳。

思維和語言哪一個先發生？這個兩難問題困擾了我們很久了。說先有思維，那麼，用什麼媒介來思考？說先有語言，那麼，沒有思維又何來語言？——那豈不是一系列無意義的噪聲麼？

看來只能根據實驗心理學和神經語言學取得大量數據才能給出令人信服的結論。

我近期連續觀察了一個小男孩從零歲到一點五歲的語言行為。當他長成到零點七五歲時，他還只能說出「爸爸」、「媽媽」等幾個詞；但他能聽懂大人某些語言（不是全部），因為他能按照他所聽懂的指令去作某種動作。到他一歲時，他能模仿大人教給他的單詞發音，這時，他一般能對大人發出的指令（語言）作出準確的反應。差不多到一點五歲（一周歲六個月）時，某一天，當他爸爸下班回家時，他突然發出了「爸爸回來了」五個字——事先並沒有人教過他說這一句子，但是「爸爸」「回來了」甚至「爸爸回來了」他都反覆聽見過，個別也模仿過單詞（不是句子）的發音。這說明：他的大腦信息庫中存儲了這幾個詞，並且存儲了反映這種行為的句子，在適當時候他居然會調出來使用。他有思考，儘管他沒有足夠的語言材料。

(91) 灰市場

用顏色來表達某種語義，是一種司空見慣的語言現象。近來增加了一個灰市場理論，與紅市場、黑市場相比對；據說這個詞來源於蘇聯經濟論文。紅市場指國營市場，黑市場指自由市場，而那種靠關係或「走後門」進行商品交換的場所則被目為灰市場。

(92) 語言經濟力

語言經濟力是社會語言學的一個新概念。設E＝語言經濟力，G_W＝世界總國民生產值（GNP），G_L＝某種語言使用地區或國家的國民生產值，則

$$E=\frac{G_L}{G_W}$$

《日本經濟新聞》（1988.08.06）按這個公式發表了一個語言經濟力的情況和預測：情況是1985年的實際，預測是2000年的期望數字（按照日本官方〔經濟企畫廳〕《2000年經濟展望》一書），是按比值大小排列，有如下表（數字為百分比）：

1985年（實際）		2000年（預測）	
①英語	36.9%	①英語	34.9%
②俄語	13.1	②俄語	11.9
③日語	10.1	③日語	11.4
④德語	7.2	④德語	6.6
⑤法語	5.4	⑤漢語	5.3
⑥西語牙語	4.5	⑥法語	4.9
⑦漢語	3.1	⑦西班牙語	4.6
⑧義大利語	2.8	⑧阿拉伯語	2.8
⑨阿拉伯語	2.8	⑨義大利語	2.5
⑩葡萄牙語	1.9	⑩葡萄牙語	1.9

據日本預測到2000年中國的語言經濟力將躍居世界第五位，而前四位（英、俄、日、德）語言經濟力所占次序不變。

這個數字有何種理論意義，還待論證。

(93) 文盲問題

文盲不能建成共產主義，列寧這句名言幾乎是無人不知了。文盲能建成什麼「主義」呢？或者文盲只能永遠做統治者的奴隸？或者文盲也能維持一個物質富有而精神空虛的群體？

據說在美國，「文盲問題已經成為一個日漸突出的社會問題。」(《人民日報》88.09.23）同一來源說，紐約市文盲或半文盲約有一百五十萬人，而美國全國統計文盲和半文盲超過二千三百萬。

> 「他們當中有不少人不僅不能讀書看報，甚至連路牌、公共汽車和地鐵站牌等許多交通標誌都不認識。」

對文盲和半文盲，當然談不上什麼科學什麼民主。

聯合國教科文組織有這麼一個「令人不安」的數字：

亞太地區二十八億人口中有六點六億文盲——文盲占亞太地區人口的23.5%（幾乎占四分之一），而其中印度和中國文盲人數占亞太地區文盲總數的50%左右（二分之一）！

在我國，「屬全國首富的一個省，文盲比例竟達27%」——作協唐達成這樣說。

按國務院規定，城鎮人口識2,000個漢字，鄉村人口識1,500個漢字，便達到「脫盲」狀態。

文盲不只是識字的問題，應當是個綜合的文化素質問題；當然，最起碼的基礎是識字。

不知道能否達到這樣的認識：文化的起點是識字，而不是唱歌、跳舞、演戲。

(94) 麥克太太

報上有一段精采的描寫：

「只要在咖啡店吃飯，麥克太太就總是買一個漢堡包，她並不特別喜歡漢堡包，可她不認識菜單上的字，只知道咖啡店裡準有漢堡包。在超級市場買東西，她只挑那些她認得出的東西。她不認識商品標籤上的字，要是罐頭上只有字沒有圖，她就不敢買。」(《人民日報》88.09.23)

這裡描寫的場地是美國。這段文字不只涉及通常人們所關注的文盲問題，它關係到非語言交際和現代社會的信息傳遞問題。

(95)「對縫」

這是一個當前在商品流通領域中的「行話」——語義為：以溝通買賣雙方的聯繫為手段，獲取差價或一定數量的勞務報酬。妙在「對縫」者一無資金二無物資來源，只是「倒」來倒去獲取報酬。這是商品流通的正道麼？不。這個語詞在理順經濟環境以後將會「淡化」或消失。

(96) 文字的「命運」

英文《中國日報》（88.09.28）刊有中國讀者投書，抱怨街道上或公共場所的公告、告示只有中文，不加英文，「對於外國人，他們不認識中文，很難讓他們服從這些規定。」信中說，有洋人騎自行車要通過王府井大街，他又不認得在街頭公告上的中文（每天一定時間內不准汽車和自行車通過），引起很多麻煩。這位中國讀者說：「實際上，這個問題很容易解決。我們只需在中文告示上加上英文就行了。」

確實「很容易解決」。但為什麼要在王府井街頭張貼中文告示上加上英文呢？我不是排外分子，在外國人經常居留或交往的場地（如八達嶺遊覽地或友誼商店）設定中外文對照的公告或指示牌，是可以理解的，也是必要的。不能認為在一切場所都要加上外文（不管是英文還是什麼文）來「方便」外國人。這是香港「模式」——須知香港是十九世紀使用英語的一個強國（政治術語稱為「帝國主義國家」）強占的地方（政治術語稱為「殖民地」），這是英文加上中文，而不是中文加上英文。

在紐約的時報廣場樹立的公告或指示牌、告示，英文之外加上中文了嗎？

我看見民警的臂章是這樣寫的：

公　安
POLICE

上面是漢字，下面是英文。我不知道是否有過這樣的規定？必要性如何？統一的還是地區的特殊規定？在我——一個中國公民——看了總不是味道。

有這麼一個公開場所，1949年前所有標誌都是中英對照，1949年後，這個美國人辦的機構所有標誌都換上中俄對照，因為「一邊倒」。文化大革命十年浩劫——俄文「修」了，因此砍了，剩下中文。開放了，中文旁加了英文。一部語言史成了一部社會史，耐人尋味。

(97) 今之古文

報上今之古文多矣哉：「出鬧市，步田野，茂林蔥鬱，嘉禾如海，微風起處，綠波浩渺，容擁大自然之懷抱而煥發已失之青春；俯仰天地之無限而不知老之將至；且陽光燦爛，空氣清新，享之不盡，用之不竭，各取所需，盡得其樂。」觀古之今文：「朝而往，暮而歸。四時之景不同，而樂亦無窮也。至於負者歌於塗，行者休於樹，前者呼，後者應，傴僂提攜，往來而不絕者，滁人遊也。」前者刊於1988也，後者成於1007—1072也；前後約跨千年也，而古文不衰也。

(98) 數字癖

報載有十不准，十堅持，十反對，十帶頭，九嚴格，八要求；還有一慢二看三通過；前有「五四三」辦公室，後有「五四三二一」——十年浩劫時有三忠於，四無限。人告誡說，「不要玩文字遊戲」——文字遊戲不過是遊戲，而現今的一個中心，兩個重點，三個認識，四個結合，五個變化，六條措施，七個條件，八個保證，九個指頭，十大罪狀，不是遊戲，而是一種思維方式。這種數字癖源出數字靈物崇拜，而數字靈物崇拜則導源於語言拜物教。

(99)「王後」

電視螢幕出現過兩次「王後」字樣。客問：「王後」是什麼呢？答：「王後」即「王后」。「后」為「後」的簡化字，後簡化為后，但不可逆轉，即不能認為后字的．繁體字為後。再舉一例：「打秋韆」的韆字簡化為千，可是「千千萬萬」不能作「韆轤萬萬」。現在電子計算機可以兼容簡繁兩體，一按指示鍵，簡體即可變繁體，或繁體即變簡體，在製作這個程式時，應當注意有若干個漢字是有「不可逆」(只能單向)的現象。

(100) 圖像詩

車
・
車
・
車

日本《言語》雜誌今年起有一個連載，是訴之視覺的詩；據說這是符號學和非語言交際（nonverbal communication）的理論形成以後，有些詩人不滿足於傳統的詩作，嫌它沒有視覺效果，故創造一些新體。澳門一語文刊物稱之為「圖像詩」——在署名梯亞的文章中舉了林亨泰的詩〈車禍〉——「表現了車子迎面衝來的那點有速度、有遠近、有行動的緊張的感覺。」《言語》今年2月刊載了日本詩人新國誠一的詩〈戀〉（1968年作），也有類似的圖像：把「戀」字的繁體「戀」放在當中，上面延伸「言」字，下面延伸「心」字，左右各延伸「糸」字，企圖達到視覺上的強烈感覺。

其實美國一個現代派詩人康明斯（e. e. cummings；注意：這位詩人打破傳統寫法，一律不用大寫字母）幾十年前就提倡過訴諸視覺和聽覺的詩。

照這個論點發展下去就不要語言。現代戲劇有兩個極端，一是全然不用有聲語言（如啞劇），一是全用口語（獨白）而不用一切動作。不論前者或後者，本質上還是以語言為媒介，都離不開語言。

*　　　　*　　　　*

口拜口拜。寫成百條，已到歲末——讀者一定看膩了，作者也該走出密林，回家過年去了。口拜口拜！（讀作bāi bái 源出美國英語Bye-bye，這個新詞隨著各種易拉罐可樂橙寶果珍迷你巴士的士由南而北進入語詞的密林，口拜口拜！）

(101) 量

在語言文字領域，古人對量的觀念是很精確的，今人卻不怎麼樣。漢朝許慎著《說文解字》，敘曰：此十四篇五百四十部9,353文重1,163；解說凡133,441字。表述得清楚極了——不僅記錄了全書多少「字種」，而且把全書用字（語料）數也表達了。宋朝丁度編《集韻》（1039年編成），序例也稱收字53,525，精確之至。

今人編字典卻反而對所收字量描述模糊。例如《新華字典》說，所收單字共一萬一千一百左右，《現代漢語詞典》前言說，「詞典中所收條目，包括字、詞、詞組、熟語、成語等，共約五萬六千餘條」。這麼一左一右，這麼一約，便不好寫數碼，不好作「11,100左右」或「56,000餘條」了。——難道今人連用手工或機器統計一下的餘暇也沒有麼？不見得。

何故？

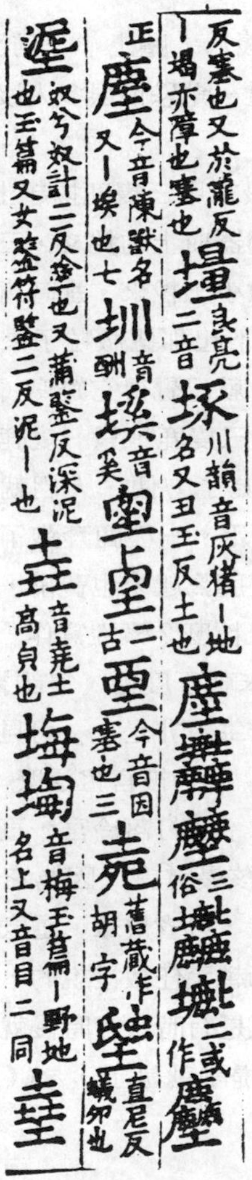

反塞也又於攏反ㄧ堨亦障也塞也 壏良亮二音 埭川韻音灰猪ㄧ地名又丑玉反土也 塵[illegible][illegible]三[illegible][illegible]俗[illegible]二或作[illegible]

正 塵今音陳獸名又ㄧ埃也七 圳音酬 [illegible]音奚 [illegible][illegible]古[illegible]二今音因塞也三 堯舊藏作[illegible]胡字 [illegible]直尼反蟻卯也

埿奴兮奴計二反塗也又蒲鑒反深泥也玉篇又女[illegible]符鑒二反泥ㄧ也 垚音堯土高皃也 塰坶音梅玉篇ㄧ野地名上又音目二同 坴

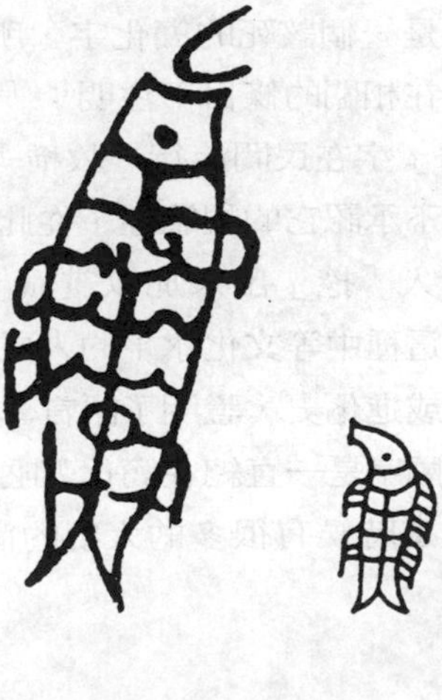

(102) 尘

這個字見於簡化字總表，一般釋義為「塵土」，等於不釋，可是這個簡化字已有上千年的歷史，這一點恐怕很多人沒有意識到。

古人造字表示塵埃這種事物時，最初用三隻鹿揚起土來——那就是塵土。𪋻這個字見於鐫刻在金屬器皿上的銘文，三隻鹿在土路上奔馳，必定揚起叫做「塵」的微小土粒來。那時肯定還沒有高速公路，否則一百隻鹿飛奔也揚不起那些微粒子來。這個字，恐怕我們的祖先在公元前（秦朝）就已覺得它難寫（可不難認），太費事，後來聰明人說，用不著三隻鹿，只一隻鹿在土路上奔馳也能揚起這麼一大把微粒的。為了方便，人們就改寫作「塵」——那是簡化字了，真是罪該萬死。一隻鹿奔跑了約一千年，到宋朝時，就有人覺得連這麼一隻鹿寫起來也費事，聰明人想，不就是土路上揚起的那些小小的土粒麼？索性寫作「尘」算了。這又是一個該死的簡化字，所以宋朝丁度編《集韻》（公元1039）時在相關的條目下注明：「俗作尘，非是。」可見十世紀前後「尘」字在民間流行，故稱「俗」字。被官書這麼「非是」一下，即不承認它的規範性，從此「尘」字打落冷宮，直到一千年後又為人「挖」出來加以賞識。小孩最賞識，因為它易寫易認；像我這種中等文化水平的人更賞識，可省幾筆。這麼一個字的發展史或進化史，證明了語言學大師趙元任教授說的「其實有史以來中國字是一直總在簡化著吶，只是有時快有時慢就是了。碰巧現在這時候有很多的大批的簡化提議就是了。」（《通字方案》）

(103) 海然熱

這是趙元任教授給法國著名語言學家Claude Hagège起的漢字「姓名」。海氏自己十分欣賞這個譯名，他說，這幾個漢字表達了他的法語姓氏最初的語義——雖則現在很少人知道了。他還欣賞這幾個漢字道出了他本人的熱情奔放的性格。

漢字組成的詞組，漢字組成的專名，常是會引起人們「望文生義」，因此可以說漢字有「特異功能」。例如在譯寫女性專名時，選用了一些帶有女性傾向的單字，或選用有「女」字旁的單字，如安娜、露意絲、瑪麗等等。

在近代史上，當這個古老的封閉的「天朝」，突然面對西方殖民者入侵時，人們不懷好意地往往把「洋」人專名加上「口」旁，如「暎咭唎」，更有甚者加一個「犬」旁，這都是舊時代利用漢字「望文生義」的「特異功能」，在譯名上做了手腳，以便喚起人們得到字面以外的語義信息，因而得到阿Q式的自我安慰。

(104) 番鬼

一百多年前有一個華南群眾新造的詞：「番鬼」——把外來的（外國的）東西稱為「番」，是古已有之的；但是近代則將這些「番」邦（外國）來的「番」人蔑稱為「鬼」，故稱「番鬼」。鬼是比人低一等的生物（死物擬人化即變為生物），而且是使人討厭的異物，憤激之情溢於字面。「番鬼」一詞又轉回英文，則寫作Fan Kwae，這個字進入了十九世紀的英語詞彙庫，美國來華的首批冒險家中，有一個叫做亨脫（Hunter）的就寫過一部《廣州番鬼錄》（*Fan Kwae At Canton*），記錄了當時愛國群眾（儘管有點狹隘的鎖國傾向）對「番鬼」的種種態度，保存了西方入侵者眼中所見的不甘為奴的中國人的本色。

(105)《一千零一夜》

法國人阿·加蘭（Antoine Galland）於1704年把名著《一千零一夜》譯成法文，法譯本大受法語讀者歡迎，但譯文與原文之間有些地方差距很大——是譯者的阿拉伯語水平不高嗎？法國國立圖書館現在保存有譯者手稿，這稿本上的眉批腳注充分證明了譯者具有精深的阿拉伯語知識，而且表明譯者力求譯文準確地表達原文。但為什麼會出現譯本中的「不忠實」呢？據法國語言學家海然熱說：當時「對翻譯的評判標準與今不同」，那時寧願「美而不忠，雅而不信」，結論是譯者這樣做是「考慮讀者的胃口」。

也許是這樣。讀者的接受能力和風尚當然會影響翻譯，可是兩個完全不同的語系，在轉譯時是決不能照字面一字一句直譯的，這一點必須考慮在內。

關於風尚和接受能力的影響，可以研究伍光建的翻譯；關於對兩種截然不同的語系進行翻譯：既不按字句的表面語義，就必須按其「神韻」或「深層信息」，這一方面可以舉出和研究林紓某幾種較好的翻譯（例如與魏易合譯的《薩克遜劫後英雄略》中的某些段落），以及趙元任翻譯的《阿麗絲漫遊奇境記》。

(106) 香榭麗榭

巴黎有一條寬闊的大道，大陸近譯作「田園大街」的，從前通寫作「香榭麗榭」或「香榭麗舍」——那是法文Champs-Elysées的音譯，這四個字多美呀！一幅令人神往的街景：一幢又一幢別致的房屋（榭，舍）散發著一陣一陣香氣，美麗極了。

巴黎附近有一個好去處，原稱Fontainebleu——前人譯為「楓丹白露」。法文讀起來有點像英語的Fountain Blue，藍色的噴泉。楓丹白露太有詩意了：一片紅色的（丹）楓林，這裡那裡灑著一滴一滴的無色的（白）露珠，簡直是神仙的去處！

至於詩人徐志摩給義大利的文化古城佛羅倫薩寫上三個迷人的漢字——翡冷翠（從當代義大利語Firenze音譯），翡翠已綠得可愛，何況還加上一層寒意（冷），那就太吸引人了。

也有難聽的地名，不知是哪幾位富有幽默感的先人們，給我們留下了幾只牙：西班牙、葡萄牙、海牙——怎麼葡萄會有牙呢？怎麼海也有牙呢？怎麼地中海兩個早年航海發達的國家連同西歐一個「上帝造海，凡人造陸」的國家（荷蘭）首都竟變成一顆牙呢？有點逗人發笑，然而約定俗成，正所謂「天長地久」，改不了了。

(107) 自我貶低

據說外國科學家注意到中國一些學者的科學論文著作包括摘要常常使用“A preliminary study on”（……初步研究）——preliminary這個字同中文的「初步」語義和語感都不完全一樣。中文這個詞表示謙虛，英文這個詞卻「不是一個好詞」，表明很不成熟。既然很不成熟，幹嘛要拿出來呢？人說，這個詞「無形中自我貶低了文章本身的水平」。好一個「自我貶低」，說得妥貼極了。

加拿大一位植物學家說，要把生活中的謙虛（這尤其是中國人的傳統美德）和科學上的實事求是區分開來。

說見《科學報》(1988.11.22)。

(108) 時間可逆

自我貶低難道是我們這個特定時代特定地方的病毒嗎？

報載：上海「南京路除了路名換為中英文外，坐落在此的一百六十七家名、特、優商店也都掛上了英文店名的牌子。外賓經常遊玩的十二家公園，都已繪製了英文導遊圖和景點英文牌。」（《文匯報》，1988.11.22）

筆者孤陋寡聞，這是幾年前7月間發生的事了——一夜之間，退回到次殖民地時代。阿彌陀佛！誰說時間是不可逆的？用不著耗散結構理論，也能證明時間是可逆的。

(109)「三合一」

「文化大革命」那十年，將語錄、詩詞、「老三篇」印成一本，隨身攜帶，比基督徒對《聖經》還要虔誠的那麼一部紅小書，當時叫做「三合一」。報載，非洲喀麥隆也出現了一種「三合一」，那是口語，不是紅寶書——喀麥隆人稱之為Camfranglais，這個字也是「三合一」，Cam就是「喀麥隆」的縮寫，fran就是「法語」的縮寫，glais即法文「英語」的縮寫（採詞尾五個字母），據說「學校」叫做le school（第一字為法語定冠詞，第二字為英語「學校」）。

喀麥隆由十六世紀開始，即被葡、荷、法、德、英等國殖民者輪番入侵或占領，在第一次世界大戰期間，法占東部，面積為全區六分之五；英占西部，為六分之一；與此相適應，東部「官方語言」為法語，西部為英語。1960年法屬部分獨立，1961年英屬部分獨立與東部合併，成立「聯邦共和國」，官方語言為法語和英語。但是喀麥隆青年流行了這種三合一語，短短十年，很多喀麥隆人都會說並樂於說這種語言。

這是最新的混合語（Creole）——也許經過一個、兩個、三個世代，它就會成為這個國家的正式語言，也就是說，它會有獨特的語法和拼寫法，成為一個活的語言文字系統。反正一張白紙什麼也好畫。

語言文字的誕生在這裡可以看出端倪。

(110) 請讀我唇

布希在一次競選活動中說，國會壓我增稅，我說不，他們又壓我，我又說不，他們又會壓我，我則對他們說：請讀我唇（read my lips），不增新稅。

這是William Safire在《紐約時報雜誌》連載的〈語言漫論〉（On Language）專欄中說的（88.09.04）。順便記一筆，這位專欄作家真了不起，每周發表一次關於語言現象的論述，十數年而不間斷。

請讀我唇——是加重了語義的表現法，請君不只聽我說，同時請君看我說。又聽，又看，我說的是真話，不能改動的。

王光祈半個世紀前翻譯一首英格蘭民歌時，曾用「飲我以君目」作歌名——即"Drink to me with thine eyes"。雖則用的是文言，但情意綿綿，活躍於紙上，時人譯為「你用秋波向我敬酒」，白則白矣（好懂得多），但聽了總覺得缺少一點什麼。王光祈運用了我國傳統的語言美學特徵，把「飲」字用活了，才有這種情意，可以聯想到古詩「飲馬長城窟，水寒傷馬骨」中的飲字。

可知語言有它的奧秘（mysteries），有點神乎其神的味道。

(111) 蘇・廣州

你知道這個地名嗎？這是蘇州和廣州兩市的縮寫，中間有一圓點，也是創新。

縮寫和略寫應當有個章法——如上例，中間圓點所占地位，完全可以放一個「州」字，「蘇・廣州」不如寫作「蘇州廣州」，更為明快。不能認為一縮就更好。

這個略語見於王府井一家店鋪的紅布橫額，文曰：

蘇・廣州石英鐘展銷

縮寫在某種情況下是一種「病毒」。假如這種「病毒」擴散了，那麼，你將看到：

北・東京結成友好城市

上・北海是兩個開放城市

推而廣之，將得到令人啞然失笑的寫法：

中・美國文化協定（＝中國美國）

雷・中曾根會晤（＝雷根、中曾根）

民・聯德兩國議長互訪（＝民主德國、聯邦德國）

伊拉克・朗互換戰俘（略去一「伊」字）

對不起，以上例子幸而都是我杜撰的，博讀者諸君一笑！

(112) 貧困線

報載官方數字，我國貧困線定為農村每年每人收入為人民幣二百元（見*China Daily* 88.12.31）。城市居民貧困線定為多少，沒有公布。

貧困線一詞是「舶來品」，英文作poverty line。凡有「線」字為語詞後綴者，大抵都是舶來品——例如人們熟知的「路線」、「總路線」，以及人們常用的「地平線」、「回歸線」、「國境線」、「內線」、「外線」、「水平線」、「曲線」、「直線」、「天線」、「地線」、「雪線」、「火線」、「戰線」。

現代漢語中：「某某線」有時不是一條線，而是一種別的東西——例如「X線」其實是「X射線」的簡稱，亦即「X光」（X－ray）。「放射線」、「紅外線」、「紫外線」、「衍射線」、「折射線」、「散射線」、「反射線」、「宇宙線」的線，全是光。

至於科學術語「熱線」在六〇年代轉化為政治術語，卻是一條真正可以通話的線路。

(113) 煙霧

合眾國際社電（88.12.02），科學家說，煙霧中含有的臭氧正在使美國棉花減產。

煙霧並用，成為一種既有某種燃料排出的、污染空氣的煙，又有自然界形成的霧混合的東西——煙＋霧，成了一個新語詞，即煙霧。

我不能確定現代漢語煙霧一詞是否外來語，是否由英語的smog引進的。英語的smog應當也是近年形成的語詞，那是smoke（煙）和fog（霧）的混合體，前者取首兩個字母，後者也取末兩個字母。這種構詞法在英語可以遇到一些，例如brunch即break-fast（早餐）＋lunch（午餐）合成的語詞，也許是因為起床太晚了，早午餐合併在一起吃的那種餐。在現代漢語，這種構詞法卻是常見的，而且兩個漢字合在一起用往往就產生新義，這個新義並不單純為兩個單字的語義之和，如「煙火」，不是煙＋火的單純和，而是一種特殊的東西。

(114)福

香港（或者還可加上珠江三角洲）文化是一種奇異的混合體：在它有能力迅速吸收外來文化的同時，頑固地保存著前資本主義文化。

在香港人的寓所門前，看見這麼一個倒掛的「福」字。問其意，即「福倒了」，而倒→到（實則四聲不同），就是「福到了」。「五福臨門」——舊時代過農曆年大門上的橫批常有這四個字，福既臨門，也就是福到了。要福到，即將福字倒寫——這裡保存著典型的語言靈物崇拜，即語言拜物教。

舊時代喬遷新居，得掛上一幅「標語」，文曰：

進伙大吉

進伙即入伙，也就是進入新居，而伙與火諧音，故要倒過來寫，如果不倒寫，則會引起火災——我硬是弄不懂，火神為什麼一看見倒寫的火就不生氣了，不放火了，難道火神爺的眼睛是倒掛的麼？

那十年——我指的是人畜共生的那十年（1966—1976），凡寫「打倒某某某！」標語時，總要將某某某這姓名倒過來寫，作：「打倒某某某！」然後在某某某三字上用紅筆打一交叉，這樣表示已經打倒在地再踏上一隻腳了。其實寫的人和看的人以及被寫的人都知道，光那麼一倒寫，人未必會真正被打倒的。但那是一時的風尚，覺得非如此不解恨，至少可以在心理上覺得此人非倒不可了。這也是語言拜物教的變種。

語言與巫術是共生的，此語直到現代而不失其意。

(115) 量詞

外國一位語言學家說，在例如漢語等亞非很多語言中，數字作為詞素只能與名詞相結合，或與動詞相結合，一般地口語不說「一信」，只能加上一個量詞，成「一封信」。

很對。但從這裡不能得出必須的公式，這是可加量詞的格式，還有可不加或不加即變更語義的格式，例如一草一木，一言一行，一張一弛，雖有點文言成分，但已入口語。此外還有：三心兩意（三顆心，兩種意見）、五花八門、四通八達。

也不能把這歸結為文言無需量詞。

(116) 使用郵政

一郵局門前貼有大字：請使用郵政！「郵政」怎能使用？不解。

通過郵政局來傳遞信件，能簡稱「使用郵政」麼？「請使用消防！」「請使用公安！」可乎？不可也。

(117) 愛滋／艾滋

當前世界上談虎色變的Aids，初譯作「獲得性免疫缺陷綜合症」，後改從港台音譯，作「愛滋病」——後來又因望文生義，且有攻擊者，說這並非「戀愛」「滋生」的病呀，現下報刊多改為「艾滋病」。而新加坡卻索性把它寫作「愛之病」。漢字不是拼音文字，往往會有望文生義的弊病或優點。

日文轉寫外來詞比我們方便，用假名一拼就行，Aids作エィズ——沒有引導到想入非非的語境。日文另有用漢字寫的病名，作「後天性免疫不全症候群」——「後天性」即漢語「獲得性」，即不是先天的，而是後天的；「免疫不全」即我們的「免疫缺陷」，而漢語的「綜合症」在日文漢字寫法作「症候群」。

說見《1989：現代用語の基礎知識》頁885。

(118) 系列

現在用「系列」（series）的詞組多起來了，化裝品系列、香水系列、家具系列；出版物也有很多「系列」。過去稱「叢書」，如今稱「系列」，即編在一起之意。近見台灣出版物，有

成功叢書系列

一語，既是叢書又是系列，難道不是一本書一本書編集而成的「系列」，而是一套書一套書編成的「叢書系列」麼？

導入系列兩字也許會引起新鮮感覺，但不必重床疊架，否則如前人所云：關門閉戶掩柴扉——三個動作實則一個動作，有點故弄玄虛的味道。

(119) 傾斜

時人好用科技術語來描寫社會現象。國家統計局發表的88第1號統計報告（89.01.18）使用了五次「傾斜」：

——分配結構不合理，社會收入分配過於向個人傾斜；

——工業內部結構出現兩個不合理傾斜；

——企業結構上向鄉村企業傾斜；

——工業結構向加工工業傾斜。

——有關部門必須把主要精力放在調整產業結構、產品結構、企業結構上，採取傾斜的政策。

報紙頭條新聞（89.12.12）

齊心合力把農業搞上去

七個部委提出傾斜措施

傾斜措施意即國務院所屬七個部和委員會要「向農業傾斜」，也就是重視農業、支援農業和發展農業的意思。

傾斜這樣的科學語詞這樣使用，五〇年代不曾有過，六〇年代、七〇年代都不會有，只有八〇年代的今天，「傾斜」才廣泛應用在社會生活的各個方面。

愈來愈多的科學術語進入了社會通用的語詞庫，這是當今出現的社會語言現象──個人是擋不住這股潮流的。但濫用卻會引起語義的模糊，不利於信息交流。

(120) 運行

同上報告，是對1988年中國國民經濟運行狀況進行初步分析。報告說：

「展望1989年，國民經濟將在緊縮中運行，調整中前進。」

港報稱為運作的，大約就是這裡的運行；是一種行為的進行狀態。

(121) 高買

港人把在商店偷竊貨物的行為稱為「高買」，幽默之至。語源可看港一文具店的告示：

「嚴拿高買，一經發現須付三倍貨價。」

拿了（偷了）商店的貨物，不付貨價，一經發現，要付三倍的貨價，這豈不就是高買（高價購買）了麼！

(122) 走穴

八〇年代衝擊文藝舞台的「術語」——一個頭人（或稱牽頭人）串連幾個名角，特別是唱流行歌曲的「歌星」，加上幾個普通演員，自由組合成小分隊，進行短期巡迴演出，收入由牽頭人和演員按協議分配。演員參與這種活動，稱為「走穴」，牽頭人叫做「穴頭」。走一次穴，紅星得到的錢以萬計。

由走穴想到出血——出血是電視中頻繁出現的詞彙，都與銀錢有關，詐人錢財謂之使那人出血，自願或不自願付錢亦稱出血。

這提醒世人·血與錢有關係。五〇年代獻血者都是抱著自我犧牲精神，現今則除「義務獻血」者外，都得有償獻血——出血能不與錢搭上關係麼？

(123) STD

電視一節目（89.01.16）說，性病這個詞已經讓位給STD了。

開放的環境帶來了久已不聞的性病。這不是開放政策好不好的問題，而是開放必然會引來外間世界的污染物質——性病不過其中之一。

STD是1975年WHO（世界衛生組織）認可的新縮略語詞彙，即Sexually Transmitted Diseases（性傳播的疾病）這個詞組三個字的頭一個字母，故日本人譯為「性行為感染症」，在日本指淋病、梅毒、軟性下疳和被稱為「第四性病」的某種淋巴性病。現今世界由於性行為採取了多種非正常渠道（例如口交、肛交等），所以性病的病原體也複雜起來，據記載性病已超過二十種——所有這些，世界衛生組織統稱之為STD。

(124) 幽默

現代人了解幽默一詞，是被稱為「幽默大師」的林語堂氏在「五四」時代「引進」的。源出英文humour（美國英文拼作humor）。道地的音譯。正如「邏輯」是logics的音譯，「俱樂部」是club的音譯，「雷達」是radar的音譯一樣。不過這一類音譯寫出來的漢字群卻帶有漢字原來的某些（不是全部）語義，使人覺得它很親切。我說「親切」，指它沒有引起「外來」的感覺。

幽默不是滑稽，不是可笑，但又多少帶有令人發笑的成分。當然，不覺得這個詞過分陌生，是因為它本來存在於中文裡。遠的不說，唐人李白詩中有云：

「魂獨處此幽默兮，
愀空山而愁人。」

這裡的幽默只有古代語義，是非常靜寂的意思，一點也不幽默（今義）。

音譯「幽默」，意譯「激光」（以前音譯作萊塞光），各有其妙處——看來不必也不應當全盤反對音譯語詞，儘管會引起某種程度的「望文生義」。

(125) 鐳射

英文Laser是一個縮略語，其實是由組成這個語詞的五個獨立單字的第一個字母拼成，即

L（Light）光

A（Amplification）擴大

S（Stimulated）激化、誘發

E（Emission of）發出、放出

R（Radiation）輻射、發射

現在中國把這個字譯成「激光」，廢棄了過去的音譯「萊塞光」。

近年發明了激光唱盤，這個東西放激光唱片時發出了高保真度的音響——比立體聲Hi-Fi「真」得多了。有人說樂聲美多了，有人說還不如老的Hi-Fi。這不去管它。港台等地將激光（唱盤）譯作「鐳射」或「雷射」——其實也是音譯。由鐳射或雷射，人們不能不聯想到「雷達」一詞。

由此更可得出術語用漢字音譯不可廢一說還是站得住的。

(126) CD

八〇年代初，CD一詞還沒有收入字典。——這個縮略語是隨著科學技術的新進步而產生的，它就是上面一條提到的激光唱片或唱盤，原文為compact disc，直譯不過是密封的圓盤，其實指這種激光裝置。CD一詞已收在1988年版《牛津微型字典》（第二版）。

CD有一個別名為DAD，但是激光唱片商品從不用DAD這樣的縮略語，只是在專業詞典（例如第二版的《信息技術詞典》Dictionary of Information Technology，1985）中收載。

DAD是更有科學性的術語，即Digital Audio Disc（數字聽盤）——即把音聲信號轉變為二進制數字系列收錄在光學唱盤的一種技術裝置。簡單地說，音聲轉化為數字系列，數字系列通過激光照射，還原為原來的音聲，這比之機械轉化更加保存了原來的音質。

說者謂，當今的社會生活，在視聽領域出現了三種極其激動人心的新事物，即：

> 激光唱盤裝置（CD）代替立體聲（HiFi）音響組合；
>
> 攝影機代替照相機；
>
> 圖文傳真機（Fax）代替（或補足）電傳（Telex）和電報電話。

古人曾喟然而嘆：「生也有涯，而知也無涯。」生命是短暫的，知識是無垠的，科學技術的發展是無窮無盡的——而人的欲望（就其善的意義來說，而不指肉欲那一類意義來說）也是從不會滿足的。

也許人就這樣一步一步走向智慧的高峰（而不是頂峰）。

2
β
α
5

(127) 非小說

美國人在揭示暢銷書時把人世間的書分成兩類，前人譯作「小說」和「非小說」——如今有個新譯法，叫做「虛構類作品」和「非虛構類作品」——即英文 fiction 與 non-fiction 的意譯。前一種表現法簡潔而語義多少有點模糊，後一種表現法則比較接近原文的語義但不怎麼上口。

例如我這部小書，是「非虛構類作品」，即不是小說那樣的「虛構」作品——不過時人也會提出異議，難道小說全是虛構出來的麼？寫小說的作家可能不贊成這樣的語詞，文學作品難道可以說全是閉門弄車地虛構出來的麼？不，自然不。

也許還可以有更討人喜歡的譯法？

(128)「六通一平」

忽然發現國人有數字癖。一張報紙四個版面（89.01.26）便有這樣的詞組：

> 「五提倡、五反對」——這是閩南提倡的移風易俗活動。
>
> 「三包一掛」——這是武鋼實行的承包方式。
>
> 「三資企業」實行「六通一平——這是秦皇島提高效率的措施。

說者謂，大眾媒介這麼一宣傳，立見奇效，既簡且明，又保證不洩密。至於比方六通一平中通什麼平什麼——則知之為知之，不知為不知，是知也矣。

數字癖是文字大國的一種癖好，也許癖不算病，善哉！

(129) BBC

BBC就是英國廣播公司的縮寫。雖稱廣播，其實也包括電視。這個被稱為「大眾媒介」（或「群眾傳播媒介」）的機構，前幾年每年都聘請一位語言學家監聽它的新聞和評論，找出其中錯用的字詞或不符合語法的句子，（這有點像三〇年代夏老葉老開設的「文章病院」！）公諸於世，其目的是一箭雙鵰，既可以改進工作，同時也可以「純潔」語文，不失為一種值得稱讚的措施。

很少人留意到BBC是一個「受氣包」。例如工黨上台時攻擊它是「右派保守黨的巢穴」；保守黨上台時，又攻擊它「永遠成為左派的奴隸」。最近，保守黨資助的一個傳媒監聽機構宣稱，1月份兩周間BBC有十二條新聞很難認為是「大公」的（即《大公報》報頭所署的法文「大公」）。保守黨一個頭頭最近向BBC發動了一場巨大的攻擊，他說這個傳播媒介使用「保守派」（conservative）一詞，簡直當作「一切惡毒語詞的混合語」——妙在此人用了一個語言學上的用語：portmanteau word（舉一個例，brunch就是由breakfast〔早餐〕+ lunch〔午餐〕合成的混合語〔早午合餐〕）。

至於「保守派」一詞究竟是不是「一切惡毒語詞的混合語」，那就要看他的行動，而不能專靠詞典的釋義來解決了——正如某些國家標榜的「急進黨」，其實是「極右派」，正好是急進的反面。

聽其言而觀其行，這才是語言的社會意義。

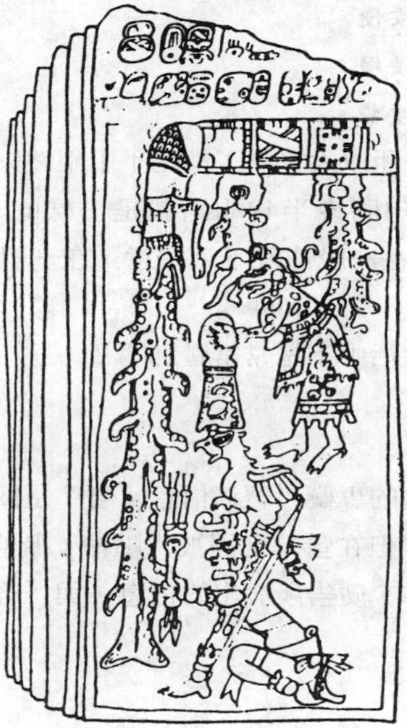

(130) 數字遊戲

玩數字遊戲常常會引起同義反覆。試舉一個可笑的例子。假如有人說「四要四不要」，內容是——

要多，不要少；
要快，不要慢；
要好，不要壞；
要省，不要費。

這個例子太顯眼，所以大家看了都免不了啞然失笑，並且認為不會發生的，前半句同後半句的語義是一樣的，故稱「同義反覆」。同義反覆，在一般情況下（注意，在一般情況下）一半是無效信息。

難道在現實生活中不是常常碰到嗎？

(131) 經濟信息

你看過電視台的專欄「經濟信息」麼？這四個字本來是一個富有信息的詞組，但在螢幕上卻被「壓縮」為商業廣告——或類似商業廣告的文字。廣告所發出的信息，與「經濟信息」不是同義語。

(132) 熱

我們的祖先怎樣也想不到一個「熱」字有那麼強的構詞力——「熱線」，據說兩個超級大國設了一條「熱線」電話，以便在緊急情況下兩國領導人立即可以接觸；為了保持這條線路二十四小時暢通，每隔一小時彼此要發出一些完全無關政治的話題，例如蘇聯連續發出托爾斯泰的小說《戰爭與和平》片段，藉以檢驗線路。敏感者對此又生出種種推測，比如說，蘇方放出這樣的信息，其實是暗示它的對手應當作出「戰乎？」「和乎？」的選擇。

「熱點」一詞指世界上有爭端的地方，有時往往是在進行「熱戰」（而不是「冷戰」）的地方；這個詞或者泛指引起公眾注視的事物。

「熱門」話題是人人（或很多人）都感到興趣的話題。

由於最近創刊了《中國熱點文學》這樣的雜誌，於是出現了「熱點文學」這樣的語詞。什麼是「熱點文學」呢？查文學概論一類書籍是不可得的，據說它以「真、新、奇、妙」這樣的「獨特面貌」呈現在讀者面前；說是：「熱點人物」、「熱點事件」、「熱點話題」、「熱點題材」。原來如此。請看例證：

〈一個絕色美人的遭遇〉——「全文首次詳細披露了林彪一家選美的不為人知的內幕」；

〈獸性與人性〉——「推理嚴密，情節緊張，懸念重重，震撼人心」；

〈風流才子〉——「感情纏綿，情節曲折，引人入勝」。

哎呀，原來這便是「熱點文學」！（例見《中國文化報》89.01.25）

(133) 笨死

海外有人將西德的名牌汽車Benz戲譯為「笨死」，幽默之至——我們這裡則譯為「奔馳」(台灣通作「賓士」)，真羨煞人也。以漢字來譯新語詞（無論專名還是非專名）都可以選用褒義的字，也可以選用貶義的字，還有雖無褒貶，但狀甚滑稽的字，如「佳麗屁股」之類。

(134) 語藂

澳門出的語文雜誌，取名《語藂》——藂——一個少見因而不知如何讀的字。艸頭下面一個聚，少見少見。有讀者投書問字，編者答曰，此字即「叢」字，「語藂」即「語叢」。故叢刊可寫作藂刊。

據這個雜誌說，自古以來，叢字有多種寫法：

在以上七個字中：

叢稱正體，

藂稱古體；

丛為今簡體；

其餘則為變體、通體、借體、別體——古人寫字本來就不怎樣規範化，由於時代變遷，書寫工具改變，傳播手段改換，加上文人雅士對書法藝術的創新，漢字的形體多變。頗有人以為漢字自古以來都是一成不變，且誤以為宋體字是天經地義的「正」

字——這是一種誤解，說得不好聽，是無知。即如「藂」字，許慎老先生在《說文解字》中就沒有收，也許他老人家沒碰到過，也許許老嫌它不夠規範，是「俗」字，故只收「正」字「叢」，而把藂字排除掉。據說藂字比叢字晚出，但不遲於西漢初年，傑出的政論家賈誼曾用過此字。把藂字收在字書中，最初是唐《唐韻》，卻註明為「俗叢字」。

這個雜誌說，從漢字字形分析，則「艸」是草木，「聚」是聚集，「草木聚集正好是叢的本義——草木叢生貌」。

(135) 萬圓鄉

北京電視台（1989年3月）播放一則新聞，說是北京郊區有若干個鄉被授予「萬圓鄉」的光榮稱號，各贈牌匾一塊。究竟什麼叫做萬圓鄉，且不去管它。牌匾的漢字卻是用的繁體字：

萬　圓　鄉

不知道這三個字比簡化了的

万　元　乡

好到哪裡去？古色古香多了？寫出小孩不認得的繁體字，頒匾者的學問就大了？當然，這也不違憲，也不犯「法」，我倒建議寫成甲骨文或金文更雅一些，反正是一種符號：

這不更高且雅麼？——可惜人們不知這是什麼「鬼畫符」。

(136) 嘉年華會

香港人把Carnival譯作「嘉年華會」，頭三個漢字是譯音，最後一個字是譯義。從前有譯為「謝肉祭」，現在則通常譯作「狂歡節」。

這個節日是在天主教「四旬齋」（Lent）前舉行的狂歡節——原來天主教徒須在四旬齋節齋戒，禁肉，也許人的胃口不得不作些「預防」，故在Lent節前狂歡一陣大吃大喝，省得後來禁食餓壞了。

義大利語carne是「肉」，carnevale意即與肉告別。故譯「謝肉」祭。此字由古拉丁語carnelev-amen來——lev-are即「告別」、「切除」之意。

嘉年華，譯音。謝肉祭，譯意。這幾個漢字都很吸引人，頗令人神往——比時下的「狂歡節」來，含蓄多了。

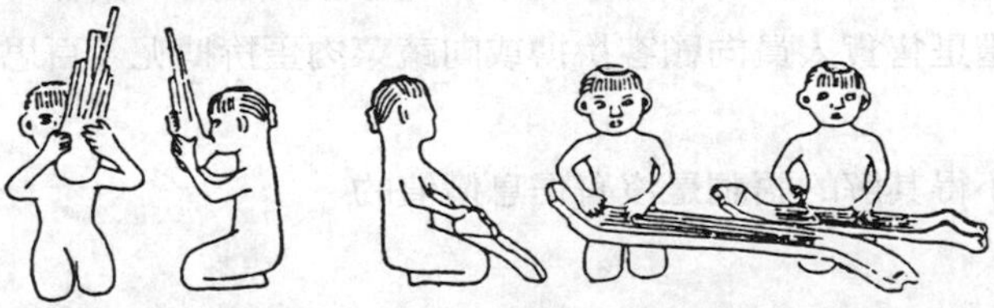

(137) 拚搏

某菜市場忽掛起橫幅大標語，上寫八個大字：

團結　拚搏　創新　求實

菜市場傳遞這樣的信息是頗為別致的。我在市場中徘徊竟日，也想不出賣魚賣肉賣油鹽賣水果的地方如何「拚搏」。

「拚搏」源出廣東方言，是廣東人容國團的豪言壯語。讀者如不健忘，此人就是中國第一次獲得世界乒乓球比賽個人冠軍的那位容國團，亦即十年浩劫中「非自然死亡」的那位容國團。這兩個字顯出他的高尚理想和大無畏精神——現在到處濫用「拚搏」，好像只要說一聲「拚搏」，便萬事大吉了。「兩強相遇勇者勝」，這是俗語說的。一強一弱，弱者無論怎樣「拚搏」，恐怕暫時也勝不了的；非得由弱變強才能取勝——由弱變強，不是光憑主觀拚搏可以達到的。

現在到處叫「拚搏」，有點像1958年「大躍進」時的氣氛——那時不是有過這樣的大話麼：「人有多大膽，地有多大產。」似乎拚搏就能高產，於是有畝產十萬斤糧食的令人啼笑皆非的謊言。沒有科學，只憑拚搏取勝是一種空想。

至於菜市場要「拚搏」，則不知是售貨人員與顧客一齊拚搏呢，還是售貨人員向顧客拚搏或向蔬菜肉蛋拚搏呢，百思不得其解。

不得其解的語詞是沒有信息價值的。

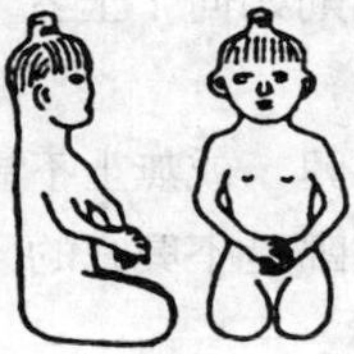

(138) 無——不——

無×不×，這是一種古已有之的修辭格。

無農不穩（所以農業是基礎。）

無工不富（所以鄉鎮應發展工業。）

無商不活（所以要流通才能搞活經濟。）

無兵不治（其作用在維持社會秩序和保衛祖國。）

冰心女士問：無士則如何？士者，文化、科學、知識以及讀書和讀書人之謂也。

有答者云：無士不興，或無士不昌。

沒有知識的社會終歸是不興旺的、不昌盛的。漢唐盛世都很有「士」，可證。

(139) 聊

這是入了大眾語彙的北方方言詞。聊聊，就是閒談——閒談又稱「閒聊」。同「無聊才讀書」的聊不是一個意思，無聊不是無話可談，而是閒得慌。只有一點相通，是閒。閒了才能無目的地「亂彈琴」（亂聊，隨便交談），閒了才能聊，太閒了，什麼事也沒得，什麼也不想幹，這才產生一種百無聊賴的感覺。

可是今日中國，到處都在聊。

售貨員三三兩兩在聊。招待員們也在聊。有些電話總機接線員也總是在聊。人人聊，處處聊，時時聊，手中無事固然聊，手中有事也不忘聊，上班聊，下班聊，——當人們不再熱衷於聊的時候，一切便得救了！阿門！

(140) 四字美言

西諺云，對善良的死者不要吐唾沫，故悼詞通常都揀好聽的話來說，這樣就令生者愉快，死者安息。

近來報上發表的訃告或悼詞，往往每句讚美的語詞都用四個漢字組成——四個漢字組成的語詞，完全不同於英語中用四個字母形成的特種語詞：我們的「土」產是美言，而「洋」貨卻是穢語。

用四個漢字組成的語詞，鏗鏘有聲——只要沾點邊就成，請看：

> 堅持原則／顧全大局／任勞任怨／
> 為人正直／嚴於律己／寬以待人／
> 謙虛謹慎／艱苦樸素／言行一致／
> 廉潔奉公／聯繫群眾／平易近人／

如此這般，還可以照四字模式無窮無盡地造出一些令活著的後死者愉快，令長眠的先逝者安息的語詞來——自然用四個漢字也可以造出惡毒的語詞，例如：兩面三刀、陰陽怪氣之類，誰也知道那是一些唾沫，決計不能向逝者吐去的。

(141) 共識

「共識」跟「運作」、「認同」一樣，是從海外導入的語詞——「共識」按現代漢語即「共同認識」，海外用漢字組詞，往往簡化，兩字組成者常省略為一字，四字組成者省略為兩字——而在大陸則相反，往往多音節化。多音節化在口語是重要的，可以避免產生歧義，或者說，使受信者接到的信息更有可能完全和準確。

「文禮治談澳門問題

中葡獲廣泛共識。」(89.04.13)

電文說,「雙方在澳門過渡時期的語文、公務員本地化等問題上取得了廣泛的共識。」

文禮治是現任澳門總督,葡萄牙人而採用漢字姓名,使人想起近代史上的利馬竇、湯若望等,來華洋人取個華名,正如華人出洋多取個「約翰」、「瑪麗」的洋名一樣,取其易上口也。

(142) ——性

蘇聯創造了一個詞。叫「公開性」，我們沒有引進，可是港製「可讀性」這幾年卻已流行開了：說那一本書的「可讀性」很高，其實等於從前說這本書很可一讀，或很值得一讀。「可讀性」可能有兩層意思，一層即上面說的內容很好，頗值一讀；另一層上面沒說到，即寫得很不錯，或者深入淺出，或者引人入勝，總之，可以讀，讀得下去。

近見海外有文稱雜誌有「二感八性」，蔚為奇觀。二感者即「使命感」和「責任感」也——這二感內地也已通用，動不動就「使命感」、「責任感」，以至「急迫感」。八性即知識性、趣味性（這些性我們已耳熟了，毋需嘮叨）、深度性、意識性（這二性其實不必加「性」），另外還有草莽性、內幕性、煽情性、拜金性。文章要有深度，那就是深度性了；要揭內幕奧秘，這即是內幕性；拜金主義是壞傾向，可能拜金性是一種惡劣的「性」；唯有意識性、草莽性、煽情性則不好懂。意識性不知何指，草莽性可能是倡導草莽英雄，有點大逆不道了，煽情性可能指煽動人的動物欲望。據說前四者是好傾向，後四者為壞傾向，辦雜誌諸公，不知認可這一大堆好壞兼收的「性」不？

(143) 可樂

自從美國可口可樂公司的飲料，以排山倒海之勢向中國大陸氾濫以來，「可樂」一詞也以高速度跟別的詞素結合，於是人世間出現了不知多少「可樂」：

> 先有洋人的「百事可樂」，然後有華人的「天府可樂」，「百齡可樂」，同時有萬事可樂、華事可樂，真是可樂可樂哉！

為什麼非可樂不可呢？可樂是什麼呢——詞典說可樂即洋文的Cola，是非洲一種植物，味苦而又可以上癮。我們的飲料為什麼非「可樂」一下不可呢？

(144) 絕譯

歌有「絕唱」，譯名亦當有「絕譯」。說者謂「雜誌」英文叫做magazine，海外有「絕譯」為「賣個性」。為什麼賣個性呢？因為雜誌顧名思義是「雜」——在我國以「雜誌」為名出版的定期刊物，當推英人主編的《中外雜誌》為最早——這刊物在上海創辦於公元1862年（清同治元年）。國人自編的《東方雜誌》，創刊於1904年（清光緒三十年），此後商務印書館相繼出版的定期刊物，大都稱……雜誌——如《教育雜誌》（1909年）、《少年雜誌》（1911年）、《政法雜誌》（1911年）、《學生雜誌》（1914年）、《婦女雜誌》（1915年）、《英文雜誌》（1915年）、《科學雜誌》（1915年）。而《東方雜誌》的英文譯名用的正是The Miscelanies（雜錄、雜誌），強調它的「雜」。表面上看，「雜」即「亂」，「亂」即沒有「個性」，故magazine的「絕譯」為「賣個性」（音義兼顧）。其實雜誌好處在雜，而雜不等於亂，雜是諸種不同東西的「共處」，有時頗顯示出「百花齊放」的氣味。

(145) 棚蟲

八〇年代在開放改革「衝擊波」下的中國，歌星鑽入錄音棚去製作錄音磁帶，那種「牽引」者或協助者或引線者稱為「棚蟲」——棚即錄音棚，棚而生蟲，即古稱「書蟲」的那種蟲——初是蛀書的蟲，後轉化為飽讀書的人，這使人聯想到三〇年代美國俚語「量規蟲」（gaugeworm）的蟲，量規蟲即操作那種機械裝置（量規）的裡手；這裡的棚蟲可不是裡手，只不過是「中間商」而已。牽頭主持作這種活動的人稱棚頭——類似穴頭的頭。

幸而寫作界還沒有出現這樣的頭，這樣的穴，這樣的蟲——真是大幸之至。

(146) 桑拿

「粵全面整頓桑拿按摩業」，報上這樣說（89.08.10）——桑拿是“sauna”的音譯（台灣通作「三溫暖」），這兩年才「引進」的，本為一種蒸汽浴，誰知變成「藏污納垢、色情淫亂」的場所。本來是浴，而今則著重於人，且為異性的人——消息說，二十四間桑拿浴室改為同性按摩云云，同性則不「藏污納垢」了？

(147) 馬殺雞

馬殺雞這三個漢字頗有點滑稽感——它是“massage”的音譯，據說流行於今日的台島，算得上一個外來詞，即舊譯「按摩」。據說「按摩」一度被稱作「抓龍」，龍者龍骨也，也就是人的脊椎骨。

西方在本世紀初才有所謂massage parlor的開設——這個去處如果按照理髮廳、髮屋、理髮店的構詞法可以寫作按摩廳、按摩屋或按摩店，但是人們通常卻把它稱為按摩院。為什麼叫院不叫廳，沒有邏輯的必然道理，語詞的形成往往是沒有什麼道理的。在按摩院給人按摩的女性，稱作「按摩女」——現在則稱作「馬姊」，因為按摩已改稱馬殺雞了。這種語詞是仿照「吧女」即「酒吧女郎」、「髮姊」即「理髮女工」而生成的。

又據說男士從事按摩工作的，稱作「雞殺馬」——妙哉，馬殺雞，雞殺馬，顛過來，倒過去，女變男，男變女，由此可知在漢語構詞法中字序是頂重要的——最淺顯而又易見的例子如：「大人」和「人大」，前者指成人（不是小孩子）或要人（有點像VIP的語感），後者則是「人民代表大會」的略語（有時也是「中國人民大學」的略語），相差十萬八千里的。

(148)「唯批」

想不到這個在十年浩劫中人人掛在嘴邊的縮略語，竟出現在《讀書》雜誌（1989.09）上。「唯批」是列寧著作《唯物論與經驗批判論》的略稱，「我們現在正學習《唯批》」，聽來總有點異樣，同聽到的另一個縮略語〈正處〉一樣地難以形容。「正處」也是那十年中流行的「術語」或「略語」，誰都猜到它就是〈關於正確處理人民內部矛盾的問題〉一文的簡稱。

這種縮略語是有點滑稽的。恩格斯的一部名著《家庭、私有制和國家的起源》豈不是可以簡稱為《家私》？把《毛澤東選集》縮稱《毛選》，是可以理解的：毛是作者的姓，選是選集的簡稱；很少有人會把《馬克思恩格斯全集》縮為《馬全》，卻稱之為《馬恩全集》。縮略語不是越短越好——這在表意的漢字來說，更加要注意。MIRV、LASER、RADAR都是由幾個外文單字的第一個字母構成，在漢語則還沒有如此方便——寫出來成為一大串漢字，特別是MIRV作「多彈頭分導重返大氣層運載工具」。

(149) 情結

報紙大標題：〈「紅軍山」情結〉（89.10.04）——著實嚇了我一跳，如此昇平世界，怎麼來一個弗洛伊德的「情結」呢？

文章講一個少年去紅軍烈士墓掃墓後如何立志寫作，終於成為一個報人的故事——怎麼來個「情結」？

弗洛伊德有名的伊迪帕斯（Oedipus）情結，是個殺父娶母的潛意識活動——難道這個活動具有的只是受壓抑的潛意識麼？

不解。

情結是近年在海外流行的語詞——舊作情意綜，潘光旦譯《性心理學》用的是癥結（complex）（頁168注），據說有人譯為「疙瘩」，妙不可言！

(150) 弘揚

兩種活著的語言（文字）一接觸，就不能不發生互相滲透的現象。

大陸開放以後，吸收了很多外來語詞。「推出」、「共識」、「弘揚」、「情結」。……不管你願意不願意，這些語詞充斥報章雜誌，乃至於進入正式公文。客問：好？不好？——這種語言現象不屬於好／不好的範疇，無寧是一種風尚，一種趨勢，一種「情結」。

(151) 渤黃海

近來三個漢字的簡化詞日益增加，未必是合適的，比如「渤黃海」（89.10.31《人民日報》），其實是「渤海＋黃海」，省一漢字，卻會引起歧義——即使不會導致歧義，也能阻滯信息傳播的速度。

報上又有「東南極」（89.10.25電視）一詞出現，不能釋作「東極＋南極」，因為地球只有南北兩極——故「南北極」一詞是三個漢字組成的簡化詞，可以解釋，「東南極」則「東」一字費解。

(152)「亢慕義齋」

被李大釗和他的學生定名為「亢慕義齋」，是蔡元培給北大馬克思學說研究會提供作為活動場所的兩間房子（89.10.29《人民日報》）。這個齋名乍看似甚古雅，可是內容卻是嶄新的。

亢慕義即communism（共產主義）的音譯——這是後來康敏尼一詞的前導。

(153) 連襪褲

報載引進了一條「連襪褲」生產線——這東西本是七〇年代西方興起的一種女性「著物」，近來聽西方人說，女性們對它已經厭倦，又回到穿長襪子的時代。如果不幸把人家淘汰的生產線當作寶貝「引進」，那就太可悲了——不過這一點我是亂猜的，產業界請勿見怪。

「連襪褲」最初出現為英文，作pantyhose，是panty（內褲）和hose（襪子）兩個單字的合成品。這三個漢字構成的詞，最早出現在七〇年代末八〇年代初。有作「連褲襪」的，較多作「連襪褲」；「連」在構詞上帶有動詞性質，是把「襪子」跟「褲子」連在一起的意思，說它是襪子（但帶有褲子），則作「連褲襪」；說它是褲子（同時帶有襪子），則是「連襪褲」。

現代漢語的單詞，多半是由一個漢字或兩個漢字組成，用三個漢字組成的語詞是一種縮略現象。但「連襪褲」一詞卻很特別，它跟「原材料」那樣的語詞不一樣：後者可以分解為原料＋材料，而前者卻不能理解為連襪＋連褲。「原材料」型的構詞則隨手可拈，例如「中小學」＝中學＋小學；「指戰員」＝指揮員＋戰鬥員，也即壓縮為舊式用語「官兵」＝官＋兵（我說舊式，不說舊時，是表現現在某些場合還是使用的）。

(154) 解脫／解放

好久沒有看見「解脫」一詞，新近在報刊上又出現了——這個語詞是「四人幫」覆滅後那個時期創造出來的：凡同「四人幫」什麼人和事有過牽連的幹部，都必須把有關的事實真相「講清楚」；其實多數都講不清楚，或本人以為講清楚了，聽者仍以為不清楚。但有一天終於了結了，然後這名幹部叫做「解脫」了。「解」而又「脫」，虧得那位非語言學家的語言學家創得出來。

十年浩劫時期，凡是檢討了自己如何犯了執行「修正主義」路線錯誤的幹部，被群眾七嘴八舌地「批」一通，如果大家都已滿足了，那麼，這個幹部就叫做「解放」了。那個時期的創造性不高，只用了1949年的舊術語——解放。那時的解放指城市、鄉村、土地、國家；十年內亂時的解放，卻專指人，指幹部。

但願今後不再有創造這些令人沮喪的語詞和產生這些語詞的語言環境！阿彌陀佛／阿門！

(155)「不能去！」

報載某地應外國某公司邀請，派技術小組前往考察某一項引進設備質量，技術小組中有女工程師一人，係某單位質量處處長；可惜這位女工程師是該地某領導的愛人即妻子，當送到這位十分奉公守法的領導審批時，結果是「×××同志是我愛人，不能去。」讀者有嘖嘖稱讚者，有不以為然者，有困惑不解者。

說者謂：「是我愛人，不能去」這個命題，至少引起如下的反思：如果不是「我愛人」就能去，那麼，這個「愛人」就沒有獨立人格了；合條件而不是濫竽充數的只因為「是我愛人」而不能去，究竟這種「審批」是依法審批還是依人審批，換句話說，法治還是人治？

乍看這則消息，似不在語詞密林裡，其實略略沉思，則發現「不能去！」三字後隱隱約約可見到不成文的兩字，應讀作：

「不能去，欽此！」

欽此兩字是封建主義的產物，故為隱字，某些文字中都會有隱字的，因為說不出來，或說出來不太合適、不雅，所以略去。由此可見，這麼一條詞義還逃不出語詞密林。

(156) 大文化

消息說，某地不僅搞小文化，而且注意開發大文化。

啊呀——文化歷來只分高低，卻從未聽見過有大小。幸而消息後面舉個例，說一千五百人參加的廣播操，就是某地區「創新」的大文化之一種。

原來很多人參加的文化活動，就被稱為大文化。以此類推，很少人參加的文化活動，例如一個人寫作或幾個人演一台京戲，就是小文化。

文化，文化活動，大文化，小文化。多少不同的語詞，被「混」成某一種完全不可理解的怪物呀！

(157) 停頓

說話中的停頓，就如同文字上的標點，停錯了哪怕八分之一秒，或甚至十六分之一秒，也會引起誤解、歧義以及模糊語義來的。

某日電視新聞說：

「外電報導羅馬尼亞救國‖陣線委員會主席認為‖」在‖處停頓了八分之一秒，聽起來有點彆扭。——應當一口氣說「羅馬尼亞救國陣線委員會」，要停頓，只能在「外電報導」那裡停頓十六分之一秒。

中學裡語文課教標點符號時，應當教會口語中的停頓。

這使我想起「五四」前後，當新式標點符號「引進」時，人們往往舉出這樣一首歪詩來說明「切分」（停頓）會引起語義變化。歪詩是——

> 「清明時節雨紛紛路上行人欲斷魂借問酒家何處有牧童遙指杏花村」

當作七言詩，連小孩子也會計數；假如不認為它是七言詩呢？「清明時節雨，紛紛路上行人，欲斷魂」，也通，語義沒變。「借問酒家：何處有牧童？遙指：——杏花村。」語義大變，是問何處有酒家呢，還是何處有牧童呢？

客問有沒有不停頓的一口氣說下去人笑己不笑才能表達說話者想表達的意境的語言結構呢？答曰：有。請看這樣的句子（那是指關於《紅樓夢》為反清復明之作的考證）——

> 「不信的人越聽越覺得匪夷所思，信的人越鑽越深越分析越有理越研究越有根有據其樂無窮自有天地非庸常人所能體會所可辯駁。」（王蒙：《變奏與狂想》）

後半句非把四十一個字一口氣說完才可以體會作者的意境，一停頓，這意境就沒有了。

(158) 頓 / 空

從說話中的停頓，聯想到漢字和漢語的語詞連寫起來中間不留一點空隙，以致讀起來也不容易自然而然實行停頓。近見一大部頭的書，封面為：

THEOXFORD
COMPANIONTOLAW
牛津法律大辭典

著實嚇了一跳。「牛津」，「法律」，「大」，「辭典」這四個詞按漢字排列，詞與詞之間不留一點空隙，於是導致誤以為英文詞與詞之間也不留空隙，產生了離奇的文字如上圖。

(159) 春運

今年1月底是「春運」高潮——春運一詞是近十年興起的，人人都知道它是縮略語，全稱即「春節運輸」。但春節運輸也不能準確地傳達春運的語義。春運就是春節前後——包括學生放寒假——把探親的人們運送到目的地，假滿了又從目的地運回出發地的那種火車、汽車、輪船的交通活動。我們還沒有普遍進行旅遊的條件，但是由於我們民族的習慣，春節是人民生活中很有生氣的節日，因此春運就不能不造成超負荷的狀態了。

縮略語（詞）是社會節奏加快所必然產生的。比如「環境保護」簡稱「環保」，「強迫勞動」簡稱「強勞」，「外事辦公室」簡稱「外辦」。台灣云「家教」，即指「家庭教師」或這種人所從事的工作。簡略得不好引起歧義也會有的，但這種語言現象是不能遏止的。

(160) 負增長

近來經濟新聞中常出現「負增長」這樣的語詞，在語言學上這也屬於一種委婉語詞。增長就是增加，增長的反面就是減少；可是人們不愛說減少，那個詞既不好聽（至少使人聽了引起一種憂慮的感覺），又不能說明一種傾向（至少理解為統計學上的傾向），所以寧願在「增長」這個語詞上加一個「負」字，表示這趨勢是朝著相反的方向（不是正，而是負）走的。所以這種委婉語詞就不單具有委婉的意義，而且具有指明向量（矢量）的科學意義。

同「負增長」相類似的語詞可以舉出「負反饋」來。

(161) 膠袋

用以包裝食物或用品或裝載在超級市場買到的東西的塑料袋，港澳人稱膠袋。膠袋不是用橡膠（樹膠）製的，而是用塑料製的。

香港一家百佳商店（Park'n Shop），它的膠袋上有兩行「標語口號」式的宣傳文字，上面一行是：

「一於響應　清潔香港」

下面一行是：

「全心全意　保護環境」

這裡有著很有趣的語言現象。

「一於」是粵方言，意即「必定」、「一定」、「必須」——這兩個漢字是記音。港報上出現不少記音的漢字語詞，照此念成普通話 yiyü，北方人聽了完全不知所云。這一類方言語詞要經過「翻譯」，才能進入普通話的信息交際世界。

令人深思的是我們說得爛熟的——源出於毛澤東的講話和著作——一個短語詞彙「全心全意」，進入了香港日常生活。這個膠袋的背面有相應的英文，即

"Caring about Hong Kong Environment"

這裡的"Care about"寫作「全心全意」，雖則語氣加重了，卻還有點神韻。當兩種語言，兩種方言，兩種文字有了接觸的機會時，不知不覺地會互相滲透，互相借用，互相補充。這是不以任何個人的意志為轉移的，誰想阻止也無濟於事的。社會工作者（社會語言學者也一樣）的任務是順乎時勢地進行優選和誘導，捨此別無他途。

(162) 花樣

語言學家趙元任的翻譯，很多地方是出人意料的又通俗又創新——也許這就叫做「神譯」（傳神之謂？）。距今六十三年前（即1927），他給自己的歌曲集——趙同時是現代中國的一個大作曲家——寫序文時，將“variation”一字譯成「花樣」，真是絕妙好詞。請看：

> 「……而吟古詩吟文的調兒差不多一城有一城的調兒，不過用起來略變花樣就是了。」

確實「如話」（寫文章就如同把講話寫下來）。同一篇序還有幾個語詞的譯法也是「傳神」的—— picturesque（如畫的）、quaint（離奇的）、lovely（可愛的）、cozy（溫暖的）、moving（生動的）。現在看來，好像都不希罕：須知這是在六十三年前，即「五四運動」（1919）提倡白話文那樣的大波濤之後僅僅八年，譯得「如話」實在太可貴了。

(163) 迷外

五〇年代「拔白旗」（批判所謂資產階級學術觀點的運動）時，稱人為「崇洋媚外」——到文化大革命十年動亂，大約嫌這個語詞不夠份量，改稱「崇洋迷外」。由媚外→迷外，媚讀作mei，迷作mi，讀音只是相近（只一個閉口鼻音韻母相同），本不會訛借，但為了特定的政治目的，聰明的批人者借用了，至今不衰。（《文匯》月刊89/11一篇報告文學：「這不是崇洋迷外」，「我深深地感到那一次批評『崇洋迷外』已經滲透到他的骨髓」。）

媚外——「反動統治階級為了本身的利益對外國奉承巴結」

（《現代漢語詞典》頁766），「奉承巴結」謂之「媚」，倒不限於反動統治階級。迷外──迷信外國之謂，《現漢》補編在「崇洋」條目下有例句「崇洋迷外」，這就記錄了這個語詞的變化。

由媚外到迷外，然後又停留在迷外，也許某一天又轉回媚外：這是社會語言學探索的語詞的運動過程一個例證。

(164) 老年癡呆症

大腦受損傷，引起語言機能永久性或局部性消失，即記不起、記不全，不會用原先經常使用的語言，這在神經語言學上叫做失語症（aphasia）。

同失語症相類似，但是症狀和原因都不相同的，就是因大腦器質異常（但不是由於外傷）而導致的癡呆症（dementia），其中特別是由於年紀大了，大腦器質嚴重衰退而發生的老年癡呆症（senile dementia）：患者有時失去語言能力，有時只有兒童似的語言能力，有時不但失語，還會引起不會動作（神經符號學稱為失行症 apraxia），或不能辨認熟知的人或物（稱為失認症 agnosia）。

二十一世紀全球都將為老齡人在全人口中所占的比例過大而憂慮──也許，在這憂慮當中，對老年癡呆症的擔心不是多餘的罷。

也許這是巴別爾塔倒塌了以後，人類語言遭遇到的新挑戰！

金剛經塔
此塔相傳是文殊菩薩所製 先僧自天竺國來此土也

(165) 陽春覺

「我得回去睡陽春覺。」

這是從台灣一本小說裡摘出來的一個句子。陽春覺，是從陽春麵轉化而成。陽春麵是人人喜歡，不用花大錢就可以美餐一頓的東西，如果沒有什麼牽掛，回家倒頭便睡，豈不也可稱陽春覺？

作家完全有權利創造新的語詞——只要他所創造的語詞為人民喜愛，這個語詞就不脛而走——語言學叫做「約定俗成」。

作家沒有權利去創造一些誰也不懂的語詞——那不但得不到公眾承認，可能還會以詞害意。

(166) 農轉非

這是近年很流行的語詞——它的結構幾乎不能同現代漢語構詞法融合。語義是：由農業人口即不吃商品糧的人口，轉為非農業人口，即每月領糧票，到糧店去購買商品糧的人口。「農轉非」這樣的語詞記錄了城市化的一種現象。

(167) 俄文單字

兩個俄文單字「公開性」(перестройка)和「改革」(гласность)悄悄進入了東方和西方拼音文字的語彙庫——連荷蘭出版的《世界語》(*Esperanto*)月刊也將它轉寫為世界語，採用了glasnosto和perestrojko這樣的形式。按語義學來說，完全可以不這樣照搬，但是人們照搬了（轉寫了），這就表明某些語感是由於轉寫而保留了。可以想見六七十年前「蘇維埃」(soviet)、「集體農莊」(kolhoz)、「國營農場」(sovhoz)、「共青團」(komsomol)，以及三十年前“sputnik”（人造地球衛星）如何悄悄地進入東方和西方拼音文字語彙庫。

可惜漢字系統不能直接轉寫，到現在也只得時而用意譯，時而照顧到發音來意譯，時而採取「冒險」行動的音譯。

(168) 非語言交際

「非語言交際」是我給nonverbal communication的意譯；nonverbal作「非語言」，可能不太確切，有人建議我譯為「非言語」，但我想不出別的更好辦法來，仍保留原來的譯法。這個術語指的是進行社會交際（social communication）時不使用有聲的分音節的語言，而採用其他手段——例如手姿、眉目示意、體態……等等。據R. L. Birdwhistell的說法，社會交際只有30%-35%使用語言，其餘六七成都使用語言以外的其他手段。A. Mehrabian的說法更走極端，按他統計，信息傳遞只有7%用語言，38%用聲調（高低、快慢、長短），其餘一半多（55%）則靠表情（說見日本版《言語》89/12第90頁）。

注意：這裡說的是信息傳遞，講的是信息，不完全是語義。

(169) 柴聖

一想起來，心裡就不禁發笑。「五四」時代要打倒「孔家店」，被歷代統治者尊為「聖人」的孔老二，幾乎站不住了；而就在那個年代，有人卻將世界語的創始人——波蘭眼科醫生柴門霍夫（L. L. Zamenhof ,1859—1917）尊為「柴聖」。前不久，十幾個全國性組織開會紀念這位「柴聖」誕生一百三十周年，此時已無人稱他為「柴聖」了，自然也沒有把這一天稱為「柴誕」（柴門霍夫的誕辰），不過在世界語界有些人口頭上還津津樂道「柴誕」的。

由「柴誕」不免聯想到「聖誕」或「聖誕節」，這個語詞指的是每年12月25日那一天即耶穌降生的日子，外國叫Christmas，這裡Christ即耶穌基督，耶穌到了中國也「立地成聖」，他的生日因稱「聖誕」。

任何社會都有將日常頻繁使用的語詞簡化的意圖和傾向，漢語自然不例外；不過漢字結構一簡化，往往會產生原來料想不到的歧義，但說慣了卻也就不致誤解。例如「莎翁」、「托翁」就是尊稱莎士比亞和托爾斯泰的簡稱；又是尊稱，又是簡稱，卻又專門化而為專用名詞，如同時下人們尊稱／簡稱巴金和夏衍為「巴老」、「夏公」（卻很少聽見「巴公」、「夏老」）。叫外國作家能仿「莎翁」、「托翁」的也很少——難道可以把巴爾札克稱為「巴翁」嗎？難道可以把狄更斯稱為「狄翁」嗎？不可以。為什麼那一個可以，這一個不可以？沒有邏輯上的理由，只有約定俗成的理由。

約定俗成在語言文字的使用中，特別在構詞中起的作用是絕對不能忽視的。

(170) 翡冷翠

聯邦德國有一部影片，中譯名為《淚灑佛羅倫薩》——這佛羅倫薩是義大利的名城，英文法文都作Florence，現在義大利卻稱之為Firenze，詩人徐志摩曾譯作「翡冷翠」，可稱一絕——這三個漢字多麼令人神往呀，正如現實的翡冷翠這個美麗的城市令人心醉一樣。翡翠，古稱一種鳥，現稱一種玉，看那字面就有一種美的感覺——詩人為適應原來的讀音，中間嵌上一個「冷」字，加深了這個地名（在漢字轉寫中）的美感。這個城舊稱「佛羅倫希雅」（Florentia），也許漢譯由此而來——拉丁文Flōrentia即茂盛、興旺之意，源出flör（花），取鮮花盛開的語義。

義大利地名的漢譯是怪有趣的。羅馬譯自原讀Roma，不從英文Rome（羅姆），但都靈卻不從義大利原名——那應當是托林諾（Torino）而不是都靈（Turin英文）；米蘭在義大利稱作「米蘭諾」（Milano），而不像英美人稱的米蘭（Milan）。

地名轉寫是一個很複雜的問題，如果加上漢字本身的語感（褒貶、美醜），那就更加複雜。所以，「名從主人」也不易做到。

DIE ECLOGEN VERGILS

IN DER URSPRACHE UND DEUTSCH

ÜBERSETZT VON RUDOLF ALEXANDER

SCHROEDER : MIT ILLUSTRATIONEN

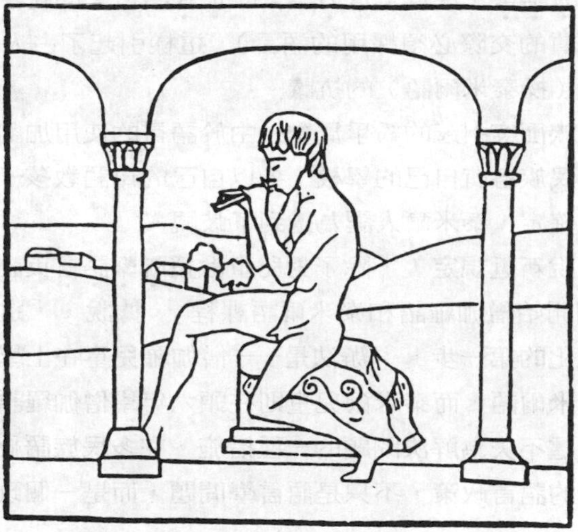

GEZEICHNET UND GESCHNITTEN

VON ARISTIDE MAILLOL

(171) 語言悲劇

語言的分歧有時導致民族糾紛，民族衝突又加深了語言的悲劇。歐洲有比利時，美洲有加拿大，近來亞洲又出現了斯里蘭卡。

據路透社報導（89.12.10），斯里蘭卡1948年擺脫英國而獨立以後，在十年時間裡英語一直是這個國家的辦公語言（注意：辦公用而不是一般交際用的語言），然後把占人口74%的僧伽羅語定為官方語言（注意：官方語言即正式語言，即在一切場合帶有公事性質的交際必須採用的語言），這樣引起了占人口18%的泰米爾人（操泰米爾語）的抗議。

因民族衝突引起的紛爭局勢，由於語言的使用加劇了危機。本來兩個民族各有自己的學校，各以自己的母語教孩子們，官方語言一經確定，泰米爾人認為遭到了歧視。

電報說新近規定，「除了對兒童教授聯繫語言英語以外，還將為他們開始僧伽羅語和泰米爾語課程」，據說，「這將是促進國家一體化的第一步。」辦法是——僧伽羅兒童在上學頭六年裡將學習泰米爾語，而泰米爾兒童則在頭六年學僧伽羅語。

也許這不失為解決問題的一種措施。在多民族語社會中如何實施合理的語言政策，不只是語言學問題，而是一個政治問題。

(172) 一錢不值

《國際歌》中的一句，舊譯為「不要說我們一錢不值」，瞿秋白的譯文和肖三的修改配曲（1939），都說「我們（無產階級）並非一錢不值」；1958年有人提出異議，說是人的價值怎能用錢來衡量呢？所以改為現在的「不要說我們一無所有」。

「一錢不值」這樣的語詞意思是卑下、卑微、卑賤，卻並沒有以錢來衡量人的價值的用意。把俗語成語牽強附會成現代思維邏輯，那就不能不令人發笑了。

(173) 7,397

海外華洋學者常常提問：要認得多少漢字才能讀中國文學書？答曰：7,397。這個數字是近三百萬字的《魯迅全集》輸入電子計算機後所得的用字統計，行話稱為「字種」(《人民日報》89.10.30)。1988年國家語委公布了一般的漢字（即排字字架上所必備的漢字）7,000，與此數相近。要知道魯迅有一部分早期文章是用文言寫的，還有一部分文章接觸到古人人名地名，因此，7,000字可能是一個讀文學書的平均限量。一般現代文學作品，用不了這麼些漢字，例如老舍的《駱駝祥子》全文輸入電子計算機後，只有2,413個字種。2,500—7,000，也許2,500（國家語委1988年公布的常用字表中一級常用字為2,500個，當然不一定與這部小說所用2,500個字完全相同）也是一個參照量。

(174) 格林威治

報載，「格林威治天文台的科學家們今天提醒說，當你們在12月31日午夜準備迎接九〇年代第一天的時候，請不要忘記把鐘錶向後撥慢一秒鐘，也就是說，1990年將推遲一秒鐘到來。」（89.12.18）原來這個天文台用雷射測量地球轉動，發現了「閏秒」現象。

這個天文台是很有名的，坐落在倫敦附近泰晤士河邊。這是個古老的天文台，經度即從這裡開始計數，往東為東經，往西為西經。漢語一向譯作「格林威治」——原文為Greenwich，英文地名有很特殊的讀法，世代相傳，沒什麼道理可講的，這個地名的w是啞音，因此英國人把它讀作「格林尼治」，而不作「格林威治」。是我們的先人們讀錯了。兩年前，管理科學術語的權威機關，在發布《天文學名詞》時已鄭重宣布，今後漢語應寫作「格林尼治」，不要再用「格林威治」。

可是美國也有一個地方以Greenwich為名，最近（89.12.12）美國聯邦地區法院審判號稱旅店業「女王」偷稅案，轟動一時，其人以偷稅所得，耗資百多萬美元，「在康涅狄格州的格林威治區營造了一座超豪華私宅」——這裡譯為「格林威治」，卻是完全對的，因為w不是啞音，絕對不能以彼例此。

可見語言文字有著非常頑固的傳統習慣，錯了可不易改過來。

與此類似的英文地名，如二次大戰遭受納粹瘋狂轟炸的英國Norwich，應讀作「諾里治」，而不是「諾威治」（同樣因為這裡的w不發音）；但在美國，也有一個同樣寫法的小城市，卻念作「諾威治」（w發音）。

(175) 拉力和死硬

常看見汽車拉力賽的消息——幾年前還有從巴黎到北京飛機拉力賽的消息。

拉力賽的拉力，不是接力，是rally的音譯詞，特指汽車根據指定路線，依照規定的條件，為了測試汽車的某種性能進行比賽的那種活動。梁實秋譯為「汽車競賽會」，港朗文英漢詞典譯為「公路賽車」，但新聞中則一般都使用了拉力賽這樣的音譯詞。

牛津字典注明在公路上賽車的語義始於1955年（見兩卷本補篇頁2654），可見還沒有半個世紀的壽命。

拉力賽使我聯想起漢語的死硬派——死硬派一詞可能也是「引進」的，英文die-hard就可直譯為「死硬」。這個政治上極端保守頑固的派別——死硬派——據認為這個英文單字在上個世紀四〇年代（1844）就起用了，我們的「死硬派」如果說是「五四」前後使用開的，那麼，也有七十多年的歷史，看上去好像是土生土長的語詞了。

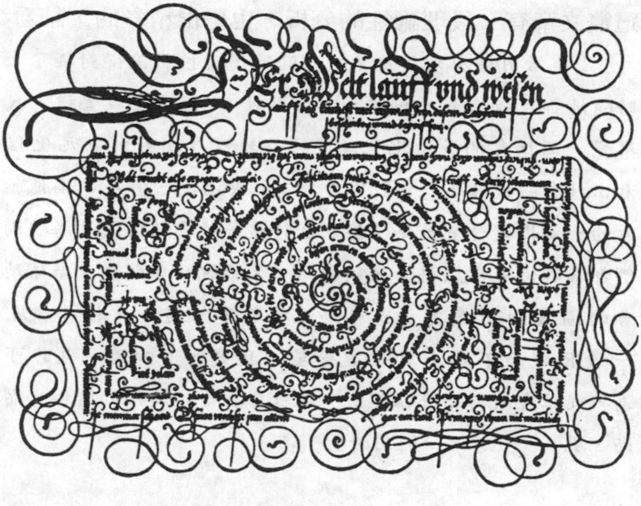
Der Welt lauff vnd wesen

(176) 流行語

台灣《中國時報》有一篇很有趣的文章，標題作〈誰的舌頭打結了？〉（89.12.11）。這裡引用了一段女學生的話：

「好遜！小莉的那管性子亂不上道的，早上找了兩個老賊來抄家，我說他有夠秀鬥、阿達！傷腦筋吔！」

除了「好遜」＝糟透了之外，加了重點的語詞，我都不懂。

這篇文章有一段理論性的分析，也是很精彩的，請看：

「生活用語原來是座不設防的城堡（按：說得對極了，人們隨時隨地都可以有新的創造——引用者），在這座城堡裡，我們可以察覺一個社會的多元化程度（按：我以為看不出多元化程度，卻看出社會的複雜性——引用者）；社會溫度、濕度的高低，社會風氣的一氧化碳含量等等（按：也許這是時代的烙印，海峽兩岸的人們都喜歡使用自然科學名詞術語，來敘說社會問題。準確地說，社會的溫度和濕度究竟是什麼呢？我不知道。至於社會風氣會有一氧化碳而不是二氧化碳含量，我更加不知道。也許可以理解為，從社會流行語可以察覺一個社會在一定時期的習俗、習慣、風尚、風氣……來——引用者）。」

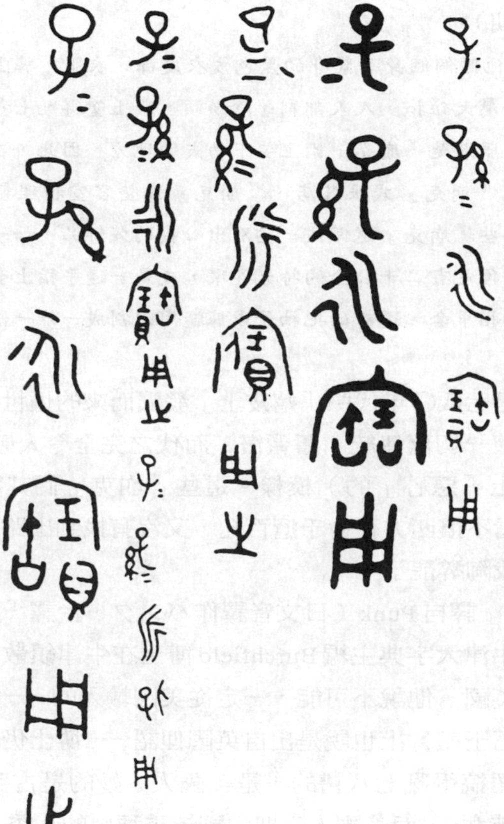

(177) 崩克

新近有記者描述在西德漢堡城所見的「崩克」(《世界知識》90年第一期)。

> 「他們個個身著緊身的黑色皮衣皮褲、衣服，褲上釘滿了亮閃閃的金屬大鈕扣，人人都剃著陰陽頭，臉上塗得亂七八糟。頭髮、面部、服裝是『崩克』們主要下功夫的地方，因此，在這幾棟小樓附近，『崩克』式服裝店、『崩克』式整容室和理髮廳都應運而生。有些『崩克』還佩戴一些別出心裁的裝飾品，如一隻耳朵上戴一個直徑足有二十公分的特大耳環，或是一邊手指上套著足有十公分長的指甲套，還有的把袖子或褲腿用刀割成一條一條地像拖布一樣。」

這就是七八〇年代由「嬉皮士」發展而來的憤世嫉俗者，他們蓄意破壞一切舊傳統、舊習慣，而代之完全令人感到「震撼」的（實際上「惡心」的）模樣。這些「崩克」們其實心地也不壞，不過看不慣西方社會千瘡百孔，又沒有找到出路，只好自我作賤、自我陶醉罷了。

「崩克」譯自Punk（日文音譯作パンク，台譯「龐克」)，有一次我同牛津大字典主編Burchfield博士在牛津鎮散步時，我說這字源出英國，他說不可能，一定從美國輸入的——我舉出當時倫敦《泰晤士報》上也說是出自英國俚語——博士仍不服氣，他認為把英語搞得亂七八糟的，是美國人。妙的是古英文punk的語義為「妓女」，而美國人又把中國燒香拜佛的「香」稱為punk（說見《美國傳統詞典》AHD）真是不可思議了！

(178)「老兄」

近人撰文說，廣州1949年前稱北方人為「外江佬」，綽號「老兄」——這「老兄」在廣州念作laoxiong（「撈崧」），應是從英文northern轉譯的云云。竊以為大奇。廣州話中確實有不少從英文音譯來的語詞，例如「恤衫」（shirt）、「打波」（ball）之類，但決不能毫無根據地指認某些語詞是從英文轉來的外來語——廣州人念northern，寫成漢字，應為「挪辰」，或「挪墳」（s或f代替廣州話沒有的th）而決不是「老兄」。

港人把丹麥的cookie餅譯作「曲奇」，要按廣州音念才念得跟原文一樣〔ˊkˊukˊi〕，現在這個語詞已傳到北方，卻照北方方音念作qüqi（ㄑㄩ ㄑㄧˊ）離開原文讀法十萬八千里了，但在北京，你到店裡去買這種餅乾，也只能念作qüqi！

(179) 寅→晨

寅是中國古時計算時辰的一段，指夜間（即早晨）三時至五時；古時皇帝不知為什麼，總是天還沒亮就要視事，百官上朝不是早八九點，而是雄雞初啼之際；故古語稱：

> 「一生之計惟在於勤，
> 一年之計惟在於春，
> 一日之計惟在於寅。」

這幾句格言似的東西在唐朝已流通，有趣的是到了宋時（從公元十世紀到十三世紀），寅有時轉為晨——也是早上，但沒有指定時間了。例如：「一歲之事慎在春，一日之事慎在晨。」（邵雍語）但唐宋以後，使用這個格言時，書面語仍然常作「寅」，不作「晨」——看來直到近代（近二百年）西洋的時鐘傳入我國以後，人們不再使用干支系時，口語裡才廣泛地應用「一日之計在於晨」的說法。

這只是推斷——也是一種想像，拿不出「真憑實據」來。

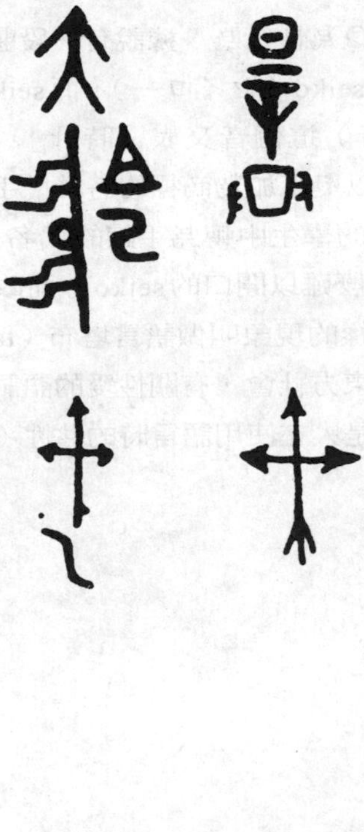

(180) Ω

這是希臘文字母表中最後一個字母，讀作「奧米加」（Omega），語義是大寫的（mega）O。日本學生有一個時期稱男女之間性事為オメガ（Omega），猶如美國學生把原來泛稱男女親熱的「做愛」（to make love）專指性事一樣。學生中間的流行語是到處都有的，有的只流行一陣，有的卻能一代傳一代——北京學生六〇年代流行「根本」，什麼都是「根本」，現在卻不傳了。

至於日本學生稱Ω為性行為，據說有一段曲折的語言轉化。日本語「性交」讀作seiko（セイコー），而seiko（即「精工表」之「精工」日語發音）這個音又表「時計」，「時計」就是鐘錶——一個時期瑞士以奧米加為商標的時計（手錶）流行於世，故奧米加在一個時期的學生中轉為手錶的代名詞，因之seiko代以Omega——不說那麼難以開口的seiko，而改稱文雅的（隱蔽語義的）奧米加。這樣的現象叫做語言塔布（taboo），即禁忌。無論西方社會，還是東方社會，有關性愛的語詞，很多時採取了塔布的手法，也許這是人在使用語言時的共性（universal）罷。

(181) 軟和硬

消息說，北京六月風波後，絲綢市場疲軟。絲綢本來就是軟的，絲綢市場的軟，卻不是絲綢質料那麼一種軟，而是買者不多，成交較少。市場疲軟的反面是搶購——語言裡卻沒有稱市場硬的。

新近消息（90.03.14）又說，芬蘭政府決定向中國提供一筆軟貸款。我們看慣軟通貨（通常指在國際金融市場上不能兌換的通貨）和硬通貨，卻甚少見軟貸款——這是政府給予發展中國家的一種長期低息的優惠貸款，它的對面是硬貸款，但習慣上並沒有使用這樣的語詞。至於硬通貨不是硬幣，那就婦孺皆知，無需說明了。

近來在國內興起軟飲料，即不含酒精（如果汁和汽水）或少含酒精（如啤酒）的飲料，人們卻不稱酒類為硬飲料。

飛機迫降時人們努力要做到軟著陸，不是硬碰在跑道或地面上，否則機毀人亡——太空梭的濺落，也是軟著陸的一種形式。

軟和硬，在當代語言中發生了與原來語義不相關的新的語義信息——這是一種新的語言現象：火車的軟席和硬席，電子計算機的軟件和硬件，經過一日沉重的工作之後想看一點軟（性）讀物，那決不是黃色書刊，只不過是輕鬆的，使人感到愉快的讀物罷了。

(182) 對聯

由於漢字是一方塊一方塊的圖形，所以對聯（幾個方塊對幾個方塊）是漢語一種獨特的裝飾物——用文字組成既有語義，又帶著美感的裝飾物。

因鴉片戰爭抗擊英國侵略者而聞名的廣東虎門——有這麼一副被人津津樂道的對聯：

「煙鎖池塘柳　炮鎮海城樓」

請注意上下聯五個漢字都嵌有五行（金木水火土）「因子」：

火金水土木　火金水土木

而五個漢字聯成一氣，又有豪邁的詩意。

(183)「三S」外交官

據說從前日本有「三S」外交官——三S即三個以S開始的英文語詞（請比較新聞學上所謂五W或六W，即五個或六個以W開始的英文語詞），那就是——

smile——面帶微笑，

silent——沉默不語，

sleepy——似睡非睡。

面帶微笑令人想起「口蜜腹劍」這句成語，沉默不語則彷彿是密雲不雨的場景——即使打一個炸雷，也不動聲色；至於似睡非睡，則是一種形似恍惚，實則保持清醒頭腦那種精神狀態。

也許這是在日本從前那樣的社會裡所要求的「公關」（交際）技術吧。

(184) 三D

寫完三S，就想起三D——這是昔日西方殖民者封給北京的「暗」語，它們是：

duck（烤鴨子），

dust（塵土），

diplomat（外交官）。

「無風三尺土，有雨滿街泥」，那是舊時的北京寫照，西方殖民者卻不管這些，仍派遣外交官向「天朝」訛詐，在訛詐過程中，卻也不忘王朝的美食——全聚德或便宜坊的烤鴨子！這也許證明，語言就是歷史的「活化石」。

(185) 反思

北京六月風波以後，處處都在「反思」——報紙、刊物，隨處都可見反思這個語詞——而在機關、團體、學校中，反思之聲到處可聞。如果問近年現代漢語哪一個詞兒最為流行，可以毫不遲疑地回答：反思。反思是八○年代，特別是八○年代後半期才從術語庫中走進社會生活去的，儘管很多詞典來不及收錄它，它已遍行大陸。反思同反饋一樣，流行得很快、很廣泛，甚至有點出人意料。也許反思就是英文reflections的翻譯——可是很多英漢詞典中甚至還沒有這樣的對譯，它多少帶有反思的味道，沉思的味道，反覆思索的味道，思考之後吸取教訓的味道。總之，反思在現代漢語已經獨立成詞，有它獨特的語感，絕不能簡單稱之為reflections的等義詞，不，至少語感不是相等的；但如從中文譯成外文，看來在一般場合也只好用reflections這麼一個單字。

語詞的語感（nuance）是一種非常微妙的東西，也許這就是表達最細微而又獨特的語義的一種量度、方式。

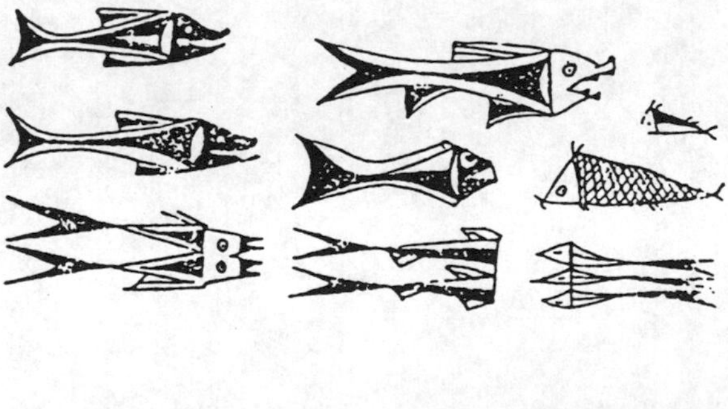

(186) 噸糧田

看了報上的標題「我國噸糧田超過千萬畝」(90.01.07)，才確切明白前些時電視聽到卻以為是「屯」「良田」。

噸糧不是「屯良」，噸糧田是「畝產達到或接近一千公斤」的田——一千公斤為一「噸」，把噸字放在糧田一詞之前，這是一種獨特的結構。與噸糧田相類似，有所謂噸穀村、噸穀鄉、噸穀縣。穀者糧也，不稱噸糧村而稱噸穀村，這又是另一種約定俗成，或者由於某些記者或某些幹部的口語習慣。

這使人記起「大躍進」時代的「萬斤田」，我還去參觀過「萬斤大學」——據說這個「大學」所養的牲口都有萬斤重。我那時曾問校長，「可有萬斤雞？」他斷言回答，「當然會有」。我說，「萬斤雞豈不變了大象？」他說，「就是這樣」，一點也沒有覺得說大話的可笑。

但願時下的「噸穀」村、鄉、縣、省是名副其實的，別再在字面上下功夫了。

(187) 厄爾尼諾

倫敦電（90.01.14），科學家認為地球轉暖的原因，同埃爾尼諾現象有關。

埃爾尼諾係El Nina的音譯——前不久報刊已譯作厄爾尼諾；忽然又有報刊作尼諾（把前面的冠詞El省略了）；翻譯的《簡明不列顛百科全書》卻作愛爾尼諾（卷一，頁261）。

埃爾—厄爾—愛爾，六個漢字，三種寫法，表達的是同一個音，也就是西班牙文定冠詞El。西班牙文Nino是嬰兒之意，Nino Jesus是嬰兒耶穌，通譯為「聖嬰」。據說，這種洋流現象常在聖誕節前後發生，而且是在阿根廷附近海域出現的——對漁業和世界氣候都有不良影響。

這樣的語詞，應當有個標準的寫法——其實報刊或通訊社把原文及譯文輸進電子計算機，下次出現就不必另起爐灶——而且方便讀者了。

這也是一種「便民」措施吧。

(188) 似懂似不懂

近年報刊上有些語詞使人困惑——說不懂，卻也懂；說懂，其實不懂。請欣賞一下：

「他自身的事蹟和遭遇，就有著很大的獨特性和震撼力」

——有很大的震撼力，這似懂得；很大的獨特性，是什麼呢？很怪？很別致？很不尋常？「獨特性」已似懂不懂，何況「很大」。

「精心選擇和組接素材」

——精心地去選擇素材，同時也精心地把選好了的素材組織起來，是這個意思不？那麼，組接是什麼？組織、接觸、剪接，還是……？

「博得了讀者對傳主的認同和關注」

——「傳主」即傳記主人翁，似還可以懂；讀者如何去認同傳主呢？似懂似又不太懂。

「作者站在今天歷史的高度去回顧……從中找到歷史的啟示性和參照值」

——今天歷史的高度究竟是什麼高度？是今日對歷史認識的高度，還是歷史發展到今日的高度？或者是拿今日的標準作為標準去回顧歷史……似懂，卻也說不好。歷史的啟示，好懂，「啟示」變成抽象名詞：「啟示性」，歷史的啟示性是不是等於歷史的啟示？歷史的參照值，也不太懂——參照值是一個自然科學名詞，做參照實驗所取得的數據，那麼，歷史在什麼地方去做實驗取得另外的數據呢？又不那麼懂。

似懂，似不懂的語詞——叫做什麼呢？也只能叫做似懂似不懂的語詞吧。

LE CHEF-D'ŒUVRE INCONNU

treſſaillir et rougir de honte, car ce jeune adepte

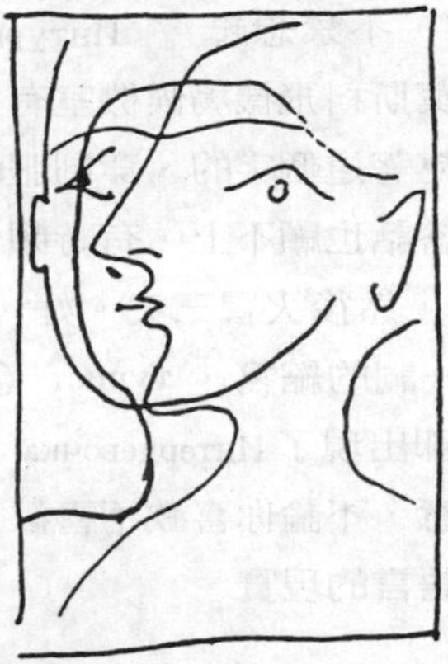

avait la fierté du pauvre. Prends donc, il a dans ſon escarcelle la rançon de deux rois!

Tous trois, ils descendirent de l'atelier et cheminèrent en deviſant ſur les arts, jusqu'à une belle maison

31

(189) 國際女郎

蘇聯出版了一部小說，引起內外議論紛紛，書名就叫做《國際女郎》（Интердевочка）——一聽就知道是同「吉普女郎」（Jeep girl）差不多的被侮辱女性。這個字的字頭是「國際」的縮寫，字尾是「女孩子」（女侍者的別稱），它是流行語，也幾乎同改革和公開性那樣進入國際的語彙庫了。

見到這個俄文字，不禁想起 “ Интурист ”（國際旅行社）一字。五〇年代初，莫斯科飛機場候機室有那麼一張小桌子，後面坐著一個帽子橫幅寫著這個字的、穿制服的人，往往是面無表情，看上去忙碌得連答話也顧不上，有時頗令初到社會主義蘇維埃國土的人驚訝不迭，然後火冒三丈。好，現在 “ Интурист ”（Ин⁻ 就是「國際」一詞的縮寫，турист 意思就是「旅行家」）不見了，現代化了，卻出現了 Интердевочка ——世界在變動著，不論你願意還是不願意，不論你喜歡不喜歡，代表新事物的新詞彙突然湧現，這就是語言的現實。

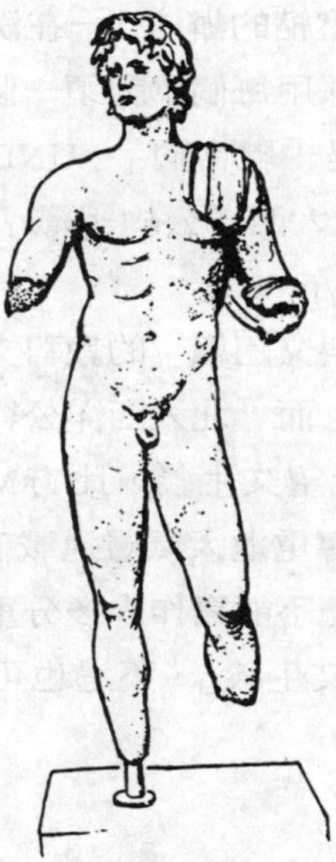

(190) 人均

「人均」即「每人平均」的縮寫——注意不作「每平」，而作「人均」，取其主題語義：人即一個人，每一個人；均即平均；而「每平」則難於想像那主題（人）。

當社會生活的節奏加快，而某些常用語詞反覆出現的時候，人們自然而然採用了壓縮的辦法——在漢語，則採用壓漢字的辦法，它不如拼音文字採用每個單詞頭一個字母構造新詞的辦法那麼簡便（例如UN就是「聯合國」，UNESCO即「聯合國教科文組織」，NATO即「北大西洋公約組織」），那種縮寫西方也有個專門術語，叫做acronym。

上例中漢語「教科文組織」的教科文也是壓縮了的語詞，意為教育、科學、文化；而「北大西洋公約」則漢語可壓縮為「北約」。西方壓縮法不能望文生義，比方MIRV這一個語詞，誰能看出它是「多彈頭分導重返大氣層運載工具」的縮寫呢？——漢語對它也沒有辦法，總不能寫作「多分重運」罷。漢語的壓縮語有個優點，即可「望文生義」，不過也可能帶來麻煩，也許會生出了不是本意的語義。

(191) 疊字迎春

馬年迎春，電台、電視台、報刊、演講中使用了一大堆疊字，請看：

安安全全
乾乾淨淨
高高興興　　過好九〇年代第一個春節
豐豐盛盛
平平安安
歡歡笑笑

使用疊字構成四言短語，是現代漢語一種特有的語言現象。用得好，用得適當，可以加強一種語言氣氛；用得不貼切，則有一種造作的味道，「各方面的工作」，何必說成「方方面面的工作」呢？

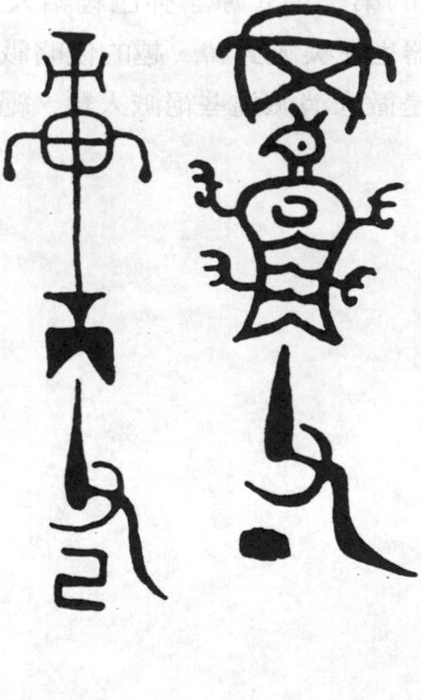

(192) ABC

日本報紙報導了各國人民反對「ABC武器」的消息，這樣，拉丁語言系統字母表頭三個字母，又多了一種時代的語義。

「ABC國家」曾經是本世紀兩次世界大戰之間流行一時的語詞，它意味著拉丁美洲阿根廷（Argentin）、巴西（Brazil）和智利（Chili）三個大國。這三個國家只有巴西講葡萄牙語，其餘兩國講西班牙語。

現在的這個「ABC武器」，則是二次世界大戰以後才創始的新語詞，它意味著原子武器（Atomic）、生物武器（Biological）和化學武器（Chemical），三種武器的英文（以及拉丁語系很多種文字）的第一個字母就是ABC。

ABC武器中的第一項，原子彈已經給人類「展示」過它的殘暴，B、C武器也在美國對韓、越的侵略戰中「展示」過它的殘暴，九〇年代是徹底消滅這些絕滅人類、絕滅人性的武器的時候了！

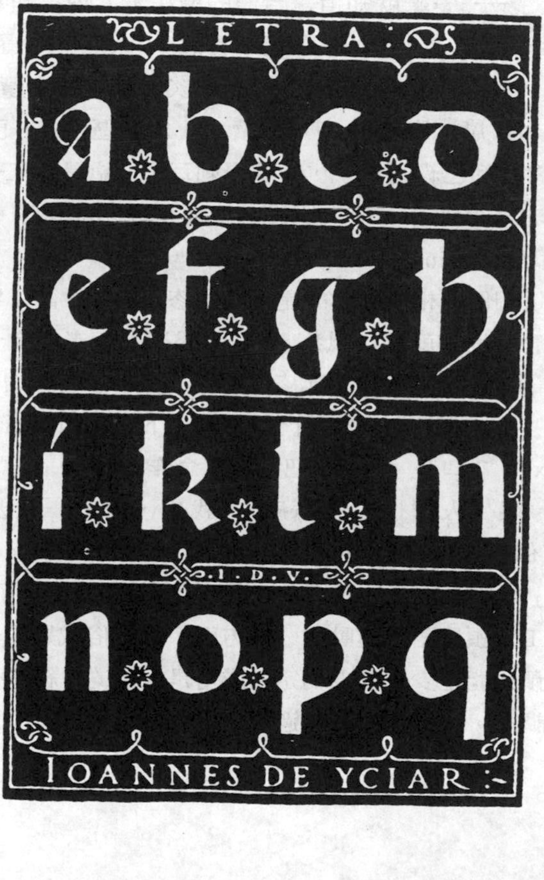
LETRA:
a b c d
e f g h
i k l m
I. D. V.
n o p q
IOANNES DE YCIAR :-

(193) 癌

前不久，一部台灣電影片劇中人患「胃癌」，讀作「胃 yán 一ㄢˊ」——一聽就知道是台灣的讀法，大陸這裡五〇年代把「癌」字改讀 ái，「胃 ái」就是「胃癌」，大症；「胃 yán」卻是「胃炎」，小病。胃炎、肺炎、腸炎的炎，都按原來讀法 yán，而將胃癌、肺癌、腸癌的癌，改讀 ái，以示區別——已經三十年了，社會生活已經習慣了，不覺得刺耳了。這是人工干預自然語言一個非常得人心、受人擁護，因而是成功的例子。台灣沒有改，故仍讀作 yán。

同這個例子相映成趣的是「蕁麻疹」中的「蕁」字。這種病是常見病，也許就是「風疹」，也許醫學上兩者不完全一樣，但一般都認為蕁麻疹即等於風疹。這個「蕁」字字典讀作 qián（ㄑ一ㄢˊ）——假如你去醫院門診部聽一下，人們都不念 qián，卻讀作「xún ㄒㄩㄣˊ」，即把「蕁」念作「尋」，人們都說「xún 麻疹」，很少人讀「qián 麻疹」。我想，總有一天要順應人意（「約定俗成」），連字典也不得不改為「今讀作 xún，本應讀 qián。」近年語言行政機構也正式決定「讀作 xún」了。

人工干預是語言運動的一個方面，約定俗成是另一個方面。人工干預只能是少量的；約定俗成可是大量的，約定俗成之後加以人工調節，這就是規範化過程。

(194) 古人說話

電視片中凡是古人說話，大都是文謅謅的，誰也聽不懂。——其實那不是說話，只不過是念古書，而且用今音念古書。古人真的就那麼說話麼？就算古人說得那麼「簡潔」，上了今日的螢幕或舞台，也該「譯」成現代話才能使觀眾聽懂。如果下決心不教觀眾聽懂，那又作別論。既然外國電影都必須「譯」成普通話——術語稱「配音」——，古人說話難道不可以譯成今日普通話那樣說麼？有作者在報刊上說，古代皇帝說話，也決不會字斟句酌地作秦漢文章。野史、稗史之類的閒書照直記錄皇帝的話，「粗俗」不堪——但那確實是說話，不是念古書。請看野史記下的皇帝「聖旨」：「吩咐上元縣抬出門去，著狗吃了！欽此！」

古人說話經過文人之手，轉換為文言，印成書籍；今人該把這書中的文言，轉換成白話，用今音講出來——這樣，只有這樣，才能達到信息傳遞的目的。

(195) 進口「物資」

日本最大的進口物資是什麼？

日本國語研究所說，是外國字——外來詞。

據它統計，日文字典裡每十個詞目起碼有一個是外來詞——我看不止此數。也是同一來源，據說一個普通日本人的詞彙中有3％是外來詞——我看也不止此數。

有人說，不懂英文去讀今日的日文報刊，簡直是緣木求魚。這樣說也許有點誇張，但是誰翻看一下日文報刊，他就會發現滿紙片假名。

片假名是日文接受外來詞最方便的工具：一看用片假名寫出來（而不是用平假名），那必定是外來詞無疑。

如果說，當今日本最大的出口物資是家電產品和汽車；那麼，可以毫不誇張地說，當今日本最大的進口物資是外來詞——它決不會造成貿易逆差，卻會使語言受到污染。

(196) 新潮

新潮一詞是七〇年代末到八〇年代在香港興起的，它的語義是「摩登」、「時興」、「時髦」、「新款式」、「新方式」。如「新潮服裝」之類；新潮這個語詞隨著八〇年代開放政策的逐步深化，進入了內地，內地從八〇年代中期開始，在一部分人當中也大談其新潮了。

在現代漢語，新潮卻不是個新構成的語詞——「五四」時代就出現了，那時的新潮卻是新的歷史潮流之意。

二〇年代在北平興起的「新潮」，到七〇年代在香港借用的「新潮」，又回到八〇年代北京一般口頭語中使用的「新潮」，語義變了又變：這個語詞可以說明語言運動的一種模式。

與此相類似的還有摩登一詞——十三世紀漢語出現的摩登，是從梵語譯來的（「摩登伽」），到二十世紀漢語使用的摩登，卻是從英語譯來的（「現代」）。所用的漢字雖然一樣，且都是從外國語譯借來的，但意義卻迥然不同。

這也是一種語言運動。

(197) 人和書

納粹焚書五十周年時（83.05.10），聯邦德國法蘭克福市（這裡每年舉辦世界上最大規模的書展）工會舉行過群眾集會紀念這現代的焚書醜行——大會的橫幅引用了詩人海涅的名句：

「凡是焚書的地方，最終將必焚人！」

"Dort, wo Man Bücher verbrennt,
Verbrennt Man am ende auch Mensche."

詩人的箴言多麼好啊——歷史是最好的見證。

我想改一改這句名言：

「世間焚書者，最終必自焚！」

人和書——人焚了書，最終必焚人，而最後的最後卻必焚了自己，納粹焚書就是例證。

這叫做搬石頭打自己的腳。

DORT, WO MAN BUCHER VERBRENNT,
VERBRENNT MAN AM ENDE AUCH
MENSCHEN
HEINRICH

(198) 你家父

有一部電視片的對白：

「你家父在家嗎？」

「我家父出去了。」

把「你家父」誤解作「你家的父親」，由是派生出「我家父」＝「我家的父親」，這是有些不熟悉語言習慣的人不知道語言中有一種表語感的附加成分。這裡的「家」不是「家庭」的家，只是一種謙稱；最初也許就是家裡的家，實稱；後來才轉化為謙稱，虛稱。

從前叫自己的父母：家父、家母。

從前叫自己的愛人：賤內。（內＝內子，主持家中內務的人；外子是丈夫，主持家外事務的人。）

有謙稱就有尊稱，也得加上表語感的附加詞，比方：貴處、尊夫人、令尊（＝你家父）、令堂（＝你家母）。

所有這些都是等級社會保存著的舊習慣，語言就按著等級社會的社會規範來調整和創造的。

難怪現在年輕人在打破了等級的社會中，不知道也用不慣這一套舊語詞了。

但是以編排語言為職業的「雜家」（編輯），應當懂得。

FORMADA
EXCVDEBAT.-

(199)「隱語」

新近英語出現了一個新詞：Double-speak——一般字典只有一個類似的語詞，double-talk。姑且譯為「隱語」，意思是語義「隱」藏在語詞的背後，不能按照字面的語義去了解。上海新出的《英漢大辭典》收了這兩個字：

• double-speak——假話，欺人之談；（故意說得）誇張而含糊的話；

• double-talk——似有意義（或意義晦澀）的空話；（故意說得）誇張而含糊的話。

港版朗文（粵方音譯"Longman"）字典中double－talk的釋義不無可議之處，它說：（非正式）煞有介事地談論（實則無甚意義）。梁實秋譯牛津字典這一條卻近乎事實，他寫道：

「反語；所表示的意義與字面意義相反或相距甚遠的談話。」

這條釋義近於第二版（1988）的牛津微型字典，它說double-talk就是「所表示的意義與字面上的意義很不同的談話」。

美國一位教授盧茨（W. Lutz）舉出一些例子來抨擊這種「隱語」——比方，當太空梭「挑戰者」號因空中爆炸，七位太空人都犧牲了，關於這個事件，太空總署稱之為：

anomaly　反常（事件）

飛機在空中爆炸被稱為「與地面失去接觸」，核能電站爆炸被稱為「能源瓦解」。教授說，1977年五角大樓提議撥款製造屠殺生命而保住物資的「中子彈」時，稱之為「一種加強放射裝置」。

其實這裡說的「隱語」，只不過是「委婉語詞」的一種，多半是政治性的委婉語詞。

前幾年我們有「待業」青年這樣的創造性語詞，以表示並非失業，只不過待業——辯者也確實理由充足，青年人還未就業，何來失業？只不過等待就業，故曰「待業」。

「落後」被稱為「後進」，進步還是進步的，只不過稍微後一點而已。這也是一種「隱語」。

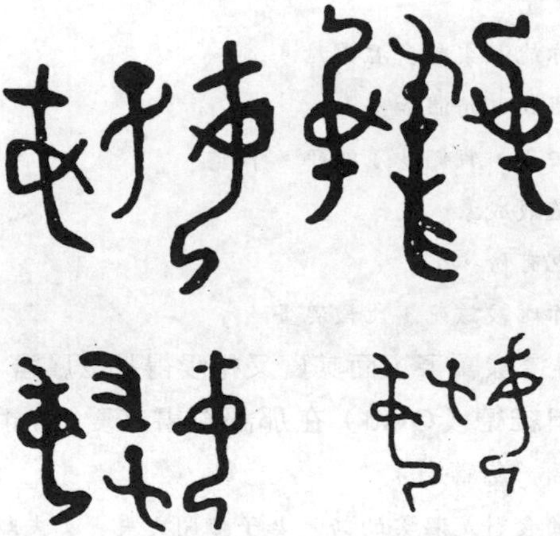

(200) 鬥嘴

台灣女作家玄小佛愛寫鬥嘴，真可謂到家了。鬥嘴，不是吵嘴，不是口角——而形式上又同吵嘴和口角一樣。一對戀人，彼此信賴到極點，而又各個具有剛強性格，一見面就鬥嘴，如玄小佛在她的短篇小說《落夢》中的戴成豪和谷湄那樣耍嘴皮：

「我真不懂，你怎麼不能變得溫柔點。」

「我也真不懂，你怎麼不能變得溫和點。」

「好了，……你缺乏柔，我缺乏和，綜合地說，我們的空氣一直少了柔和這玩意兒。」

「需要製造嗎？」

「你看呢？」

「隨便。」

「以後你能溫柔就多溫柔點。」

「你能溫和也請溫和些。」

「認識四年，我們吵了四年。」

「罪魁是戴成豪。」

「谷湄也有份。」

「起碼你比較該死，比較混蛋。」

乍看，鬥嘴鬥得這樣厲害，而其實又相愛得那麼厲害；這有點同古羅馬大詩人奧維德（Ovid）在那部奇書《愛經》所寫的相矛盾。奧維德書第一卷寫道：

「愛情的食料是溫柔的話。妻子離開丈夫，丈夫離開妻子都是為了口角；他們以為這樣做是理應正當的；妻子的妝奩，那就是口角。」（詩人戴望舒的譯文）

上面已經說過：鬥嘴不是口角——天真無邪的鬥嘴正是奧維

德所說的「愛情的食料」。

《紅樓夢》有很多精彩的鬥嘴記錄，可以證實這一點。

(201) 日夜

外國包裝用的膠袋，常有很生動的廣告文字，不都是死板板只印一個商店名稱的。我手頭一個膠袋是港地的OK店的，膠袋上寫道：

OK便利店
Night and Day　分分鐘OK

請不要忘記香港是使用英文為主的地區──現在公用語雖號稱英文與中文，但使用英文的場合是很多很多的。這句宣傳用語左邊的英文意譯是「日日夜夜」，右邊的相應譯文卻是生動活潑的：分分鐘OK──「分分鐘」即每分鐘，OK店每分鐘都為你服務，這不就是我們這裡說的「日夜服務」或「晝夜服務」（即英文Night and Day）了麼？

日和夜──這裡又是一種有趣的語言現象。先說「夜」（night），後說「日」（day），也許因為白天工作不稀奇，白天工作以後晚上繼續不斷地工作，那就希罕了，故習慣上把「夜」放在顯著地位（先行地位）。中文最初也是「夜以繼日」為序的，《莊子》云：「夫貴者，夜以繼日，思慮善否。」《孟子》云：「……其有不合者，仰而思之，夜以繼日」，日間想過了，沒結果；夜裡睡不著了，還是想；想不出結果來，白天又繼續想。這是兩千年前的說法了，到了唐朝韓愈，他變了個說法，「苦心焦思，以日繼夜，苟利於國，知無不為。」看來八世紀的這位文人（距今已有十二個世紀了），是個憂國憂民的愛國主義者，想呀想的，日想夜想，只要有利於國家的都幹。他把日夜的詞序倒過來了。後來人們也說「日以繼夜」。夜以繼日，日以繼夜，不能說哪一個詞是最正確的，語言少有絕對的東西，絕對主義在語言表現上是無能為力的。

後記

收在這本小冊子的最初一百條隨感，曾在一個雜誌連載，意外地受到海內外讀者的欣賞，其中還包括幾位我所尊敬的前輩學者的鼓勵，但我終於寫上「咩咩」兩字擱筆——這就引來好些不相識的知心朋友的「抗議」。專欄已停，不能「復甦」，於是我只好悄悄地寫下去，又得一百零一條。三聯書店京、港主持人都慫恿我將這一堆隨感彙編成書——並且同意我的建議，每頁都酌加一些裝飾性插圖，以便掩蓋我信筆寫來不成體統的文章的單薄。這樣，我就在病榻上編成這部小書。

我一向認為語言、音樂、雕塑、繪畫、建築，其實彼此是相通的——都是傳遞信息的媒介。《長恨歌》、《木蘭辭》、《命運》敲門那四個音符，《思想者》的姿態，甲骨片上的卜辭，還有銅刻、碑刻和岩畫上的形象，常常在我的大腦中渾成一體——這是語義信息和感情信息的混合，也就是哲人羅素所謂充滿了信息的電話簿所不能傳達的信息。我從我手頭的材料中選取了幾百幅與隨感並無直接關係的圖片，插編在小書裡，也許某些形象會引起讀者某種聯想，——而我卻並不——但願他們只作為「渾然一體」的美的享受，不去深究也罷。

所選各圖，大都是線畫，取其在不光滑的紙張上也能印得出個樣子來。讀者不難發現，所輯圖片不免有點厚古薄今的味道；

傳統文化中的殷周秦漢、甲骨金文、碑刻石刻（可惜沒有勾出一些岩畫來），海外的則有瑪雅、阿茲特克古文書、希臘埃及古圖案以及文藝復興前後的書籍插圖。夠古的了。古得美，夠裝飾味，所以選取了；但也有幾張現代主義的作品，如畢卡索的——恕我冒犯了——也很夠裝飾味。至於帶有什麼語義信息或感情信息，我也說不上。這裡只能請美術家、裝飾畫家、考古學家以及語義學家們原諒我的胡編了。

忽然記起一海外學者曾向我說過：中國的語言環境好到不能再好，語詞的豐富簡直無與倫比。編完這本小冊子，才體會到信哉斯言也！是為記。

作　者

1990年4月5日

圖片索引

語言和人
應用社會語言學若干探索

序

語言和人──這是一個富有吸引力的大題目，很多學科的學者，都有興趣去研究它的內涵。七〇年代中期，西方一位學人就把「語言和人」這個課題界定為「人間的交際」（human communication）[①]，包括語言交際和非語言交際（verbal and nonverbal），這裡所謂「交際」，就是維納（Norbert Wiener）控制論所指的「通訊」[②]。不能設想人與人之間的溝通（「交際」或「通訊」）可以離開語言，即使人與機器（電子計算機）之間的溝通（「交際」或「通訊」）──按照現今科學發展的水平來論斷──也不能離開語言（自然語言或電子計算機語言）；同時，也不能設想語言能脫離人間而存在，因為──按照現今科學發展的水平論斷──還沒有在人以外的生物圈中發現語言，這裡所謂「語言」是現今人們共同認識的那種有聲和表意的符號系列。正因為這樣，甚至可以說，語言和人是一種共生現象；語言和人共生，比之人機共生現象似乎更能被人接受。

這部題名為《語言和人》的論文集，是作者對語言和人這樣誘人的大題目所作的小範圍探索，即本書副標題所揭示的：對應

① 麥哥馬克（W. C. McCormack）與沃姆（S. A. Wurm）主編的《語言和人》（*Language and Man*，海牙，1976）。引語見麥氏〈序論〉（Introduction）頁3。

② 維納的《控制論》一書副標題為 *On Control and Communication in the Animal and the Machine*，其中Communication一字中譯作「通訊」。

用社會語言學的若干新探索。這是一部論文集，但又不是通常意義的論文集，因為收在本書中的論文都經過程度不同的剪裁和加工，標明了章節，集合而成一個探討語言和人某些層面的鬆散體系。各章節都是根據我在八〇年代末、九〇年代初這幾年間所作的演講或研究論文寫成的，只有第十一章完成得較早，體裁也較特別，那是我八〇年代中期研究控制論語言學時寫下的十多篇科學論文中的一篇。各章節的文本（text）雖經增刪修訂，但仍盡可能保留了原來的遣詞、文體和說話氣氛，因為我想只有如此，才能表達出作者在特定場合下傳遞（交流）的信息和感情。

從第一章到第十三章，探索了應用社會語言學中的若干語言現象或範疇，其中不乏前人已經探索過，我在這裡可以說只作了某些新的補充；也有前人未曾探索過的，例如第五章關於「論語言『馬賽克現象』」，是我在一個特定語境中長期觀察的結果——它不同於雙語現象（bilingualism）、多語現象（multilingualism），也不同於「涇濱語」（pidgin）或「混合語（克里奧爾）」（creole）；又如第十章關於「駕馭」文字的藝術，則是從語言文字交際功能出發，探討文字編輯的某些「藝術」的，儘管前人對編輯工作者的語文修養做過卓有成效的論述，但這裡所說則是前人不多闡述的一些論點。只有最後兩章是一種概括性的嘗試——第十四章是應一個國際社會語言學刊物寫的，為滿足主編的提示和要求，作了發展狀況的概括和專家的提名。提名是舉例性質的，很難全面，只能請我尊敬的同道們諒解了；在分析現狀時，我強調這門學科在當代中國是同現實的社會生活密切結合而發展的，亦即我在文中說的實踐性。我以為這個傾向是突出的，而且是可取的，因而社會語言學在中國從頭就帶著理論聯繫實際的意義，往往自覺或不自覺地帶有應用社會語言學的傾向。

最後一章（第十五章）是作者的自我反省。不容諱言，作者從最初研究語言現象開始，一直到今日，都力圖以唯物主義和辯證法作為方法論的基本點，我至今仍這樣認為；作者確信即使微不足道的成果也是從這樣的科學方法論出發才能取得的。

這部書是作者在香港中文大學中國文化研究所從事語言信息學的研究（1990—1991）的同時編成初稿的，其中有三章的主要內容也是那時初次寫定的。大學圖書館和研究所的設備，給我提供了很好的工作條件。我特別要向陳方正所長和當時在所裡工作的張雙慶先生和林道群先生表示深深的謝意。如果沒有上海教育出版社的負責人和新老編輯同志的關注，這部書也很難同讀者見面，為此，我也對他們表示深深的謝意。

陳　原

1992年2月

1

論變異

1.1 變異——一種社會語言現象

變異是普遍存在的一種社會語言現象。凡是活的語言，應當說，無時無刻不在變異中。正因為這樣，社會語言學——不論哪一學派的社會語言學——才著重研究語言的變異。

前幾年我在給研究生作社會語言學的啟發報告時，把變異列為第一課①。我那時說過：「在人類社會交際中，語言文字是經常變動的，無論書面語還是口語，都不是一成不變的。其主要的原因是使用語言的這個社會在變動著。可以說，沒有變異就沒有語言的發展，也就沒有社會語言學。在某種意義上說，社會語言學的中心問題就是變異。」我現在還是這樣看。

我認為社會語言學研究兩個變量之間的關係——一個變量是社會，另一個變量是語言。從語言的變化可以窺見社會的變化，

① 《社會語言學專題四講》（北京，語文出版社，1988）。

這是容易知道的；從社會的變動所引起的語言變異，其實也是顯而易見的。至於語言文字變異會不會或能不能給人類社會或思維方式帶來若干影響，引起若干變化，這個問題還要深入研究。我的《社會語言學》[①]在第十章和第十一章的標題就表達了我上面的觀點，那就是，「從社會生活觀察語言變化」；「從語言變化探索社會生活的奧秘。」我說的是變化，而不是變異。變異在這裡指的是變化的結果。

語言的變異包括很多方面，例如語音的、語義的、語法的、語形（字形）的等等，我曾經表達過要著重關注的是語彙和語義的變異。我在一本書的前記[②]中說過：「不少外國社會語言學家是著重研究語音與社會因素的相互影響，我（這本小書）則著重在語彙（語義）的研究」，因為在所有變化中，語彙（語義）的變化是最廣泛和最迅速的。

關於變異的理論分析，很容易在各種社會語言學的教科書和專門著作中找到；但對一定的時間和空間所發生的語言變化作具體的研究分析，則是需要相當長時間的觀察、記錄、分析與綜合才能略見成效。我 1990 － 1991 年在香港作研究工作時，作過一次學術演講，可以說是這樣的一種探索。下面就是演講的全文記錄稿[③]（§1.2－§1.6）。

---

①《社會語言學》（上海，學林出版社，1983）。

②《語言與社會生活》日譯本前記（東京，凱風社，1981），此文見《書林漫步（續編）》《語林》。

③ 1991 年 1 月 12 日在香港商務印書館主辦的商務語文教育講座的演講，由該館學校服務部根據錄音整理，轉寫成語體文，這裡所載為全文，但段落略有調整。

1.2 語言「化石」

各位女士，各位先生：

我今天打算講一小時多一點。這個會堂很大，恐怕難以提問和討論。我五十二年前離開廣州，四十二年前曾到香港住了五個月。從那時以後，除了最近在香港中文大學用廣州話演講過一次之外，就沒有機會講廣州話。可以說我不講廣州話已經半個世紀了。剛才主席先生說我講的廣州話是變異了的廣州話，一點不錯——或者說是從普通話「翻譯」過來的廣州話。不過我今天仍然嘗試用廣州話來演講，我努力講得像個樣，聽不懂請大家提出來，因為我講的廣州話，已經是廣州話「化石」——既不是現在的廣州話，更不是香港人講的廣州話。我講的廣州話可以說是一種「語言化石」，那是五十多年前廣州人講的廣州話，同現在廣州人講的廣州話有很大的分別，同現在香港人講的廣州話差別更大。在我上面提到的這段期間，雖則只有半個世紀，語言發生了歷時和共時的變異。所謂歷時的變異，是五十多年引起的變化；所謂共時的變異，就是地域不同（比方說廣州話到了香港）引起的變化。另外，說話的人所處的地位不同、階層不同、文化程度不同、生活習慣不同，都可以使他說的同一種語言發生變異。

語言化石。我不知道哪一位學者使用過這個術語。我用這個術語是一種象徵的意義。化石指的是經過自然力（ стихия ）的作用，古生物的遺體、遺物及其某些生活現象，保存在地層中的石化了的「軌跡」。引申到語言方面，即已經變化了的語言的原形，保存（蘊藏）在某些社會群體或個體中的現象。

語言是一種社會現象。它既然是社會現象，便會隨著社會生活的變化而變化。這種變化，社會語言學就稱之為變異。但凡活的東西，隨著時間地點和環境的不同，都會發生變化。語言也不例外。假使一種語言從不變化，那麼，它就不能適應社會交際的需要，成為一種僵死的、沒有表達能力的，因而沒有交際功能的語言，也就是沒有用的語言。在語言變異中，變得最快的不是語音，不是語法，而是語彙——或叫詞彙。詞彙（有時我稱它為語詞）是語言中最敏感的成分，是變得最快、最多的組成部分。

這次我到香港來，住了幾個月，有機會接觸和研究香港人說的、寫的廣州話，覺得很有趣。我認為香港是研究社會語言學最好的地方——因為香港是一個多元化的社會，所以香港人講的廣州話產生了一種很複雜的現象——我在最近發表的一篇文章中稱之為「語言馬賽克（mosaic）現象」[①]。香港社會生活節奏快，而且夾雜著使用中文和英文，不僅是單純的中文或單純的英文，而是中文夾雜英文的一種變異了的廣州話，香港報上發表的文章（有時甚至電訊）用的是廣州話，即夾雜了廣州話語彙和語法的語文，這是其他地方很少見的。香港人的母語，是一種方言，甚至是一種次方言（即香港化的粵語）。在如此奇特以及具有豐富語言材料的環境中，研究語言變異實在是太好了。我主要從電視、報章和日常交談中來研究；還沒有作到理論化。比方說，香港人說中國的國，發音同「各」一樣，〔gw〕變異為〔g〕——我記錄了電視中講中國三十六次，只有三次念〔gw〕，三十三次都念〔g〕，即是說「中國」同「中各」的發音一樣，四十二年前我住在香港時卻不是這樣的，那時只有很少人把「中國」念成「中各」。有人說，廣州現在也同香港一樣，〔gw〕轉化為〔g〕，

① 參看第五章〈論語言「馬賽克」現象〉。

我沒有研究過，如果是這樣，則廣州香港的廣州話有些語音同時或先後朝著同一個方向變異了，這也是很有意思的現象。我發現香港人稱「朋友」為「頻友」，那就是〔ŋ〕轉化為〔n〕了——這個現象也很有趣，因為英國有一位社會語言學家也發現倫敦以外某些地方人們也把〔ŋ〕變異為〔n〕——比方 singing 念作 singin，fishing 念作 fishin，總之，〔ŋ〕變為〔n〕。

話又說回來。語言中變化得最快最多的卻是語彙（語詞），尤其是流行語、俚語（slang），在學生中的流行語來得快，消失得也快。現今最有感應力的傳播媒介是電視——電視傳播的流行語或俚語，一下子就在社會生活中廣泛使用了，這真可驚，有時也很可怕。我在義大利考察過民族統一語如何能在短短的十五年間成為社會交際的唯一用語，主要是電視的功勞，其次是小學（小學裡所有語言行為都必須用統一的民族語）。所以電視能起積極的規範化作用，也能起消極的衝擊規範的作用。

在香港這樣的複雜而多變的語言環境裡，社會流行語以及俚語之類的語詞，變得最快。來得快，消失也快。我這次一到香港，就遇上電視台播放連續劇《香港蛙人》——這「蛙人」不是字典釋義所說的潛水人，而有一種特殊的含義——在座都是香港人，這個語詞的語義用不著我解說，不過它著實困擾了我好些日子，直到後來向中文大學張雙慶先生請教，才明白這個語詞的確切語義。我相信，這個語詞不久就會消亡的，因為移民熱潮過後，「蛙人」就不再存在——既然社會上沒有了這種「蛙人」，「蛙人」一詞就不會再上口語了。我知道前些日子香港流行過另一個語詞，那就是「茶煲」——茶煲就是英文 trouble 的音譯。我有茶煲了，即是說，我有麻煩了，我有困難了。香港人真聰明，竟可以把 trouble 譯成「茶煲」！這樣的外來詞（借詞）真是世界少有！

社會流行語（特別是在學生界流行的俚語）自我淘汰得快，這在無論哪一種語言都是一樣的。有一段時間，北方話把「好」、「極好」說成「棒！」、「棒極了！」，甚麼是「棒」呢？不知道。總之，就是好的意思。另外一段時期，「帥」字流行了，很「帥」，那就是「好」、「很好」。前一陣人們卻愛說「蓋」。北京前門箭樓附近曾經豎立過一個廣告牌，是飛利浦公司的，上面只有一句話：

音響效果蓋了　飛利浦

怎麼音響效果會有一個蓋子呢？北京人一看就明白，這「蓋」就是好極了的意思，但用了這麼一個字——蓋了這麼一蓋，語言效果就完全不一樣：生動地給人一種十分好的感覺。香港廣州話也有很多這一類的流行語，通常都是自生自滅的，只有極少數能活下來，進入社會通用語詞庫而流傳下去。

1.3 語言變異

語言變異對於語文教學來說，是一種頗為困擾人的東西。在香港，那就更使人煩惱。現在大家都提倡「母語教學」，可是對於語文教學，「母語」問題也還有麻煩，因為香港人的母語是港式粵語——就是我上面提到的次方言——，可是作文卻要寫白話文。我看見香港報紙有不少專欄寫的不是白話文，卻是用方塊字寫成的廣州話，或者是夾雜著白話文的廣州話書面語。可是在中學小學的語言教學上恐怕並沒有人提倡寫這種「馬賽克」文字。社會上用的文字，除了某些廣告之外，怕也沒有人提倡用這種文體寫作。所以我說，語文教學在這裡遇上了成倍的困難。學生要把他想要表達的語言，由港式廣州話「翻譯」成普通話[1]——即北方方言區人們所講的「母語」——，然後用方塊字把它寫出來。因為白話文（語體文）是書面化的普通話，普通話是以北京語音為標準語音，以北方話區方言為基礎語言的一種叫做「全國通用」的語言。前幾天有一位朋友跟我說，香港人從前學寫的書面語是文言文，現在則是白話文，他說學寫文言文和學寫白話文一樣困難。我同意他這麼說。因為寫文言文先要把母語（港式廣州話）「翻譯」成古人說的話（而且多半是古人的書面語），同寫白話文先把「母語」翻譯成北方人說的話，遇到同樣困難——自然，我說的「翻譯」是在大腦裡無聲地進行的，既不要譯員（「通譯」），也不要近來上市的種種翻譯機，多了一個「翻譯」過程，無論對教者還是學者，都是一樁苦事。提倡學普通話也許會減少這個「翻譯」過程的難度，但那將是一件長期的工作，不能希望立竿見影的。所以我說，在此地進行語文教學，會遇到語言變異所引起的困難。可見從事這項工作的同事們是多麼值得尊敬！

我到過歐美好多個常常發生紛爭的雙語區或多語區，例如加拿大、比利時、荷蘭、瑞士，使用語言的界限是很清楚的，有的大城市路牌也規定必須用兩種語言並列（在雙語區），但口語裡卻沒有把兩種語言的詞組混在一起。比方在加拿大的魁北克市，是法語區的「首府」，講的是道地的法文，決不會夾雜著英文使用。可是在香港，英文和中文幾乎融成一體，講中國話（當然是香港

① 嚴格地說，這裡的一句話有毛病。普通話也許是一種規範化語言，帶有若干人工性，不完全是某一地區的語言群體所說的母語。參看我的〈關於普通話的社會語言學考察〉，見《社會語言學論叢》（長沙，湖南出版社，1991）。

粵語）時夾雜不少英文語詞，講英文時偶爾也夾點中國語詞，真是「落霞與孤鶩齊飛，中文共英文一色。」這次我來香港住得長些，常常搭地下火車，報站名的一連串語詞曾經使我大驚失色。我知道我自己笨，聽人報站名時往往要提心吊膽仔細捉摸才清楚報的是甚麼。報站名的語調是平平的，沒有抑揚頓挫，聲音略帶疲倦的調調，這是各國地鐵常見的現象，五〇年代初我去莫斯科坐地鐵就有這樣的經驗：следующая обстановка комсомольская（「下一站是共青團站」），聽了這樣的調調，只能體諒那位司機兼報站員每天重複多少遍這種千篇一律的乏味語詞，只能對他的無休無止不怕疲倦的勞動表示敬意。我初來時搭地鐵，聽見報站名前一句話，總聽不全，聽不清楚，我聽到的是「小心車門賣特多」，「小心車門買地拖」，這是甚麼話呀？為甚麼在地鐵裡「賣」「特」「多」呀？究竟「賣」甚麼呀？弄得我「滿頭霧水」，難道我連廣州話的日常用語也聽不懂？後來，經過多次反覆琢磨，才悟出這句話其實是「小心車門mind the door」，英文同中文混在一起，分不出上半句是中文，下半句是英文。這是一種很獨特的變異，你也可以說它不是變異，而是一種「馬賽克」，這種獨特的變異，使略識廣州話的「外江佬」瞠目結舌，連我這個半外江佬也很費力才懂得說甚麼。

這種混合語使人分不清究竟講話的人正在說甚麼話，在甚麼段落轉變到另一種話——再加上香港人講話講得特別快，常常像講英文似的，把幾個子句或幾個互有關聯的句子連在一起說出來，往往說話沒有頓號，沒有逗號，沒有分號，只有句號，因此產生了滑音，句子中好幾個字一忽兒就不見了，說它不見，卻又好像已經說過了。這同香港社會生活節奏快有密切關係，同我們幾千年封建社會那種慢條斯理的、抑揚頓挫、有板有眼的傳統說法背道而馳。這裡無所謂好不好的問題，這樣的語言現象只證明社會生活的變化，影響到語言的變化——這兒是講話速度的變化——我沒有帶儀器來測定這速度，只憑感覺提出這樣的論點。

另外，香港人講話的音量特大——用通俗的廣州話來形容，就是講話特別「大聲」。幾個人在一起，嘩啦嘩啦，好像吵架。報上一則消息說，茶樓裡的噪音達到七十五分貝（db），憑我的感覺，這個數字有過之而無不及。在茶樓裡邊「飲茶」邊「傾偈」（＝聊天），我發覺要用很大力氣才讓談話對手聽清楚。在九廣鐵路的電氣火車裡，我也發現人們盡情「叫嚷」——其實不必用那麼大的音量。在大學賓館的餐廳裡，我也發現很有學問的老師們也「大聲」談話，我自己近來也習慣「大聲」嚷了，真有點「聲嘶力竭」的樣子。所以音量加大也同文化教育水平無關。主要的原因恐怕是香港這個地方噪聲特大，經常達到或超過八十分貝（db），這就使生活在這個語言環境的人，習慣了一開口就加大音量，好比汽車一上高速公路就得加大油門一樣。語言環境改變了社會生活中對話的速度和音量，由此可得證明。

語言的變異，一直被認為起著消極的作用，特別是對語文教學起消極作用，因為教學所要求的是規範化，一般地說，一個社會需要的是規範的語言，而且是相對穩定的語言。如果語音、語彙、語法日日變，時時變，這種「語言」就不能進行社會交際。僵死的語言不能適應變動著的社會生活的需要，同樣，變異得離譜、變異得過快的語言也不能負起社會交際的職責。如果今天說「白」代表白色，明天說「白」代表黑色，這根本不能成為語言。所以，語言要相對的穩定。不論是口語，還是文語（書面語），都要相對的穩定。穩定才能有所謂規範。規範的對立面是變異，一切活的語言都在變異著，這變異就意味著不規範，或者說衝擊了規範。學生看中了變異，他使用了，老師就說，這不規範，不對，不給分數。學生說，分明是人人都這樣用，幹嘛說不對；老師說總之這樣不合適。這就產生了矛盾，造成語文教學上的困難。這就是語言變異引起的消極作用。不過還應當看到語言變異的積極意義——那就是，語言因為有了變異，才能夠把不適用的（不能適應社會生活的需要）成分淘汰掉，才能夠使自己豐富起來，換句話說，語言的變異使語言本身經常有活力，不致於僵化。這就是語言變異的積極意義。要通過語言的變異吸收營養，那就要依靠學術機關、出版單位乃至語言行政機構（如果有的話）採取多種形式、多種方式、多種方法來推進這種吸收／淘汰的過程，例如編印字典、編纂課本、撰寫論文，乃至某種程度的由權威機構發布成果或文件等等，這樣才能減少變異的消極作用，使語言本身達到新的穩定和新的規範。

1.4 語彙變異

剛才我講過語言變異最敏感的成分是語彙（語詞）。我說的語詞既不是「茶煲」那樣的俚語，也不是「電腦」(「電子計算機」)那樣的術語，而是指日常社會生活中表達一般事物一般概念的用語（語詞）。香港近年來學普通話（海外也有沿用歷史上的稱呼，即「國語」）的多起來了，這是好現象，這無疑也是社會交際的需要，沒有一種彼此都能了解的口頭語，怎能進行有效的社會交際呢？在教學普通話的時候，過去著重講字音的對稱——比如「方」字廣州話讀〔fɔŋ〕，普通話則作〔faŋ〕，〔ɔŋ〕變為〔aŋ〕，由此可知「邦」〔bɔŋ〕讀作〔baŋ〕，「當」〔tɔŋ〕讀作〔taŋ〕，「剛」〔kɔŋ〕作〔kaŋ〕，「湯」〔t'ɔŋ〕作〔t'aŋ〕——舉一反三，雖則有時也會有例外，但這樣的讀音轉換，倒是很方便學習的。現在我卻說光靠讀音轉換是大大不夠的，如果不考究語彙（語詞）的變異，就算發音很準確也不容易達到語言交際的目的。廣州話說「行」，普通話說「走」；廣州話說「走」，普通話卻說「跑」；你說「我行先」，我說「你先走」；你說「返工」，我說「上班」；你說「放工」，我說「下班」；你說「出糧」，我說「發薪」；你說「瞓教」，我說「睡覺」；你說「沖涼」，我說「洗澡」；你說「食飯」，我說「吃米飯」；你說「食麵」，我說「吃麵條」；你說「番屋企」，我說「回家去」；你說「夠威！」，我說「真棒！」；這裡「的士佬」說「交更」，那邊「出租車司機」說「換班」；你說「睇脈」，「搵醫生」，我說「看病」，「找大夫」；你說「去急症室」，我說「進急診室」；你說「泊車」，我說「停車」；你說「塞車」，我說「堵車」；你說「私家車」，我說「小轎車」；你說「唔該！」，我說「謝謝！」；香港人說「檢討」，是研究研究、考慮考慮的意思；你到北京去說「檢討」，那就嚴重了，可能你犯了甚麼錯誤，非「檢討」不可了。由上面所舉的例子，可以認為研究語彙的變異是語文教學的一個重要問題。教學普通話不單要注意語音（字音）的轉化（對應），而且（在很多場合更加重要）要注意語彙和語義的轉化（對應）。

現在，我應當總括一下我的演講的第一部分。語言的變異是任何一種活的語言所經常發生的，是不以人的意志為轉移的。沒有變異的語言，是僵化的語言，是死的語言。過去，人們強調語言變異的消極作用，即衝擊語言規範的負作用，而事實上，語言變異除了它的消極作用之外，還有積極的一面，即促使語言本身新陳代謝。語言的發展其實是一個自我淘汰、自我完善和自我調節的過程。當然，這裡說的「自我」不是那個為人熟知的ego，而是在語言環境社會需要的促使下，加上某些適度的人工調節而產生的。如果要進行有成效的語文教學，那就必須研究語言的變異。

1.5 字形變異

現在講第二部分，即字形的變異。

字形的變異是現代漢語研究中的一個重要問題，也是漢語的一個獨特的問題。使用拼音文字作為書寫系統的語言，字形的變異不突出，甚至不成其為問題。但在漢語（中文）來說，字形的變異卻不能忽視。事實上字形變異是循著從複雜到簡單的趨向進行的。這是從整個書寫系統出發得出這個規律來的，從甲骨文、金文到大篆到小篆，又從篆書到隸書到楷書到行書（且不要說草書了），又從楷書行書到俗字、手頭字或當今中國的簡化字，總的趨向是從繁到簡。所以我國語言學大師趙元任教授說，「其實有史以來中國字是一直總在簡化著吶，只是有時快有時慢就是了。」[①]這真是一針見血的論斷。世間沒有人喜歡繁瑣，就是說，越方便越得人中意。所以我說，人性懶。其實懶也不是壞東西，人性懶是符合經濟規律的——投入少，產出大，這就叫經濟效果大。用十筆寫出一個字，不是比用三十筆寫出同樣一個字更好嗎？既省時間，又省精力，何樂而不為？或者有人反駁說，字形越複雜的字越容易辨認，這乍聽上去頗有點道理，譬如「龜」、「龍」這兩個字認起來的確比較容易，但要叫一個小學生

---

① 趙元任，《通字方案》（北京，商務印書館，1983），頁9。§2.4簡體字。最初的英文稿（初四章）發表於1967年。

把它填入小小的方格裡可就不那麼愉快了——常常要「出格」。如果考慮到要寫，要在日常生活中每天每時使用，那就不能不考慮筆畫多少的問題，否則起碼宋代（從公元960年開始）以來一千年間就不會出現那麼多的「俗」字了——俗字者，社會生活中經常用到的簡化字也。

漢語（中文）字形的變異經歷了幾千年，導致了漢字字量不斷增加。我不是說字量的增加完全歸咎於字形變異的結果，我是說，字形變異確實是字量增加的因素之一，或者可以說是頭一個因素。在龜背上或牛骨頭上刻字，跟在鑄造銅器時刻字，用的工具不同，時常會因種種關係少了一點或多了一橫，是可以理解的。刻字所用刀具的轉變是造成字量不斷增加的原因之一。到了當代，又有兩股力量增加漢字字量。一是方言字有些超越了方言的地區，進入全民的字庫——不是這個方言區的人，也都用了，例如北方話的「甭」（漢語拼音作béng），連香港最古老的一份報紙（《華僑日報》）的專電中也出現了；又如廣州話的「奀」（字典裡漢語拼音作-en，而廣州話常在-en前加了舌根鼻音〔ŋ〕，常見於白話文）。二是科學界造字，特別是化學家都愛當倉頡，這也難怪，他們發現新元素、新物質、新構造，用原來的字很難表達新意，就只好造字，例如現在大家習慣了的「氕」「氘」「氚」這樣的字，本來也不知怎樣讀才合適，這都是「氫」（這個字也是近百年間造出來的）的同位素，後來聰明人按照傳統習慣，有偏旁就讀偏旁，所以「氕」就按中間的「丿」念作「撇」，「氘」照「刂」念作「刀」（字典裡「刀」部不是收了「刂」旁的字嗎?!），「氚」也仿此念作「川」。頭兩種叫「異體字」，大陸已經在五〇年代淘汰了一大批，不過近來不知為何異體字又鑽出來了。例如「群眾」的「群」，中國已採取一君一羊平列的「群」

字，淘汰了一君一羊豎寫的「羣」字，可現在又在印刷物裡見到這個被淘汰的字了。文字真是一個非常頑固的東西。「硬筆」改成寫在布帛或草紙上的「軟筆」時，必定會引起字形的變異，而事實上也確實發生過了。至於書法漸漸成為一種藝術，書法——題詩——繪畫形成了「三位一體」，這時，書法藝術家發揮自己的天才，有意無意地寫出與眾不同的字形，這也是很自然的。語詞的衍化也增加了漢字的數目，比方古代馬、牛、羊有關的單字很多很多，這反映了當時的社會生活，因為古時馬、牛、羊都是很重要的生產工具、交通工具和生活工具，有些甚至是戰爭工具，所以創造了許多許多字來表達種種不同的馬、牛、羊，正如愛斯基摩人天天生活在冰天雪地裡，天天都同雪打交道，所以創造了許多表達種種不同的冰雪的字一樣。比方說，表示一歲的牛創一個字，表兩歲的牛又創一個字，表三歲的牛另創一個字，沒長出牛角來的小牛又給創造一個字，黑嘴唇的牛另外給它創一個字……如此等等，漢字的數目就一個勁地增加了，到了現代，這些單字都衍化為兩個字（有時三個字）組成的詞，或幾個字組成的詞組——這也是漢語的一種很明顯的趨勢：單字演變成（由兩個或兩個以上單字組成的）詞、或詞組，越到後來越愛這樣辦——，可是古時用過而現在不用的單字，卻依然存在，誰也不能把它抹去，不用歸不用，可字典或甚麼書裡還得保存著。

這樣七搞八搞，誰也說不清漢字究竟有多少。最近發行的八卷本《漢語大字典》收了54,600個字，大概算得上很全了——這就是說，古往今來的方塊字都收進去了，也許連異域創造的方塊字也收進去了（這一點我沒有查過，只是揣測）。日本學者諸橋轍次編的《大漢和辭典》十二卷，最後一個字的編號為48,902，後刊第十三卷索引補遺，編號為49,964，不到五萬字①。至於歷來被稱為收字最多的《中華大字典》，號稱收字六萬餘，但按它的檢字表計算，可能不超過42,300。這樣看來，漢字總量大約在五萬到六萬之間，可能符合實際情況。

從漢字特有的特徵——字形變異——引導我們去思考三個問題：第一，能否將字形規範化、標準化？第二，字形簡化能否被人接受？第三，能否限制用字的數量？

第一個問題比較簡單，就是在當代使用時應當把異體字淘汰掉。別擔心，淘汰了的異體字是不會消滅的，任何人都沒有能力「消滅」一種文字或語言；淘汰異體字的意思只不過是規定只允許其中一種字形流通。國內經過多年的努力，已在五〇年代中期公布了淘汰一千多個異體字。我認為書法藝術家盡可以寫種種不同的異體字，但在社會上最好的選擇是採用一種公認的字形，一則節省學習時間，二則避免誤解。人生有限，何必花幾倍時間去記去認表達同一概念的同一個字的不同形狀呢？

至於字形的簡化，國內三十幾年做了大量工作，也引起非常激烈的爭論。我在上面已經提到過趙元任先生著名的論斷，我想簡化字問題在未來歲月中會得到滿意的解決的。其實簡化字也不是共產黨才開始搞的，三〇年代南京當局就公布過幾百個簡體字②。香港現在用繁體字，不喜歡簡化字，或者由於心理原因，或者部分由於政治原因，不願意接受簡化字，也有因為某些簡化字簡化得不如人意，簡化得不那麼好而加以抗拒的。所有這些都

① 紀田順一郎編《大漢和辭典讀後》（東京，大修館，1986）。

② 1935年底南京國民政府教育部公布了《第一批簡體字表》，收簡體字324個，從錢玄同的《簡體字譜》（收字2,400多個，1935）選出來的；卻在1936年2月撤回即取消。參看葉籟士：《簡化漢字一夕談》（上海教育出版社，1988）。

可以理解。不過我還是要說，漢字簡化不簡化，同政治沒有必然關係。文字簡化與否同政治問題不是一回事。新加坡用的是簡化字，但它的政治與中國政治根本不同，可見接受簡化字不會帶來一個「六四」。心理抗拒簡化也是可以理解的。幾千年的傳統心理，認為宋體楷書才是「正」字，是「正統」，是孔夫子傳下來的，孔夫子不是說過麼，身體髮膚受諸父母，怎麼好動呢？連頭髮都不剃，文字自然更也不能隨便亂動了——怎能把一個字的點點畫畫去掉一部分呢？這不是迂夫子的見解麼？不過我以為政治因素和心理因素都可以隨著時間的推移發生變化的，因為一切工具都趨向簡易（洗衣機也用「全自動」），文字的趨向也不例外。香港人最講究實際，最講究效率，只要除掉某些牴觸心理，將來某一天會接受簡化字的。我那天坐地鐵，看見「灣仔」站的站名，一個是小的，用繁體字；另一個寫的是行書，很大，灣仔的「灣」字就寫成「湾」——恰好就是簡化字的「湾」。香港人天天坐地鐵，凡是經過這裡的，都看見這個「湾」字，沒聽說哪個香港人看了不愉快。可見有那麼一天，香港人會接受別的簡化字的——許多簡化字是從行書、草書或者手寫的俗字那裡來的。

剛才已經講過，簡化字不是從1949年才開始的。只是在五〇年代大陸做了很多工作來搜集、制訂和確認簡化字。在簡化字方案確定以前，即在五〇年代中期，曾把簡化字的草案印發，向全國人士徵求意見，發出過好幾十萬份問卷，這結果就是五〇年代後期公布的第一批簡化字。接著又做過很多工作，在1964年編成簡化字總表，由政府正式公布施行。到1977年公布了第二批簡化字，這批字數目比較多，受批評的也比較多。也許太急於求成，反而招來了很多反對意見。有的人批評某些字簡化得不好，難以接受；有的人卻認為另外一些簡化字接受不了。這樣反反覆覆地持續爭論了八、九年，總是定不下來，一直到1986年夏天，才結束了這次無休無止的爭論，那就是索性宣布第二批簡化字整個作廢，同時重新發表1964年公布的簡化字總表（只有七個字作了微小的改動）。

對於廢除第二批簡化字，大陸各方面都表示歡迎，不過對某幾個簡化字卻認為可以保留——但是這很難取得一致的意見，只好不分青紅皂白，一概作廢了。對這批簡化字中批評得最尖銳的，是展覽會的「展」字——那時將這個字簡化為「𡰱」。批評者說，一看這個字就惡心，上面陳列一具屍體（「尸」），下面還放一塊木板，難道「展覽」就是「暴屍於市」的情景嗎？這個事情自然只是一個小小的插曲，不過由這裡可知，漢字有「望文生義」的功能，千萬不能大意。

第二批簡化字廢除以後，就一心一意推廣和使用簡化字總表那些簡化字。看來要穩定一個時期，不能天天考慮簡化。重新公布前，也有主張修改一些簡化字的，但最後只改了七處，比如其中一個「餘」字，原來簡作「余」，作剩下來解的「餘」寫成「余」，作「我」解的「余」，也寫成「余」——遇到「余生無多」這句話時，不知是指「我」活的日子不長了，還是泛指一個人剩下來的日子不多了，這就是說，發生了歧義。所以，重新公布簡化字方案時，說明在這種場合，「餘」不簡作「余」。「餘生」意即剩下來的生命，「余生」意即我的生命。這樣的七處小小改動，避免文字上發生誤解，人們是容易接受的。實際上要求簡化字系統化，是很不容易做到的，常常只能借用古時的簡字或宋朝以來出現的「俗」字，或者採用社會上早已習慣了的「手頭字」（這叫做「約定俗成」），當然，也有一部分簡化字是創造的。其實總共只簡化了482個字（其中132個同時可作簡化偏旁用）。

簡化字總表說是簡化了2,235個字，把人都嚇壞了，好傢伙！兩千多個字都被「破壞」了，還得了？其實多數字都是「偏旁類推」出來的，比如「金」字偏旁的字（如：銀銅鉛錫），因為「金」作偏旁時簡化為「钅」，所以凡是以「金」為偏旁的字，都按此類推將偏旁簡化（如：银铜铅锡）。

香港也有人贊成簡化字，台灣也有人提倡簡化字，在大陸卻也有人以方便同港台作生意為理由反而用起繁體字來。這樣，現在大陸出現了一種繁簡雜用的不文明現象。我前幾年在北京市最熱鬧的商業中心——王府井大街作過調查。我把王府井大街兩邊的招牌都拍攝下來，用規範簡化字的占49%，用繁體字或繁簡合用的占51%，這個比例說明一種社會風尚。不論怎樣，這種現象不是令人鼓舞的。我還要補充一個數字，即在1956年以後學會簡化字的，到今天恐怕超過五億人口，這是不能忽視的社會現象。要大陸退回去使用繁體字的想法是不現實的（雖則近幾年常會有人這樣鼓吹），繁簡夾雜使用對教學語文是不利的。既然文字趨勢是由繁到簡，加上社會生活節奏越來越快，人又總是愛「懶」的，我看慢慢做點工作，可以逐步消除對簡化字的牴觸心理，達到一個新的理想境界。語言文字帶有很濃厚的感情，急不得。

1.6 漢字的字量

現在講第三個問題。從理論上說，字量的限制是做得到的，但實際做起來卻很難。拿日本語的漢字限制來做個例子。戰爭結束之後，日本馬上就抓教育，其中包括語文教育，為了更快地取得語文教育的實際效果，四〇年代下半期公布了當用漢字

(1,945個)。七〇年代初我訪問東京時，有幾位著作家跟我談起漢字限制的時候，笑著說他限制他的，我愛怎樣寫就怎樣寫，不過教科書卻是遵辦的。八〇年代中期我又去東京，我注意到馬路邊的廣告牌上用的漢字多起來了，我很奇怪，我問日本朋友這是我的過敏還是真事，他說，這是真有其事，據說廣告商往往出奇制勝，要拿出不常用的（恐怕就是限量以外的）漢字來吸引人。由此可見，限制使用字量確實不很容易。可是，我上面說過，漢字的總字量有好幾萬個，如果能夠挑選出社會生活一般使用的漢字來，那不是既方便語文教學（省得盡學些偏僻的字，沒多大用處），又方便排字房嗎？當然，電子計算機是甚麼怪模怪樣的字都能「造」出來的，但它內存的漢字也應當有一個數量，少了不夠用，多了成本大而且浪費。為此，首先就需要做調查研究，統計一般書報的用字量，當然，這就包括用量範圍內究竟是哪些方塊字。科學地探明中文書報的用字量，這項工作已經有六十多年的歷史——這項工作叫做字頻測定，細說就是漢字在選定語言材料中出現的頻率。最早的測定是我國著名教育家陳鶴琴先生做的，那是在1928年，數據是用人工統計出來的[①]。近十多年也做過多次，規模和目的都不一樣，得到的結果也不完全一樣。近年所作的字頻測定是用電子計算機（台港通稱電腦）進行的，所用的語言材料字數很多，規模可以說很大。

從字頻測定的數據，可以推斷出當代中文究竟使用多少個漢字。看看這些測定結果，是很有興味的。老舍的小說《駱駝祥子》，只用了2,413個不同的漢字，就是說，還不到三千字。《魯迅全集》用字量比較大（可能魯迅一部分著作牽涉到中國的

---

① 關於字頻測定，參看《現代漢語定量分析》（上海教育出版社，1989）。

古籍，還有一部分用文言文寫成），共使用了7,397個不同的漢字——不到八千字。根據上次中國人口普查（1982）抽樣統計當代中國人的姓氏和人名用字，表明姓氏用字只有737個，人名用字則為3,345個——抽樣是從七個省市（北京、上海、遼寧、陝西、四川、廣東、福建）得來的。新華社1986年全年所發國內新聞通稿共90,627篇，統計使用漢字為6,001個。近年用電子計算機進行一次最大規模的字頻測定，是1985年完成的；一共使用了一千一百多萬字（11,873,029）的語言材料（包括1977至1982年所出版的書報，其中一般報刊和人文科學文學作品約占字量的七成，自然科學和技術科學約占三成），得到的結果是總共使用了7,754個不同的漢字。

從以上的統計可以約略得到一個印象，即在當代中文書報（不計古籍）中出現的漢字大約六七千最多不超過八千。從1985年完成的字頻測定結果來看，最高頻度的162個漢字，覆蓋了整個語言材料的約50%；這可以推論說，如果掌握了這162個漢字，那麼，就可以懂得語料的一半了。這當然是理論上講的，實際上不能得到這樣的效果，因為光認得孤立的162個漢字，不能認為都懂得文中的語詞。從理論上說，頻率序號到2,850（即頻率很高的2,850個字），即可覆蓋全部語料的90%。可以說，如果掌握了2,850個字，就大致可以懂得所有文本的意義了——我說「大致可以」，是因為還有很多因素使人不能完全理解文中的含義。從2,850以降，直到7,754字，出現的次數很少很少。所以測定的結果認為三千字左右是常用的漢字，七千字左右則是一般使用漢字的最高數量了。

由此我們進行常用字和通用字的研究。不能簡單按照頻率高低來決定常用字，因為在社會生活中有很多常用的字，在書面語中並不頻頻出現。比如「媽」字，除了小說之外，它出現得很少，但在社會交際中，「媽」字卻是常用的，哪個小孩不天天叫「媽」呢？經過複雜的計算，選定了2,500字為常用字，再有1,000是次常用字，合起來3,500個漢字，是九年基礎教育所必須掌握的漢字，這個字表已經發給在座各位了，它已於1988年由國家教委同國家語委聯合發布，小學（六年）畢業要認得2,500字，初中（三年）再識1,000字。到高中（三年）時認識一些相應的繁體字——讀職業中學即不準備升入大學的也可以不必認識繁體字了。這個字表在發布前還用兩百萬字的語言材料在計算機上檢驗過，證實這個字表是管用的。我們又根據計算結果，選取了包含這3,500個常用及次常用字在內的7,000個漢字，作為通用字表——意思是這7,000字在當代文獻中完全夠用了。通用字表也在1988年由新聞出版署同國家語委聯合發布，成為全國印刷用字的規範。

以前我在歐美各國訪問講學時，常常被問到至少要認得多少個漢字才能讀懂當代中國報刊書籍，才能進行有效的交際。我以前只能模糊地回答，大約五六千字吧——現在，我們有了科學的數據，可以明確給出答案了。

我曾經向自己提出一個問題，我究竟認得多少個漢字？我在制訂常用字表時自己給自己測試過。是拿字表來一個字一個字的測試：用漢語拼音寫出它的讀音，寫出它的基本意義，用它來構造語詞。不是用字典，而是用沒有注音沒有釋義的字表來測試，因為我們知識分子一翻字典，上文下理一看，似乎哪一個字都認識的。那就測不準。說也可笑，我測量的結果，只認得兩千四百幾十個字，只有小學畢業的水平，可見鄙人才疏學淺，在各位面前演講實在慚愧。可我是中國作家協會會員、中國語言學會會員，平常也寫點文章，可憐我只認得不到三千個漢字；當然我讀不出準確的音而又「大致」知道它的含義的字，可能有一大把。我問過瑞典皇家學院的一位院士，著名漢學家高本漢（B. Karlgren, 1889－1978）識多少漢字？據說這位精通古漢語的學者自己曾說認得七千漢字，確實是很了不起的。

挑出頻率最高的十個漢字來看看，也是很有趣的。根據最近一次測定〔見①〕，和根據制訂常用字表的選取〔見②〕，最頻繁使用的十個漢字，按其降頻次序排列，可得這樣的十個字：

	1	2	3	4	5	6	7	8	9	10
①	的	一	是	在	不	了	有	和	人	這
②	的	一	是	了	不	在	有	人	上	這

這個結果同安子介先生用香港語言材料測試的結果差不多，按照安先生的測定，最高頻率的十個字是：

③的　一　是　在　有　人　大　這　十　二

更有趣的是，如果將測試英文最高頻字（AHP, 1971）[①]十個對照一下，可以發現大致也是這種語義的字。那就是：

the, of, and, a, to, in, is, you, that, it

越是常用的字，音節越少，英文最常用的這十個字都是單音節的。這裡扯到世界語言的共通性（Universals）問題[②]，今天不能多講了。

剛才我提到語詞在語文教學中的重要性，也提到光認得孤立的漢字，還不能說完全懂得文意。那麼，要掌握多少個語詞才夠

① *The American Heritage: Word Frequency Book,* by John B. Carorll et al.（Boston / New York, 1985？）

② J. H. Greenberg, *Language Universals With Special Reference.*（Mouton, The Hague, 1966）

用呢？所以要測定詞的頻率。北京語言學院和北京航空學院曾經分別做過這樣的測量——對詞的測定比對字的測定更加困難，因為在現代漢語中怎樣算是一個詞，專家們還沒有共同的認識。有的好辦，例如「鉛筆」、「房子」、「小孩」都是一個詞；有的就不好辦，例如「我吃飯」，是三個詞還是兩個詞呢？意見就不那麼一致，而這還是比較簡單的，有些比較複雜的就更難確定了。現代漢語語詞的頻率測定已經至少有兩個結果，但是還要繼續探討，因為這個問題對於語文教學和語言研究太重要了。

今天我就講這些。謝謝各位耐心聽完我這個語言化石的演講。謝謝各位。

2

論變異與規範

2.1 混亂・規範・變異

一般地說，或者一般認為，從來的語言學都是研究語言規範的學問：應當這樣說，不應當那樣說；這樣說就對，那樣說就不對；不許這樣說，只許那樣說等等。

本世紀六〇年代從語言學與其他銜接學科交叉發展而成的社會語言學，則著重於研究語言（語言諸要素）的變異，即語音、語彙、語法、表現方式在不同的社會環境中、不同的人物中、不同的階層中、不同的文化背景中、不同的時代中所引起的變化……

社會語言學發展到本世紀七〇年代八〇年代，如同其他學科一樣，產生了實踐的學科——即應用社會語言學。應用社會語言學探討的是如何把語言（語言諸要素）的變異引導到規範，即對自然語言的發展加以人工調節，這就產生了諸如語言政策、語言規劃、文字改革、語言工程等等範疇。

自然語言從混亂到規範，又從規範到變異；加上人工調節，從變異又回到規範。這就是語言發展的辯證法，或者說是語言辯證法的一個循環。

促使社會語言學生長和發展的因素有：

——社會生產力無論在發達國家還是發展中國家，無論在戰勝國還是戰敗國，無論是在多民族還是單一民族的國家，都有著長足的發展；在某幾個特殊地區或關鍵性地區，社會生產力甚至有驚人的高速發展（以致人們稱之為「經濟起飛」），由此引起了社會生活的一系列重大變化，這不能不誘發語言的許多變化：

——科學技術特別是電子技術和信息科學（Information Sciences）有了重大的突破，使語言信息的記錄、儲存、處理、傳遞發生了劃時代的變革；

——第三世界的發展中國家擺脫了被奴役的地位，取得了獨立的主權國家資格，從而在這些地區解決實際的語言問題，例如民族語、公用語、標準語等等成為社會的急切需要；

——國際性的交往，包括國與國官方之間和非官方之間，國際組織（包括政府性與非政府性）之間的交往，比人類歷史上任何時期更頻繁和更活躍，不能不探索語言在適應信息交流的迫切需要時的任務；

——國家（政權）對語言問題的關心以及適當程度的「干預」，提到必須妥善處理的議事日程。在許多國家和地區都出現了一些亟待解決的語言現象，要解決語言政策、語言規劃、文字改革等問題[①]，才能促進國家或地區的現代化。

①「語言政策」、「語言規劃」、「文字改革」這三個術語，各有各的側重面，各有各的語感；按其本質來說，這三個術語幾乎可以認為是處理同樣的問題。在蘇聯的有關著述中傾向於用「語言政策」，而在西方有關著作特別是描述第三世界的新國家時，多數傾向於用「語言規劃」，而「文字改革」則常常特指中國的特殊語言規劃現象。Ronald Wardhaugh在所著*An Introduction to Sociolinguistics*（1986）一書的第十五章"language planning"即有一大段講中國的文字改革（357頁起）；推廣普通話成為中國文字改革的主要內容之一，可知這屬於「語言規劃」範疇。

社會語言學就是在這樣一個歷史時期，在這樣錯綜複雜的語言環境中，為適應社會交際的迫切需要而興起的。

由於這門學科的興起只有半個世紀的歷程，因此它的「疆界」——它的研究範圍或研究對象，各家有各家的說法；加以它本身又是多科性交叉學科，專家的側重點也各不相同。這也不要緊，一切科學的發展，無不經歷過百家爭鳴、百花齊放的階段。有的學派強調這門學科應當探索階級（階層）、民族、種族、社會集團、性別、地域、語境等等因素引起的語言變化（如Peter Trudgill）；有的學派則認為應當著重研究雙語現象、多語現象、標準語和民族語問題、方言變體和文體變異現象以及語言變化規律（如G. B. Pride）；有的學者則認為研究範圍應確定在語言生活全貌、集團語言、語言變異、語言接觸、語言形態與意識，以及語言政策（如柴田進）；有的學者則認為重點應放在語言的地域差異、社會階級的語言差異、文體變異這幾個方面（如J. A. Fishman)；有的學者卻從社會文化分層（stratification）去探尋語言變異，或所謂「社會方言」(social dialect）問題（如W. Labov）；還有的學者則強調探索社會成員個人的語言變異問題應當成為研究的重點（如W. Downes）；更有主張研究作為歷史範疇的民族語與民族形成的關係，社會結構諸種條件引起的語言變異，不同社會條件下語言相互作用的規律性以及語言政策問題（如A. Д. Швейцер）。

2.2 應用社會語言學

早在七〇年代初期，美國著名的社會語言學家費希曼在他所著的《社會語言學：簡明的導論》一書中，第七部分的題目就是「應用社會語言學」。為此，給此書作序的弗格孫（Charles A. Ferguson）寫道：

「最後，費希曼這部導論跟這門學科現有的大部分論文和專書不同的是，有一專章論述應用社會語言學。多數社會語言學研究者同很多社會科學家一樣，都曾認為他們取得的成就太瑣碎，作為一種理論框架太不相稱，很難應用來解決一些社會問題。」①

德國的狄特瑪爾（N. Dittmar）在他所編的參考書目解題②關於這一部分有這樣的評介：「(7)應用社會語言學：將社會語言學的調查研究用於語言規劃、學校教學、語言學習等等方面。」

狄特瑪爾在他的著作《社會語言學：對其理論及應用的批判性考察》③中，第七章恰巧也講應用社會語言學，題為「應用社會語言學在美國：應變力概念及其『特區』專門家」④，開宗明義就提到費希曼在這方面（應用社會語言學）的立論。

按照費希曼的說法，應用社會語言學包含著如下五個方面的內容：

1.提供信息以便決定語言政策；

2.對語言政策作對照實驗；

3.通過人際或群體間實現語言政策；

---

① 見*J. A. Fishman, Sociolinguistics: A Brief Introduction*（1970）。

② 見*N. Dittmar* 的*Sczialinguistik: Examplarische und Kritische Darstellungübert Theorie, Empirie und Anwendung*, 英譯本名 *Socio-inguistics: A Critical Survey of Theory and Application (1976)*的附錄"Annotated Bibliography"。

③ 同上。

④ 這個標題頗耐人尋味，原文為：Applied Sociolinguistics in the USA: The Variability concept and its ghetto specialist。標題中ghetto是指二次大戰前夜歐洲某些國家（如波蘭）給猶太人特定的居住區，這裡譯作「特區」，同我們現在用的「特區」一詞語義完全不一樣。

4.研究語言政策實施後如何補充修訂；

5.研究語言政策實施後的反應。

作者最後意味深長地說了一句頗帶感情的話，他聲言，「語言規劃作為一個理性的和技術的進程，事先有符合實際的數據，事後在進行中又有反饋，這當然至今還是一個夢想，但是無論如何，這個夢現在不是十年前那樣可望而不可及的了。」

這句話入木三分。確實如這位當代社會語言學開山祖之一的費希曼所說，現在這個「夢」雖還不夠理想，可已經逐步在實現中了。可以認為，中國在八〇年代所進行的語言文字規劃工作，在很大程度上正是逐步實現這樣的一個夢。

到了八〇年代，英國的特魯吉爾（P. Trudgill）主編了一部論文集，書名就叫做《應用社會語言學》；此書由另一個英國語言學家克賴斯圖（D. Crystal）編入《應用語言學研究叢書》[①]。克賴斯圖為此書寫的〈前言〉中說道：

> 「我相信，目前在各個方面有足夠的措施可以對社會語言學的主題加以明確的分析，這比之以往任何時期可能做的和想做的更加清楚了。」

他接下去略帶一點幽默地說，一門學科的「總論」（general）部分（這裡指的是「理論」theory 部分）很可能由幾部教科書加上若干篇專門論文就能表達清楚，但是一門學科的「應用」（application）部分也許要觸及許許多多方面，不是幾部教材和幾篇論文所能概括的。由於社會語言學從興起時就帶有實用的性質，所以應用社會語言學會直接或間接牽涉到種種不同的社會生

---

① 指克賴斯圖（David Crystal）主編的叢書 *Applied Language Studies*，其中有主編本人的《應用語言學的趨向》（*Directions in Applied Linguistics,* 1981），以及特魯吉爾的《應用社會語言學》（*Applied Sociolinguistics,* 1983）。

活層面，這是不言而喻的。特魯吉爾在他主編的書前所作短序中，也表達了上述的意思。當1984年中國社會科學院創立全國第一個（也是全國唯一的一個）語言文字應用研究所[①]時，實際上的指導思想就是研究應用社會語言學，而以現代漢語為出發點，探索語言在社會生活各個層面中的實際應用為主要任務，不過沒有提「應用社會語言學」這樣一個術語，但它的研究成果為國家的語言政策、語言規劃、語言規範化提供了決策的科學依據。這就是不折不扣的應用社會語言學。

2.3 從無序到有序

語言的變化過程——或者，從某種意義上說，即語言的變異過程，就是語言規範化與非規範化抗衡的過程；換句話說，語言的變異就是語言非規範化衝擊規範化的結果。衝擊——抗衡（反衝擊）——穩定（變異），這樣的運動，其結果必然豐富了語言本身，適應了社會生活變動的需要。變異的結果即表現為語言的穩定狀態，也就可以說是自我平衡狀態，或者控制論稱之為「內穩態」（homeostasis）[②]——正如創始這個術語的生理學家坎農（W. B. Cannon）[③]所說：「穩態是可變的但又相對穩定的狀態。」

① 這個研究所現在已不屬於中國社會科學院，改歸國家語言文字工作委員會領導。當時對外的所名只採用了Institute of Applied Linguistics（應用語言學）而沒有用Applied Sociolinguistics（應用社會語言學），因為當時社會語言學還沒有在我國得到普遍的承認和推廣。

② 參看維納（Norbert Wiener ,1894—1964）的《控制論》（Cybernetics, 1948）和《人有人的用處》（*The Human Use of Human Beings*, 1954）。

③ 參看坎農（W. B. Cannon）所著《軀體的智慧》（*The Wisdom of the Body*, 1932），所引的定義見該書引言§Ⅲ（中譯本，頁8），又中譯本（1980）書前有陳步寫的〈穩態和中醫學〉一文。

這個運動公式可以理解為語言發生、成長和發展的過程。這個過程，固然可以說是一個自我淘汰、自我調節、自我消長的過程，但也不能說是完全自我完善的過程。在很多場合下，這個過程的完成，還必須加上一點外力——即人工調節，或者說得嚴重點，就是人工干預。例如編字典所用的取、捨、褒、貶等等表面看來十分不顯眼而且很平和的動作，本質上仍舊是一種人工干預。

語言作為一個信息系統，是從無序走向有序的——因為無序狀態在系統的不斷運動中，走向穩定和平衡，這就意味著必然走向有序，而不是別的。從應用社會語言學的角度看，語言從無序走向有序，即從變異走向規範的過程，就是語言本身發展的過程；這過程表現而為自身（內部）的淘汰、選擇和完善，同時表現而為社會力量的制約和調節——所謂約定俗成就是這個意思。

2.4 約定俗成

「約定俗成」是一個模糊觀念。有時對某些語詞的存在，有種種不同的看法，一時辯不清楚，到了非解決不可的時候，人們只好拿「約定俗成」來作「依據」。

「約定俗成」到底意味著什麼？

照字面上的意思，有關語言要素的種種問題（例如字形的、字音的、字義的等等），要按照語言群體（即使用這種語言的人群）的習慣用法來論斷是非；即使不符合通常的框框，或是說用錯了，只要是語言群體多數人這樣用了，久而久之，也只能承認用錯了的個別情況是規範的。譬如「蕁麻疹」中的「蕁」字，原來讀作「qián」，但是五〇年代以後，在北京的醫院裡聽到的卻是「xún」，病人如此說，醫生也如此說，儘管字典裡注音不是社會上眾人所習用的音，但是人們還是照習慣那樣讀。那麼，是否要把字典中的注音改成社會上的讀法呢？這是不是「約定俗成」的原則呢？緊接著的問題就是，應不應該接納這樣的現實，把錯的承認為對呢？

從社會語言學的角度看，語言無時無刻都在變化著，所以社會語言學所要研究的一個重點就是變異。語言的變異之所以永不止息，是因為使用語言的社會無時無刻都在變動。完全不發生變異的語言只能是僵死的語言。但是語言在一定時期一定空間需要一個穩定局面，如果語言沒有形成一種相對的穩定狀態，那麼，社會交際就變得很困難，如果不說不可能的話。所以，語言的變異是緩慢的但經常發生的，這是一種正常狀態，而且不以人的意志為轉移。社會成員的人為努力，可以減少這種經常發生的變異對社會生活所造成的不便，而且社會成員如果能自覺地去鑑別和引導，將可以使語言有限度地確認這些變異，從而使語言在一個新的層面上保持相對的穩定狀態。所有的鑑別和引導工作，就是語言文字規範化的工作，亦即上文提到的語言規劃工作，在一定的場合就叫做文字改革。

是不是所有變異都毫無選擇，完全無鑑別地加以承認，這就叫做「約定俗成」呢？答案應當是否定的。決不能一律認為語言的變異是語言的進步現象，不能引用黑格爾（Hegel, 1770—1831）的話「凡是存在的都是合理的」來辯解。對語言變異要進行鑑別和取捨，即要對照下面的條件進行考察，看看能不能滿足這些條件的要求，或滿足到什麼程度：

一、演變的結果是不是比原來的詞語更加明確？更少發生歧義？

二、這結果是不是社會成員多數都已經使用，要改動或廢棄是不是牽涉到較多的社會層？

三、這種變異經歷的時間是否很長久，到了「落地生根」的程度？

四、推翻即否定這種變異是否會引起很大的阻力，或甚至會不會造成某種損失？

如果滿足或基本滿足上面這幾個條件，那麼，就肯定了所要考察的語言變異，這就稱為「約定俗成」。

2.5 兩個領域

再沒有比特魯吉爾在1984年概括的社會語言學定義更簡單明瞭的了，他在那部入門書的〈前言〉中說：

「社會語言學就是研究語言和社會之間的關係的學科。」

最初，當這門學科正在興起時，布賴特（W. Bright）[1]則把社會語言學定義為研究社會跟語言這兩個變數的共變（covariance）——蘇聯學派的什維采爾[2]亦持此說，我在一篇論文中曾採納此說，但後來在《社會語言學》一書中則沒有發揮這個論點。

近年有一位法索德（Ralph Fasold）卻有兩部姊妹篇的著作，一部名為《社會的社會語言學》，另一部名為《語言的社會語言學》。前者初版於1984年，後者初版於1990年。這兩部書給出了兩個研究領域，而這兩個領域的研究則是圍繞著社會語言學主題進行的。在第一部書中，作者著重研究語言的社會意義、社會功能和社會影響，顯然受到所有研習社會語言學、文化人類

① 見W. Bright所著《社會語言學》（*Sociolinguistics*, 1966）一書。
② 見A. Д. Швейцер 所著《現代社會語言學——理論·問題·方法》（*Современная социолингвистика—Теория, Проблемы, Методы*, 1977）。

學和社會心理學的人關切；而第二部書則著重闡述社會語言學在語言本身和語言學理論方面的應用①。

用作者自己的話來說，社會語言學可以分成兩個門類，著重在社會的門類以及著重在語言的門類。他寫道：

「在這兩個門類中，有一門是以社會為基本出發點，而語言則被當作一個社會問題和源泉。第一部書就是屬於這一門類的。另外一個門類就從語言開始，社會力量被視為影響語言的因素，同時也被用以理解語言的本質的東西。這就是第二本書的內容。如果換一種說法，則頭一部書可以看作某種特殊的社會學，而第二部書則可以認為是從一種獨特的觀點考察的語言學。」

法索德的觀點有點類似我在《社會語言學》②所提出的論點。我在那本書的序文中寫道：

「這門學科一方面應當從社會生活的變化，來觀察語言的變異，另一方面要從語言的變化或『語言的遺跡』去探索社會生活的變動和圖景。因此，這兩個方面，就是本書要論述的主題，分別見於本書第十和第十一兩章。」

在那部著作§0.3節中我作了進一步的論述：

「我想提醒讀者，我們的社會語言學將從兩個領域去進行探索：第一個領域是社會生活的變化將引起語言（諸因素）的變化，其中包括社會語境的變化對語言要素的影響；第二個領域裡，從語言（諸因素）的變化探究社會（諸因素）的變化。」

我的觀點同法索德所揭示的觀點有類似之處——乍看起來，

---

① Ralph Fasold, *The Sociolinguistics of Society*（1984），*The Sociolinguistics of Language*（1990），這兩本書合稱為兩卷本《社會語言學導論》（*Introduction to Sociolinguistics*）。兩書前均有特魯吉爾的前言。

②《社會語言學》（上海，學林出版社，1983）。

甚至是從各自的獨立研究中得到相同的結論。但仔細分析，則又不完全相同，至少在他的兩部著作所表現的與我所具體處理的不盡一樣。他在以社會為出發點的一書中，研究了雙語現象、多語現象、語言規劃和語言教學的問題，同時也考察了品質分析和數量分析；而在以語言為出發點的一書中，則研究語言變異、對話稱謂，以及涇濱現象和克里奧爾現象——因而在若干場合混合了研究主題。而我則把出發點放在社會是第一性的，語言是第二性的這種基本點上。我認為在第一個領域中，因為社會是第一性的，社會有了變化，這才引起語言的變化；如果社會停滯不動，則語言也會停滯不變的。而在第二個領域中，社會還是第一性的，「我們只是透過語言變化現象，把歷史的或當時的社會生活的奧秘揭示出來。」而我不把這兩者截然分開，卻常常把這兩者（語言、社會）交叉在一起來考察，因為現實的社會生活就是這樣錯綜複雜的。

2.6 新語詞

由於社會語境發生變化，產生了新的事物、新的概念，用原來的語言成分（字、詞）已經不能表達這些新出現的東西時，就必然引起一種語言變異——這種變異的結果就是新語詞。所以說，新語詞的誕生，是所有變異中最容易被人覺察的語言變異。

無論是社會因素還是其他因素發生變化，例如社會結構、經濟基礎、上層建築、風俗習慣的改變，或者如科學技術發展過程中的新發現、新發明、新工藝、新突破，又例如新概念、新觀念、新看法、新感覺等等，都必然反映到作為交際信息系統的語言中，特別最敏感地反映到語彙中——這就是新語詞產生的緣由。

新語詞在語言學上的前提條件是：在日常應用著的語彙庫中無法找到能確切表現這種新變異的工具（字、詞、詞組）①。

凡是符合下面幾個條件的新語詞，它就能生長下去——用通俗的話說，就能「傳」下去，就能「流行」開去，就能或者長久地或者暫時地進入通用的語彙庫裡。條件是——

——它確實是無法用舊語詞表述的；

——它能準確和精確地表達新的東西；

——它的構造（構詞法）符合這種語言的規範和社會習慣；

——它不但能進入書面語，而且容易上口，容易被人口口相傳，那就更被人樂於接受。

新語詞的形成，一般地說，有下面幾種情況：

——創制一個嶄新的語詞或詞組；

——採取原有的舊語詞或詞組，但賦予新的涵義；

——從專門科學術語中分化出一小部分，這部分術語所代表的新事物或新概念已經成為社會上「家喻戶曉」的東西，這樣，這個術語就不再是（或不單純是）科學術語，而成為通常意義的新語詞。

——在特定的語言群體（例如在大學生中、在中小學生中、在新興的群體比方說個體戶中、在黑社會中等等）由於某種需要或甚至為了某種「好玩」的原因（特別是在學生群體中）而形成的新詞或新詞組②。

---

① 參看保加利亞語言學家阿塔納索夫（A. D. Atanasov, 1892-1981）的論文：〈世界語中的新語詞〉（**Neologismoj en Esperanto**, 1974），收在文集《世界語的語言本質論》（*La Lingva Esenco de Esperanto*, 1983）。

② 我在1980—1986年所作的幾次關於新語詞的演講，都忽略了在特定語言群體中流行的新語詞這個語言情況（Situation）。

由此可見，新語詞應當是應用社會語言學研究語言變異和規範的重要和必要對象，而新語詞本身也確實帶有一定的社會意義——這也就是社會語言學重視研究新語詞的原因。

3

論借詞

3.1 借詞現象與文化接觸

兩種文化發生接觸時——不論在什麼情況下——都會出現借詞現象。因此，研究借詞（或稱「外來詞」）在考察語詞的來歷時，不僅有語源學（etymology）的價值，而且有社會學的價值。研究某些語詞何時以何種方法進入某一特定的語言，將發現很多有關民族史、社會史、文化史和通常意義的文化接觸歷史的奧秘。正如馬克思主義先驅所說，凡是工業比較發達的國家都給比較不發達的國家展示後者的未來圖畫[①]——在這個意義上說，在通常情況下往往是從經濟、政治、科技、文化和社會比較先進的那個國度、那個民族和那個社會輸入語詞（借詞）；但這是就一般情況而言，現實顯示有很多場合卻正好相反。無論如何，借詞現象卻總是在兩種不同的文化（先進的和後進的；彼此不相上下的；互相之間完全沒有共同淵源的，等等）接觸的情景下發生的。

---

① 此語出自馬克思，引自A. Koonin, *English Lexicology*（莫斯科，1940）第一章第一節，頁6。

借詞或外來詞，在拼音文字中，可以有兩種引進方式，一種是照搬，英文叫aliens①，即對原來的字形不作任何改動，照樣移植過來，例如英語從法語借來的bureau, coup d'etat, eau-de-cologne之類；法語從英語借來的weekend也屬於這一類；一種是轉寫，叫denizens②，例如英語從德語的Schwindler引入時，把德語的Sch轉寫成Sh，成為Shwindler——或者如英語從俄語引入的kolhkoz即把斯拉夫文字拼寫的 колхоз 改寫成拉丁字母拼寫的語詞；又如英語從日語引入的go即從日語「碁」的讀音ご轉寫的。又如日語接受英語strike（罷工）一詞時，即用片假名轉寫為ストライキ（簡寫則採最初兩個假名スト）。非拼音文字（如漢字）引進外來詞，比之上述兩種方法要複雜得多。現代日語的借詞是大量的；現代英語的語詞卻大約有55%從拉丁語特別是法語系統引入，只有10%是從其他語言引進的。

3.2 嚴復造字

嚴復（1853—1921）譯《社會通銓》③中論「蠻夷社會」一章有這麼一段文字：

> 「澳洲之土人，無樹藝也，無牧畜也，所豢擾者，舍狗而外，無餘禽獸。木處而巢伏，土處而穴居，官室屋廬，無其觀念。求食則伏叢莽深箐之中，以伺敖者，若鼪鼬，若鼨鼪。」

① 此語出自馬克思，引自A. Koonin, *English Lexicology*（莫斯科，1940）第一章第一節，頁6。
② 同上。
③ 嚴復，《社會通銓》，1904初版；引自北京重印本（1981），頁7。原書為E. Jemks, *A History of Politics*。嚴譯八種名著中創制了很多借詞，形成一個現代漢語最初的借詞體系。

譯者可稱倉頡再世，他造了四個形聲字：鼪鼧鼷鼶，字的左邊均從「鼠」，右邊記聲。嚴復在前兩字處加譯者注云：

「讀哇拉，似剛迦魯而小，土人以為食。」

這裡的「鼪鼧」和「剛迦魯」，在其後的中文文獻中又作「更格盧」。剛迦魯、更格盧都是kangaroo的音譯，「鼪鼧」原文則是wallaby的音譯，詞書說是小kangaroo，還有一個字wallaroo；據云是大kangaroo，所有這些，在本世紀其他中文文獻中都稱為「袋鼠」。

漢語在引進外來詞時，最初往往採用照音直寫的方法，這是可以理解的，因為主客兩方語言在接觸時，人們還不太清楚所遇見的新事物或新概念到底是個什麼東西，他們只好採取一種簡單有效的辦法，用漢字把原詞的讀音模擬出來，這種方法其實就是所有拼音文字引進外來詞時所用的轉寫法。但是漢語構詞時卻往往帶有一種抗拒音譯的傾向①，也許因為這些音譯詞組讀起來不像漢語，很彆扭，也許因為組成詞組的漢字常會望文生義，出現了同原來語義很不相同的歧義，也許兼而有之。所以音譯借詞很多都是短命的，它們存在了沒幾年就讓位給另行意譯的語詞（借詞）了。

據記載，上舉有關袋鼠的這幾個字，最初進入英語文獻的是kangaroo（1770），然後②才是wallaroo（1827）和wallaby（1828）。看來這幾個語詞分別代表了澳洲不同地區出產的不同種屬的「袋鼠」。

---

① 漢語借詞音譯引起的抗拒傾向，參看我在術語學、標準化與技術傳播國際學術會的專題報告*Termindogy, Standardization and the Development of Science and Technology*（1991）；該會議論文集頁1-6，參看本書第六章〈論術語〉。

② 關於英語單詞最初進入文獻的年份，這裡及以下各處均從*The Shorter Oxford English Dictionary on Historical principles*（第三版，兩卷本，訂正版1975）。

最初登上澳洲大陸的當推荷蘭航海家塔斯曼（A. J. Tasman, 1603—1659）和英國航海家庫克（James Cook, 1728—1779）——前者於1624年登大陸西岸，後者1770年登大陸東南岸。他們大約在這裡都遇見過歐洲人從所未見的珍奇動物——袋鼠。而關於這個動物名稱的來源，後人編造了好幾種不可盡信甚至荒唐的故事。較多的說法認為kangaroo是探險家所遇到的土著部落的名稱；也有人說，這不過是某一個土著居民的名字；另外有人說，當西方航海家指著這種珍奇的動物問土著居民這叫什麼時，被詢問的人回答：〔kæŋgə'ru:〕——後人甚至編造說，這個音組其實是土著居民說的「不知道」。不管怎麼樣，這種動物就以如此一種古怪的稱呼進入了現代語言的通用語詞庫，連漢語最初也接受了如此古怪的音譯。

人們一般都認為kangaroo這個字是庫克創始的，在十八世紀最後三十年到本世紀初這一百五十年間，先後進入現代各國的自然語言。西方文字照讀音轉寫是很容易的，因此出現了法語kangourou，義語canguro，西語canguro，德語Kanguruh，甚至俄語 кенгурý，保語 ке́нгуру（俄、保兩語重音變位）；後來進入了拉丁化的土耳其語kanguru，現代希臘語 καγκουρω'。在東方則現代日語用片假名照音轉寫為ンガルー，雖則從前有過「袋鼠」（ふくろーずるめ）一詞。「袋鼠」一詞，最早進入漢語詞書不早於本世紀初（1915），代替了「剛迦魯」或「更格盧」。

kangaroo這個語詞的出現，是兩種文化接觸的結果；當然也就是兩種語言相互接觸而產生的一種現象。正如我在十年前一篇論文所說的：「當兩種語言相互接觸時，甚至在操兩種不同語言的人互相聽不懂的情況下，只要語言接觸，就會發生這樣的現象：一些表示新的東西或新的意思的詞，被另一種語言所借用，這些詞稱為外來詞或『借詞』。」①

3.3 任何語言都不能「自給自足」

任何一種語言都不可能是自給自足的②——這是美國語言學家薩丕爾（E. Sapir, 1844—1939）的一個精闢論斷，也是令人信服的論斷。文化群體或語言群體（民族、種族、部族，或更小的單位）絕對不與外界接觸，絕對不與其他群體相遇，在當代現實世界中，如果不說不可能，至少是極其稀有的。晉人陶淵明《桃花源記》所描繪的那種「不知有漢，無論魏晉」的情景，只不過是詩人對理想社會的憧憬或空想，但現實不是夢。既然語言都不可能自給自足，那麼，通過語言和非語言來記錄、表述或傳播的文化，可見也不能自給自足了，這道理是不言而喻的。這裡說的語言，包括口語和文語，亦即但丁（Alighieri Dante, 1265—1321）所說的俗語（eloquentia）和文言（gramatica）③。這裡說的文化，採取了一種極其廣泛甚至有點模糊的概念，類似英國人類學家泰勒（E. B. Tylor, 1832—1917）所下的混沌定義（1871）。他認為文化是包括觀念、知識、信仰、藝術、法律、道德、風尚在內的，作為社會成員都必然具備的種種「能力和習慣」的綜合體，或者用他自己的話來說，文化是「人類在自身的歷史

① 參看我的〈人類語言的相互接觸和相互影響〉，載《書林漫步（續篇）》頁179—190（北京，1984）。

② 見薩丕爾《語言論——言語研究導論》（*Language-An Introduction to the Study of Speech,* 1921），第九章，〈語言怎樣交互影響〉，陸卓元譯、陸志韋校中文本（1977），頁120。

③ 見但丁，《俗語論》，Dante Alighieri, *De vulgari eloquentia,*（1983年TORINO版本），又1929年倫敦A. G. F. H.英譯本。

經驗中創造的包羅萬象的綜合體」[1]。

我不想在這裡辯論文化這個概念是否包括語言——留給文化學家或文化史學家去論斷吧——，我只想指出，兩種語言（不同的語言）相互接觸必然是在兩種文化（不同的文化）相互接觸的背景下發生的。兩種不同的文化相互接觸所誘發的後果是極其錯綜複雜的，要比較相互接觸時的客觀條件和接觸雙方的主觀態勢，才能對這後果作出近乎實際的論斷。所謂接觸條件，舉例而言，是通過戰爭或暴力由一方強加於另一方的呢，是通過商品交換的過程互傳互補的呢，是通過和平友好來往而相互吸收的呢，還是通過不懷好意的滲透而誘發負反應的呢，都會對雙方產生不同的積極後果或消極後果。所謂主觀態勢，舉例而言，指的是雙方力量強弱，先進落後，素質優劣等等。不同的文化相互接觸的結果，在兩個極端（衝突或融合）之間存在很多中間狀態，其所以錯綜複雜是這許多社會因素都時刻在變化中，以致於產生了英國民族學家弗雷澤（J. G. Frazer, 1854—1941）所曾提示過的那種耐人尋味的事實和論點——這位學者在他的《金枝》（1890年初版）中說，基督教選擇了12月25日作為紀念耶穌誕生的節日，有意要同異教徒紀念太陽誕生的這一天吻合起來，「是為了把異教徒對太陽的忠愛轉移到被稱為『正義的太陽』的那個人身上」[2]。這個論點如果大體上可以成立的話，那就可以推斷，兩種不同的（甚至敵視的）文化相互接觸確實是很複雜的，有時也確實很有趣。凡是一個自信力強大，即整個趨勢是上升的文化群

---

① 參見泰勒所著《原始文化》（*The Primitive Culture: Researches into the Development of Mythology, Philosophy, Religion, Language, Art and Culture,* 1871）。

② 參見弗雷澤所著《金枝》（*Golden Bough*），1922年第四版一卷本，第三十七章，〈西方的東方宗教〉（中譯本，北京，1987）。

體，從來都不害怕與不同的（甚至敵視的）文化群體相互接觸，從來不怕衝突或「滲透」（就其消極意義而言），所以他們也不會懷著抗拒的心情去對待異文化，因為自信力強大，可以將消極因素轉化為積極因素。漢唐時代我國文化群體有著強大的自信力，在與異域文化接觸時是心中踏實的——漢唐文化的輝煌局面從某一角度看，可以認為是不同文化相互接觸而誘發的結果。

3.4 涇濱、克里奧爾、馬賽克現象

比起文化接觸來，語言相互接觸的現象和後果可以說簡單得多，也明朗得多；雖然語言接觸是在文化接觸的背景下發生的，但語言接觸基本上沒有誘發衝突的場面，一般認為語言接觸留下來的軌跡是借詞；這些外來詞保存著它所吸收的文化現象的信息（表面信息和內在信息），因而後人由此可以窺見文化接觸的某些層面。在一定條件下——特別是在近代史即新興的資本主義生產關係出現以後，主要「為了生產而作出」①的地理大發現之時和之後，語言接觸發生了「涇濱」（pidgin）②現象和「克里奧爾」（creole）現象③。前者是為了商業或日常交往行為的需要而產生的，後者是為了沒有文語的文化群體感到有必要用一種符號來記

① 此語出自恩格斯關於科學史的片段，見《自然辯證法》，中文版，頁162以下。
②「涇濱」（pidgin）語，參見Ronald Wardhaugh的定義：「這是一種沒有那一處民眾講的語言，它不是人的第一語言，只不過是一種接觸語言"contact language"」（見所著《社會語言學導論》*An Introduction to Sociolinguistics*，1990版，第三章1）。通常作「洋涇濱」語，我曾譯作「浜濱」語。pidgin又作pigean或pidjin，據說是business（商業）的訛音，據記載上世紀五〇年代開始使用，現廣泛指各種接觸語言。
③「克里奧爾」（creole）語，參見Jack Richards等人的定義，「這是成為一群居民用以溝通大部或全部日常交際需要的涇濱語」（見Longman版《應用語言學詞典》*Dictionary of Applied Linguistics*, 1989）。

錄和傳遞他們的口語信息而產生的。「涇濱」現象的主要特徵是簡化雙方語言傳統的習慣用法，達到很快就能理解和交換信息的目的，而「克里奧爾」現象則幾乎可以說是一種語言規劃（language planning）活動。

漢唐時期由於佛教文化傳入中國，曾經吸收了大量的外來詞，其中很多借詞在其後近兩千年的應用中進入了漢語的通用語詞庫（也就是史達林所說的「全民」語彙），但那時並沒有出現近代形態的「涇濱」現象。只是在近代中國歷史的開端前後，即十九世紀上半期，西方砲火轟擊並打開了「天朝」大門，最初是粵方言隨後是閩方言和吳方言，吸收了一些外來詞；就在這個時期，短暫（約莫三十年左右）出現了「涇濱」現象。由於中華民族這個文化群體不但有幾千年的傳統文化，還有有幾千年生命的語言及其書寫系統，絕對不需要一種摻和外來語言因素的「克里奧爾」語過程，因此沒有也不可能產生「克里奧爾」語現象。我新近在香港考察語言態勢（state）時，發現了港粵語（即在香港百年來使用有若干變異的粵語）的「馬賽克」現象[①]——那就是主體語言（港粵語）詞彙或詞組夾雜著少許客體語言（英語）詞彙或詞組，並且形成一種混成一體、說起來和聽起來都比較自然的口語。這種語言「馬賽克」現象，是我此前在東亞、歐洲、美洲的雙語區或多語區未曾見過的很獨特的語言現象。

3.5 西方人與文明古國

十九世紀上半期西方文化（主要是歐美資本主義文化）衝擊

① 參看我的論文：〈語言「馬賽克」現象〉，載《中國語文通訊》1990年9月第10期。參看本書第一章。

我們這個古老王國的傳統文化（主要是長期占統治地位的封建主義文化）時，短時期出現過一個饒有興味的奇特局面，那就是：西方人帶著不可一世的傲慢和鄙視來到這個被他們認為「未開化」或雖已開化卻早已衰落的王朝，蜂擁而來的冒險家和鴉片商人以為自己理應是這個未開發和「未開化」的世界的主人，他們把所接觸的中國人視為「野蠻人」，因此他們絕不願意學習「野蠻人」的語言（只有少數人懷著特定目的去研習者除外），與此同時，面對這一群從「蠻夷地區」來的「紅毛」人，當時在鎖國的封閉環境中生活的中國人，包括官員、紳士和一般市井小民，都把來客看作「未開化的」野蠻人、「生番」，多半也懷著鄙視的心態看待這一群來自異域的文化群體。他們自然也決不願學習「紅毛」語言。客方認主人為野蠻人，主方同時也認客人為野蠻人。這不是很奇怪的現象嗎？這樣，兩個相互接觸的不同文化群體賴以溝通信息的，是當時被稱為linguist的「通譯」。英語中linguist一字作為「通譯」解，據《牛津大字典》記載，不早於1882年。此說不一定準確，因為美國傳教士裨治民（E. C. Bridgman）1832—1852年在廣東辦的《中國叢報》（*Chinese Repository*）上經常出現linguist一字（「通譯」）了。當時的linguist（「通譯」）是很可笑的；無可懷疑是他們最初「創造」了流行於中國的「洋涇濱」英語，雖然它是短命的。其短命的原因可以解釋為這個古老帝國的文化傳統（即使是帶著禁錮性質的）不容許這種損害兩個文化群體原有信息載體的活動。十二年前我曾把洋涇濱歸入「語言污染」，就是從這裡出發立論的，不過我那時論斷過於簡單化；不能認為所有的「涇濱」語言現象都是語言污染。

這種「洋涇濱」英語，以及兩種文化群體相互接觸甚至發生衝突的活生生情景，散見十九世紀下半期來華英美人的著作，其中有兩種特別有趣，那就是美國第一批冒險家中的一個即威廉·亨脫（William Hunter）的那兩部蹩腳的著作，一部叫做《廣州番鬼錄》（*The Fan Kwae at Canton,* 1882），另一部叫做《舊中國雜記》（*Bits of Old China,* 1885）。這兩部小書雖則內容蕪雜，卻很有實感；比此後出版的許多論著，甚至比編印了二十年的《中國叢報》提供了更多活生生的語言和文化信息。不但作者的傲慢狂態活躍紙上，連那時中國人對待「番鬼」的鄙視心態，也活躍紙上。《舊中國雜記》所收錄的「洋涇濱英語」片段，是很有趣的，例如書中引述那些linguist（通譯）見到「番鬼」時的見面敬語是“my chin chin you”（chin是「請」的音譯）。書中寫道[①]：

「一個番鬼初到廣州時，發現他自己因為緊身衣服和高帽子而成為眾目睽睽的對象，弄得狼狽不堪。一個自以為會講很好的英語的中國人向他講話，他連一個字也聽不懂，同樣他自己說話也沒有人聽得懂，這使他更覺得不知所措。他也許聽說過『洋涇濱英語』（Pigeon English），但一聽到它的怪字和古怪的結構，他就覺得自己如同聽到腓尼基話或伊特魯里巫話一般。一個中國佬會對他說“my chin chin you”，而他絕對不會認為這是一句很客氣的招呼語。拜訪中國人時，他被安排在主人的左邊坐下來，他很難想像這是對他的一種有禮貌的接待；中國人回訪時，戴著帽子進屋，在屋裡也一直戴著，也許他竟以為這個客人沒什麼教養，而其實他不知道這才叫做有禮。」

這裡描述的不僅是語言的接觸，而且是文化的接觸了。書中還記錄了一首叫做〈夥計頌〉（Fokeiade）的歪詩，作者對「夥

① 見該書重版本（1911），頁124。Hunter這兩本蹩腳的書，都曾由他的兒子重印一次，書中充滿了傲慢、偏見、愚昧和無聊，但確實保存了一些實感，還充塞了很多令人發笑的洋涇濱語，如“Te-loo-ly No. 1 Curio ！（＝Truly No. 1 Curious ！）”“Mus come my shop”之類。

計」兩字有注解說[①]：

「（夥計）是由Fo（夥）和Ke（計）兩字構成的。第一個字意即同伴，第二個字意為計畫。兩字合在一起是俗語的稱呼。要招呼你不知名的人，你就叫他『夥計』。廣州的番鬼多半用這個名詞來稱呼中國人，如果是複數，則加-s；但如稱呼一個受尊敬的人，稱呼一個陌生人或一個友人，就稱『太爺』，Tai Yay或『老爺』Low Yay。『大老爺』Ta-Low-Yay就顯得非常高貴了。」

關於「夥計」這一條注文是很特別的，保留了十九世紀初來華外人在廣州所感受到的某些詞條的語感（nuance）。據岑麒祥教授說，「夥計」是由滿語音譯的漢字。滿清時傳入廣州口語的，並不如亨脫那樣「望文生義」。如果是這樣，則「夥計」是由北方傳到南方來的借詞，而不是亨脫書中信口開河講的那樣。書中還描述了這樣那樣半真半假、似是而非和似非而是的東西——可以看作兩種截然不同的文化群體最初接觸所導致的語言理解。

3.6 文化和語言相互接觸的軌跡

現在回過頭來再說借詞——文化和語言相互接觸的軌跡。我不想把論述局限在純粹的外來詞上，我想把視野放寬一點，看看在上個世紀初發生語言文化相互接觸時漢語使用的造字法，由造字法推斷接觸的圖景。

在漢語造字法中有三個漢字充當了描述外來事物的符號，那就是「番」、「西」和「洋」，頭兩個字（「番」、「西」）因時代不同而所代表的實際方位是相異的，而第三個字（「洋」）則近代

① 見《舊中國雜記》頁47。腳注。

海通以後中外接觸由南而北，漢語在構詞時則多用「洋」字代替「番」字。

自宋以還，「番」字的一般意義是指外來事物，宋人著作《諸蕃志》有「番商興版」、「番舶未到」等語；《明史》則記載「……番商以馬入雅州易茶」；粵人屈大均（1630－1696）著《廣東新語》，卷十八則稱「洋舶」與「番人」，洋番並用。可注意的是，「番」字最初的特指語義，即指我國西部邊境少數民族地區的語義漸漸少用或竟至於消失了。

廣東人在上個世紀初創造了「番鬼」一詞，表達了一兩個世紀前「天朝」那種傲慢心態——番是外來的，由番舶（洋舶、洋船）到番人，都無可厚非，然而把外來的客人鄙視為鬼，造成番鬼一詞，則那種自大偏見，已活龍活現了。由番鬼派生出番鬼佬（男人）、番鬼婆（女人）、番鬼仔（男孩）、番鬼女（女孩），在廣東口語中存在了近一個半世紀。鴉片戰爭之前這「番鬼」一詞早已存在，而西洋砲火的轟擊加深了這個文化群體的對來華外人的仇恨，故這些鄙稱仍然廣泛應用。這一面可見鎖國思想帶來的狂妄自大和偏見，一面卻可感到對外來入侵者的蔑視——不能離開鴉片貿易與鴉片戰爭的具體環境，而譴責廣東人的排外心態。

粵語使用了特多的以「番」為前綴（「接頭詞」）的語詞，是近兩個世紀文化接觸的結果：番梘（肥皂）、番薯（四川稱「紅苕」）、番瓜（南瓜）、番菜（西餐）、番書（洋書）、番菜館（西餐館）、番書院（洋學堂〔港粵語〕）、番茄（西紅柿）、番石榴（別於石榴），等等。

為什麼粵語把一種傳統的賭博「攤錢」（「攤鋪」）稱為「番攤」？難道凡是從外地（不一定外國）來的都一律加上「番」這符號麼？番攤一詞（Fantan）竟進入了英語的通用語詞庫，據英人記載是1878年初入書面語的，我懷疑這個年份，應當提早到1840年前後。值得注意的是兩百年前語言接觸（英語與漢語）的結果，只有為數極少的幾個音譯漢語語詞進入英語，一個是「番攤」，一個是「請請」（chinchin），據記載為1795年。一個是「三板」（即後來用的「舢板」）sampan，據記載進入英語是1620年！還有一個字據說正是鴉片戰爭之後（1845）進入英語通用語詞庫的，那就是chow-chow，這只能說是一種涇濱語——凡是中國的小東西，從鹹菜到雜貨無以名之都可叫做chow-chow。英語竟然吸收了這樣的不倫不類的（受了污染的）語詞，可以想見當時老牌殖民者的心態。

「西」字的時代意義也同「番」字一樣，是很明顯的。大抵在十九世紀近代史以前，文獻上的「西～」指的是西域，亞洲大陸的西陲，海疆的「西洋」，則是指南部太平洋以至西印度洋一帶，而不是泛指歐美。

以「洋」稱異域，不比「番」晚，但粵語卻多用「番」的，滬語卻多用「洋」或「西」——「番鬼」變「洋人」，不只是語詞的變化，而是心態的變化，極其鄙視的「鬼」變成與華夏同胞一樣的「人」，只不過是外來的（洋）人，這種觀念是海通以後才出現的。粵語「火水」變成「火油」，這種語詞的變化是耐人尋味的。從異域引進的「火水」[①]不像油，無寧像水，卻又能燃燒，故聰明的先人稱之為「火水」，差不多同時出現的有「火柴」（後稱「洋火」）、「火酒」（後稱「酒精」）、「火船」（後稱「汽船」）、「火輪車」（後稱「火車」），這些語詞大抵是在上個世紀末到本世紀初形成的——廣（州）三（水）鐵路成於1903，廣（州）九

①「火水」即Kerosene，現代漢語作「洋油」或「煤油」，「洋油」一詞後來轉化為從外國進口的石油（汽油）、煤油等的總稱。

（龍）鐵路成於1911，直到那時粵語才有「火輪車」（「火車」）的稱呼出現，北方的若干鐵路也不過是從上個世紀末（1888）開建到本世紀初才建成的。

現代漢語術語學稱為「水泥」（cement或Portland cement）的建築材料，在一百年間三易其名，這也是語言接觸史上一件趣事。看來這種「新」材料最初是由英國人引進廣州府的，故稱「紅毛泥」，「紅毛」就指的是英國「番鬼」。也許從另一來源（比如從美國人）引進這種材料，而人們又不熟悉這種事物，只好音譯為「士敏土」，直到抗日戰爭前粵語仍廣泛使用這個術語。這種材料到了華東，恐怕在第一次鴉片戰爭後，按滬語音譯為「水門汀」。由於上面說到漢語對於音譯外來詞有潛在的抗拒性，人們在日常應用中逐漸捨棄了「士敏土」、「水門汀」的稱呼，卻用「洋」字為前綴很簡捷地組成了一個叫做「洋灰」的新語詞——直到民族解放戰爭時開始，工程師們從心理上不喜歡「洋」字，改用了「水泥」。從「紅毛泥」到「水泥」，這片黃土地經歷了多少災難呀。語詞不會說話，不然，這幾個語詞會道出很多辛酸的故事來。

3.7 消極和積極因素

西方砲火轟開了這個自我封閉的「天朝」的大門，也同時轟開了仁人志士的心扉——愛國者們發現封建主義僵屍正在迫使這片黃土地走向沒落。先行者們在戊戌變法前後到日本去尋求強國富民的道路——這樣，大量新語詞（包括自然科學的也包括社會科學的）從日文裡直接引進，因為在明治維新（1868）以後日語裡吸收了很多西洋名詞，而這些名詞卻是用漢字意譯而不像現在用片假名音譯的。這些借詞的大多數已經「漢化」，人們已經認為它們是天經地義從漢語創造出來，或者本來就有的語詞，甚至從心理上也決不感到它們是「借詞」了。思想、思潮、革命、文明、文化、經濟、教育、共和、社會、觀念、企業、幹部、支部、場合，等等，天天都在使用，有誰說它們是引進的呢？這也是當代文化接觸與語言接觸的一大奇觀。在使用這些引進的借詞時，學者們甚至還從漢字字面上找尋它的蘊藏語義（是「深層結構」的語義麼？）。試舉一例。梁啟超為蔣方震的著作《歐洲文藝復興時代史》作序，不作便罷，一作作成篇幅與原文相埒的「大」序，即爾後以單行本形式出版的《清代學術概論》。是書第一節釋「思潮」一詞時，煞有介事地大作文章，以其生花妙筆，淋漓盡致地描述一番，使人不知不覺以為盤古開天地以來，我們就有了「思潮」一語，而不知是從日語借來的。

請看這位智者的論述[①]：

「凡文化發展之國，其國民於一時期中，因環境之變遷，與夫心理之感召，不期而思想之進路，同趨於一方向，於是相與呼應洶湧，如潮然。始焉其勢甚微，幾莫之覺；寖假而漲——漲——漲，而達於滿度；過時焉則落，以漸至於衰熄。凡『思』非皆能成『潮』，能成『潮』者，則其『思』必有相當之價值，而又適合於其時代之要求者也。凡『時代』非皆有『思潮』，有思潮之時代，必文化昂進之時代也。」

日語「思潮」（shichyo）不過是英語trend（of thought）或current的意譯，經梁任公這樣「望文生義」暢談，則丹麥布蘭德斯（G. Brandes, 1842－1927）的名著《十九世紀歐洲文學主

① 見梁啟超，《清代學術概論》(《梁啟超史學論著三種》，香港，1980，頁186)。

潮》，這「主潮」（main current）確如梁任公所闡釋的「思潮」了。這也可以認為是文化接觸與語言接觸交融的一例。

也許可以得出這樣的論點，即不論在什麼場合和條件下進行的語言接觸，都是在相應的文化接觸背景下進行的，因而它是不可避免的，既不能抗拒也無需沮喪。如果注意到及時消除或減少它的消極因素，那麼都將使接觸雙方的語言豐富起來，更有效地發揮它的信息載體作用。其實文化接觸也是一樣有利於發展和豐富原來的主體的，人們對此大可不必過分緊張。

3.8 高名凱和岑麒祥

在漢語外來詞的研究領域中，有兩位學人是許多研究者當中的先行者。一位是高名凱教授，一位是岑麒祥教授，他們已先後離開了人世。高名凱在1957年初寫成《現代漢語外來詞研究》一書，送交當時剛開辦的文字改革出版社（由倪海曙和我主其事），因此，我有幸讀到此書最初的原稿。這是我國系統地研究漢語外來詞（借詞）的最初成果，我讀稿後認為材料是豐富的，立論是正確的，只有若干詞源和若干說法可以商榷；為此，我寫了一份相當長的意見書，用編輯部的名義送給作者，作者是很謙虛的，他斟酌了出版社提出的意見後將稿子改定，這就是1958年文字改革出版社出版的那部專著。可惜的是我在作者定稿時已調離出版社，沒有機會跟作者面談，而所提意見的底本已在「文化大革命」中散失。這部專著出版後受到海內外讀書界的重視，但它遠不是一部漢語外來詞詞典。為此，劉正埮等學人繼續完成高名凱的遺願，編成《漢語外來詞詞典》，先後在上海、香港印行——其時，岑麒祥也已將他的《漢語外來語詞典》原稿殺青了，關於作者和這部書，我寫過一篇專文，內容就是§3.9一節。

3.9 《漢語外來語詞典》的出版

《漢語外來語詞典》終於印出來的時候，岑麒祥教授（1903—1990）卻已無法看見它了。也許這部小書是他最後的一部著作，但我知道，這部書稿他整整花了近二十年的勞動，直到辭世之前也還牽掛著它能否問世。岑麒祥寫過一篇自傳式的文章，題目是〈我作為一個語言學工作者的坎坷歷程〉，其實他走過的人生道路，還算是平坦的，不過略為清苦一點罷了；倒是這部《詞典》卻真正經歷過十分坎坷的路程。

十年浩劫後的第一個春天，岑麒祥興致勃勃地跟我談起他這些年致力於漢語外來語的研究，並且給我展示了他的一大堆研究卡片，那是在1977年。我對他的勞作感到極大的興趣。就在這一年春夏之交，故王炳南會長（中國人民對外友好協會）宴請日中文化交流協會派來的一個代表團時，我曾把這部書稿的一些有趣的內容講給與會的中外人士聽，並且預許次年將可印出。不論是主人王炳南，還是日本文化界的朋友，對此都很感興趣，說了很多話，並且希望此書一出版就能得到一冊。不料日子過得很快，事情卻進展緩慢。反反覆覆，轉眼就過去了六年，付排了；又六年，才在去年秋出版。當樣書放到我桌上時，飽學的外交家王炳南已辭世多年，連編者岑麒祥也不在人間了。

這部小書出版過程長達十二年，部分是由於出版社的拖拉，部分則由於出版者跟著者意見不同，具體地說，就是編輯部（包括我在內）跟著者對外來詞這個概念的理解不同。分歧的要點見於我1978年3月31日給岑麒祥教授寫的一封信，在那封信裡我說我已讀過原稿B字部卡片（共477條），我認為至少有一半條目可以刪去。我認為外國人名地名是專名，可以編成另外的詞典，不要歸到外來語詞典中去。我說這些譯名雖然都是外來的，但它們不應視作語詞。這封信也代表了編輯部的意見。我在信中還說，這樣刪改的結果，將保留大約一半篇幅，都是花了大量勞動的成果，值得欽佩，且大大有益於讀者。對編輯技術上的一些意見，他欣然接受了；但他堅持外國人名地名就是外來詞。我反覆解釋這些可以另編詞典，他則認為非收進這部詞典中不可。這樣一來一回，往復了多次，最後我們還是尊重這位老前輩堅持的觀點，出書時全收了——或者可以說，這就是剛剛出版的《漢語外來語詞典》之所以拖十二年才印行的癥結所在——早知如此，還不如早幾年付梓，也能讓老學者親眼看見他的勞作問世呢。

下面是我於1978年3月31日致岑麒祥教授函中有關的幾段：

我把卡片數了一下，共477條。按照我粗略的分類，(1)外國人名占100條，(2)外國地名（國名）占135條，(3)古代國名、外國神名、外國文學作品中的人物名45條，(4)短句（外國諺語或成語）6條，(5)還有191條，我認為屬於地道的漢語借詞（或音譯，或意譯）。

關於外國人名，如巴比塞、巴枯寧、巴爾札克、巴貝夫、布哈林，……等等，似不屬於這部專門著作（特別是專門的漢語外來語詞典）範疇，這是外國人名詞典所要處理的項目，現在收得很不全，也無標準，要收全，則將是一部大書，故我認為這部分可以刪去。

關於外國地名。如巴庫、巴黎、巴里，貝加爾湖、布達佩斯、不丹、柏林，……等等，我以為也不屬於這部專著的範疇，這是外國地名詞典所要處理的項目。現在收得很不全，或者換句話說，要收全必須成為一部大書，因此，我認為這部分同樣也可刪去。

關於成語短句。我見到的共六條（「把馬車套在馬前頭」、「把自己的劍扔到秤盤上去」、「巴爾米開特的餐桌」、「剝扁角鹿的皮〔隱語〕」、「把牌攤到桌上來」、「不可思議的修鞋匠」）這六條是成語短句，當然很有用的，但它們不是這部專著範疇，它們將是外國典故詞典或成語詞典的項目。因此，建議也刪去。

關於古代地名國名（如不花剌、不花兒、八哈兒即今布哈拉），古代外國神話人物名稱（如酒神巴克斯、海神波塞冬……），和外國文學作品中的人物（如果戈里、易卜生等作品中的人物名），這一類條目，我傾向於古代地名（或古書所譯與今不同的地名）可以收，外國神話中人物名稱也可以收——嚴格地說，也可不屬於借詞範圍，但既已收集了不少，就不必刪去了。至於外國文學作品中的人物，似有掛一漏萬之嫌，看來以不收為好，或者最熟悉的，已經賦有特定涵義的人物名，如猶大、哈姆雷特、唐·吉訶德之類，可以收，一般就不收。

至於占半數的漢語外來語（詞），你是花了很多勞動，值得欽佩的。例如玻璃一詞有璧流璃、毗頭梨、玻瓈、頗梨等異譯，你都收集了，很好，我建議以玻璃一條為主條，其他為參見條，如果每個詞條都有出處（似大部分有），並注明出處的大致時代，那就更加有益於讀者了。我從大著裡初次注意到嚴復譯文中的一些有趣的譯名（這一點過去我沒注意），例如麵包譯作「麪黎」，木板譯作「布爾德」之類，你都注上出處，可以看出詞彙的變化，也是很有益的。

關於這部分，還有幾點小意見：有些詞條釋義太繁，例如「百科全書派」一條，大可精簡一半字數，「巴拿馬」（不是今地名，作「騙局」解）一條，也可精簡半數；有些藥品的釋義，也太繁，不易確切，它又不是《藥典》，可以簡化些。有些譯義還須斟酌，如「布拉吉」一條，語源應注俄文（不要用拉丁拼法），釋義作「蘇聯女孩子穿的一種連衣裙」，看來不盡是「蘇聯女孩子」穿的，可否注「即連衣裙」；「布拉吉」一詞是五〇年代流行過一陣的，1957年初有人在《人民日報》副刊批評音譯不妥，提倡「連衣裙」，後來「布拉吉」就不大流行了。其實不批評也會被意譯代替的，也許同漢語方塊字有關。「伯里璽天德」一詞，釋文作「舊譯名詞。大總統、會長或大學監督。」前一句「舊譯名詞」是不必要的，似可舉個最初見的例子。後一句釋文我不敢確定，雖則舊《辭源》、舊《辭海》都是這樣寫的，我仍有點懷疑。此詞似最初見於奏章（如《夷務始末》所收者），是否專指美國總統？英文president一詞有會長或大學監督之意，不知清末漢譯有無用這些意義的？如沒有，則研究外來語的著作似可不必收。此外，「病源學」、「病理學」、「貝類學」這類詞目，不屬於一般所講漢語外來語的範疇，我傾向於不收，要收，則範圍太大，是收不勝收的。不知以為對否？

作者給這部小書寫〈序言〉是在1984年夏。〈序言〉首段闡述了漢語吸收外來詞的過程，他認為從很早的時候起「就已形成了全民族所通用的共同語」（漢語），他說「這種共同語在產生和發展的過程中，由於漢族人民和他族人民的頻繁交往，常同國內外的許多非漢語發生接觸。接觸的結果會導致互相影響。它一方面向其他語言提供了許多詞語，另一方面又從其他語言吸收了好些語言成分。這些從別的語言吸收進來的語言成分就是漢語的外來詞。」（重點是引用者加的）由此可見，他強調的是語言成分，所以要把外來的人名地名也包括進去，他認為這雖不是一般意義的語詞，但它們是語言成分。這篇〈序言〉不長，卻包含著這位老學者對漢語外來詞的發生、發展和篩選過程的全部見解，對後人是很有啟發的。如果將來編岑氏文集，我認為不要忽視這篇短文。

我不想在這裡對這部勞作進行評述，我想提醒讀者的頭一點是它著重記錄了我國漢唐時代即第一次大規模引進借詞（外來詞）的面貌，書中收錄了為數甚多的佛教經典中的借詞。其次的一點——也是很有趣的一點——是書中所收的專名（人名地名），大部分出自馬克思主義的經典著作。眾所周知，五〇年代以還，中國提倡學人研究馬克思主義的立場、觀點、方法，因而去熟悉馬克思、恩格斯、列寧、史達林和毛澤東的著作，這是可以理解的。著者在研讀時用心摘錄了一些例證，比如《詞典》收「希特勒」一條，所引出處是毛澤東的《青年運動的方向》，云：「你們看，希特勒不是也講信仰社會主義嗎？……」（頁394）又如《詞典》收錄俄國一個小官僚阿拉克切也夫，則源出列寧的名篇〈紀念赫爾岑〉，有這樣的句子：「俄國貴族之間產生了比朗和阿拉克切也夫之流。」（頁13）

可惜岑教授在他的自述中竟沒有對這部《詞典》的坎坷歷程講一句話，也沒有對上面提到的「有趣」的事實講一點感受。但無論如何，他的認真鑽研（包括對馬克思主義著作的鑽研）和對他自己信念的執著，卻是極可尊敬的。回想半個世紀以前的1934年，岑麒祥從巴黎歸國，執教於廣州中山大學，開設語言學和語音學課程——1935—1936年，我們一群年輕人正熱衷於在推廣北方話拉丁化新文字的基礎上，制訂廣州話拉丁化新文字方案，那時我們中的黃煥秋、劉秉鈞選修了他的語言學課程（事見中山大學姚熔爐及其公子姚小平所寫的《廣州早期新文字運動史料》，1988），我則「偷」聽過他主講的語音學課（因我不是文學院學生）；廣州話中若干音素我們弄不清楚，一齊或分別去請教過他，才豁然通曉（我還記得他給我講明廣州話〔a〕和〔ɑ〕的分別），解決了我們在制訂方案時所遇到的困難。當然半個世紀以前我們從事的「語文運動」是一種天真的、帶有濃厚烏托邦思想的活動，但那時我們把這項活動同抗日救亡密切聯繫起來，而在「七七」事變以前，救國是有罪的，我們的語文活動也是「危險」的，我們年輕人熱血沸騰，不怕高壓，那不足為奇；而岑教授不怕同我們「廝混」在一起，並且熱心指導我們的工作，則是難能的，因而是可敬的。

這位老學者是苦學成才的，他學語言學是在法國——1928—1933，師承心理社會語言學派的大師梅耶（P. Meillet, 1866—1936）、房德理耶斯（J. Vendryes, 1875—1960）和實驗語言學大師傅舍（P. Fouche），回國後一直在大學裡教語言科學的幾門課，也做過一些方言調查。著有《普通語言學》（1957）、《語言學史概要》（1958）、《歷史比較語言學講話》（1981），但我卻偏愛他給故高名凱教授翻譯的索緒爾（Ferdinand de Saussure, 1857—1913）《普通語言學教程》一書所作的校注工作，這是「為人作嫁」沉悶乏味而大大有益於讀者的勞作——這勞作，同他一生勤謹踏實，誨人不倦的治學精神和做人態度是完全吻合的。他在自述中說，「我自1954年從廣州中山大學調到北京大學中文系就開始擔任普通語言學和語言學史這兩門課。其實，我自1934年返國後，由於第二次世界大戰打得火熱，與歐洲語言學界的關係已完全斷絕，對各學派的情況和主張都知道得不多。所以在備課時雖已費了九牛二虎之力，幾經補充修改，寫成《普通語言學》和《語言學史概要》二書交由北京科學出版社出版，且曾一再得到蘇聯《語言學問題》雜誌介紹讚揚，其實有好些地方我自己還是很不滿意的。其後到了十年動亂時期，這一類書更已被打入犯禁之列，我除了在晚間更深人靜之際偶然偷偷摸摸做些修補的工作以外，更沒有心思和閒暇去大加修改了。……我從事語言學研究近半個多世紀，用力不可謂不勤，但都因國事多舛，隨得隨失。但願今後長治久安，俾能以餘熱補救過去所失……。」

他說的是真話，但願今後能長治久安！據我所知，他晚年因年老多病，在開放改革時期竟沒能出去同海外學人接觸，「以補所失」，這是很遺憾的。他也沒有餘力參與近年國內語言文字規範化的工作，在我看來，也是很遺憾的。

4

論語言接觸

4.1 語言與文化

語言接觸必然是在文化接觸的背景下進行的。

這裡說的語言，是廣義的——即包括口語和文語，也就是口頭語和書面語，或者用另外的說法：言語和文字。

這裡說的文化，也是廣義的，文化是人類在自己的歷史經驗中創造的包羅萬象的綜合體；也就是英國一個人類學家泰勒（E. B. Tylor, 1832—1917）[①]所認為的廣泛內容，即包括社會成員的觀念、知識、信仰、藝術、法律、道德、風尚在內的，作為社會成員都必須具備的「能力和習慣」的綜合體。

可以認為，語言是一種社會現象——只有人類社會才有分音節的能記錄下來的語言，其他動物有傳達信息的工具，但還沒有發現它們有語言。

語言又是一種文化現象，表達了社會成員的「能力和習

---

① 參看泰勒的代表作《原始文化》(*Primitive Culture*, 1871)。

慣」，直接或間接表現這個社會的文化信息。

語言是信息載體（或者說是社會的交際媒介），用各種符號（聲音符號或文字符號——代碼）記載了信息，並且傳遞了信息；與此同時，語言本身又是信息系統——以有限的符號序列，表達無限的事物或概念[①]。

在很多次國際討論會上，學者們曾從不同的角度來表述文化與語言的相互關係——所有表述都不外乎三個框框。

——語言既不是構成文化的要素，也不是表達文化的方式（form）；

——語言是文化的一個構成部分；

——語言不等於文化，它是表達文化的一種方式。

不論那一種框框，文化的傳播在很多情況下離不開語言。而當兩種不同的文化相互接觸時，就無可避免地引起語言的接觸。

4.2 民族信心與異文化

不同的文化接觸可以在不同的條件下發生，這裡所說不同的條件包括主觀條件和客觀條件。

主觀條件指的是接觸雙方有強弱之分，有先進落後之分，有向上和走下坡路之分。

客觀條件所指更加複雜：是一方強加於另一方的（發生在征服、侵略或類似的場合）？還是雙方因商品交換而誘發的？或者一方有意「滲透」到另一方去的？或者雙方在和平友好活動的基礎上相互影響的？

---

①「有限的符號表達無限的概念」，這是信息論語言學（Cybernetic Linguistics）或語言信息學（Language Informatics）定義語言的重要論點。

兩種不同的文化相互接觸，其結果往往不是一方消滅另一方——這種情況是可能發生的，但通常的情況卻是互相滲透，形成你中有我和我中有你這樣的局面。

凡是興旺發達即向上的文化群體，往往是自信力很強的，他們不害怕所接觸不同的甚至其中有牴觸因素的異文化；這些文化群體不但不怕異文化，正相反，他們自信有力量去消化（不是消滅）異文化，即吸收其值得移植的部分而拒絕不符合本文化群體的生活習慣和社會習俗的部分。只有那些自信力弱的文化群體，或文化群體中自信力弱的那一部分，才害怕異文化或異文化中某些因素的「侵入」或影響，而在現實的社會生活中，這種「侵入」或影響卻是不可避免的，往往是堵也堵不住的。懷著抗拒的心情去同異文化接觸，不單是一個痛苦的過程，而且往往是徒勞的活動。

語言接觸是在這樣的文化接觸背景下發生的，因而也是很有興味的、很複雜的，常常具備上面所提到的那種情景。

4.3「塔」

以塔為例。

漢語中本無塔字。我國（甚至世界上）最古的「百科全書」《爾雅・宮第五》就沒有這麼一個「塔」字。《說文解字》最初也沒有「塔」字，只是徐鉉（917—992）校補《說文解字》時，才把「塔」字收進去——因為此時在中國陸地上已經建造了許多塔了。可見我國遠古時並沒有塔這樣的建築物，塔是漢唐時期佛教文化同中華民族傳統文化接觸而產生的新事物。文化接觸的結果不一定是完全照搬，當然也不會是時時抗拒，而是接受了當時社會生活認為有必要的、有益的、優美的東西，而在很多情況下，按照自己的習慣或審美觀念加以改造，例如到了東土來的塔，同最初在印度創立的塔，形狀也不完全一致，少林寺外的塔林那樣旨在藏著高僧舍利子的塔，可能更像原型的塔；但隨後在各地建立的塔，則同這原型很有差異了①。

一般認為，塔作為漢字中的一個，最初收在晉朝葛洪（284—341）所著《字苑》中，此書現已失傳，只在別人書中引用才知道它收了「塔」字，南朝梁顧野王所輯字書《玉篇》收「塔」字，此書成書於公元六世紀的543年。可以推斷，「塔」這個漢字是六世紀初或前若干年按照漢語造字法造出來的：「土」旁表意，「荅」表聲，故倪海曙編《現代漢字形聲字字彙》時把它收進去了：「從『荅』da，轉化為ta。」瑞典漢學家高本漢的名著《中文及漢和分析詞典》②中記錄了「塔」這個漢字的音變，即：

古音　tâp　（t 不送氣）

粵音　t'āp　（t' 送氣）

國音　t'ɑ　（t' 送氣）

書中說是從梵語的巴利語形借來的，即由巴利（Prakrit）語形stûpa轉來。在最初借入時，有種種不同的寫法，如塔婆、偷婆、兜婆、鍮婆等等，相傳是由梵文th-uba或th-upa音譯的，不過後

① 參看劉敦楨主編，《中國古代建築史》第二版（1984），第四章第四節〈寺和塔〉；清華大學建築系編，《中國古代建築》（1985—1990），〈宗教建築〉一章；又參看 *The Realm of Tibetan Buddhism*（1985），頁52。

② 高本漢（B. Karlgren, 1889—1978），在歐洲漢學界中對漢語研究有巨大成就和突出貢獻的瑞典漢學家。他的著作有趙元任、張世祿、賀昌群等譯本。他的分析詞典原名 *Analytic Dictionary of Chinese and Sino-Japanese*，序文說「此書不但供語文學家研究參考，而且供一般研究漢語的學生使用。」字典本身對每個漢字注上國音（即今音）、古音、粵音。

來都不流行了。

這個新詞引進時，還有顯然從stūpa的音譯出的三個漢字的組合，例如窣堵波——且入了王安石的詩：

「周顒宅在阿蘭若，
婁約身隨窣堵波。」

有趣的是，詩中用來跟著窣堵波對仗的三個漢字組成的語詞阿蘭若，也是音譯借詞，並且亦是同佛教文化接觸而產生的。——阿蘭若為梵文aranya的音譯，原意為「森林」，引申義為「空靜」。

窣堵波也有多種寫法，都是三個諧音的漢字寫成的，例如：

窣堵坡，
窣塔婆，
蘇鍮婆，
蘇偷婆，
藪偷婆，
素睹波，
窣睹波，
私鍮簸，
數鬥波，
藪鬥婆，
率都婆，
卒塔婆。

後來在典籍中漸漸都淘汰了，現代漢語只留下一個塔字。

和塔字差不多同時，在塔字之外，卻造了另外一個雙音語詞：浮圖或浮屠。「救人一命，勝造七級浮屠（圖）」——在元明戲曲小說中廣泛使用，作「塔」字同義語，可是在漢唐時從梵文buddha音譯而來，只解作「佛」，後來才逐漸衍化而為塔的同義語。《西廂記》說的「浮屠千丈，高接雲霓」，這裡的「浮屠」，當然不是指佛，而是指塔了。

由此可見，音譯所使用的漢字可以千變萬化，因為同音漢字（即使同音同調）常常有很多個，所以造出來的借詞寫法往往有很多變化。這是利用漢字譯音所產生的獨特效果，也正是它不利的地方，古今都如是。當今音譯術語（特別是新事物的音譯）會引起種種歧義。

> 有趣的是，英語裡表達東方式這種特定建築物——主要是印度式和從印度傳入中國的那種建築物——的語詞 pagoda 或法語裡的 pagode，德語裡的 Pagode，卻不是從梵文或巴利文 st-upa 轉寫的。據牛津的記錄，語源是波斯文 butkada —— but 義為「神」偶像），「kada」義為「居處」，而波斯語這個詞可能出自巴利文（Prakrit）的 pagod-I —— 義為「神（聖）的」。

十一世紀初（1084）成書的《資治通鑑》中有「浮屠」一詞，十三世紀胡三省（1230—1302）注釋云「佛弟子收奉舍利，建宮宇，號為塔，亦胡言，指宗廟也，故世稱塔廟。」這裡又出了一個另外的表述方式：「塔廟」；那時凡是西域的語詞，都稱為「胡」言，「胡」是泛指的形容詞。古籍中又用「佛陀窣堵坡」一語，與「窣堵坡（波）」是同義詞，語源為梵文的 buddhasūpa，buddha 即「佛」或「佛陀」，佛陀窣堵坡就是佛塔之意。

研究一種語言面對外國文化（異文化）和外來語詞時，發生什麼樣的反應，具體地說，是抗拒還是「拿來」，哪些抗拒哪些拿來，能使我們了解這個語言內在的發展趨勢，使用這種語言的群體所具有的心理狀態和社會環境，這是毫無疑義的，卻不能認為語言內在結構決定文化思維的方式。

薩丕爾·沃爾夫假說（Sapir-Whorf Hypothesis）又稱為「語言相對性」原理（linguistic relativity）。簡而言之，這個假說（原理）認為人們對世界的看法（英文用 view of the world，但通常借用德語的 Weltanschauung，也有譯作「世界觀」）全部或部分決定於其母語的結構[1]。用沃爾夫本人的話來說，「每一種語言的背景語言系統（換言之，即語法）與其說是重現觀念的工具，無寧說它本身就是觀念的形成者，即個人精神活動的程式和導向。」[2]這種類似說法也見諸於語言學家薩丕爾的《語言論》[3]，故後人多稱為薩丕爾·沃爾夫假說。格林貝爾格（J. Greenberg）的小冊子[4]中不贊成這種論點，我在《社會語言學》中也反駁這論點，但我的反駁失之簡單化。

4.4 輸出和輸入

凡是接觸現代西方語文借詞的，很快就會發現，這些語文從漢語借來的語詞寥寥無幾，而漢語從外國語文（從梵文、從日文、從歐洲語文）借來的語詞卻相對的多得多。漢語從外國輸入語詞，在歷史上有過兩次大規模的活動，一次是漢唐時同佛教文化接觸時發生的，一次是本世紀頭三十年（「五四」運動前後）同現代資本主義文化接觸時發生的。現代漢語，為什麼輸入多

① 這個簡單的表述，參考了 Jack Richards 等人編的《朗文應用語言學詞典》（*Longman Dictionary of Applied Linguistics*, 1989 年本），頁 167。
② 見沃爾夫的代表作《語言、思想與現實》（*Language, thought & reality*, 1956），頁 212。
③ 參看薩丕爾《語言論》（*Language — An Introduction to the study of speech*, 1921）有陸卓元譯、陸志韋校訂的中譯本（1977）。
④ 指格林貝爾格的小冊子 *A New Invitation to Linguistics*（1977）。

而輸出少？這當然是一個耐人尋味同時又很複雜的問題。概括地說，有社會政治經濟的原因，同時也有語言內在結構的原因。漢唐以後近代以前，中國的周邊群體文化比起漢文化來，不占優勢，加上帝國本身的鎖國政策，同外面接觸不多，因此輸入不多，輸出也不多。一兩百年來情況大變，古老的文化受到近代（資本主義）文化的衝擊，輸入就多起來了，而停滯發展的社會經濟卻沒有多少東西能被外面的文化群體所關注，輸出就少了。加上漢語書寫系統不是拼音系統，轉寫不便，也增加了輸出少的傾向。

但是不能隨便下結論說語詞輸入多於輸出，必定是由於這個國家社會經濟發展不如人家。最顯著的例子是當代日本——現今日語恐怕是使用借詞最多的語言①。在第二次世界大戰後，由於一個時期處在美國的實際占領下，日語增加了大量從英語（確切地說是美語）輸入的借詞，以致於有人認為如果不通曉英語詞彙，學日語將增加很多困難。日語借詞（外來語）如此氾濫，也有語言構造內在的原因，即這種語言是拼音系統，可以使用其中一種書寫符號（片假名）來表示借詞，而用與此相對應的另一種書寫符號（平假名）表示本身的語法關係。這樣做比使用漢字符號方便，正因為方便，加上戰後的語言環境和心理狀態，外來語（借詞）就大量出現了。儘管六〇年代以來，日本的國家實力高漲，高技術處處領先，外來詞（借詞）的使用卻也成為表達的媒介了。這也是當今世界語言情況的一種很特別的現象。

---

① 現代日語借詞之多、之濫，可以從日本每年出版許許多多有關新語彙的書都附有外來語看出。其中自由國民社編的《現代用語的基礎知識》銷行甚廣，即是一例。此書由1938年起出版，收新詞1,304個，以後每年出一本。第一次擴大版，1950年發行，收新詞12,775個；第二次擴大版，1972年發行，收新詞32,136個。外來語（＝借詞）數量之大，由此可見一斑。

5

論語言「馬賽克」現象

5.1 香港的語言環境

我在香港住了一些日子，才明白此地的語言環境確實是很複雜而又急變，饒有興味。我把這稱之為語言「馬賽克」現象——「馬賽克」一作「莫賽克」，即西文mosaic的音譯，這個語詞近年在中國時興起來；我於是取其五彩雜陳，鋪成一幅美妙圖畫之意，杜撰了一個名詞：「語言馬賽克」現象。

一般地說香港中英文並用，這並不錯，但不如說英中文並用更為確切。這個顛倒的字序是很重要的。英國的租界地，居民又多是說粵語的華人，乍看似是雙語（bilingual）社會，往深處看，英文中文有主有從，儘管近年說是兩種語文具有同等的效用，實際上並不盡然。這不奇怪，所有被稱為「雙語」社會的，都會出現這種現象。但九〇年代的香港，單說中英文並重或英中文並用，不能準確地表述這個地區的語言環境——所以我說，此地是一塊語言「馬賽克」。

就口語來說，英語在政治事務上、在教育事業上，或一般的在高層次的社會交際上，仍然占著主導地位，這是不言而喻的。但是有一點點小小的變化：可以察覺到美國英語已經悄悄地滲透到英國英語的王國裡，連美國式的招呼語「hay!」也隨時可聞，至於語彙的運用那就更甭提了。

這裡講「中文」，如果指的是口語，那麼實際上指的是粵語（粵方言）。此地的粵語，更準確地說，應當加個限制詞──港式粵語：無論在發音上、語彙上、音調（intonation）上、律動（rythm）上，都偏離了傳統的廣府話。是的，廣府話（粵方言）本身也在變，可是港粵經過四十多年的隔離（只是在近幾年接觸才密切起來），粵方言在港人口中跟大陸的方言已有一段明顯的距離。這種偏離當然是無可避免也是無可非議的。

盡人皆知，近年來經濟起飛後的香港崛起成為遠東一個強有力的金融中心和貿易（交換）中心，加上大陸開放政策的實施，講普通話的場合和人數猛然大增了，有一陣出現過教學普通話熱，這種熱度能不能持續發展，那就要看政治形勢和經濟發展的趨勢了。四十多年前我住在香港時，幾乎無人能聽懂普通話；但是此時我已遇到幾次服務行業的職工用粵腔普通話跟我交談，不但詞能達意，而且表達了一定的感情傾向。這使我頗為驚訝。可見這個高度商品化的社會，也不得不尋求一種能溝通大陸（內地）、台灣、新馬以及其他華人（華裔）地區的「公用語」進行交際，因為這裡是一個開放性的社會。人們自然而然選擇了普通話，不管稱之為普通話，還是稱之為國語、華語，都一樣。

5.2 語言「馬賽克」

如果不提一下此地一種語言習慣，我所描繪的語言「馬賽克」

現象就不那麼突出。這種習慣就是，在講粵語時，喜歡夾雜著一些英語單詞，不是指漢語外來語（如的士、士多、泊車、車軚[①]之類），而是純粹的英語字彙，這種習慣可能要聯繫到一百幾十年來的「洋涇濱」（pidgin）傾向；但現在夾用英文單字的現象完全不是洋涇濱，只不過反映了在這個雙語社會裡兩種語言長時期並存，為了某些社會群體交際的方便，它們自然而然以這種「三文治」式的夾雜出現，而這「三文治」又只在母語（粵方言）中出現，不在英語中出現。

從書面語（文語）的角度看，這一塊語言「馬賽克」顯得更加色彩繽紛。告示、傳媒、廣告所用的書面語，夾雜著那麼多的粵方言所特有的字和特有的詞彙、語法、表現方式，這是當代漢語（文語）所鮮見的。甚至整篇文章都用粵方言寫成，使用的是漢字，不夠用時創造一些其他地區誰也不認得的方塊字。三〇年代廣州出版過《廣州文藝》周刊，是一群進步文化人辦的，全部文章都用粵語寫成（使用的是方塊字），這是跟當時的抗日救亡運動結合起來的普羅方言文學。六〇年過去了，想不到方言書面語現象在此地還保留著，雖則我見到的大部分只是港人說的「鹹濕小說」[②]（黃色小說），但我聽說已出版了用粵方言寫成的書籍，那就更加值得思索了。

電視或廣告上出現夾雜粵方言的文本（text），我現在已經習慣了，但幾天前見到「正經」報章的專電（專訪）中也出現這種現象，還是吃了一驚——那是中通社發來報導亞運會的電文：

……八時剛過，部分心急的團長已匆匆趕來，一於「唔執輸」。

---

①「的士」（taxi），出租汽車；「士多」（store），小賣店；「泊車」（car park），停車（場）；「車軚」（tyre），車胎。

②「鹹濕小說」，粵方言，「鹹濕」指下流的性騷擾。

不到八時半，各路團長便到齊，各就各位，影番張靚相留念。（《大公報》1990.10.03）

母語的情感成分是社會語言學者所承認的；但母語（粵方言）在社會生活中如此活躍，則是少見的。為什麼在九〇年代高速度高技術以及高度商品化的信息社會裡，母語（方言）還能保持這樣強大的活力呢？為什麼這個從理論上說已經失去大部分對外交際功能（因為這種環境特別需要一種同外面交流時使用的「公用語」）的方言（母語）能夠這樣活躍呢？這些難題都值得社會語言學者從理論上加以探討。

此地社會生活的節奏是很快的——從內地來的客人常常不習慣甚至不適應這種快速節奏。高速度的社會節奏。迫使語言的運動也加快——最能感受到的是說話的速度加快了和詞彙的創造（出現）和消亡也加快了。在酒會上做十分鐘講話已經嫌長了，參加酒會的群眾有他們的「抵制」方法：索性展開對話，誰也不聽那個長篇大論的雄辯家說什麼。電視上的新聞廣播和天氣預測，也比中國說得快——這只是我的「觀感」，是一種直覺，還準備實行進一步的測定（例如錄音取樣，計算發言速度的平均值，即每秒能講多少個漢字等等）。

5.3 「馬賽克」現象與新語詞

新語詞的出現快，一部分新語詞消亡得也快。比方說，我一到香港便接觸到電視連續劇《香港蛙人》。蛙人一詞使我瞠目結舌。這裡描繪的既不是潛水人（現代漢語通常稱「蛙人」），也不是兩棲類動物。香港人告訴我說，這個新語詞是「六四」事件後香港出現移民熱所產生的，意思是有些人為了移民，像青蛙划水似地拚命「wie銀」（報紙上寫作「抓銀」，即賺錢），到了腰纏萬貫時，像青蛙似地用後腿一yang便跳離香港。這裡的“yang”也許相當於北方話的「蹬」（d-eng）──不過「蹬」是北京近幾年的流行語，一個男的跟一個女的「交朋友」（戀愛的委婉語詞），不知什麼原故，女的突然不要男的，把這男的「蹬」了。這個詞當然跟此地的yang字不同了。報上有這麼一句話：「我今晚又要出去wet了。」──報上確實用拉丁字母拼寫的，因為找不到合適的漢字。“wet”也是流行語，「去wet」約略等於「去玩」，可能前者語義和語感都比後者強烈得多。也許過一兩年這個流行語就消亡了──那時又會出現另一個新語詞來代替。

大量新詞語的產生，使這塊語言「馬賽克」的色彩更加鮮豔。現代漢語近十年從香港接受了多少新語詞，沒有精細的考察過和統計過，但這個現象是值得探索的。香港接觸新事物多而快，所以這裡是產生新語詞的第一線。經過時間的考驗和人工的篩選，有些新語詞消亡了，有些只保留在本地的口語或文語裡，有些則被納入現代漢語的通用語彙庫。「鐳射唱碟」只保留在港台的語言裡──現代漢語沒有接納，因為它已有了很好的術語「激光」來表達Laser（代替了從前的音譯「萊塞光」），不必用「鐳射」；「唱碟」在普通話裡通稱「唱片」，似乎人們也不想換個說法。現代漢語接納「愛滋病」一詞的過程，可以說是一個很有趣的例子。當Aids最初出現時，北京的中央電視台在新聞廣播中說成「獲得性免疫缺陷綜合症」（1984.04.27晚），這個新語詞不但長而且不好懂，但沒法，它只能照字面譯。第二天，新華社播發時作「後天免疫力缺乏綜合症」，好懂多了，但也還是難以上口。不久，接受了香港的譯法：「愛滋病」，這個外來詞譯得音義兼顧，誰第一個寫定的，值得給他一面金牌。內地近來又將「愛」改為「艾」，許多地方使用「艾滋病」來代替「愛滋病」，其原因恐怕是有些人談「愛」色變，怕這語詞染上「黃色」，所以委屈香草（「艾」）來做替罪羊了。

有一個語言現象我此刻還弄不懂，那就是：既然生活節奏加快，為什麼寫方塊字時卻寧願寫繁體而不寫簡體呢？寫「开门关门」一共只有十六筆，不是比寫四十二筆的「開門關門」快得多麼？也許這牽涉到政治上和心理上的因素——看來語言文字真是一個十分保守而且「頑固」的東西，太微妙了[①]。

① 這一章原文是1990年冬在香港的一次演說，後來發表在香港中文大學出版的《中國語文通訊》，1990年9月出版的第十期上。

6

論術語

6.1[①] 術語和術語學

術語學是由於科學技術發展的需要而產生的。術語的標準化反過來又促進了科學技術的發展。這是人類對環境或者說對宏觀世界和微觀世界認知和改造的過程，這個過程是符合客觀規律的辯證過程。

儘管中國在十六、七世紀以前就出現了《爾雅》這樣一部古典百科詞典，甚至可以說這部著作類似古代的術語數據庫，而在本世紀三〇年代上半期，中國科學界已經注意到並且以某種規模著手進行術語標準化工作；但是我們仍然不能不承認：具有現代意義的術語學，是電工技術革命所導致的一門多科性交叉的獨立學科，奧地利工程師維于斯脫（Eugene Wüster, 1898—1977）

① 從§6.1到§6.7是根據我在1991年7月舉行的術語學、標準化與技術傳播國際學術會議（International Conference on Terminology, Standardization and Technology）的Opening lecture（開幕式演講）改寫成中文的。原文見該會論文集（*Proceedings* pp.1-6）。

1931年發表的著作《術語學特別是電工學中的國際語言標準化》[1]被公認為當代術語學的「開山之作」。

維于斯脫1931年寫成的博士論文《術語學特別是電工學中的國際語言標準化》，副標題為《民族語言標準化及其概括》，被認為現代術語學最初一部系統的理論著作，也可以看成應用社會語言學的先行著作。維于斯脫認為，術語理論關係到下面的四個學科，即[2]：

語言學 linguistics

邏輯學 logic

本體論 ontology （命名學）

信息學 informatics （分類學）

他著重的是方法論問題。按照他的理論，術語學的方法，可以簡單概括為：

定義——c

定名——T　T＝—cn，即：術語：——

定形——n

這樣就回到了上文提出的公式。定義者，即用已知的概念給一個新概念作出綜合描述和界定；這個綜合描述和界定要滿足這個概念的內涵和外延的範圍，同時要給出準確的（而不是含混的、不是模糊的）、簡潔的（而不是拖泥帶水的，或者說排除了盡可能多的冗餘信息）、周全的（而不是片面的、孤立的）本質特徵（而不是表面特徵或推導特徵），而

① 參看 *Internationale Sprachnormung in der Technik, besonders in der Electrotechnik*。*Die nationale Sprachnormung und ohre Verallgemeinerung Berlin,* 1931。

② 參看我的〈術語和術語學：通俗論述〉（1980）一文，見《社會語言學論叢》（1991）。

給出的定義必須不是循環式的——時下有些字典詞書給出的界說是循環式的，檢索者得到的信息是零；例如「紡織品」被界定為「紡織工業所生產的物品」；而「紡織工業」則被界定為「凡製造紡織品者就是紡織工業」，繞了一個圈，讀者其實沒有得到甚麼。A者B也，B者A也，這是編詞典的大忌，當然也是給術語下定義的大忌。

由於一個術語是學科系統中表達一個概念，故定名要採取符合這個術語所屬的整個系統的要求；所定的名稱（「術語」）不是按照個人意志隨便訂定的、互不關聯的或甚至相互矛盾的東西。

定形就是要使用符號，所用符號（在中文就是用漢字構成的單詞或詞組）符合使用這個術語的社會群體的心理狀態和語言習慣，並且能確切地表達本質特徵的、富有表現力且容易被接受的。

維于斯特提出了這樣的一種論點，即：一個概念在A語言中有了名稱（即給這個概念創制了術語），那麼，與此相應的是，在B語言中也應當有一個相應的名稱（術語）——這個論點的出發點是，凡是在社會生活中出現一個新概念，就應當給它創制一個能表達這個概念的本質特徵並且只表達這個概念的名稱（術語）。

在定義、定名和定形時，應用社會語言學者有幾種古典形式的結構，可資運用。古典結構①包括：

——複合結構

例：「印歐語言」＝印（度）語言＋歐（洲）語言。

① 採用我在前頁注②所引論文的論點，見上引《論叢》一書。

「裝甲運兵車」＝裝甲車＋運兵車。

——重疊結構

例：「工人工程師」＝工人／工程師（指同一個人)。

「叉車」＝叉／車（同一事物的兩個部件)。

——從屬結構

例：「手扶拖拉機」＝手扶（的）拖拉機。

「三相電動機」＝三相（的）電動機。

「超導體」＝超（super）導體。

——引申結構

例：「石竹」≠石＋竹；

≠石／竹；

≠石→竹。這是一個單一概念。

6.2 電工革命和列寧的公式

一般認為，「電工」（Elektrotechnik）一詞是1880年首次在德語世界開始使用的，而「電工革命」是在上個世紀（十九世紀）下半期醞釀，而在本世紀最初二十五年中實現的偉大的改革——其特點就是以電力作為動力代替蒸汽力，電動機代替蒸汽機，導致了科學技術的巨大發展（其中特別是機械工業和化學工業的劃時代發展），從而大大提高了社會生產力，使整個社會生活發生了很大的變化。如果注意到詞典學家史洛曼（A. Schloman）本世紀初（1907）編纂的第一部電工詞典，只收錄了13,600個詞目，而在二十一年後（1928）這部詞典新版所收詞目已增加到21,000個的話，就可以意識到這裡所說的「電工革命」的勢頭是多麼猛烈。

西方某些學者（特別是「未來學者」）把電工革命稱為人類社會生產力的第三次革命，它繼農業革命和機械革命之後大大提高了社會生產力，不是沒有道理的。由此可見，列寧的著名公式——「蘇維埃政權加上全國電氣化等於共產主義」——是正視了當時科學技術的巨大發展而於1920年提出的。「蘇維埃政權」指的是生產關係，「全國電氣化」指的是生產力。列寧這個隱喻意味著，生產關係的變革，解除了社會生產力的桎梏，從而大大提高了生產力，促使人類社會向著更高的階段即更豐足的階段邁進。列寧的公式沒有很快成為現實，那是因為社會發展的因素太複雜，不能完全等同於科學技術的發展，歷史總是循著螺旋形的軌道前進的；但如果把這個公式當作隱喻來理解，那就能深刻體會到電工革命的社會意義是如何的重大。控制論的創始者維納把工業革命（包括蒸汽機和電動機的使用）認為只不過是革了「陰暗的魔鬼磨坊」①的命（這自然也是一種隱喻），只有本世紀六〇年代發生的「信息革命」，才會給科學技術帶來劃時代的驚人發展：電子的奧秘被揭露之後，創立了信息科學，而信息科學在各個領域的應用，又促使社會生產力再一次大大提高。

6.3 現代意義的術語學

科學技術的發展促進了社會生產力的提高，社會生產力的提高又促使科學技術往前邁進。在這樣的發展過程中必然會出現許許多多的新概念、新工具、新工藝和新事物；為表達這些新概念、新工具、新工藝和新事物，不能不創造許許多多與此相適應

① 見維納《人有人的用途》一書。

的新名詞，也就是新術語。為制定新術語，需要本學科的專門家在分類學和命名學上的探索，也需要語言學家以及其他科學家在應用語言學、社會心理學、詞典編纂學和邏輯學上的協作。這就是當代意義的術語學形成的道路。維于斯脫七十五歲那一年（1973），在《母語》雜誌（*Muttersprache*）發表的一篇文章，也描述了這樣的過程[①]。

6.4 電工革命和信息革命

從維于斯脫那部奠基性的著作發表到現在，已經過去了六十年。如上所說，這六十年間科學技術經歷了兩次革命，即電工革命和信息革命。

正如魁北克拉瓦爾（Laval）大學——世界上首次設置術語學的高等學府——隆多（G. Rondeau）教授所說，當代術語學是伴隨著信息科學的發展而同步發展和深化的。

信息技術極大地縮短了地區的距離，縮小了時間的阻隔，這就是說，今日信息技術加速並加強了科學技術的國際交流和世界性接觸。因此，術語標準化比之歷史上任何時期都顯得更加迫切，更加重要。不僅如此，從本質上說，術語標準化工作對科學技術的發展所起的作用是多方面的，也是前所未有的。具體地說，

——對於科學技術知識的傳播（包括科技教育和知識普及工作）；

——對於科學研究成果的應用；

——對於科技新概念（新工具）的理解和引進；

① 見豪頻達爾（Reinhard Haupenthal）編的維于斯脫論文集（Eugen Wüster, *Esperantologiaj studoj*, 1978），譯文見我的〈術語學札記〉，收在上引《論叢》中。

——對於新學科的開拓；

——對於數據的存儲、傳遞和檢索；

——對於數據和成果的編纂和出版；

——對於國內國際學術交流等等。

術語標準化的工作扮演著非常重要的角色，這一點越來越被人們所認識了。

6.5 第三世界的迫切任務

對於第三世界即發展中國家來說，術語學和術語標準化工作顯得尤其重要。這是因為——

——一般地說，發展中國家的科學技術工作起步較晚，很可能缺少全面系統的科學數據；

——特殊地說，即使其中一些國家曾經有過燦爛的古代文明，但由於歷史的社會的錯綜複雜的原因，它們在現代科學上仍比發達國家落後；

——謀求國民經濟的高漲必須借重於發展科學技術的教育、研究和應用；

——對外貿易和經濟交往的迫切需要；

——這些國家所用的語言文字系統往往有著比較獨特的形式和習慣；

所以，術語學和術語標準化工作在第三世界發展中國家顯得比發達國家更為迫切。

中國是發展中國家，屬於第三世界，所以中國同其他發展中國家一樣，深知術語學和術語標準化工作對於發展社會經濟和發展科學技術所具有的重大意義和作用。由於下面的原因，術語標準化工作在當前的中國顯得特別迫切：

——八〇年代開始，改革開放成為中國的基本國策；

——國際科技交流和經濟往來空前的發達；

——全民族科學文化水平的提高成為迫切任務；

——非拼音的漢字系統給術語工作帶來的特殊困難；

——國內制訂術語和港台以及海外華人制訂術語由於人為阻隔而引起的分歧。

6.6 應用社會語言學者的舉例

作為一個社會語言學家，根據我近年在應用語言學領域進行的觀察、實驗和思考的結果，試舉出幾個饒有興味的例子來敘述當前我國術語學和術語標準化工作是多麼重要、迫切和困難。

頭一個例子我想舉出一個常見的詞語——也許不是嚴格意義的科學術語，但它是在傳播學上一個專門名詞，這就是「出版」。國務院所屬兩個機關都有出版一詞，一個是「新聞出版署」，一個是「外文出版發行事業局」。前一個出版包括了出版、印刷、發行三個語義；後一個出版卻是表達狹義的出書而是同「發行」相對應的術語。在一些出版社內部，還有「出版部」這樣的機構，這裡的「出版」，等於「生產」，語義更為狹窄。出版這個語詞移譯到英語，那就更會引起歧義——例如新聞出版署的機關報《新聞出版報》有英語報名，稱 Press and Publishing Journal，這裡的 Press 是新聞，而中國著名的出版社「商務印書館」，它的傳統英語寫法是 The Commercial Press——這裡的 Press 卻是出版社，如同英國的牛津大學出版社 Oxford University Press 的用法一樣。現今的新聞發布會，一般卻作 Press Conference，這裡的Press又不是出版了。至於IPA這個國際的出版人、出版社、出版家組織，其中Publishers一字有作「出版商」，也有作「出版家」的，「商」和「家」的社會意義有原則區別。我故意舉出這個帶有更多社會性的術語或準術語（「出版」），指出它常常引起多義性和語義模糊性來，是想說明在社會科學範疇，或者在給社會現象制定術語時，遠比給自然科學和技術科學的概念制定術語，更為複雜，主要是由於社會因素比單純的自然因素錯綜複雜得多，而習慣性的「約定俗成」的成分起更多作用。

現在我再舉一個極端的例子，那就是縮略語術語的例子。我這裡說的「縮略語」是acronym，即把拼音文字每個單詞的首個字母連寫而成的術語。大陸如今已通行了「激光」，代替了以前的音譯「萊塞（光）」（Laser），這個術語使用了接近原來語義的「激」（stimuted）字，受到廣泛的歡迎，這個例子說明現代漢語引進新術語時，意譯更符合中國人的心理和漢語的使用習慣。我看新近引進的海外譯法「鐳射」或「雷射」，未必能取代「激光」一詞。但是「雷達」（Radar）雖是音譯，卻代替了意譯的「無線電測距儀」那樣冗長的寫法。附帶可以說一句，海外用「電腦」（意即electric brain）來表達「電子計算機」（electronic computer）或「計算機」這個概念，人們認為不太科學，卻易於上口。也許兩者可以並存一個時期，或分別用在不同的層面上。（例如前者作為通俗的口頭表述，後者作為正式文語）可是當我們接觸到AIDS這樣的縮略語時，社會上很快就採用了海外的音譯「愛滋病」（或其衍化體「艾滋病」），捨棄了最初的意譯「獲得性（A）免疫力（I）缺乏（D）綜合症（S）」這樣一個難以上口的佶屈聱牙的漢字組合。這裡卻又證明音譯在術語標準化工作並非一點也不可取。至於MIRV（或讀作〔 mərv 〕，或直呼四個字母）

這個縮略語進入現代漢語，則只能寫作「多彈頭分導重返大氣層運載工具」，捨此別無他途。但NATO（北大西洋公約組織）表述的是社會組織，可能因為在日常社會生活上更常用，因而帶有更多的社會性，現代漢語令人驚奇地使用了類似縮略語的術語「北約」。

我舉出上面這一串極端的例子，是要論證下面的幾個要點：

——術語工作對中國目前科學技術的發展是多麼重要；

——術語標準化對於中國實行改革開放政策是多麼重要；

——術語標準化工作在中國是多麼的不容易，需要做大量的研究、比較和思考。

——術語學跟應用社會語言學特別是現代漢語語用學的相互支持顯得多麼的迫切。

6.7 術語的國際化問題

術語的國際化問題[①]，是一個不能忽視的問題。術語學的先驅們已經注意到這個問題。本來科學技術的發展是衝破了國界線的，科技的交流更強化了術語的國際化。按照現今世界的技術條件，任何一個國家要完全把自己封閉起來，都是不可能的；因而任何科技信息都是封鎖不住的。因此無論從外國引進新概念或新工具，還是從本國輸出新概念或新工具，在術語的制定上都應注

① 三〇年代術語學作為一門獨立學科興起時，學者們就注意到國際化問題，特別重要的專門著作應推德列仁（Ernst Drezen）的《科學技術術語國際化問題》（*Priproblemo de internaciigo de science-teknika terminaro,* 1935），此書副標題為《歷史、現狀和前景》（*Historio, nuna stato kaj perspektivoj*），是作者1934年向斯德哥爾摩舉行的國際標準化協會（ISA）會議作的報告，這個報告是經當時的蘇聯科學院技術術語學委員會通過的。作者當時是該委員會的主任，但他本人在1937—1938的大清洗中消失了。

意到國際化。即使是把中國傳統文化（例如針灸）的信息傳遞到海外，首先當然要按照現代漢語的模式制定術語，但在移植時，也要注意到國際化。這是個很複雜的問題，但在標準化事業上是一個很值得重視的問題。

我想再一次強調；術語學和術語標準化工作，是促進科學技術發展從而提高社會生產力的一項重要的基礎工程。發展這一門科學，建立符合本國語言習慣和民族心理的術語數據庫，對於提高全民族科學文化水平，對於國內外學術交流，對於發展國民經濟，都有重要的迫切意義，應當加以重視。

6.8[①] 術語學在中國

術語學作為獨立學科進入中國的學術領域，並且引起科學、技術界的廣泛重視，可以說不早於本世紀七〇年代。

這樣說當然並不意味著中國在它的歷史長河中對事物和概念的命名不感興趣；正相反，古代中國和近代中國很多學者在這方面做了不少工作。早在公元三世紀編纂成書的《爾雅》，也許可以稱為這個世界現存的最早的「術語信息庫」，因為它彙集了十九個門類（包括專門學科以及社會生活）的專名並且給予當時認為最確切的定義。

從這個世紀開始到五〇年代，中國學術界和教育界很多有識之士努力開拓這一領域的工作，但限於當時的社會條件，術語學的發展並沒有顯著的成效。值得一提的是，著名物理學家嚴濟慈（現在同時又是著名的社會活動家）1935年在《東方雜誌》發表

① §6.8是根據我給國外一個專刊寫的前言中一段改寫成漢語的。

過一篇論述術語命名原則的論文，引起社會公眾對術語和術語學的注意——有趣的同時又是極有意義的是，這篇論文出現在現代術語學經典著作Wüster刊行（1931）後四年，據認為西方東方兩位科學家是在各自學術領域中獨立找尋術語標準化的道路的。

《爾雅》成書不晚於公元第三至第四世紀，因為後世流傳的郭璞注釋本，就是那時出現的——郭璞，東晉人，生於276年，死於324年。這部書外國詞書學界譽之為世界最早的百科全書，它給當時社會生活有關的各個部門的很多事物和概念作了分類，下了定義，從這一點上說，它略類似於現代術語庫terminobank或termbank。《爾雅》顯示了我國古代學者早在十六七個世紀以前即進行一種比較原始形態的術語學活動，或者說是應用社會語言學的某種實踐。

《爾雅》對當時的許多事物和概念，給出了簡潔的、一目了然的定義，這些定義按照當時的科學研究水平來說，是相當精確的。試舉《爾雅》卷上〈釋地第九〉為例：

邑外謂之　郊，
郊外謂之　牧，
牧外謂之　野，
野外謂之　林，
林外謂之　坰。
下濕曰　隰，
大野曰　平，
廣平曰　原，
高平曰　陸，
大陸曰　阜，
大阜曰　陵，

大陵曰　阿，

可食者曰原，

陂者曰　阪，

下者曰　隰，

這裡給許多概念下定義，又將它們——命名，用以命名的漢字有的沿用至今（如郊），語義未變，有的則改了語義（如牧），有的創造了另外的複音詞（如「平原」、「高原」）。但是兩千年後的讀者跟這部書接觸，無不駭於當時分類學和命名學竟到達了那樣高的程度。

五〇年代以後，應當說給統一科學名詞的工作打開了現代意義的術語學發展前景，可是由於謀求國家現代化的過程中發生了種種障礙，這方面的成效也不顯著。

七〇年代下半期以後，整個國家上下都明確了現代化是中國的偉大目標，開放和改革成為中國的國策，信息的傳遞和交流以及新技術的採用其中特別是電子計算機的廣泛應用，科學技術術語的制訂工作被提到緊迫的日程上。處理術語的兩個國家規模的組織相繼成立①，粗略地說，其中一個主要訂定自然科學名詞（已經國務院授權公布了天文學名詞、大氣科學名詞等多種術語彙），另一個主要訂定技術科學名詞（已經有三百種在進行中），這兩個機構各自擁有眾多的分支委員會，可以說它們已組成一個術語網。與此同時，一些學者正在探討現代術語學的原理和方法，特別是吸引了一些語言學家，開始探索結合著現代漢語特點來訂定術語，其前景是在若干個專門術語庫的基礎上建立一個國家級的統一術語庫。

---

① 這裡指的是全國自然科學名詞審訂委員會和全國術語標準化技術委員會。

7

論漢字

7.1[①] 「化石」和「軌跡」

語言一文字是人類社會生活的活化石。通過語言文字可以尋出社會運動的軌跡，甚至在某些場合還可以找到社會史「失去了的環節」。因此，無論就動態（軌跡）來說，還是就靜態（化石）來說，社會語言學竭力要從語言一文字的形態和結構，來解釋並探求社會發展的某些規律——自然，在這樣的研究過程中，也常常能發現和論證語言一文字本身的進化和發展規律。

在這個意義上，八卷本《漢語大字典》（同它的姊妹篇十二卷本《漢語大詞典》一樣）以其十五年艱苦勞動的成果作做了巨大的貢獻。這部大字典可以說是迄今為止最完備的、最實事求是因而最有科學價值的漢字數據庫。不言而喻，它不僅給世界上作為母語使用人數最多的書寫系統（漢字系統）做了一個帶有總結意義的收集、鑑別、整理、描寫、分析的工作，而且對研究漢民

① 由§7.1至§7.9是我為《漢語大字典論文集》（李格非、趙振鐸主編，1990）所作的論文。

族乃至中華民族傳統文化和社會發展提供了極其有用的資料。因此，《漢語大字典》的出版帶有現實的和深遠的意義；而對這個基礎建設工程付出了忘我勞動的千百位專家、學者、編輯和一切有關的工作人員，都會受到人民的稱讚。

際此全書即將出齊的時候，我想從我自己研究專業出發，對這部著作所提供的漢字信息，進行若干考察，這種考察首先是為了作者自己的研究需要——也許它只能稱為一種研讀《漢語大字典》的札記，這無關重要——，但如果它同時能給讀者帶來一點啟發，那麼，我們就應該感謝參加這項工程的建設者們。

7.2 「漢字文化圈」

我不認為「漢字文化圈」[①]這樣的語詞是精確的科學術語——使用漢字的不只是漢民族，漢民族所形成的文化，是同漢民族社會發展的過程息息相關的；而使用漢字或借用漢字某些要素來表達其思維的各個民族（漢民族以外的各民族）擁有自己的文化，這種文化的形成是同他們的社會發展過程不可分的。我們不能得出結論說：凡使用漢字的民族以及由這民族構成的社會，都擁有共同的統一的文化，這不符合歷史主義，也不符合唯物主義；在不同的民族文化中，完全可能存在某些相同的或相類似的因素，這是可以理解的，但這不能認為形成了一個「漢字文化圈」。

漢民族使用了幾千年的漢字系統，主要的反映了漢人在形成

① 也許「漢字文化」和「漢字文化圈」這種概念是1986年5月由《朝日新聞》和大修館主辦的「漢字文化的歷史和將來」學術討論會上最初出現的，後來在國內一些報刊有時也採用了。

漢民族的歷史過程中社會生活的運動軌跡，因此在這個漢字信息庫中只能發掘出主要是漢族——漢民族的文化「化石」。

語言決不能等同於文化。使用同一種語言的幾個民族並不都擁有同一種文化；反之，操不同語言的民族在某種情況下卻可能擁有共同的文化。這一點認識，連資產階級的語言學家都已達到；例如美國的薩丕爾①就這樣斷言過：

「完全不相干的語言在同一種文化裡共存，密切相關的語言——甚至同一種語言——屬於不同的文化區域。」

英國和美國使用著共同的語言（英語）——儘管二者之間隨著時間的推移已發生了某些正常的變異——，卻並沒有共同的文化。美洲印第安呼帕人、猶洛克人和卡洛克人的語言不僅互不相通，而且分屬三個主要的美洲語群，但這三種印第安人卻有著他們互相承認互相溝通的同一的文化。

語言與文化沒有「內在聯繫」。因此，無論從社會語言學的角度，還是從社會思想與政治思想的角度，都不必去稱呼一種並不存在的「漢字文化圈」。

7.3 馬、牛、羊

最初成書於十三世紀（宋朝）學者之手的《三字經》——它曾經在六七百年間成為民間啟蒙讀本——有這麼一句話：

「馬、牛、羊、雞、犬、豕：
此六畜，人所食。」

從十三世紀到現在已過去了七百年，這句話所描寫的還是現實。

---

① 見薩丕爾（Edward Sapir）的《語言論》(1921)，中譯本陸卓元譯，陸志韋校(1977)。

只是《三字經》的論述不免有片面性，比方說，馬和牛並不僅僅是供人們吃的。牛和馬在我國社會（特別是現代以前的長時期）生活中同時是最重要的生產工具（耕作）、交通工具（運輸）和戰爭工具（戰馬）。作為這樣的社會文化的「軌跡」，在漢字系統中可以找到描述、表達馬、牛、羊的種種形態、機能的不同字彙。老一輩的語言學家如羅常培、呂叔湘都給馬（呂）、牛、羊（羅）作過論證。羅常培說[①]：

——「中國古代文字關於牛羊的詞彙也特別豐富。」

——「現代中國語言裡這些字大多數都死亡了。」

——「可是古字書裡既然保留這些字的記錄，那麼，中國古代社會裡的畜牧生活是不可淹沒的。」

——「這些詞彙的死亡，完全由於社會制度和經濟制度的變遷所造成的。」

呂叔湘說[②]：

——「有些字眼兒隨著舊事物、舊概念的消失而消失。例如《詩經・魯頌》的《駉》這一首詩裡提到馬的名稱就有十六種。」

——「全部《詩經》裡的馬的名稱還有好些，再加上別的書裡的，名堂就更多了。」

——「這是因為馬在古代人的生活裡占重要位置，特別是那些貴族很講究養馬。」

——「這些字絕大多數後來都不用了。」

由此可見，社會生活形成了語言情景。經濟發展和社會交際的需要，創造了很多很多漢字——但是後來卻因為社會生活起了變革，以及語言本身的演變規律，——這一點下文還要談到——

① 參看羅常培：《語言與文化》(1950)。
② 參看呂叔湘：《語文常談》(1982)。

當時創造的一些字悄悄地消亡了。

也有在特殊語境中創造出來的字彙不消亡的，例如愛斯基摩人長年生活在冰天雪地中，由於社會生活的需要，他們對冰雪的概念十分講究——這樣就創造了很多有關冰雪的語彙，這些語彙在地球上多數較暖的地方是連人做夢也想不到的，至於在赤道附近生活的人，連冰雪也分辨不出來（人們常常取笑廣州人冰雪不辨，廣東人則取笑外省人桔柑橙不分），那就更甭提了。但是冰雪環境依然存在，所以愛斯基摩語中這些字彙沒有消失。

7.4 有關「牛」的種種概念的代碼

我想從《漢語大字典》第三卷，來觀察羅常培提到過的有關「牛」的字彙。這一卷中「牛」部的字正所謂多如牛毛，其中許多字早已不知道指什麼東西了——也就是說，五六百年前或者甚至七八百年前的學者早已不認得這些字了，為了某種原因（這些原因恐怕也是很複雜的），他們卻仍然把這些不認得的字收在他們所編纂的字書裡，例如：

> 犻——《字彙補》稱：「義闕」，就是說不知這個字代表什麼概念。
>
> 犵——《字彙補》稱：「義無考」，就是說考證不出這個字的語義是什麼。

有些「牛」旁的字，在某些字書中雖注明是「牛名」（牛的名字），我懷疑，其實編者當時只是「望文生義」，因有「牛」旁，根據漢字造字法的規律，必屬於牛那一類動物無疑，因注上一個「牛名」——這當然是以今人之心，度古人之意，也許只是我的懷疑，但為什麼像犡犪兩字，《玉篇》只說它們是「牛」，

《集韻》則稱為「牛名」呢？在古代社會裡，漢族對於「牛」的概念比一千幾百年前編字書時多得多，精確得多，每一個不同的（哪怕差別很小的）概念都給它造一個字，再加上技術上的原因（例如雕板、印刷等等原因），出現了指同一概念的而字形不同的許多後人稱為「異體」的字，這樣就使漢字信息庫增加了若干不必要的負擔。粗略作個估計，得出如下的統計數字：

「牛」部所收漢字統計：

《漢語大字典》	329
《康熙字典》	228
《辭海》	59
《辭源》	54
《現代漢語詞典》	46
《新華字典》	46
《常用字表》	8

從這個統計數字可以看出，當代漢字的使用數量大大地減少了，這是由於下面三種情況造成的：

①一些字「消亡」了；

②一些字的異體廢棄了；

③一些字演變為複音詞了。

考察一下《漢語大字典》所收的有關「牛」的種種概念的代碼（漢字），將會是很有興趣的事。

首先，古代社會對不同年齡的牛，都給創造一個漢字；換句話說，不同年齡的牛各自形成一個概念，對每個概念都給一個代碼，例如：

兩歲的牛：㸬，⿰牛貳，犋

三歲的牛：犙，⿰牛夋

四歲的牛：㸰，牭

四至五歲的牛：犗

八歲的牛：犕

有趣的是「牛」旁加上「貳」(二)、「參」(三)、「四」，就分別代表二、三、四歲的牛——左邊的「牛」是一種指示碼 (indicator)，右邊的數碼(貳、參、四)是一種意符(icon)，這是漢字的一種造字法。

其次，各種不同色澤的牛，也都有一個代碼，例如：

白牛：犡，㸴，㹕

黃白牛：犥

黑牛：𤛱

白脊牛：𤛠，㸸

赤牛：𤘹，犅

雜色牛：物

祭祀用純色牛：犧，牷

有虎紋的黃牛：㹉

黑色雜毛牛：𤚩，牻

毛色斑駁如星的牛：𤘤

毛色不純的牛：犖

正如現代把世界上膚色不同的人稱為「白(種)人」、「黃種人」、「黑(種)人」、「棕(種)人」一樣，古代華夏社會將不同膚色的牛都分別賦予不同的名字，可見古代漢人祖先對牛辨得很細，每一個不同的概念都給出一個特殊的符號來——而且符合當代術語學所規定的「術語單義性」原則(每一個術語只能代表一個概念)，不過古代寧願新造一個漢字，而不願意用兩個或兩個以上的已有的漢字組合來代表一個新概念，這一點是很特別的。也許可以認為，在那種語境中，字和詞是一致的。

至於公牛、母牛、小牛、閹牛、水牛，各有其不同的代碼，這就更加不言自明了，例如：

公牛：牤，特，㸷，𤛑

大公牛：牞

母牛：牯，𤛇，牸，㹀，𤘽

閹牛：犆，犄，犍，犗

小牛：𤛮（小公牛），犢，𤘪，𤙖，𤜸

水牛：犺，𤜵

此外還有大牛（犘）、無角小牛（犝）、無角牛（𤙓）、力氣大的牛（犌）、黑唇牛（㸷）、黃毛黑唇牛（犉）、黑腳牛（犈）、黑眼睛的牛（牰）等等。

至於古代的野牛以及古代社會認為屬牛或似牛的動物，造出的代碼（字）也從牛。例如：古代一種大野牛叫犪，還有一種叫犛，一種似牛而有四隻角，眼睛像人的動物，叫𤜁（《玉篇》），一種似牛的野獸稱為𤘾（《廣韻》、《集韻》）。還有叫犎的，是哪一種野牛，不得而知；連《山海經》所載一種似牛而有三足的神話動物，也從牛（犜），從牛的𤘮（《玉篇》）究竟是什麼動物，現代人不知道了，甚至單峰駱駝的代碼也從牛（牥）。

有關牛的動作也都有單義的代碼（漢字），例如表示牛叫的牟，表牛叫聲的㸳，表示牛有孕的𤙡，表牛病的𤛓，這許多字現代都沒有人用了——與此相類似的還有這樣一些現在看起來很古怪的字：

𤚍——牛角，𤚌——牛肉乾，𤜖——牛脛

有趣的是連牛喘息聲也給造了一個字（犨），牛不能孕也有一個獨特的字（犞）；牛慢慢地走（㸪或㹌），牛受驚奔跑（𤛷）也都有代碼。牛柔馴叫犢，牛「脾氣」（執拗）叫犟——後一個字到現今還在用著。連表示牛柵欄（古代的「牛棚」或「牛欄」，是真正養牛的地方，不是「史無前例」時期的非法拘留人的地方）的「牢」，甚至淡化而成囚禁人的房子（「牢房」）。「牢房」與「牛棚」，都是由兩個漢字構成的詞，它們都從牛到人，相映成趣——這都是社會生活的化石，可惜它們是語詞，不是單字，未能從這部《漢語大字典》中發掘出來。

在漢字庫中大量存在的從牛的單字，首先證明中國古代社會中牛是非常重要的家畜（如果不說是最重要的家畜的話）。可以設想在孕育中華民族和中華文化的黃土平原和黃土高原上，相當長的歷史時期裡，牛在社會生活中一定扮演著重要的角色。牛不僅提供了肉食和奶品（也許超過羊在這方面的作用，也許還大大超過馬在這方面的作用），而且本身成為一種生產工具和運輸工具，直到今日（如果從通常公認的甲骨文時代到現在已經歷了三千五百年）牛本身在很多地區仍然是不可缺少的或者起碼的生產工具和運輸工具。可以認為在十世紀前後（即在漢唐兩代），已經大量存在從牛的字了，但是從十四世紀到十九世紀（明清兩代），則已有很多字「消亡」了，也就是失去了社會交際作用了，社會上多數人已經不認得了，不使用了。遺憾的是，現在還沒有從現存的文獻中考證出哪幾個字是哪個時期出現的，哪個時期消亡的：如果得出這一方面的研究成果，那麼，就會對這一個長時期封建主義統治下的生產和生產關係的某些細節，得到更加明確和準確的認識。可惜我們還沒有這樣的資料——像莫累（J. Murray）①

① 莫累（Sir James Murray, 1837—1915），他主編的英語詞典叫作《按照歷史原則編纂的新英語詞典》（*A New English Dictionary on Historical Principles*），每個單字都注明了最初出現的年份。

編牛津英文字典那樣注明每一個字最初出現的年份的資料——，如果因此而去責備《漢語大字典》，那是不公平的：因為我國出版物卷帙浩繁（不像英文出版物只有那麼一小把！），且又有很多字書類書或有用的文獻散失（也許光散失的數量即超過古代英文文獻存在的數量！）。

在這許多字彙演變過程中，值得注意的一個語言現象是：表示牛的年齡的專名，兩歲的牛、三歲的牛、四歲的牛，那一類單字都消亡了——也許已經消亡了好幾百年了，社會經濟生活使養牛者再不用去分辨得那麼細了，或者另外有分辨的方法而不必做出專門的稱呼了，因此這一類單字悄悄地隱去了，絕大多數人不認得了；與此同時，有些單字卻演變為兩個漢字組成的詞——原來一個漢字便成一個詞，而後來好些詞都由單音節（一個漢字）演變為雙音節（兩個漢字）。這個演變過程可能是很緩慢的，但多數必須繼續使用的概念，都用兩個漢字來表達。在《倒序現代漢語詞典》中演變出這樣一串雙字構成的單詞：

菜牛／耕牛／牯牛（公牛）／海牛／黃牛／犍牛（閹割過的公牛）／犁牛（耕牛）／羚牛（似水牛的動物）／瘤牛牦牛／牤牛（公牛）／犏牛（公黃牛和母牦牛交配所生的第一代雜種牛）／乳牛／犛牛（似牛的動物）／水牛／野牛

甚至還有些明明不是牛，而殿之以牛為名字的動物，例如：

天牛（一種昆蟲）／蝸牛（一種軟體動物）

饒有興味的還派生出一個

鐵牛

來，它不是動物，卻是拖拉機的別名！從「耕牛」到「鐵牛」，顯示著社會生產的巨大變革，即從利用畜力來耕作到利用機械力來耕作，在我們中國，經歷了漫長的好多個世紀！創造「鐵牛」

這樣一個詞，表示人們思維中覺得凡是耕作的都應當是牛——儘管這是一部機器，但人們的語言習慣仍不無留戀地稱之為一種「牛」！正如西歐曾利用馬來工作因而有馬力一詞，當機器代替馬來工作時，人們不自覺地（不無留戀地）用馬力來表示一部機器的力量。馬力是一種計量單位，它與馬完全無關，卻等於735.5瓦特或33,000呎磅／每分鐘的功[①]。鐵牛一詞不知始於何時——也許從介紹蘇聯的時代（三〇年代）發端，而在49年後的中國才用開了。當然，鐵牛一詞現今沒有流行，它讓位於半譯音半譯意的借詞「拖拉機」（拖拉即tractor中trac一的音譯，也曾使用過「汽犁」一詞來表達，而汽犁中的犁，卻也是耕作的工具，古代用牛耕作，故犁從牛）。

7.5 文化浪潮「沉積」一層借詞

兩種語言相互接觸的時候，最通常發生的現象是借詞。借詞實際上不只是社會語言現象，而是相近或相異的社會文化互相接觸必然產生的後果。即使在長期封閉的社會中，吸收外來詞也是不可避免的，因為即使是封閉形態，在某種情況下也不能完全排斥新事物或新概念的「入侵」，而這「入侵」完全不帶惡意。

——一個強盛的、自信力很強的社會機制，能夠有意識地吸收並且消化「入侵」的外來語詞；與此同時，一個被奴役的、失掉自主力的社會機制，常常被強迫使用「入侵」的外來語詞。

——兩個地位不相等、力量不相等的政治實體相互接觸時，較弱的一方常常被迫接受較強的一方的詞彙，較強的一方往往以

① 參看我的〈語言與動物〉，第二節〈從「斑馬線」、「貓眼睛」到「馬力」〉（1980），收在《書林漫步（續篇）》（1984）中。

「主人」的姿態自覺地或不自覺地向較弱的一方「輸出」它的詞彙；與此同時，兩者都或多或少出現抗拒借詞的意識或下意識。

——在社會發生重大變革的過程中，每一個文化浪潮——不論是這個社會變革在變革前或後誘發的文化浪潮，還是部分地受外力影響（干擾或加強）的文化浪潮，都會「沉積」一層借詞；與此同時，這種文化浪潮也會向外「輸送」出一些語詞供別人借用。

也許可以說，在漢語的歷史上有過兩次較大的借詞浪潮，那就是漢唐時期和清末民初到「五四」時期。至於當今改革開放的時期，可以預示有一大批借詞會出現。

七十年前正是上面提到的薩丕爾[①]曾斷言「多少世紀以來，漢語在朝鮮語、日語和越南語的詞彙裡氾濫著，可是反過來，沒有接受過什麼。」（重點是我加的——引用者）看來這位學者的斷言不一定符合實際。至少這個論斷的下半截（即「沒有接受過什麼」）不那麼符合實際。也許在第一個時期因佛教的傳入，大量從梵文「引進」了借詞，可是在第二個時期卻正是從日語中接受了西學，搬來了很多借詞——形式上漢語的因素（主要是漢字）在日語中「氾濫」（日語在那個時期從西方導入西學的借詞，是用漢字而不是用假名寫成的）實質上與此同時，日語的新詞彙也在漢語中「氾濫」。

《漢語大字典》記錄了這三個時期借詞所用的漢字。一個表面上奇怪而實際上不奇怪的現象是，無論在哪一個時期（第三個時期少一些），借詞所用的漢字往往在原來的漢字左旁加一個「口」——這個「口」，表示這個漢字是音譯的借詞。漢字系統不

① 見薩丕爾（Edward Sapir）的《語言論》（1921），中譯本陸卓元譯，陸志韋校（1977）。

是拼音文字，因此它在創造新字時只能採用一種指示符號（例如「口」，「气」）加在原來的漢字上作為偏旁，順理成章，符合漢語的造字法。

在《漢語大字典》的「口部」收載了漢唐時期從佛教那裡「引進」的借詞——這些借詞都是音譯的，或者譯其首音，或者全譯，使用漢字時加上「口」作偏旁。舉出人們熟知的「六字真言」就可作證（因為《西遊記》中幾處提到這「六字真言」，所以很多人都知道它）。

1. 唵（ǎn）《廣韻》有。

2. 嘛（má）——

3. 呢（nī）《廣韻》有。

4. 叭（bā）《集韻》有。

5. 咪（miē）——

6. 吽（hōng）《字彙補》有。

「六字真言」中有三個字見於《廣韻》《集韻》，一個字見於《字彙補》，有兩個字卻不見經傳。可惜的是在《漢語大字典》中除「唵」字外都沒有釋義，也沒有源泉。「唵」字釋義云：

「唵 ③佛教梵咒常用字。為婀、烏、莽三字合成，婀字是菩提心義，烏字是報身義，莽字是化身義，合三字為唵字，攝義無邊，故為一切陀羅尼首（見《守護國經》九）。」

這一條釋文實際上與《辭源》（頁0525—二）同，只是首句《辭來源》作「佛經梵呪中多用為發語詞」。倒是《辭海》（頁1710—二）有關於語源的釋義：

「②梵文om的音譯。佛教咒語的發聲詞。《金剛經·補闕真言》：「唵呼嚧呼嚧。」

我在這裡不想評論是非長短，我只想指出從漢唐起音譯借詞即採用原來漢字加「口」作偏旁的方法，也許這是符合漢語造字法（造詞法）的最簡便的方法。這種方法至今還沒有完全廢棄。

第二個時期（從清末民初到「五四「前後）的借詞，也可以在《漢語大字典》口部中找到一些值得注意的樣本。例如在度量衡方面有：呎（＝英尺），唡（＝英兩），噸／吨（＝英制噸／頓），嗽（＝英畝），嘝（＝蒲式耳bushel）。請注意這些字都不是音譯借詞，與漢唐時期的許多音譯借詞不同，這一組字的右半邊借用原來漢字的語義，而左半邊偏旁（「口」）只表示它是外來的。鴉片戰爭前後，官方文書裡凡是敘述外國人或事物的漢字，悉數加了「口」字偏旁，如暎咭唎之類；所以收集在清朝《籌辦夷務始末》中的奏章文書到處可見這樣的加了指示偏旁的漢字——只是在鴉片戰爭以後一百幾十年間，這些加偏旁的漢字才漸漸逐個恢復它原來的面貌。當然，這些可以看作臨時加偏旁的漢字，不可能也不必完全收在即使是大部頭的字典裡。

在借詞的範疇中，還可以看到古代的雙漢字現象——即兩個單字合在一起表達了僅僅一種概念（一種事物），比如：

嗩吶——即波斯語sunan的音譯，原來是流行在中東一帶的簧管樂器。這種樂器何時傳入中國，或者換句話說，嗩吶一詞從哪個朝代開始出現，這是語源學的問題；如果《漢語大字典》能做出考證，加以注明，那就太好了，可惜還沒有。根據這部《漢語大字典》的記載（卷一，頁667），「嗩」字沒有別的釋義，它只在同「吶」字在一起時，才有語義；而「吶」（卷一，頁588）一字則古已有之，另有不同於嗩吶一詞的解釋。《漢語大字典》吶字項下，如果注明它可以和嗩字合成嗩吶，這就會對讀者有旁徵博引的啟發。

還有——

咖啡——《漢語大字典》記載這是從英文Coffee或葡文Café的音譯（卷一，頁610）。有趣的是，《漢語大字典》還收錄了咖喱，即英文curry的音譯，而咖啡的咖注音為kā，咖喱的咖注音為gā。也許有這種差別，但現今說話中咖啡的咖，也常作gā。外來詞讀音的變異是經常會發生的。在啡這個字頭下，最後一個釋義（三）fēi，注明它是譯音用字，如「咖啡」、「嗎啡」，這就補足了上一條提出的缺陷。——這裡又引出另一個借詞：嗎啡，音譯自英文morphine，見嗎字條釋義(4)，（卷一，頁664）。啡字也是古已有之，不是把「口」作偏旁硬加上的，不過《廣韻》作匹愷切，《集韻》作滂佩切，念作pēi（而不是fēi），它在元人曲本中還有個俗字，或廣義的簡化字：呸。

7.6 科技新造字

當代用「口」字作偏旁的漢字，大量保存在化學和藥學的術語中，隨時可見，例如：

嘧——嘧啶，即英文pyrimidine的音譯。

啶——見上。（卷一，頁646）英文排誤。

嘌——嘌呤，即英文purine的音譯。

呤——見上。

噻——噻唑，即英文thiazole的音譯。

唑——見上。

吩——噻吩，即英文thiophene的音譯。

哌——「譯音用字。如：兩苯駢哌哢」（卷一，頁661）

喹——喹啉，即英文quinolinc的音譯。

啉——見上。

哌——哌嗪，即英文piperazine的音譯，又作哌嗶嗪。

嗪——見上。

難怪現今世界的術語學界都認為①，造字最多最快最奇的是化學家和藥學家，其所以如此，也許因為他們的工作就是要發現新物質，合成新物質，因此不能不相應地創造出新字。由於漢語的書寫系統（文字）不是拼音系統，因此這一界新造的漢字也就更加突出了。可以舉「气」部為例。十年前我已舉出

氕氘氚

這三個字作為突出的例子②。這都是新「倉頡」所創造的。《漢語大字典》「气」部共收四十六個漢字（卷三，頁2010－2013），新創造的就有二十六個，占56%，占半數以上。它們是——

氕氘氚氖（氝）氙（氠）（氳）（氬）氡（氭）氟氢（氫）氩（氬）氦氰氧（氤）氨氪氱氮（氮）氯（氯）

在這裡我不想討論借詞的構成方法以及未來趨勢；我只想指出，正因為漢字系統不是拼音系統，所有第一次遇見的外來新事物或新概念，可能還未能透切了解新的含義，要快，就只能採用音譯——用漢字音譯常常會失真（其實不同語言即使是拼音文字轉寫transcription，也往往失真），而且容易「望文生義」，所以與音譯借詞同時產生了一種抗拒現象：即竭力要尋求一個比較音義俱全或至少與語義相適應的意譯。音譯借詞的抗拒現象是現代漢語一個可稱為「異化」的現象。

---

① 例如維于斯脫（Wüster）、德列仁（E. Drezen）都有這樣的看法，分別見所著術語學專著（參看本書第六章〈論術語〉注文）。

② 參看我的《語言與社會生活》（1979）第十八節〈術語學〉。

7.7 非正規（非規範）漢字

《漢語大字典》收錄的非正規漢字對許多邊緣學科的研究者提供了有用的資料——我說的「非正規漢字」是指漢語方言地區創制的漢字，非漢民族借用漢字作信息交際工具用時創制的「漢」字，以及漢民族文學家表示特殊語感創制的新漢字。

漢語方言地區創制的漢字，也許在粵語區表現得突出，其原因是多方面的。從歷史上說，鴉片貿易和鴉片戰爭敲開了這個地區的大門，這裡的方言為接受外來事物創制了某些語詞或特別的漢字；從社會環境來說，近幾十年來香港某些報刊在很多場合使用了某些記錄方音的漢字，使本來有音無字的方言語詞上了書面語。在這些非正規漢字中有若干個由南而北進入了白話文（書面普通話）而通行起來，例如我把「嘅」字下的例句加了一個「唔」字，變成下面這麼一句話：

嗷樣做喺唔啱嘅（卷一，頁662）

（這樣幹是不對的。）

這裡嗷、喺、唔、啱、嘅五個漢字都是粵方言創制的——其中最流行的是唔（m。卷一，頁627）和嘅（gé。卷一，頁662），或者更準確地說，是粵方言區借用原有的漢字來表示有關語義——唔最早見於馬王堆漢墓帛書，「求之弗得，唔眛思伏」，唔讀wù，通「寤」；嘅見於《廣韻》和《說文》，讀作kái，意為嘆息（「慨」）！粵方言書面語借用唔嘅兩字，音義都改了，純粹用作記錄方音的代碼。如果說這些字都是借用，也許可以舉出「奀」這樣的漢字是粵方言創制的；即使創制，也有七八百年的歷史了（十二世紀范成大書中已有此字）。《漢語大字典》注音的ēn（卷一，頁529），不確切，粵音應為〔ŋen〕，但漢語拼音沒有這樣的拼寫法，只好如此了。形容又瘦又小的人，就說他奀。這個字近年已進入普通話的字庫了。像奀這樣造字的還有孬、甭，那是在北方話地區流行的兩個複合字，也進入普通話的字庫了。甭（béng）為「不用」的合音，意為不必、用不著。這個字收在《龍龕手鑑》裡，「甭為棄」，與方言用字的語義略有出入。孬（nāo），也見於《龍龕手鑑》，所記音與現在讀音不同，意為不好。

文學家創制或借用漢字是文學語言的變異現象，這是很值得詞典學家關心的。《漢語大字典》的特點之一是在當代作家的作品中收集這一類帶有新意或新語感的字，而不完全依據現存的字書，是值得稱讚的。在「口」字部可以看到這樣的材料：

呆（dāi）——「那養鷹把式跟它面對面不斷地揮著手，呆！呆！地喊著。」（魏巍）

吽（hóu）——「埃娥想大叫起來，然而只是吽吽的幾聲牛鳴。」（鄭振鐸）

吹（chuī）——「（梅女士）心裡料準了秋敏女士一定又有一番好吹。」（茅盾）

「一百塊，少一分咱們吹！」（老舍）

「咱們這算吹了吧？」（趙樹理）

吙（hu-o）——「等我走到大堂，吙！」（李劼人）

「我女子不到他趙吙（＝家）去。」（韓起祥）

吧（bā）——「沒有否認，只低頭吧煙。」（周立波）

咋（zhā）——「他沒俺振山老大咋呼得厲害。」（柳青）

咧（liě）——「叉著手來咧著嘴。」（李季）

咧（lie）——「什麼宗咧，軍閥咧，政閥咧，不過民眾的勢

力則已，遇則必降伏拜倒於其前。」（李大釗）

咯（lo）——「就是被教育是神聖的事業咯，教員清高，不同凡俗咯，那一套。」（葉聖陶）

唦（n）——「唦！你在這裡挖坑？」（羅廣斌、楊益言）

嗻（niā）——「她也張開兩條臂膊，叫道：『來嗻！』」（魯迅）

《集韻》收的嗻字，桓虐切，讀xué，《玉篇》云，「嗻同噱。」都與當代方言借用的「嗻」音、義不同。

記錄其他地區（中國本土以外的地區）使用、借用或創制的漢字，應當也是多卷本大部頭字書的附帶任務。舉個例說，《漢語大字典》收載了「和制漢字」畑字（卷三，頁2195），這個字因侵華日軍頭子的姓而流行我國（特別因為《毛澤東選集》提到這個頭子），故從我國通行的讀音，注為 tián ，釋義為「日本人姓名用字」。可惜沒有注明日文的讀音（hata），否則給讀者提供更多的信息。畑這種字在日本稱為「國字」，即我上文說的「和制漢字」。如最初翻譯《資本論》的高畠——畠也叫「國字」，讀作haku 。我沒有統計出《漢語大字典》收了多少個「和制漢字」，作為「漢字庫」，我想，把境外創制的漢字收錄齊全，也未始不是很有意義的事。

也許後人查考起來，很納悶這麼一個和制漢字——畑字怎樣進入《漢語大字典》呢？上面已經約略提過，那是因為日本軍國主義者發動了侵華戰爭（1937—1945），因而盡人皆知有這麼一個侵華日軍的頭子姓畑，叫畑俊六。不過後人查《漢語大字典》時卻不知道，字典只說是日本人的姓名用字。當然，字典恐怕也不好多注些什麼；但是也許可以點明這個字的「語源」，這種語源不是語源學（etymology）所指的語源，而是語境（context）

所規定的本源。由此可知，從社會語言學出發，在八卷本的漢字庫中可以吸取很多很多信息養料。

7.8 漢字書寫系統的簡化過程

《漢語大字典》記錄了漢字這個書寫系統（就其總的趨勢來說）簡化的過程。簡化的過程是伴隨書寫工具的改變（硬筆—軟筆—硬筆—電子）進行的，影響和制約這個過程的因素是很複雜的，其中包括社會節奏的加速、信息交換的頻繁、社會意識的轉變，等等。我至今仍然信服已故語言學大師趙元任在二十三年前說過的一句話：「其實有史以來中國字是一直總在簡化著呐，只是有時快有時慢就是了。」①

碰巧在《漢語大字典》第一卷中可以舉一個例子來敘述這個漢字簡化的過程。

𪋻——《說文》。

麤——《說文》：「籀文」。

𪋻——《集韻》：「篆從土。」

塵——《廣韻》、《說文》。

尘——《字彙補》。

尘——當今簡化字。

許慎老先生說，「鹿行揚土」，就是人們所說的塵土。一隻鹿在土路上飛奔，揚起的不是別的什麼，而是塵土。後來段玉裁老先生作注，「群行則塵土甚」，三隻鹿揚起的是塵土，一隻鹿也能揚起塵土，那又何必寫三隻呢？人總是「貪懶」的，也就是人總

① 見趙元任：《通字方案》(1967)，——1983年北京版，頁90。參看趙元任：《語言問題》(1968)，——1979年北京版。

是那麼聰明，要用最小的勞動來換最大的成果，所以三鹿二土簡化而為三鹿一土，再簡化而成一鹿一土。後來「俗人」即時間很少而操勞很多的人還嫌它太「繁」，故俗作「尘」——「俗作」者，是在日常生活裡「凡夫俗子」都這樣寫之意。

這個字的例子不是很能說明問題嗎？

附帶的在這裡不免產生聯想。如果《漢語大字典》能夠給許多能夠找到例證的漢字，——注明它的字形變遷——從甲骨文到金文以及帛書、竹書乃至大篆、小篆、隸書、行書、楷書、草書、俗字、簡體——那將是極有意義的，當然也是極有興味的[①]。《漢語大字典》對某些字是這樣做了（雖也不全），如能普遍做，那就更好。

7.9 權威的漢字庫

我不知《漢語大字典》收錄的漢字總數是多少，我也不必論證它是不是漢字收錄得最多的字書；但我在這裡可以斷言，《漢語大字典》是當代中國成百上千學者、編輯和其他工作人員十五年認真勞作的新成果。我不免想到日本漢學家諸橋轍次[②]來，他是一個值得尊敬的人物，他第一次遊學中國時與張元濟、傅增湘過從，回國後以畢生精力完成了十三卷本《漢和大辭典》，收字49,964個（十二卷編碼48,902，加十三卷補遺共得49,964字），號稱收錄世間所有正字、略字、俗字、異體字、古體字以及日本人稱的「國字」（即「和製」漢字），彼方人士曾不無自豪地聲言

① 例如張瑄的《中文常用三千字形義釋》（1968）。
② 諸橋轍次（1883—1982），參看為紀念《大漢和辭典》新版而編纂的《〈大漢和辭典〉讀後》（紀田順一郎編，1985）。

利用了很多珍貴材料，甚至早稻田大學圖書館藏的「國寶」《玉篇》（其實是殘卷）——成於六世紀（543）的中國第一部規範化楷書字典（收字16,917）。如果《漢語大字典》收字比諸橋氏書多，這一點不奇怪，因為它出在諸橋書之後多年；如果經過認真鑑別和論證，收字不及此數，這不能貶低它的價值。時人愛「自我拔高」，「廣而告之」，在這一點上《漢語大字典》跟它們無可比擬，但它是樸實無華的，它是在前人許多勞作的基礎上加以創造性的整理排比編成的，不是「自我拔高」出來的。它將以淡泊明志、寧靜致遠的風度為世人服務。

西方語言學界普遍認為，「只有五種語言在傳布文化上有過壓倒勢力」，那就是漢文、梵文、阿拉伯文、希臘文、拉丁文。我以為這個論點在一定意義上是正確的。可是在當代世界，拉丁文、梵文和古希臘文已經失去了現實的意義；它們並沒有「滅亡」，只是在今日世界失去了傳播現代信息的意義。只有漢語和阿拉伯語還有著蓬勃的生命力。這是現實。但這又不是現實世界的全部，因為現時代（信息化時代）給若干種語言帶來了傳布文化／傳布信息的機會，這機會是現代世界多種社會因素形成的。今年5月，一個諾貝爾獎金獲得者——西班牙作家卡米洛·何塞·塞拉（Camilo Jose Sera）在巴黎演講時聲稱：「到二十二世紀末，世界上將只說四種語言，即英語、西班牙語、漢語和阿拉伯語。」為什麼這四種語言兩百年後將成為人類的公用語（？）／交際語（？）？也許這是就其語言環境立論的——漢語是十億（二百年後大大超過十億！）人的母語，阿拉伯語是中東、伊斯蘭的母語，西班牙語是南美洲幾十個國家（除巴西外）加上西班牙人的母語，而英語——顯然目前80%的科學文獻都用英文寫成（其中大部分又輸入了數據庫），可作國際間的聯網檢索。人們特別是西方人都這樣說。俄文呢？法文呢？德文呢？也許它們會在未來傳布文化的角逐中居於落後的（也就是中國使用委婉語詞稱之為「後進」的）地位，也許不會。現今在黃土地上也有人興高采烈地揚言下一個世紀是漢語的世紀。所有這上面所提到的現實和希望或預言，我都不想加以評論，正如法蘭西學院對語言起源問題不予辯論一樣。我認為每一個民族都有權認為自己的語言是美麗的、適用的、表現力強的，並引以自豪；但是，與此同時，每一個民族都應當尊重另一個民族的語言，並且應當相信他們使用的語言也都是美麗的、適用的、表現力強的，足以引為自豪的。正因為這樣，對於我們祖先創造並且一代傳一代傳給我們炎黃子孫的漢字，有責任加以收集、整理、分析，並且彙為權威的字庫，帶著自豪的心情，獻給這個世界。這是我們對祖先的責任，也是我們對當今世界的奉獻。這就夠了。而這也正是《漢語大字典》的奉獻。

7.10[①] 論《漢語大字典》出版的意義

《漢語大字典》的出版，既有現實的意義，同時具有深遠的意義；因為這樣一個資料庫是中華文化的基礎工程；而又因為漢字系統是世界上保有著並且運行著的少有的（如果不說是唯一的話）半圖形、非拼音文字，這樣的整理分析成果，自然而然會對整個人類社會的文化積累有很大的作用。

漢語作為母語使用的人數高達十多億，這是事實。中國境內以漢語為一種交際工具（公用語）的五十五個民族人數，則不少

① §7.10是我為香港出版的《紫荊》雜誌所作的專文（1990）。

於五千萬，海外還有幾千萬僑胞和華人也使用漢語。漢語書寫系統——漢字系統——是世界上活著的語言中最古老的、同時又是十分活躍的、帶有強大生命力的書寫系統之一。

今日通行的漢字，其形態同古代大有區別，但有一點是古今一貫的，即這個系統仍然保持著幾萬個孤立的符號。這些符號現在都收集在這部八卷本的大字典中，而這收集又不是單純的機械動作，而是經過許多學者專家辛勤的整理分析，所以說是一種科學研究成果絕不過分。只要知道，在過去的十五年工作過程中，大字典編輯部刊行了好些「副產品」，包括對漢字字形、字音、字義變化的記錄。這就證明大字典的編纂工作是如何的踏實。從這個意義上說，不必問它所收漢字量是不是在古往今來的字書中居首位，這部大字典都是有價值的。

漢字字量之多是由兩個方面造成的，一個方面是中國文化傳統悠久，反映和記錄幾千年事物或概念的工具（漢字）不得不與日俱增；另一個方面是漢字字形經過幾千年的變異，形成了很多後來不用的單元。當然，作為大型字書所收字量是越多越好，只要有根有據，只要經過分析研究，凡是曾經作為信息交際媒介的任何一個字（反過來即不是在古代某些學者腦海中想出來而未經使用的方塊符號），都應當經過鑑別收羅進去。成書於十八世紀（公元1716年）的《康熙字典》也有這樣的企圖。一般認為它收錄了42,174個字；據北大已故王竹溪教授研究的結果，實際上為42,073個字，其中包括數以千計的錯誤（這在清朝已經被指出過了）。我這裡絕對不是說，《漢語大字典》將找不到一個錯誤——幾百人集體編撰一部巨大的字書，沒有人能保證裡面不會有任何的疏漏失誤。問題的主要點應當是：從整個工作來說，它是嚴肅認真的，是實事求是的，這就足以說明這部字典的科學價值了。

漢字書寫系統至少有三千五百年的歷史。現在知道最古的漢字是公元前十四世紀（或稍稍更早些）刻在龜甲或獸骨上的符號集——甲骨文。甲骨文被認為是漢字的最初形態。甲骨文以後是鑄造青銅器時鐫刻在這些容器上的符號系統——金文。漢字的形態從甲骨、金文、篆書（大篆、小篆），到隸書、楷書、行書、草書，其間夾雜著「俗字」——俗字者是宋以後流行民間或刻印非官方冊籍用的「簡化字」。所以語言學大師趙元任先生說：「其實有史以來中國字是一直總在簡化著吶，只是有時快些有時慢些就是了。」[①]漢字簡化是社會發展的需要，不是從1949年人民中國開始的，更不是中國共產黨一家發明的。「簡化」是語言為適應社會需要而產生的，不是政治事件，而是文化現象。

甲骨文所記錄的大抵是古代占卜的過程和吉凶的測定。由此可以推斷，漢字書寫系統的最初形態，是中國社會脫離原始狀態，進入奴隸制時代，為了巫術的需要而產生的。關於文字與巫術共生的論斷，在這裡又一次找到了證明；例如英國的弗雷澤爵士[②]（在他的《金枝》中）、法國的列維·布呂爾[③]（在他的《原始思維》中）、美國的維納[④]（在他的《人有人的用途》中）、我國的郭沫若（在他的《中國古代社會研究》中）等中外學者有關論斷，在漢字這個古老的書寫系統中得到驗證。

語言的書寫系統一旦形成，它就不再局限於巫術活動了；它無可避免地擴大了自己的社會職能，即為社會生產和社會生活多

---

① 見趙元任：《通字方案》（1967），——1983年北京版，頁90。參看趙元任：《語言問題》（1968），——1979年北京版。
② 弗雷澤（J. G. Frazer, 1854—1941），代表作《金枝》（*The Golden Bough*）。
③ 列維·布呂爾（Levy-Bruhl Lucien, 1857—1939），《低級社會中的智力機能》（*Les fonctions mentales dans les societes inferieures,* 1910）。
④ 維納（Norbert Wiener, 1894—1964），《人有人的用途》（*The Human Use of Human Beings,* 1954）。

方面的需要服務。比如學者認為金文的很大一部分內容是歌頌喜慶和上層人物用以自勉的箴言。金文的出現表明那時的生產力大大提高了，視野也擴大了，語言文字的社會職能也隨著增強了。

無論是用刀具在龜甲獸骨上刻字，還是在青銅器上鑄字，都必須細心地把「符號」一筆一筆地描繪出來，而整個符號系統日積月累，從幾百幾千到幾萬，每一個符號都有不同的式樣，這就需要煩人的勞動。或者說，這個符號系統書寫極其困難，認識也不容易。由於這個原因，再加上古代生產力低下，受教育的人不多，一開始就導致了文字同說話分家，因為用那麼複雜的圖形來記錄口語很困難，也必然是很不完全的。

書面語（文字）與口頭語（說話）的長期分家，帶來了信息傳播上的不便和不準確、不精確，不能滿足日益發展的社會生產力的需要。任何時代任何語言的文字與口語都不能完全吻合，但兩者相差太遠，而且「分隔」的時間竟達幾千年之久，這倒是語言史上所少有的。但正因為這樣，出現了一個奇蹟，就是這樣的符號系統，衝破了長期存在的自然經濟所形成的為數極多的方言和次方言的障礙（五〇年代方言普查的結果，公認有七大方言①，還有約二千種次方言）。在你說的話我不懂，我說的話你不懂的情況下，一寫出漢字來，只要你識得字，就懂了。統一的書寫系統（漢字體系）和分歧的口語系統並存，而這個自古相傳、年復一年演化的書寫系統（漢字），扮演了重要的社會交際工具的角色。

這樣，漢字系統表現出一種凝聚力，對中華民族的團結和進步起了重大作用。數量那麼多的漢字，本來是一個歷史負擔，但

① 參看袁家驊等著《漢語方言概要》（第二版，1989）。

在漫長的歲月裡卻成為一種民族團結的黏合劑，這就是奇蹟。漢字之所以不能也不會消亡，由此可見。

檢閱一下這個經過慎重、細心整理的漢字庫，將會發現漢字發展一個有趣的特徵：一面是複化（繁化），一面是簡化。

許多許多漢字，作為詞來看，它往往演化為兩個字或三個字組成的語詞，這就是複化（繁化）。比如公牛叫「牝」，母牛叫「牯」，閹牛稱「犆」，小牛為「犢」，水牛為「犺」。還有古人稱「犕」，現在叫「兩歲的牛」；古人稱「犙」，現在沒人懂了，叫「三歲的牛」；古人稱「牭」，其實今人說這是「四歲的牛」，古人叫「㸦」的，就是指「四至五歲的牛」。此外還有𤛿、犏、㸷、𤘻，各各代表「白牛」、「黑牛」、「赤牛」、「有虎紋的黃牛」。這是複化（繁化）過程。

同時，另一方面是簡化過程，簡化是為了方便，也不能不注意到書寫工具的變化。漢字的書寫工具，是從硬工具（刀、竹，公元前十至二十世紀）到軟工具（毛筆，公元前三世紀產物），又從軟工具（經歷了十幾個世紀）回到硬工具（鉛筆、鋼筆、圓珠筆），然後到機器（打字機、電子計算機、照排機等等）。從總的趨勢看，字的形態向著減少筆畫發展，或者把形象簡化為容易書寫的形態。

前者如塵埃的「塵」——最初本來畫出三隻鹿或四隻鹿在土路上飛馳時揚起的東西就是這種微粒，故《說文解字》寫作𪋻，不知哪位聰明人覺得何需三隻鹿來表示揚塵呢，一隻鹿足矣，故後世作「塵」。宋朝時有聰明人異想天開，心想還不就是表達那個小小的土塊麼？所以他就寫作尘，這比寫三隻鹿加一個土或寫一隻鹿加一個土簡便多了，這個字一千年前成了「俗」字，不能登大雅之堂，只是到了五〇年代，人們才接納了「尘」來代表

「塵」，這個「尘」的古俗字就成為現今的簡化字，可見這個簡化字可是古人簡化的呢！

這是筆劃的簡化，還有圖形的簡化（意思指容易書寫些），比如古時畫個圓圈，中間加一個黑點：⊙就表示太陽（日）；後來發覺用刀具刻圓圈不方便，所以刻成◈有稜有角的東西，形象不太像了，但還有那麼一點點味道。月亮（一個「月」字複化而為「月亮」了）倒還好，繪成☽——一輪新月的圖形。我們的祖先確實聰明，他們抓住月亮時圓時缺那缺的特點，畫出來就跟太陽不會混淆了——太陽通常是沒有缺的。這個也不易寫，到了後來寫成「月」，可不大像半月形了，只不過也有那麼一點點味道。⩖的形象簡化而為「山」，≋的形象倒過來簡化而為「水」。這些都可稱為簡化。

大字典收集到的幾萬個符號，當然不是現在天天都使用的。任何一個人都不可能認得偌大數量的漢字。其實在現實生活中，通常都只用這部大字典所收漢字的十分之一左右。新華社一個研究所有一年把國內電訊稿全部文字輸入電腦，證明只使用了6,001個不同的漢字。據測定，老舍的小說《駱駝祥子》只用了2,413個漢字，《毛澤東選集》一至四卷才用了2,975個字。《魯迅全集》測定的結果，發現這位語言大師也只用了7,397個字。所以八〇年代初中國國家標準局公布的信息交換用字符基本集只有6,763個字，而1988年中國國家語委和新聞出版署根據語言文字應用研究所的研究結果，聯合公布了7,000字的通用字。同年語委和教委聯合公布了常用字3,500個。所有這些數據都是科學測定而不是什麼人隨便作出來的。這就表明，認識3,000—4,000字大致上就夠用了；如果鑽研古籍或某些專業，那就要擴大到6,000—7,000字。

近百年來漢字是否能適應社會發展的需要，不斷有爭論，這種爭論直至現在也未停止。一種意見強調了漢字的缺點；一種意見則強調了漢字的優點。曾經有人擔心漢字不能適應電腦的需要，而這種擔心現在已經減少或解除了。為此，有人興高采烈地宣稱漢語（包括漢字系統）將成為二十一世紀的語言；西班牙一個諾貝爾獎金獲得者（Camilo Jose Sera）甚至認為到二十二世紀末，世界上只講四種語言，其中一種就是漢語。還有各種各色對漢字的褒貶論點，我不想在這裡加以評論。

在《漢語大字典》出版之際，我只相信漢字是不會消亡的，漢字系統是能夠適應現代化過程的需要的，同時也認為我們的祖先一代傳一代傳給我們炎黃子孫的漢字，值得像《漢語大字典》那樣，加以收集、鑑別、整理、分析，並且彙總成為權威的字庫，帶著自豪的心情，把它獻給這個世界，這是我們對祖先的責任，也是我們對當今世界的奉獻。這就夠了。而這也正是《漢語大字典》的奉獻。

8

論語言工程

8.1 語言工程

語言工程（language engineering）①是應用社會語言學的一個重要內容，甚至可以說，在某種程度上，語言工程幾乎跟應用社會語言學是同義語。「語言工程」一詞只是在晚近的信息科學文獻中才出現的，可能這個術語是仿照人工智能專家費根鮑姆（E. A. Feigenbaum）教授倡始的「知識工程」（knowledge engineering）②一詞生成的。知識工程是利用電子計算機和其他新技術手段在某一專門領域解決特定問題的全過程的總稱。仿此，語言工程可以認為是利用電子計算機和其他新技術手段，在語言學領域（特別在社會語言學領域）內解決特定問題的全過程的總稱。「語言工程」這個新術語，在開放改革的十年中常常出現，尤其在信息界中經常會遇到。事實上在過去短短的十年間，

① 語言工程這個術語在語言學文獻中少見，只是晚近在語言信息處理和信息科學中出現。

② 費根鮑姆（Edward A. Feigenbaum）教授是當代有名的人工智能專家，《人工智能手冊》（*The Handbook of Artificial Intelligence,* 1981）主編。他倡導「知識工程」（Knowledge Engineering）代替當時用的Epistemological Engineering一詞，見日本人工智能專家田中幸吉教授主編的《知識工學》（1984）第一部第一章§1.1，頁6。

中國大陸進行了多項有重大意義的語言工程，它們不只對語言研究有用，而且對社會生活會起深遠的影響。

近十年（1980—1990）中國境內進行的大規模語言工程，至少可以列舉出下列的幾項①：

□字頻測定 □詞頻測定

□新聞用字字頻測定 □常用字表的制定

□通用字表的制定 □漢字部件出現頻率測定

□姓名用字字頻測定 □姓氏用字字頻測定

這幾項語言工程大體上都是八〇年代初開始醞釀的，大致在八〇年代中期以後陸續完成，有些工程公布了結果，有些工程的數據還未能被公眾廣泛使用。如果把七〇年代用人工進行的字頻測定（即通稱「748工程」）②計算在內，可以說我們有了幾個處理現代漢字的重大工程。對漢字在書報（文本text）中出現的頻率，最早的統計是1928年由教育家陳鶴琴用人工進行的，這也可算做一項語言工程——從陳鶴琴的統計開始，到現在已經過去了六十多年，所以對漢字的定量分析，已有六十年歷史了。

這裡所述，還沒有把對個別著作的字頻統計包括在內——也是在八〇年代，先後完成了《駱駝祥子》、《論語》、《史記》、《紅樓夢》、《全唐詩》、《魯迅全集》的字頻測定，所有這些完全可以歸入語言工程的項目之內，雖然各個項目的目的不一樣，但它們全是應用社會語言學在中國的重大進展和成績。香港中文大學中國文化研究所現在進行著的一項工程，即把先秦兩漢一〇三種典

---

① 關於八〇年代我國進行的各項語言工程概貌，可參看我主編的《現代漢語定量分析》（1989）一書。

② 「748工程」指1974年8月由胡愈之倡導，中央幾個部門研製的《漢字信息處理系統工程》，1977年印出《漢字頻度表》（新華印刷廠）。參看貝貴琴、張學濤編，《漢字頻度統計》（1988）。

籍輸入電子計算機，結果將會不僅起到索引（引得）的作用，還將對多種學科的研究提供各種方便，從應用社會語言學來說，這也是一項大型的語言工程，可望在九〇年代完成，這項語言工程對於研究古漢語和研究漢字和語詞的演變將會起很大的作用。

漢字在書面語（文本）中出現的頻率（frequency）就是字頻。字頻測定是語言研究的基礎工程。一般認為當代字頻測定始於德國的凱定（F. W. Kaedíng）。他在1898年起費了多年的努力，用人工完成了第一部德文的字頻詞典。他領導了幾百人對一千多萬字（準確地說為10,910,777）的德文語料，進行人工測量，那時還沒有電子計算機，用人工測定是一項既費時又煩人的機械活動，偶一疏忽就得出不準確的數據。對中文的第一次字頻測定（1928年陳鶴琴）[①]，對現代漢語的首次字頻測定（1974—

① 陳鶴琴《語體文應用字彙》，北京商務印書館1928年出版，為中華教育改進社叢刊第五種。書前有陶知行（按：後改稱陶行知）1925年5月寫的序。陶序說：「他們（近代教育家）對於一門一門的功課，甚至於一篇文章，一個算題，一項運動，都要依據目標去問他們的效用。他們的主張是要所學的，即是所用的。……到了後來他們要連學生學的字也要審查起來了。學生現在所學的字，個個字都是有用的字嗎？自從這個問題發生就有好幾位學者開始研究應用字彙。我國方面也有幾位先生研究這個問題，其中以陳鶴琴先生的研究為最有系統。他和他的助理九人先後費了二三年工夫，檢查了幾十萬字的語體文，編成這冊《語體文應用字彙》。這冊報告未付印以前已經做了《平民千字課》用字的根據。將來小學課本用字當然也可以拿他來做一種很好的根據。雖然不能十分完備，但我想這本字彙對於成人及國民教育一定是有很大的貢獻的。」

陳書前有〈緒論〉，敘述「中文應用字彙」曾有多種，其中包括Pastor P. Kronz根據Southhill的研究，和他編造的《常用四千字錄》。陳氏做過兩次測量，第一次使用六種材料包含554,478個漢字的語料，得4,261個字種；第二次使用348,180個漢字的語料，得與4,261字不同的458個漢字。第二次成果毀於火，故印出的只是第一次成果。

陳氏所用語料分六類，即①兒童用書，127,293字；②報刊（通俗報刊為主），153,344字；③婦女雜誌，90,142字；④小學生課外著作，51,807字；⑤古今小說，71,267字；⑥雜類，60,625字。

陳氏自稱這個成果有兩個缺點，一即「所搜集的材料不廣」，二為「所彙集的字數不足」。用現在通行的術語來說，就是語料分布面不廣，語料用字數量不足。書末附有「字數次數對照表」，即按字頻次序排列的字表(無字頻統計)。

76，「748工程」)，也都是用人工進行的；前者用的語料包含五十五萬字（554,478），後者所用的語料多達二千一百多萬字（21,629,372）。

8.2 幾個術語的界定

在語言工程中通常使用了下面的術語：

語料（corpus）——在進行一項語言工程時，要選定一些書面材料作為研究資料，輸入電子計算機；這些材料總稱「語料」，單位是字或詞。

文本（text）——選用並輸入電子計算機的書面語，稱為文本，文本同樣本有時混用，有時語義不一樣。

樣本（sample）——通常指根據甚麼原則來抽取書面語的特定部分，所抽取的這部分即稱為樣本。

字符（token）——通常是樣本中的單字跟標點符號的總稱，但在很多場合亦等於不計標點符號的淨字數。

字種（type）——指在語料中出現的不同的單字（單詞）；例如說在11,873,029個字符的語料中（這裡的字符是不連標點符號的淨字數），只出現了7,745個不同的字種。

字頻（frequency）——即某一個單字（或單詞）在文本中出現的次數w與所使用的語料包含的總字（詞）數t之比，設f為字頻（單字出現頻率），則

$$f=\frac{w}{t}$$

這裡得到的頻率即為單字出現的相對頻率（relative frequency）；將所得字種按降頻次序排列，將其相對頻率陸續相加，即得到累計頻率（cumulative frequency），在現代漢語裡

面，字不等於詞，這在本書上文已反覆交代過了，因此可以衍化出字頻（character frequency）和詞頻（word frequency）來。在有些語言工程中，將這兩者混而為一，或可稱為現代漢語的字詞頻率，通常是為了某種特定目標——例如為了考察教學用的常用字和常用詞，或者為了考察傳媒用的常用字和常用詞——而進行的。由於現代漢語怎樣才叫做「詞」，甚麼是詞甚麼不是詞，還沒有一致公認的界說，處在百家爭鳴的階段，所以測定詞頻比較測定字頻有著更大的困難，我很能體味到一項語言工程的主持者這樣的一段訴說①：

> 「統計漢字的頻度，有一個字算一個字，不存在詞語單位的切分問題。使用拼音文字的外語，單詞之間有空白間隔，統計詞數也不大困難（按：一般拼音文字統計的詞頻即是字頻，除非統計字母出現的頻率則需另外進行——引用者）。統計漢語詞頻則難度要大得多。無明顯形態界限作為劃分詞的依據，這是主要困難。語素和詞，詞和詞組的界限劃分以及詞的分類問題在理論上和實際上都未妥善解決。」

以後各節所用的這幾個術語，就按照上面的定義及內涵。

8.3 定量分析

從實際的方法和效果看，這裡所闡述的語言工程，如果說得簡單一些，就是現代漢語若干要素（若干範疇）的定量分析。定量分析（quantitative analysis）包含兩層意思，頭一層是用電子計算機對所需要檢驗研究的對象進行量的測定；在量的測定基礎

① 見常寶儒：〈現代漢語頻率詞典的研製〉一文，載上揭書《現代漢語定量分析》（1989）。

上，進行第二層工作，即分析工作。

對於語言實體（語言系統的諸範疇）的研究，從來都只作定性分析（借用化學的術語），即著重在描述它的形態和分析它的結構，而不太著重定量分析。雖有數量顯示，但往往疏於做進一步的分析。晚近——特別在本世紀六〇年代以來，信息科學有了突破性的發展，無論從理論還是從技術，都能夠應用到語言學的研究裡。前者（理論）如信息論、控制論、系統論、耗散結構論和概率論、抽樣論、博弈論、神經生理學以及裂腦研究等等；後者（技術）如電子計算機的微型化和高效化等等。這樣，以語言材料為原料進行定量分析，就比較容易取得效果。社會語言學和應用社會語言學在成長的過程中，也逐漸注意到定量分析問題。對語言諸要素（或各有機構成單位 unit）進行定量分析，不是語言學家的最終目的；從定量分析得到的數據出發，對語言習得（language acquisition）提出新的理論、模型和方法，對語言變異（language variation）現象作出合理的解釋，找出變異的規律，以便對變異的趨勢作出預測或判斷，對語言決策（language policy decision-making）提供可靠的數據從而提出決策建議，對語言學的理論（例如語言共通性 language universals）①提供數據來證實、證明或否定某些假設、原理或論點……等等，所有這一切都應當以定量分析為基礎。從定性到定量，然後又從定量回到定性——從量的測定結果，經過分析研究，深化對本質的理解。這才是定量分析的最終目標。舉一個例，中小學學生學習本國語言文字，需要一個最低限度的常用字表，有了最低限度（minimum）

① 語言共通性（language universals）指在已知的所有語言中都出現的一種語言模式或語言現象。格林貝爾格（J. H. Greenberg）著有三卷本 *Universals of Language*（1966）。

常用字表，才能夠使學生在規定的年限內學到他所必需的足夠數量的漢字；在他的腦海裡存儲了這一定數量的字表，才可以在社會生活中應付自如。要制定這樣一個常用字表，不能靠印象挑選單字，更不能用隨機方法抽取單字，非得以漢字字頻測定數據為基礎，再採用旁的輔助方法編成，編成以後又須還原到隨機抽取的語料中去驗證，然後才能得出比較符合實際需要的字表。所以，對語料進行字頻測定不是最終目標，它不過是達到某種結論的基礎。

8.4 從定量到定性

上面說的從定性到定量，然後又從定量回到定性——即從量的測定結果，經過分析研究，深化對本質的理解。這也許是晚近某些學科（如果不說一切學科）的發展所經由之路。特別是近幾十年信息科學體系的創立，高技術的導入和應用，使語言學這樣古老的學科，也逐漸注意到量的測定；即不僅著重在描述或結構分析，而且以語料為原料進行各種量的測定。像社會語言學這樣的新興學科，帶有很濃厚的實用意義的學科，也自然而然地逐漸注意到量的測定①。對語言諸要素進行量的測定；分析這些測定數據，對語言理論提出新的觀念或作出新的解釋；對語言文字的實際應用作出新的設想，亦即深化定性分析，這才完成了調查研

① 西方近年出版的社會語言學著作，如赫德孫（R. A. Hudson, 1980）的著作，整個第五部分為〈言語的量的研究〉，法索德（R. Fasold, 1984）的著作第五章為〈定量分析〉。就連早些年出版的加羅爾（John B. Carroll）的《語言與思想》（*Language and Thought*, 1964），也有專門一節論述從統計的觀點看語言行為。此書第53頁有一個很有趣的圖解，分析字長與字頻的關係，證明由三個字母組成的英文單字頻率最高。

究的一個循環；自然這只是許多循環中的一個。定性分析——量的測定——深化認識或有效應用：這就是上述循環的最簡單的圖式。特別是在本世紀六〇年代電子技術長足發展以後，對語言諸要素的定量分析方便多了、容易多了、準確多了；這當然不能推論說在電子技術發展以前就不能進行量的測定——例如上文提到的第一部字頻統計詞典是凱定在1898年完成的，就連測頻工作常常引用的齊普夫定律（Zipf's Law），即有名的F·R＝C也是1936年公布的。至於常被人引用的曼德布洛德（B. Mandelbrot）修正公式也是在五〇年代初推導出來的①。在我國，第一個進行現代意義的字頻測定，是教育家陳鶴琴在1928年完成的。他同幾名助手用人工方法統計了近六十萬字的語料。甚至在七〇年代我國仍只用人工完成了語料為二千一百多萬字的字頻統計——即通常所稱「748工程」。所有這些先行者的例子表明，即使在電子計算機和信息科學導入以前，對語言諸要素進行量的測定已經被認為是必要的，而且實際上證明是可能的。

一點也用不著懷疑，電子計算機開闢了語言定量研究的新時代。從前要花幾倍幾十倍甚至幾百倍人力和時間測定某種語言要素的工作，現在利用電子計算機去做，既省時間、省人力而又能得到更為準確的數據。近年我國語言文字應用領域在短短幾年間取得如此可觀的成果，是導入電子計算機以及其他新技術的直接結果。

---

① 關於齊普夫定律和曼德布洛德修正公式，中文圖書可看馮志偉：《數理語言學》（上海，1985）第三章〈統計語言學〉；馮志偉：《現代語言學流派》（陝西，1987）第十三章〈數理語言學〉。
原文可看齊普夫（G. K. Zipf）的《語言心理生物學》（*The Psycho-Biology of Language*, 1936）；曼德布洛德（B. Mandelbrot）的《語言統計構造的信息理論》（*An Informational Theory of the Statistical Structure of Language*），見傑克遜（W. Jackson）主編《信息理論》（*Communication Theory*, 1953）一書頁486－502。

8.5 選取語料的最優量

進行字頻詞頻測定選取的語料究竟達到多大的數量為最優的問題，是一個值得思索的問題。語料數量過少，統計結果不能符合語言應用的客觀實際，這是可以想像到的；而語料數量卻不能擴大到無窮，數量過多，首先是費時失事。能不能說數量越大越好呢？根據概率論的大數定理，認為常用字詞出現頻率不低於 10^{-5}（即在十萬次場合至少有一次出現機會）為適度的，為此，字頻測定時還可以增加一個數量級，即在一百萬次語料中出現一次為適度。制訂《現代漢語頻率詞典》①這一項語言工程又增加了「保險」係數，實際取樣為二百萬字符（不算標點符號為一百八十一萬字符，一百三十一萬詞次），以此來統計單個漢字出現的次數（頻率）以便進行選定常用詞，制訂者認為是可取的。用這種規模測量的結果是：1,000個高頻單字，覆蓋了所用語料的91.3%；8,000個高頻詞，覆蓋了所用語料的95%。這裡給出的幾個數字對於研究並制定常用字表和常用詞表是很有參考價值的。

對語言要素進行量的測定，語料數量超過了必要的最優值，那可能導致浪費。換句話說，所用語料適度就可以得出可靠的結果。例如測定現代漢語的平均信息量（熵）時，馮志偉採用了逐漸增大漢字容量的方法，計算出當漢語書面語句中的漢字容量擴大到12,370個單字時，包含在一個漢字中的平均信息量（熵）為9.65比特——如果漢字容量繼續增大，所求得的熵值不會增加。熵和字頻當然不是一碼事，這裡只是順便說明，測量用的語料數

① 《現代漢語頻率詞典》（1986），北京語言學院語言教學研究所編。

量應求得最優量。

對字頻測定所用語料的最優量，目前還有不同的意見。從實際的幾個語言工程看來，樣本數量遠比本文所提出的最優量為大。試與英語字頻測量比較一下。最近一次英語詞頻測量(1971)用了5,088,721個字的語料，共出現86,741個單詞（即單字）。中國七〇年代中期「748工程」用人工進行現代漢語字頻測定用了21,629,372個字符，而字種（對應於上例中的單詞）只有6,374個；而另一個語言工程，用計算機進行現代漢語字頻測定，則只用了一半數量的語料，即11,873,029個字符，測得字種共7,745個。

8.6 《現代漢語頻率詞典》

《現代漢語頻率詞典》這一項語言工程，在它選擇的「最優」語料數量範圍內，共測得4,574個字種。在最優量語料（如前所述，約二百萬字符）中出現245次以上的一千個高頻漢字，覆蓋面（即占全部語料字符的百分比）達91.3%；如果把出現三十次以上的2,418個高頻及次高頻漢字測算，則覆蓋面達到99%強。在整個語料中出現的4,574個字種中，減去這部分高頻和次高頻漢字（即4,574－2,418），得2,156個字種——這二千多個低頻漢字只覆蓋全部語料的1%。由此可知，低頻漢字每一個出現的平均機會只有千萬分之五（5／10,000,000）。

對這一千個高頻漢字進行的語音分析和語義分析是饒有興味的，其結果對於應用語言學、語言教育學、社會語言學、心理語言學、語言信息學以及其他學科都有啟發性的意義。

語音分析的結果提供了這樣的一個事實，即以Z和S子音開始的漢字（這裡用的是漢語拼音方案）占絕對優勢，僅「shi」這個音節在一千個高頻漢字中即占有二十四個（2.4%）。著名語言學家趙元任「編造」過一個《施氏食獅史》的繞口令，就是從這樣的事實出發的。《施氏食獅史》從旁證明在現代漢語口語裡頭，複音詞出現較多，不常發生因使用同音詞而語義不清的情況；但如古文（文言文）今讀（注意：以今音來讀古文），則因為單音詞多，使語義分辨發生困難。這個極端例子見於趙氏關於語言問題的演講錄，如果用漢語拼音轉寫，即使加注調號，讀來也是頗為費解的。這篇拗口令原文如下[①]：

> 石室詩士施氏，嗜獅，誓食十獅。氏時時適市視獅。十時，適十獅適市。是時，適施氏適市。氏視是十獅，恃矢勢，使是十獅逝世。氏拾是十獅屍，適石室。石室濕，氏使侍拭石室。石室拭，氏始試食是十獅屍。食時，始識是十獅屍，實十石獅屍。試釋是事。

對一千個高頻漢字進行語義分析時，顯示出漢字的構詞能力（外國有些學者稱為「詞力」word power）問題。現代漢字在執行交際功能時最本質的屬性是它的構詞能力，而過去很少對詞力進行定量分析，正是這個語言工程，彌補了這樣的一個極有意義的空白。測量結果是：構詞能力在100條以上，出現字次在1,000以上共有七十個漢字——這七十個漢字在這項語言工程中構成了所列詞條11,133條之多，占35.7%。在這七十個字中占頭十個的是「子、不、大、心、人、一、頭、氣、無、水」。

在確定一個字或一個詞是否是常用字或常用詞，不能單純依靠頻率，這是很容易理解的。在進行語言定量分析，特別是進行

---

① 見趙元任的《語言問題》第十講〈語言跟文字〉，該書北京商務版（1980），頁149。

常用字常用詞測定時，要考慮到字／詞的分布狀態；因此導入了「使用度」（usage）這樣的觀念——這個語言工程推導了現代漢語詞的使用度公式（後來在制訂現代漢語常用字表這項語言工程中也試著推導一個使用度公式）。在現代漢語定量分析工作中，這是有重大意義的實驗。

8.7 先後兩次現代漢語字頻測定

另外一個語言工程，即1985年完成的現代漢語字頻測定[①]。這個工程可以說是「748工程」的繼續，它所用的測定樣本共11,873,029字符（比「748工程」少一半），所用語料是從1977—1982年問世的社會科學和自然科學文獻一億三千八百萬字（138,000,000）中抽出的樣本。遺憾的是，沒有公布所選樣本的目錄，因此也不能對此作過細分析。人們只知道樣本分為四個方面（報刊、教材、專著、通俗讀物）以及每個方面下面分成若干類別，這是很不夠的。數量這樣巨大的語料（超過一億漢字字符，或者說，五千萬上下獨立詞），當然不是隨意選樣的；這項語言工程和其他語言工程一樣，在進行之初即由專家組根據一定的原則選定樣本。我認為在公布每一項語言工程的全部資料時，應當首先發表全部專家組討論選樣原則和在實際上如何選樣的系統意見或不同意見，然後附列選樣目錄。樣本在定量分析中有重大意義，甚至可以說有著決定意義。看來，所抽取的一千多萬字樣本（如「748工程」所抽取的二千多萬字樣本一樣），都是全部輸入計算機加以統計的。這當然是一種方法；其實也可以考慮減少樣

① 遺憾的是這個語言工程的測量數據沒有印出，參看《漢字屬性字典》（1989）——這本字典所注的字頻，採用的就是這個工程的成果。

本數量，對每一個樣本採取等距離抽樣——例如「美國傳統中級語料字（詞）頻統計」[1]，即採取這樣的方法，對每個選出的樣本抽取其最初500字（如句子未完，抽到句子完了為止）輸入計算機，這項工程在確定抽取每個樣本最初500字為最優值之前，曾作過包括100,000字符的抽樣試驗，每個樣本抽取最初500個字為一組，抽取最初2,000個字為另一組，結果認為每個樣本抽取最初500字已可以給出「適當的彈性」（adequate flexibility），這項工程還推導了各類語料應抽取多少種樣本，每種樣本應抽取多少文本的公式。對現代漢語的測量，將來可以參考這些數據推導出自己的公式。

對現代漢語字頻先後兩次測定的比較分析，是很有意思的。第一項工程，即通常所稱「748工程」是在特殊語境（「文化大革命」後期）下用人工方法測量的，但是它與在普通語境（1977—1982）下使用電子計算機測量這一項語言工程所得的結果很相似，這從兩項工程的字頻曲線圖可以看得很清楚。兩條曲線所用的最基本數字是：

	語料	所得字種數
「748工程」	21,629,372	6,374
85年字頻測定	11,873,029	7,745

對這兩項字頻測定工程對比研究後，得出了這樣的論點：兩者的函數曲線大致相仿，只是「748工程」的曲線在字序3,000以前略高於其他一個工程的字頻函數曲線。兩條函數曲線在字序

① 見《美國傳統——字頻測定》（*THE AMERICAN HERITAGE ——Word Frequency Book,* 1971），美國傳統出版公司詞典部主任編輯里芝門（Barry Richman）所寫的〈語料的發展〉（The Development of the Corpus）一文第二節（選樣）（頁xv—xviii）。

號3,000處相交，而3,000號以後的點列極其相似。

檢驗兩項工程的字頻數據還可以發現，按降頻序到161,162號時，再者覆蓋全部語料（儘管兩項工程的語料數量不同）都同時達到50%（「748工程」162號為49.97%，後者161號為49.93%）。也就是說，現代漢語中使用頻率最高的161—162個字，在實際應用中已覆蓋了文本的一半——但這決不意味著掌握這161／162個漢字便可以了解文本語義的半數，因為理解語義這個問題比較複雜，字和詞、詞與詞組、上下文等等，都會對理解度發生不同程度的影響。

測定結果還揭示了這麼一個事實：序號為1的漢字（兩項工程的結果都是「的」字）的出現次數並不隨著樣本容量的增大而持續增大。此外，樣本容量的增大並不意味著常用漢字出現次數按比例增加。某字在一千萬字樣本中出現一次，在二千萬字樣本中不一定出現二次。這項研究也注意到分布率，推導了一個分布公式。這個公式，我認為將來可以通過無數次的實踐加以檢驗和修正。正如這項工程的主持者之一所指出的：「如果今後的漢字頻度統計將把漢字的分布篇數這個數據統計上，綜合漢字的頻率、分布類數和分布篇數這三方面的因素，就有可能對漢字作出更加準確的描述。」

8.8 現代漢語詞頻測定

與上面兩個語言工程幾乎同時進行的第三個語言工程，即現代漢語詞頻測定，也在1986年取得了初步成果①。

① 這個語言工程的數據沒有公開印行。參看在進行此項工程時編出的《現代漢語詞表》（劉源主編，1984）。

正如上面指出過的，現代漢語詞頻測定比字頻測定複雜得多，主要的原因是現代漢語的詞與詞之間沒有像西方拼音文字那樣留下空格（space），而詞的定義（或者說對什麼是詞的理解）又至今未能統一起來——況且就算定義被大家接受了，在實踐上仍然存在很多難以決斷的因素。因此，詞頻測量工程的結果，有很多值得商榷之處；但就全體而論，它總歸是一種開拓性的實驗。就公布的數據看，這項工程存在下列幾個可爭議的論點：

——收詞不嚴格按照從語言學角度出發，只要它是存在的，可行的，從統計角度看是可數的，就切分為一個「詞」；它可以是語言學中的詞、詞素、詞組和短語。

從這個論點出發，這個詞頻測量的數據有很多不是在語言學或公眾心目中所定型的詞，這項工程認為這樣切分出來的詞，特別對於信息處理來說，更確切、更實用。

——不收單字詞，因而這個詞頻統計只是二個或二個以上漢字組成的詞或詞組的統計；這同通常公眾理解的是不能吻合的。例如「人」這樣一個詞沒有列入詞的範圍，因而「人」只有字頻數據，而沒有詞頻數據。

——據統計，不包括單字詞，大約8,000個常用詞（兩個以上音節）的覆蓋率已達90%，如果收9,500個詞（兩個以上音節），則覆蓋率提高到92%，以後每增加1,000個詞，覆蓋率提高不到0.8%，故提出「通用詞」（實質上應理解為常用詞），以7,000個（這裡的詞指兩個以上音節的漢字組合）為適度。

——如收60,000個詞，覆蓋率可達99.8188%。六萬詞的詞表作為一般計算機的普通常備詞表，可能就很夠用了。

以上幾點是有爭議的論點。把一個音節的詞（即單字詞）排除在詞頻統計之外，這是爭議的焦點。無疑在計算機應用方面，因為已經輸入了6,763個交換字符（單字），可以不再理會這些單字——不論它成為一個詞或不成為一個詞——，但是作為現代漢語詞頻測定，那就不能不引起人們的議論了。

上述一個語言工程（《現代漢語頻率詞典》）則持與此完全不同的見解：這裡的詞頻測定包括了單音節的詞（即單個漢字）。這個工程的實施者，用隨機抽樣的方法，挑選50,000字符的語料，來檢驗測定數據（《頻率詞典》）由序號1至序號5,000的高頻詞，其覆蓋率達88.5%；如果把5,000擴展到8,000，則覆蓋面達95%。這個數據同現在議論的詞頻測定數據最主要的不同點是在單音節的詞上面。

如果說電子計算機內存除了6,763個單字之外，存入60,000個詞條（單字詞不計在內）不嫌太大的話，那麼，中文電子打字機內存字／詞的規模也許可以把這當作最優量。

中文電子打字機（不論是日制Casio或Sharp；還是大陸生產的四通）都一無例外地內存6,763個漢字——將來可以用現代漢語通用字表7,000個漢字代替，這是不必討論的；至於內存詞目，卡西歐聲稱有6,000條（不包括單音節詞在內），夏普聲稱有60,000條，四通聲稱也有幾萬條。根據我在電子打字機（Casio CW-700）實踐的結果，認為6,000詞條是不能滿足日常應用的需要的。在這6,000詞條中，二字詞占4,466條，三字詞361條，四字詞606條，多字詞141條，這裡最要講究的不僅僅是多少條，而是挑選哪些條。假如選擇的詞條都是最常用詞條，而不是隨機選用，也許在實際應用中會很有效。在三至四字詞中，有一部分不是傳統語言心理所「公認」的詞條，亦即這一工程所主張的實用「詞條」（或詞組），往往是隨人而異，或者需要運用大腦記憶系統去強記，才能得心應手去實用。這就是語言心理與理想機制之間的不協調，如何解決這個矛盾，還須從頻率和使用度著手。

8.9 新聞用漢字頻率測定

第四個語言工程，是在新聞傳播中使用漢字的頻率測定；公布的成果取名為《新聞信息漢字流通頻度統計》①，這裡所謂「漢字流通頻度」，實即漢字在新聞中出現的頻率。這項工程所用的語料是新華社國內通稿一年（1986.01.01至1986.12.31）所發90,627篇稿件，共四千萬字符（40,632,472字）。統計結果表明：全年新聞通稿使用漢字為6,001個字種。檢驗所得數據提出按降頻序號843個字的覆蓋率達90%，2,127個字覆蓋率達99%，3,606個字覆蓋率達99.9%，換句話說，新聞通稿頻繁使用的漢字為2,000個上下。這對於制定新聞信息常用字表（新聞規範字表）是一個統計基礎；對於制定教育用的常用字表（一般規範字表）是一個重要的參考數據。

8.10 現代漢語常用字表和通用字表的制定

對現代漢語常用字的測量，如果從陳鶴琴的《語體文應用字彙》（1928）算起，到國家語委和國家教委聯合公布的《現代漢語常用字表》（1988），前後經歷了整整六十年。陳鶴琴和助理九人用手工操作，費了兩三年功夫，使用六類語料554,498個字符，得出4,261個字種——其中出現三百次以上的計569個，出

①《1986年度新聞信息漢字流通頻度》（1987），新華通訊社技術研究所編。

現一百次以上的計1,193個。直到現在，陳鶴琴的統計數字還有很大對比參考價值。

現代漢語常用字表①的研製是近年第五個大規模的語言工程。這個工程利用了所有能收集到的二十種用字資料，其中包括六種統計數據，那就是：

(1)《語體文應用字彙》(1928)，語料554,498個字符，得字種4,261個。

(2)《常用字選》(1952)，根據陳鶴琴上述數據和杜佐周、蔣成堃的數據，語料共計775,832個字符，得字種2,000個。

(3)《漢字頻度表》(1976)，即本論文提到的「748工程」，語料總字數21,629,372個，得字種6,374個。

(4)《現代漢語字頻統計》(1985)，使用語料11,873,029個字符，得字種7,745個。

(5)《現代漢語頻率詞典字頻統計》(1985)，使用語料1,807,398個字符，得字種4,574個。

(6)《新聞信息漢字流通頻度》(1986)，使用語料40,632,472個字符，得字種6,001個。

這六種統計數據加上字典、字表等被稱為「靜態資料」的數據，共得出漢字8,938個；然後計算這些字符在多少個資料中出現，其分布狀況和使用狀況，根據特定的公式逐一計算，抽取了其中頻率高、使用度大的單字2,500個定為常用字，由2,501至3,500共一千個定為次常用字，《現代漢語常用字表》即由3,500個

① 《現代漢語常用字表》(1988)，國家語委漢字處編，是第五個大語言工程的成果，由國家語委同國家教委聯合發布。
另外，有內部參考材料《常用字通用字統計數據表》(1988)，記錄了全部字頻測量數據。

漢字組成（2,500＋1,000＝3,500）。為了檢驗測試及計算結果，將隨機選取的連續一個月的《人民日報》，連續一個月的《北京科技報》和文學刊物《當代》一冊正文輸入計算機，共輸入二百多萬字的語料（2,011,076個漢字），出現了5,141個漢字——包括《現代漢語常用字表》3,500字中的3,464個，其中包括常用字2,500個中的2,499個，次常用字表1,000字中的965個。測試結果表明，常用字表的這3,500字在檢驗語料中的覆蓋率達到99.48%，其餘（5,141－3,464）1,677字只覆蓋了全部語料的0.52%，簡直可以說微不足道。這證明選擇的常用字（包括次常用字）是合理的，反過來也證實了原來預定的四條選字原則是可行的。四條原則是：

第一，選取高頻率的字；

第二，頻率相同時選取分布廣、使用度高的字；

第三，同時考慮到盡量選取構詞能力強的字；

第四，取捨時注意到實際應用（語義功能）的情況。

常用字表的制定和公布，具有重大意義。這個字表是在前人研究的基礎上加以科學分析而制定的，它在理論上符合語詞規律，在實踐上能夠在很大程度滿足教育特別是漢語教育的需要（常用字2,500應在小學畢業時掌握，次常用字1,000應在初中畢業時掌握），同時也提供一個基本數據，以滿足大眾傳播媒介（廣播、電視、新聞、出版）的基本需要；這應當看作近年來系統整理漢字的一個重要里程碑。

在常用字表和字頻統計的基礎上，參照印刷通用漢字字形表制定的《現代漢語通用字表》①，共有漢字7,000個，為常用字的

① 《現代漢語通用字表》（1988），由國家語委同新聞出版署聯合發布。中國人民大學語言文字研究所編的《現代漢語通用字典》（1987），雖稱「通用」，但不是這次發布的成果。

一倍，包括了3,500個常用字，大體上也包括了信息交換國家標準的6,763個字。

8.11 測定漢字部件的語言工程

近年海內外對現代漢語還進行過多種其他的測量①。這些規模不大的語言工程，卻都有理論上和實踐上的價值，其中包括構成漢字的「部件」的測定、人名姓氏的測定等等。

漢字部件測定這項語言工程②，是將16,296個漢字（參照並大部分包括國家公布的信息交換用字符集基本集的6,763個漢字）輸入計算機，測量每個字的筆畫數，對起筆進行分類，對構成漢字的部件進行分級——由此得出關於漢字結構方式的頻率。

根據測定統計，在16,296個漢字中，

十畫漢字　頻率為8.391%

十一畫漢字　頻率為8.893%

十二畫漢字　頻率為9.505%

十三畫漢字　頻率為8.354%

十至十三畫漢字　頻率共計35.143%，包括5,742個漢字。

而從一畫到九畫的漢字，累計只占測試漢字的25.528%。由此可見，一畫到九畫漢字僅占測試漢字語料的四分之一，而筆畫較繁（十畫至十三畫）的漢字卻占到三分之一。這個語言工程所得數

① 例如新加坡對中文字頻詞頻都作過測定。可參看《新加坡「小學華文教材」字詞頻率詞典》（盧紹昌等編，新加坡國立大學華語研究中心，1989），新加坡《聯合早報》用字用詞調查工作委員會關於中小學華文課本的《用字用詞報告》（1989）。

此外，《漢語拼音詞彙》（1989重編本），可參看。

② 參看傅永和的《漢字結構及其構成成分的統計及分析》，收在《現代漢語定量分析》（上海教育出版社，1989）。

據，對於論證漢字簡化有很重要的參考價值。

8.12 測定姓氏、姓名用字的語言工程

由中國科學院遺傳研究所和中國社會科學院語言文字應用研究所分別進行的姓氏、姓名測定，是近年兩個規模雖然不大，卻是意義重大的開創性語言工程。

這兩項語言工程，都是利用1982年第三次全國人口普查的原始數據做語料的。遺傳所用的是按全國人口0.5‰（千分之零點五）三階段（省、縣、鄉）537,429人抽樣資料；語用所用的是六大區各一個省市（即北京、上海、遼寧、陝西、四川、廣東，後來又增加了福建），共175,000人的類型抽樣資料。

兩個工程抽樣法不同，語料數量不同，研究的出發點不同，但各自都得出了可供研究分析的數據——可以想見，所測到的結果不盡相同。試以頻率最高的五個姓在北京（北方地區）和廣東為例，結果頗有出入：

①遺傳所（北方地區）		（廣東省）
測定數據	王李張劉陳	陳李黃張林
②語用所 （北京）		（廣東省）
測定數據	王張劉李楊	李陳佘梁吳

儘管如此，整個工程所得數據還是很有用處的。

9

論自然語言處理

9.1[①] 語言科學與信息科學的結合

讀書界很需要一部探討語言科學和信息科學相結合的邊緣學科的通俗著作；我認為，這樣一部通俗著作應當具備下面的特點：

——它是這門交叉學科的通俗介紹，同時帶有適當的學術性或理論性，即它本身不是簡單的淺近解釋，而是有一定觀點，對所論述的問題有比較深刻的分析；

——它不僅僅做理論上的介紹，而且能提供這種理論在實際上的應用，舉出的應用模式帶有一定的普遍性和示範性，以便讀者可以舉一反三，做到理論與實踐的結合；

——它的論述應當能夠啟發讀者思考它所提出的論點或實施方案，並且引導讀者不迷信書中所揭出的論點，以便除了加深或改變自己原來的認識之外，還能作出自己的獨立思考；

① 這一章是根據《讀〈計算語言學導論〉後的隨想》一文改寫的；該文作為〈代序〉初次刊在陸致極的《計算語言學導論》（1990，上海教育出版社）一書。

——最後的一點也許是最重要的一點：它應當從漢語出發，特別從現代漢語出發，來闡明這個學科的基本理論以及應用，而不是照搬外國書上所列舉的外國語言現象作為它所論述的基礎。

9.2 人機對話（自然語言理解）

我讀過陸致極《計算語言學導論》這部著作得到的印象，是作者力圖從以上所表述幾點來研討這門學科的內涵，也許某些論點闡述得不夠充分，也許若干論點為已經深造的讀者所不能完全同意，但因為作者的論述是認真的，同時也是比較嚴謹的，所有科學論證都是在取得數據以後提出的，因此我認為這部書在一定程度上滿足讀書界這方面的需要，是一部值得一讀的書。對於文科特別是其中研習語言學的讀者，同時對於理工科特別是其中有志於將電子計算機應用到其他學科的讀者，都是有益的。

不難看出，作者在這部著作中悄悄地把重點放在上中下三篇裡的〈中篇：結構篇〉，這部分占全書正文的60％（準確地說為287頁即58.8%）。

這部著作的作者自己分析道[①]：

> 本書分三個部分。上篇計量篇，探討在詞典學、風格學、方言學和歷史音韻學等領域內使用計算機進行數量統計和分析的理論和方法。中篇結構篇，集中探討關於自然語言理解的理論和方法，同時詳盡地討論了用LISP和Prolog程序語言編寫漢語句子分解程序以及人機對話系統的方法和技巧。下篇應用篇，介紹計算機在語言教學中的應用。

①見陸致極《計算語言學導論》〈前言〉頁2。

這部著作開篇前引用了控制論創始人美國學者維納的一句名言：「語言不是生命體所獨具的屬性，而是生命體和人造機器在一定程度上可以共有的東西。」這句話出自《人有人的用途》第四章〈語言的機制和歷史〉。維納博士在這裡明確提出了語言不僅僅是人與人之間交流信息的手段，而且是「人向機器、機器向人以及機器向機器」交流信息（或者如維納在他第一部著作《控制論》中所用的術語「通訊」）的手段。這句引言預示著本書作者企圖通過這部通俗著作，向讀者展示我們這個時代的尖端課題，即人機對話以及人工智能的圖景。為此，作者首先從這個出發點介紹了近三十年來現代語言學的發展概略，特別是以喬姆斯基為代表的語言學思潮的演變歷程——作者對語義理論發展的概括，應當說是簡明扼要的，他寫道[①]：

「縱觀喬姆斯基語義理論的發展歷程，不難看到這樣的認識發展線索：從初期把語義排斥在語法體系之外，到標準理論時期把語義全盤納入語法體系，接著長期在句法和語義關係的處理上下功夫。到七〇年代後期，在認識到語言意義的複雜性的基礎上，始把意義部分地置於語法之外，由此更集中地對語法所能提供的語義信息作深入的研究。」

9.3 人工智能和語言歧義性

也許可以認為，語義研究是當代語言學研究過程中的一個薄弱環節；但是如果沒有對語義透徹的理解，則對自然語言的理解將不能得到預期的結果。幸而現代語言學的發展及時地、部分地

① 見陸致極《計算語言學導論》頁422－423。

消除了這種缺陷，為自然語言的計算機處理進入一個新領域（語義分析的領域）準備了必要的條件。作者在介紹了當代幾種人機對話系統之後，饒有興味地導入了漢語最簡單的人機對話系統雛形①——按照這個程序，「對話者」真有一點兒「智能」(「人工智能」)。「當輸入一個陳述句時，它在『初步理解』的基礎上，能夠『記憶』句子的基本內容。當向它提問時，它會根據已經『學習』到的知識，作出判斷，然後予以回答。自然，因為輸入的程式比較簡單，詞彙量很小，句子結構也很有限，所以當向機器提問超出了它所能理解的範圍時，它只能十分抱歉地說：『太難，我不懂。』」本書這一部分的描寫、分析和程式設計是頗為引人入勝的，它為讀者打開了人工智能這個時代話題的前景。

人工智能不是本書的主題，但是本書提供了研究人工智能這個尖端學科的基礎知識。人工智能的第一次學術會議是1956年在美國召開的，儘管三十多年來這方面的探討已經有長足的發展，但它至今還沒有能夠達到理想的高度，還有很多問題需要解決——在這當中，對於語言學研究者來說，則是自然語言內在的歧義性（或多義性）。無論在機器翻譯、語言識別、人機對話以及高級人工智能系統中，這個問題是一個很傷腦筋，有時甚至令人沮喪的問題。這一點人工智能的哲學理論家H. L.德雷福斯在他的《計算機不能做什麼？》或《人工智能的極限》一書②裡慨嘆過：在人工智能發展最初階段，由於這歧義性或多義性，需要做處理（計算機處理）的語言成分「也都含混不清」。

---

① 見陸致極《計算語言學導論》頁439—440。
② 德雷福斯（Hubert L. Dreyfus）的《計算機不能做什麼？》一書的副標題為：《人工智能的極限》（*What Computers Can't Do —— The Limits of Artificial Intelligence,* 1979修訂版）。寧春岩譯本（1986）。

我以為直到現今，自然語言歧義性這個難題，還困擾著研究者。自然本書對此並無深入論述，但本書有關自動翻譯、語言識別和人機對話的分析表述中，讀者將會感到這個難題。

10

論「駕馭」文字的藝術[1]

10.1 所有文本裡都有個惡魔

「駕馭」文字的藝術，不是（或者更確切地說，不單單是）語言學研究者的事；這應該成為每一個處理文字的人所必須掌握的藝術。

通常所說的處理文字的人，就是編輯。這裡所用「編輯」一詞，是廣義的，包括報刊圖書以及其他傳播工具做文字工作或牽涉到文字工作的人。

所謂「駕馭」不是別的意思，指的是「熟練地掌握」。

完全有理由可以說，語言文字（口頭語和書面語）是一切編輯工作的基礎[2]。所有傳播媒介——其中特別是報刊書籍的編輯，應當毫無例外地掌握駕馭文字（語言文字）的藝術。我這裡強調的是「藝術」——不是「技術」！

---

① 這是根據我1988年6月30日在《中國語文》編輯部和中國文化書院合辦的全國文字編輯講習班結業式上的專題報告改寫的。

② 也許這個論點過於僵硬，說得過死。但我認為即使最新的CD—ROM（激光讀盤），也離不開語言文字。

在今天這個信息化時代，人們都可以理解：語言文字是信息載體，當然它本身又是信息系統。語言文字是當今人類社會最常用的，甚至可以認為是最重要的信息載體。沒有語言文字，就很難想像如何進行信息交換和思維活動。對於一個編輯來說，沒有什麼東西比之語言文字更重要了——凡是要準確地、精確地、有效地傳播信息、交換信息、處理信息，就必須首先熟練地巧妙地運用或掌握語言文字這個工具。

剛才我講信息活動時，我用了三個定語：準確地、精確地、有效地。這是借用信息論的論點和術語；其實就是從前我們常常說的三個更通俗的語詞，即準確性，鮮明性，生動性——這三性其實就是要真實（不真實的信息是傳播的大敵）、確切（如果不能用恰當的語言來表達信息，即使這信息是真實的，也達不到原來預定的目標）、動人（如果加上打動人的因素，那麼，信息傳遞就更加有效了）。

我剛才還使用了兩個副詞，「熟練地」和「巧妙地」——不止熟練，還加上巧妙，這就不單純是一種機械動作，而是一種藝術。

舊社會的刀筆吏——「訟師」——也很會運用語言文字來達到他的卑鄙的目的。大家可能聽過一個惡棍訟師的故事（這雖然是老到掉牙的故事，卻也是很有意思的故事）：

從前，有一個闊少爺在鎮上跑馬，傷了人，被人告到官府去，狀子指控這個闊少爺「馳馬傷人」；一個惡棍給闊少爺幫了忙，把告他的狀子上「馳馬傷人」四個字改成「馬馳傷人」——沒有改換一個字，只不過換了換兩個字的次序〔馳馬〕改成〔馬馳〕，這就變成不是闊少爺「馳」馬傷了人，而不過是闊少爺那匹該死的馬，在鎮上亂跑（馬馳），以致撞傷了人。這位闊少爺只不過對馬管教不嚴罷了。

這種惡棍專門為闊人的利益而巧妙地（當然卑鄙地）運用了語言文字這個工具，把白的說成是黑的，而且證明他這樣做是「常有理」。

這個故事也許是舊時有良心的知識分子表達對惡棍的憤恨而編造出來的；我講這個故事是提醒各位：語言文字對於傳播信息來說是十分重要的。

不久以前，著名的作家蕭軍辭世了。我看到一則電訊的導語，用了不尋常的語調來傳播這個信息。導語說這位老作家「默默地告別了他那坎坷的八十一個春秋」。既及時（電訊發於老作家辭世的第二天），又準確，用字不多卻富有情感。說他默默地辭世，而不是像大人物那樣在眾多的首長、部下和貴賓的注視下離開人間，他默默地去了，正是一個樸素的形象；坎坷的一生，精確地（只用「坎坷」兩個字，表達了千言萬語）寫出了這位老作家在幾十年間所遇到的不公正待遇，而畢竟他活下來了，並且活了八十一個春秋──老作家帶著信心，頑強地而且一定是達觀地度過了艱難的歲月：這句話精確，因為它符合老作家的性格。就這麼短短的一句話，多麼的動人心弦呵！這就叫做語言的藝術。每一個合格的編輯，都應當是一個語言藝術家；如果一時駕馭不住語言文字，他就應當努力去學會駕馭這基礎的工具，然後努力成為一個能把語言文字運用自如的巨匠。

西方有這麼一句慣用語，叫作“The devil is in the details”我不知道這句話該怎樣翻譯才最確切。它的意思是說，文本（外交的、貿易的、法律的或其他方面的照會、協議書、合同、契約等文書）的細節（字、詞、短句、字序，等等）裡有個魔鬼。文本中的細節就是文字；廣泛地說，所有談判（口語）和文本（書面語）的細節就是語言文字（或語言文字要素）。在這中間，常常有個魔鬼在作弄人。你一不小心，就會被藏在語言文字細節中的魔鬼打敗。近年在開放的社會條件下，我們吃這魔鬼的虧已經屢見不鮮了。因此，凡是運用語言文字來進行信息傳遞和信息交換的活動，即文字編輯活動，都應當有一個能駕馭惡魔的編輯。

10.2 時刻要記住規範化

現在，愈來愈多的人理解這樣的一種論點：

語言文字規範化的程度，在很大程度上反映了（或表現了）一個民族、一個國家、一個社會的文明程度。

這樣的一種論點是完全符合社會發展的需要的。難道一個社會的成員說著完全不規範的語言，難道一個社會充滿了錯別字或隨便亂寫的不是字的「字」，能夠很好地有效地交換信息麼？難道可以把這樣的混亂現象稱為文明現象麼？

請注意：我這裡用的是語言文字規範化，而不用標準化三個字。規範化和標準化，是兩個層次，標準化是更高的層次，或者說，標準化是帶有強制性的層次。規範化有更多的規勸成分，而更少的強迫成分。任何一個稱為「國家標準」的標準文件，是不得違反的；而規範化卻意味著希望人們在最大程度上向這個規範靠攏。

我為什麼在這裡寧用規範化而不用標準化呢？因為語言文字帶有濃厚的社會性，語言文字是同社會習慣緊密地聯繫在一起的。正因為如此，語言文字是一種頑固的力量，因為社會習慣正是一種十分頑固的、頑強的力量。例如隨地吐痰是舊社會的一種很不好的習慣，要改掉這種社會習慣則是十分不容易的。規定吐一口痰罰五角錢，也收效不大；到處張貼「不許隨地吐痰」的標語，也不見得很有效。可見社會習慣的力量是一種可怕的頑固力量。

語言文字是一種頑固得驚人的習慣。如果不清醒地認識這一點，想在非常短的時間內改變這種習慣，那就達不到目的；不只達不到目的，有時甚至招惹使用這種工具的社會成員的反感。但是在另外一方面，語言文字這種信息系統卻無時不在變動中——這在社會語言學叫做「變異」，因時，因地，因人，發生變化，這種變化使語言文字現象變得複雜起來，有新有舊，新舊並存，或新代替舊；因此要進行規範化的工作，讓這個交際工具的功能發揮得更加有效，從整個社會來說，這樣做的結果就是從一個方面鞏固甚至提高了這個社會的文明程度。

語言文字是不是在某些場合要實行標準化呢？答案是肯定的。在某些場合，是要標準化，比方術語就應當標準化。一個概念用一個公認恰當的術語來表達，這就是標準化。地名的寫法也必須標準化。但是即使在這裡，也還要記住語言文字的社會性——有時，兩個術語表達同一的概念、同一的事物是完全可能的；即：表達一個概念的兩個術語同時並存的局面在一定的場合是可以容忍的[①]。例如叫做「電子計算機」或簡稱「計算機」的東西，海外稱為「電腦」，現在這兩個術語事實上是同時並用了，嚴格地說，計算機還沒有進到腦的程度，所以我從前主張淘汰「電腦」而用「電子計算機」。但前年我在東京參加一個國際社會語言學討論會，同幾個國家的學者切磋以後，我改變了原來的想法，認為即使在術語領域，兩個不同術語（表達同一概念）

① 參看本書第六章〈論術語〉各節。

在一個時期並存的可能性是存在的。德語、俄語、英語、法語都曾經發生過這樣的現象——隨著時間的推移，一個被淘汰了，只保留了另一個，這就標準化了；有的卻分別用在不同的層次（例如其中一個常用於報刊或通俗論著，而另一個則在專門著作中使用），最後也達到標準化。

對於此時此地的中華民族來說，規範化的口語指的是普通話[①]。中國《憲法》第十九條規定：

「國家推廣全國通用的普通話。」

請注意，普通話應當是全國通用的，既包括漢語方言區，也包括少數民族語言區。每一個公民都有義務在一切社會交際場合使用規範化的語言——普通話。這是導入了商品經濟新秩序的需要，是開放性社會的需要，是現代科學技術發展的需要，也是社會主義精神文明建設的需要。推廣普通話不排斥方言，更不同少數民族語言相對立。

那麼，回到編輯的角度看這個問題。音像編輯當然應當時刻記住這規範化的語言（普通話）；但文字編輯碰到方言土語的詞彙的現象，特別在文學作品中常會遇到這種現象，怎麼辦？在必要的場合（例如在小說中為表現某特定人物的特徵時），可以容忍若干方言詞彙或表現法。可以容忍的意思是在數量比例上應當不是壓倒多數的，必要時（或用漢字寫成方言詞彙會引起歧義時）還要由編輯加上注釋。

濫用方言土語是對於語言文字健康發展的一種障礙。我這裡說濫用，不要把這理解為不准使用。

提倡語言文字規範化，不是說編輯加工過的稿子都千篇一

① 參看我的〈關於普通話的社會語言學考察〉（1985），收在《社會語言學論叢》（1991）一書中。

律，那樣，就沒有作家或翻譯家的個人風格——而文學作品（推而廣之，不只文學作品，舉凡寫出來的東西）沒有個性，就不能打動人，也就是降低了它的交際功能。試想想看，社會上只有一張臉孔，行麼？所以編輯千萬不要養成一種「好為人師」的習慣，一拿起稿子就大筆一揮，或增或刪，那樣，不只傷人，而且會造成上面提到的千篇一律的局面。

我在這一節開頭說過，編輯心中時刻要記住規範化；我說的是「時刻要記住」而不是必須往一個框框裡套。所謂語言文字的規範化，簡單的說就是用字用詞和語法都要符合約定俗成的「規範」，而不是完全依據某一部著作或某一派學說。語言文字的語音、語彙、語法都會變的，都會隨著時間和空間，隨著說話的人和聽話的人，隨著社會生活的變化而發生變異的。變異的結果，往往又趨於穩定——靠約定俗成來穩定的，有時也靠字典詞書（字典詞書是記錄語言變異的工具，同時也是規範的工具），但字典詞書歸根到底還得服從約定俗成。語言變異是社會語言學的基礎論點，我甚至說過，沒有變異，或者不研究變異，那就沒有社會語言學。

編輯要記住規範化，首先的而且是基本的東西，恐怕是字和詞的問題。字和詞在現代很多外國文是一個東西，而在現代漢語，卻是兩個東西。一個單字，可以是一個詞，也可以是一個詞的組成部分（詞素）。這一點大家都很清楚。比方「大」是一個字，也是一個詞；「家」是一個字，也是一個詞；由兩個單字「大」和「家」合起來成為「大家」，那就變成另一個新詞——「大家」這個詞是由兩個單字構成的，這兩個單字卻也分別能獨立成詞。編輯不能允許生造的、誰也不懂的，甚至會引起歧義的「新」詞出現，但要注意，編輯必須容忍在社會上流行、或者可以被公眾接受的「新」詞進入稿子。例如「投訴」一詞，過去不用，現在由南而北使用開了，那就不能排斥它。這樣，擺在編輯面前的任務是很難的：既要容忍，又要清除——哪些應該容忍，哪些應該清除，是很辯證的，不能死扣。機器翻譯常常會得出很不可解的結果，那是因為人的大腦比計算機強過萬千倍，大腦可以辯證地解決問題，而計算機儘管向著人工智能發展，離開大腦的「運算」還是很遠的。編輯是人，不是計算機；編輯對待語言文字規範化是能夠作出靈活反應的。

10.3 要會「駕馭」字詞

上面已經講過，在現代漢語，字和詞不是同義語——詞是由一個或不只一個（通常由兩個）漢字組成的；在這個意義上說漢字是基本粒子。

古往今來漢字不下五六萬——誰也沒有一個精確的數字，由於我國社會歷史長久，漢字發展的道路也很長很長，更由於書寫工具的變化，產生了不少異體字。一個字有不同的寫法，這就是異體字。這是中國文字一個很獨特的現象。看來全認得這五六萬個漢字的人，是很少很少的，如果不說絕無僅有的話。有一次我同瑞典一位漢學家談話，他說起高本漢（著名漢學家）認得七八千個漢字。真是一個了不起的歐洲人。在外國，常有人問：究竟認得多少個漢字，才能夠自由自在地通曉現代漢語寫成的文章？過去總是說，三千字，四千字，五千字，六千字。近年來語言學界用現代技術（電子計算機）對大面積的語料（往往超過一千萬個漢字印成的各種各樣書、刊、報）進行定量分析，得出了一些（不只一種）近似值，看來在這個數值範圍內的漢字，對於編輯是很有用的。

一般認為1988年發布的《常用字表》和《通用字表》[①]對於編輯來說是極為重要的案頭必備材料。常用字表是用計算機將一千一百多萬字的語料作定量分析，求出漢字出現的頻率以後，再考慮到漢字分布狀態加以選定的，包括常用字2,500個，次常用字1,000個，共3,500個。教育部門認為小學畢業要學會常用字2,500個，初中畢業要學會其餘的1,000個。國家規定的掃盲認字標準在城鎮為2,000個，在鄉村為1,500個，這兩個數字按理應主要在常用字範圍，當然可以加上適當的次常用字組成。眾所周知，受過基礎教育的公民應當通曉這3,500字的簡體（簡化字），《簡化字總表》是1986年由國務院重新發布的。也許受過高等教育的公民還需要認識3,500常用字的繁體字，因為古書、港澳台出版物，1949年前的書刊，用的是繁體字（新加坡華人和華裔卻完全用簡化字）。甚至我還希望文字編輯也應當學會這3,500個常用字的繁體字。這不是世界上獨一無二的例子，德文在戰後改用了拉丁字母，從前印書卻是用峨特字母的，德國受過高等教育的知識分子都熟練地掌握這新舊兩套字母（當然，漢字比字母表多得多了）。編輯似乎也毋需抱怨花加倍勞動，實際上漢字寫法轉換，歷史上已經有過多次了。這是現實的需要，這也是社會發展的需要，埋怨也沒有用的。

至於通用字表則比常用字表多一倍，共7,000字，自然包括了全部常用字在內。這個字表是在國家標準信息交換用字符集基本集（即〇集）6,763個字的基礎上，根據實踐的結果制訂的，去了若干字，加了若干字。一般地說，現代漢語寫成的文章，這

① 參看本書第八章〈論語言工程〉§8.10。

7,000個字已經夠用了；當然，有些理工專業的字沒有包括在內。

通曉3,500個常用字，這是一個編輯的起碼條件。如果他連3,500個常用字也不能掌握，這就大大妨礙了他進行的編輯工作。如果一個文科編輯能通曉7,000個通用字，那麼他就是稱得上很合格的編輯了。

編輯要懂得一條真理，文章的好壞不決定於用字的多少。一部《毛澤東選集》一～四卷總共只用了三千個不同的漢字（不完全是常用字）。老舍的著名小說《駱駝祥子》，用了不到兩千字——當然不是兩千個最常用字。一個編輯還應該時刻記住：一般地說，通俗讀物和兒童讀物最好不用3,500個常用字以外的字。文化程度愈低的讀物，編輯愈應當把用字字數壓低，低於3,500字。當然，這句話不能夠反過來說，認為水平高的高級讀物就非用3,500字以上不可，完全不是這樣的。

除了用字以外，對於字，一個編輯還要有兩個方面的修養，其一是寫字，其二是辨認字。

做編輯哪能不會寫字呢？我說的一個編輯要學會寫字，是指做編輯的要會寫「編輯體」。那就是說，一筆不苟，規範化，任何人一眼看上去就能認得出的字；編輯的字不一定是書法家的字，甚至大部分不是書法家那些顏柳歐蘇的字，也不一定那麼美，可是容易辨認，而且規範。看看魯迅、茅盾等大作家（同時也是著名的編輯）改稿時所寫的字，便可捉摸到編輯體的神韻。當然，也不能要求每個編輯都寫得出像魯迅、茅盾那一手好字，但應要求每個編輯都學會這種一絲不苟的精神。

辨字也是一個編輯決不可少的「技能」。辨字體有兩層意思：一層意思是一看見鉛字，就知道這個鉛字是什麼印刷字體

（例如老宋體、仿宋體、長仿宋體、黑體、楷體、扁體等等），是多大的字形（例如漢字的六號、新五號、老五號、新四號、四號……；拉丁字母的多少「磅」（point），如十一磅、十二磅之類），發稿時知道有時並且指定那一行那一段那一章那一處用何種字體多大的字。如果做了多年編輯工作，連這一個技能都未熟悉，那麼，就不能認為他是個合格的編輯。

辨字還有一層意思，即無論遇到什麼作家寫的文字，都能夠辨認出來他寫的是什麼。作家寫得快，因為他的思路來得快，想得快，因此寫得快，既寫得快，就必然有他自己的一套寫法，比如有的作家寫「的」字就不那麼規規矩矩，他寫成一個勾，兩邊點兩點，或一點，如：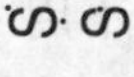 他以為他已經把「的」字描得完全了，乍一看，辨認不出來，上下文多看兩遍，你就能掌握這個作家的特定寫字方法，這樣，你才能讀他的書稿——外國，用拼音文字的國家，原稿用打字機打得端端正正的，一個編輯可以省掉辨字之苦；但在此刻的中國，雖有電子中文打字機，但未流行，作家基本上還是用手寫。所以識別手寫體是目前一個編輯所必需的「技能」，也許再過十年八年，作家用打字機寫作普及之後，編輯就無需乎擁有這種「技能」——那時，他又要獲得另外一些「技能」，例如他該學會使用電子計算機，會用計算機做編校工作、排版工作，他那時決不比現在輕鬆些。

以上所說的這些，決不意味著一個編輯可以「無視」他所遇見的一切新詞語和新表現法。語言文字隨著社會生活的變化而變化，這是不以人的意志為轉移的，所以編輯沒有權利阻止這些變化，其實就是他要阻止，也沒有可能。對於文稿中接受的新詞語或新表現法，不能採取一概排斥的態度，當然也不能採取置之不理的態度。「擇善而從」，這是編輯的信條——不過說來容易做來難，這與編輯本人的素質、修養有關。千萬要認真對待，就是容忍了不該容忍的新因素，也要做到心中有數。

有些新出現的事物，常常超出編輯平常接觸的語詞疆域。前幾年有個編輯把telex誤作「電報掛號」，因為他從未知道有自動電傳的物事。新近流行的fax，《參考消息》譯作「文傳機」，報紙廣告做「圖文傳真機」，普通口語又叫「傳真」──人稱編輯為「雜家」，確實不錯；因此做一個合格的編輯，就必須認真對待他所遇見的新詞語，才能作出正確的取捨。

10.4 記憶往往騙人

凡人都不能過分自信──我是說在處理語言文字時，切切不可以過分自信，因為記憶常常會騙人。

人的記憶是有限的，人的知識更是有限；而社會生活卻千變萬化，這變化卻是無窮無盡的。人的記憶意味著將信息存儲在大腦的數據庫裡①，以備必要的時候調出來應用。人腦數據庫所存儲的信息，調不出來，用通俗語言來說，就是忘記了──忘記了可能有兩種意思，或者是根本沒有將信息存到數據庫去，因為人接收的信息太多，很大的一部分信息在人腦中只做短暫的停留（從幾秒到幾十秒），沒把它記住；或者雖已經存入人腦的永久記憶庫，然而由於今日的科學還弄得不太清楚的原因或機制，某些信息在需要的時候硬是調不出來。前一種是沒記住，後一種倒是真的忘記了。其實某些信息一時雖已忘記，可是在某種條件的刺

① 這裡牽涉到神經語言學的問題，可參看德國施密特教授（R. F. Schmidt）等合撰的《神經生理學基礎》（*Grundriss der Neurophysiologie*, 1979）第九章第二、三、四節（中譯本，1983）。

激或誘發下，忽然又記起來了——這就證明這些信息本來已存儲在數據庫裡。還有一種奇怪的現象，存儲在數據庫中的幾個信息搞混了，張冠李戴，或者時間人物換錯了。所以人們常說：記憶往往是騙人的。某事你記得是1931年發生的，而別人卻記得發生在1932年。除非有文獻資料或旁證核實，這種記憶的混亂往往得不到正確的答案，正是公說公有理，婆說婆有理。很多回憶錄之所以互相逕庭，就是因為記憶往往是不準確的。

編輯不能單憑記憶來處理文稿，如果他圖省事，只憑主觀記憶去改稿，十之八九要出錯的。他如果懷疑文稿中某個字用錯了，某句引語引錯了，某個注解的出處弄錯了，某個典故用得不確切，某個年月可疑，某個人物不清楚——他只能去請教老師，決不可自以為是，決不要過於自信。

請教老師：這老師可能是活的——那是人；比較多數的場合老師卻是「永恆」的——那就是字典、詞典、百科全書等等統名叫做「工具書」的那種出版物。所有字典詞書都是信息存儲庫，同現在用電子計算機製作數據庫是一個道理。在信息化時代，人們在電子計算機上查核數據，就如同多少年來我們用字典詞書來查核數據一樣。

在編輯室裡陪伴著編輯的是「永恆」的「老師」：字典詞書。經常去請教這些「永恆」的老師，這是一個合格編輯必須養成的習慣。我說，查書是編輯的習慣；要成為一種習慣，這就好了。

我這裡講一件真事。五〇年代初有一位受人尊敬的老同志看新印行的《封神演義》時，發現有這樣的句子：

「棋逢敵手，將遇作家。」

這句子同記憶中的「棋逢敵手，將遇良才」不一樣，他沒有去查字典詞書，卻相信自己的記憶，認為「將遇作家」肯定是「手民之誤」。武人（「將」）怎麼會同文人（「作家」）勢均力敵呢？一定是那位責任編輯搞昏了，時刻記住作家協會的作家，給良才改成作家了。這位老同志讓我向編輯部提出改正的建議。我呢，一則底子薄，才學淺；二則懶，過於自信——不肯去查書，照他說的做了。倒是給一位有基礎的編輯揭穿了：「將遇作家」的作家，在一千幾百年前不是作家協會的作家，卻是「內行」、「裡手」之意。其實查一查例如《辭源》這樣的類書，便可以立即解決這個先入為主的誤解。這個事件給我很大刺激、很大教訓，對於像我這樣學問底子不深厚的編輯，要避免錯誤，首先就要打破過於自信那種觀念，同時要不怕麻煩，經常去請教字典。

當然，字典詞書也不是萬能的（且不說無可避免的疏漏）——你要查的，偏偏沒有；你不想查的，滿紙都是。不要去挖苦詞書的編輯們，挖苦他們是不公平的，因為人世間的信息如此之多，到現今人們常說已達到了「信息爆炸」的程度，你怎能怪編輯不把所有信息裝到一部或幾部詞書裡去呢？我就碰到一個十分常見的外國字，卻花了我十幾年功夫才給找到了精確的語義——這也是一個真實的故事。1966年8月，我和很多同時代的同輩人一樣，被圈到「牛棚」去，時刻準備挨鬥。一日，閒來無事，一位「棚友」（不能稱為「難友」吧，因為這雖是一場災難，究竟這「牛棚」不算「監牢」）問我，他的手錶背面有幾個外文字，其中一個incabloc是什麼意思。一看，我的手錶背面也有這麼一個字。我不認得這個字。後來「牛棚」的戒律稍稍開放，人們允許搬來字典詞書了，查遍了也沒有收錄incabloc這個字①，從「牛

① incabloc一字，近年國內外已被多種字典收錄了。

棚」到「幹校」，我在一切場合向所有我接觸到的「永恆」的老師請教，也沒見到這個字的影子。俗話說，光陰似箭，好容易這場災難過去了，大約是在1979年或1980年，我在瑞士蘇黎世住了一夜，無意中在旅館的宣傳品中發現了incabloc這個字的釋義，真是踏破鐵鞋無覓處，得來全不費功夫。原來incabloc是瑞士鐘錶行業用語，是一種申請了專利的防震機制。好傢伙！incabloc一字折磨了我十五年！我連忙寫信告訴我那位「棚友」——幸而他還健在，他還記得問過我這個字而不曾得到解答。

查字典成為一種習慣，對於讀者可能只是有益的，但對於以處理文字為業的編輯，這就不僅僅有益，而且是必需。

10.5 不要強加於人

強加於人是一個不受歡迎的壞習慣。

處理文字的人（例如編輯）沒有任何權利把自己使用語言文字的習慣強加於人。如果一個編輯拿到文稿時，不加思索地按照自己習慣的那一套用法，加以「統一」，那麼，經他看過的文稿將只有一種風格，一種文體，一套語彙，無所謂個性了——沒有「個性」的文稿將是枯燥無味的類似「八股文」那種東西，講得好一點，所有文稿都變成這位處理文字的活機器的「作品」了。可見在處理文字時隨意「斧削」，那不僅僅是對作者不尊重，而且對讀者也不尊重——他無異要所有作者讀者都尊重自己。

合格的編輯從不「好為人師」。他不輕易改變作者慣用的用字、用詞、表現法的習慣；但是他必須改正文稿中偶爾寫錯的、用錯的字或詞或引文或釋義，他要堅決改正其中一切筆誤或明顯的或常識性的錯誤。那怕是名作家，那怕是治學十分嚴謹的作家，也會發生意想不到的筆誤或錯誤。一位名家前文寫了一個電影名字《望鄉》，後文講同一部電影時卻寫了《故鄉》——改還是不改？當然改。因為作者是名家，以為他兩處講同一事物而用不同的用語必有用意，所以不敢改動——這是不必要的顧慮。除非你有懷疑，查考以後也確定不下來，你可以向作者提出疑問或建議，這種審慎的態度是受到作者稱讚的，總之，不要把個人的語言文字習慣用法強加於別人。

不強加於人，尤其適用於對待翻譯文稿。比方英語中這麼一句話：

There is a book on the table.

十位翻譯家可能有十種（甚至不止十種）翻譯法，例如：

桌子上有一本書。

有一本書擱在桌子上。

………

你可能熟悉或慣用其中的一種，但你最好不要按照你自己用的框框去改動別人的譯法。除非文稿中譯成

桌子上有一個蘋果。

你當然應當把「蘋果」改成「書」，這是用不著躊躇的，這絕非強加於人，因為原文本來是「書」，而不是「蘋果」。

這個道理說起來似乎都可以接受，但一到實際，就不那麼容易辦了。每一個編輯都頑強地認為自己所熟悉的表現法是最優方法，因而他有一種強烈的願望要把他這一套勸說別人照他的辦。勸說自然可以，但不能強加。勸說而人家不聽，那即使你自認為人家的表現法不及你的表現法，也不能隨意去更動人家的。這是一個合格編輯的美好品德；寬容，尊重，而又不失時機進行規勸。

至於高級文字活動（例如譯詩），那就更不能強加於人。詩的翻譯不說不可能，至少可以認為要譯出「神韻」來是太難了——按字翻譯自然容易些，但那也是因人而異。語言學大師趙元任教授翻譯加樂爾（Carroll）的《阿麗思漫遊奇境記》的續編（《阿麗思漫遊鏡中世界》）[①]，是花了很大力氣的，這部續編最後一首類似打油詩的跋詩，有兩句譯得妙絕了：

夢裡開心夢裡愁，

夢裡歲月夢裡流。

彷彿如臨其境，如見其人，如聽其聲，如得其神。可是請看看原文：

Dreaming as the days go by,

Dreaming as the summers die.

如果一個不熟練的編輯，把上引兩句譯詩改為一個字一個字直譯，例如末句寫作：「一個夏天一個夏天死了」，白則白矣，可沒有傳神。為什麼一個夏天又一個夏天？而不是春天、秋天、冬天？the summers 不過是表達「歲月」，不是指具體的那麼一個又一個夏天；die 是死去、逝去、消逝了去，上文用了個「歲月」，下文正好用個「流」字，因為漢語慣用「歲月如流」這樣的表達法。把 dreaming（在作夢、作夢之時、夢中）譯成「夢裡」、「夢裡」，符合漢語詩詞習慣，讀起來不單順口，而且傳神。把這兩句改成按字直譯，恐怕就沒有「神」了，而原作者那種「打油」味道則更消失了。

---

① 《阿麗思漫遊奇境記》（Lewis Carroll, *Alice's Adventures in Wonderland*），趙元任譯本出版於1922年；《阿麗思漫遊鏡中世界》（*Through the Looking Glass and What Alice Found There*）趙元任譯本初版於1969年。兩書合為一冊的英漢對照本，1988年（北京商務）版，所引跋詩見頁380—381。

這是個極而言之的例子，我引來無非提醒大家，千萬不要將自己所熟悉的語言文字習慣用法強加於人——不是怕得罪人，而是不利於文學事業的開展。

關於上引趙元任譯的兩句詩，以嚴謹認真而富有文采的翻譯家沈真如不以為然，「筆者覺得可以商榷的是：趙元任譯《阿麗思漫遊鏡中世界》的兩篇詩，其實不是翻譯而是再創作。在特殊條件之下，這樣做也許是可以的，因為原作者不是詩人，在他一系列《阿麗思漫遊》小說裡，詩只被看做遊戲之作（nonsense verse），譯者把它們改寫，原作者大概不會介意，可是對於真正以寫詩為事業的人來說，如果翻譯者利用他的作品進行再創作，不管如何高明，恐怕他也不會領情，若是落於庸手那就更不用談了。而且，詩味和詩情也不是譯詩者唯一的考慮。不過這問題牽涉到不同人的不同品味，討論起來大概永遠不會有結果。」

這個見解有很精闢的地方，但同時也從另一個方面證實上面提出「不能強加於人」這種說法是很值得深思的。

10.6 學會作文字宣傳

用文字做宣傳是一件很必要的但是很艱難的工作。

編輯要讓你所編的報導、刊物、圖書能夠為讀者所了解，並且吸引讀者來「占有」你的產品，那就要學會做文字宣傳。因為誰最熟悉所要推廣（推銷）的文稿內容呢？不是別人，正是編輯。編輯是一切作品第一個讀者，而且是具有鑑別能力的第一個讀者。他知道作品的長處和短處。宣傳，在某種意義上說，就是做廣告。宣傳完全不是貶義詞——「王婆賣瓜，自賣自誇」；這王婆總得說出她的瓜多麼好，才能吸引人去買。不過給出版物做廣告，有時卻不能只說好，說得100％好，人家反而不信。有什麼不足都兜出來，反而使人覺得你坦率、可信。既使人認為可信，就達到了宣傳目的。

編輯學會寫廣告，看來是一件微不足道的小事，甚至還會被誤解為「市儈氣」。不應當這樣理解。商品交換按商品的規律辦事，怎麼能稱之為「市儈氣」呢？

凡是幹編輯這一行的都知道我國現代最偉大的兩位作家——魯迅和茅盾，都曾不止一次為他所編輯的書稿作宣傳文字。魯迅編瞿秋白的集子，取名《海上述林》時，他親自撰寫那一則著名的廣告：

「本卷所收，都是文藝論文，作者既係大家，譯者又是名手，信而且達，並世無兩。其中《寫實主義文學論》與《高爾基論文選集》兩種，尤為煌煌巨製。此外論說，亦無一不佳，足以益人，足以傳世。全書六百七十餘頁，玻璃版插畫九幅。僅印五百部，佳紙精裝，內一百部皮脊麻布面，金頂，每本實價三元五角。四百部全絨面，藍頂，每本實價二元五角，函購加費二角三分。好書易盡，欲購從速。」

好一個「作者既係大家，譯者又是名手」；好一個「信而且達，並世無兩」；好一個「好書易盡，欲購從速」。只有編完文集的編輯，才能夠寫得出如此確切而生動的廣告來。我說，一個編輯可以而且應該為他所編過的文稿，寫出實事求是而又吸引人看的廣告或提要（徵訂單）來。應當把這看成編輯工作的延續。

茅盾為他所主編的《中國的一日》所起草的廣告，也是一個編輯在這方面所應做到和所能做到的極好的典範。他寫道：

《中國的一日》

現代中國的總面目

這裡有　富有者的荒淫與享樂
饑餓線上掙扎的大眾
獻身民族革命的志士
女性的被壓迫與摧殘

從本書十八類中所收的五百篇文章裡面，可以看出現中國一日的或不僅限於此一日的醜惡與聖潔、光明與黑暗交織成的一個總面目。

這樣的「廣告」，是有著豐富信息的宣傳文字——既有理智信息，也有感情信息。唯其如此，它才能打動人。

10.7 練筆是一種有益的文字實踐

一個處理文字的人，他自己最好也「製作」出一些文稿來，讓別人處理處理。這就是說，以處理文字為職業的人——編輯——也應當練筆。練筆（如果不叫做「寫作」的話）是處理語言文字工作的延長；在很多情況下，是很有必要的延長。

關於練筆，我曾寫過這樣的話[①]：

「一個編輯好比一個醫生：他不但會確診，他還得會用藥或開刀。編輯不僅要判斷一部稿子的好壞，有時他還必須拿起筆來幫助作者潤色或者修改。因此，編輯必須練筆。」

練筆是一種實踐。這種實踐常常是處理文字的人所必需的。而「筆」確實是練出來的。不下苦功，「筆」是練不出來的。天

① 見〈題「練筆」〉（1980），收在《書林漫步（續編）》頁381。

生就會寫文章或改文章的事，是從來沒有的，宣傳這種邪說的，是江湖騙子！從前有一句老話：「英雄乃苦練得來！」真可謂講透了。

練筆常常與處理文字工作同時進行（或者用時下的說法，常常「同步」進行——顯然我在這裡用「同步」兩字是勉強的，甚至是不對的）。因此，練筆不是理虧的事，用不著偷偷地去做，好像「不務正業」，見不得人。當然，不能說，凡是處理文字的人必然要成為一個作家，這在現實生活中是辦不到的。以處理文字為職業的人，有兼為作家的，也有成為職業作家的，當然也有一輩子為別人作嫁衣裳的，不可一概而論。那些一生默默地心甘情願地為作者服務的人，應當受到人民的尊敬；但是，即使默默地長期做「服務」工作，也提倡他們練筆——這樣，大有益於他服務得更好。

11

論信息量

11.1 信息量公式

把信息概念和信息理論應用在社會語言學的一個重要方面，就是探索在現代漢語信息傳遞中的最大信息量和最佳效能問題①。

在社會語言學研究中，最大信息量不是一個工程技術上的問題，而是在社會語言交際活動中發生的語義、語感和理解問題，亦即社會性的變異和效應問題。這一點同信息論創始人之一C. E. 申農的說法是一致的——他說過，「信息的語義方面的問題與工程問題是沒有關係的②。」

---

① 1983—1984年我著力研究現代漢語的語言交際中如何能傳遞最大信息量和獲得最佳效能的問題。我在1983年中國語言學會第二屆年會上的發言，已改寫成論文，收載在《辭書和信息》一書頁114—130。與此同時，我寫了一篇簡短的論文，想用一個數學公式來概括，這篇論文後來改寫成中外文幾種文本，收在這裡的是其中的一種。參看〈從現代漢語幾個用例〔模型〕分析語言交際的最大信息量和最佳效能〉，見上揭書。

② 見申農《通信的數學理論》(*A Mathematical Theory of Communication*, 1949)一書的引言。

最佳效能在社會語言學研究中不單純是信息量的大小問題，而是包括了社會學的、心理學的和美學的因素，它有時等同於信息量的最大值，有時卻不等同。最佳效能探究的是語言交際社會功能的實際效應。

在社會語言學作最大信息量和最佳效能的探索時，首要的前提是，它的處理對象不是詞（形、音、義）、句、段，而是由詞、句、段組成的表達消息的綜合體。消息有時只有一個字（就現代漢語來說），有時則是若干字、詞、句、段的組合。在進行這方面的探索時，首先應當認識到，個別的詞、句、段那怕100%符合語言規範，卻不一定能給出最大的信息量。

信息是按照一定方法排列起來的符號序列，而語言則是社會交際中的一種信息系統。當社會語言學導入信息理論時，決不能簡單地套用信息科學的定義和公式——例如雖則社會語言學與信息科學一樣，認為信息量與概率成反比例，概率愈大，即能猜測到要傳遞什麼信息的可能性愈大，此時信息量就最小，接近或等於0。假如發出的消息盡人皆知，這個消息就沒有信息量了。但是社會語言學不可能也不必要把古典定義的信息量公式①完封不動地照搬過來，因為社會語言學解決的是社會效應而不單純是物理效應。

11.2 最大信息量

社會語言學關於最大信息量的公式，可以表述如下：

$\bar{H} = \Sigma\ (I, I_{1-n}, R, N)$②.

---

① 公式為$H = -k\Sigma PilogPi$見前頁注②所引書。

② 解釋這個公式，要應用下一節即§11.3的幾個推論。

式中$\bar{H}$是最大信息量，它是四個變量的代數和，即四個變數互相作用而消長的綜合體。式中I為主要信息，I_{1-n}為1至n個次要信息；R為多餘信息，即超過傳遞需要量的信息（這同信息論中多餘度的實質計算有所不同）；N為噪聲和／或干擾。

在社會語言交際中，如果沒有噪聲和／或干擾，一般地說，只要對語言信息系統處理得好，主要信息（I）就等於信息的最大值（$\bar{H}$）。

但在語言交際中不能認為這樣就可以得到最佳效能。按照不同情景，除了主要信息之外，有時還必須加上一個至幾個次要信息；在噪聲和／或干擾可能存在的情景下，還得加上多餘信息，才能使信息量達到最大值，並從而獲得最佳效能。因為變量和情景都是十分複雜的，所以有必要推導出幾個推論。

「多餘信息」，或作「冗餘信息」——「多餘」和「冗餘」一詞在現代漢語中的語感略有不同，後者（「冗餘」）彷彿是完全不必要的，前者（「多餘」）卻還不曾達到完全不必要的程度。我現在傾向於用「多餘信息」即「多餘度」來表述redundancy的語義。信息論創始人申農關於「多餘度」的公式是：

$$R = 1 - \frac{H_{\infty}}{H_0}$$

式中R為多餘度，H為熵。即「不肯定的程度」，故H_0是理論上可能達到的最大信息量，H_{∞}為實際可以達到的信息量。這個公式用文字表達，就是說：信源的熵與其最大值的比值為相對熵，1減去相對熵即為多餘度。參看韋弗（Warren Weaver）的論文，見申農的《通信的數學理論》一書第二部分。可喜的是晚近西方多數語言學詞典中都收有

“redundancy”（多餘度）的詞目，可見這個術語已不再局限在通信理論那樣專門的範圍了。例如哈特曼（Hartmann）和斯托克（Stock）編的詞典（*Dictionary of Language and Linguistics*, 1972）中的定義為：

「多餘信息——指超過傳遞最少需要量的信息量。可以說，語言就是利用剩餘信息，因為在正常情況下，為了保證理解，總是給出比實際需要多得多的信息。」

這條詞目釋義中還提到多餘資訊有助於排除噪聲和/或干擾。

理查德斯（J. Richards）等人合編的詞典（*Longman Dictionary of Applied Linguistics*）釋義為：

「多餘度就是一個消息中包含著超過它所需要的信息的程度。語言本身有內在的多餘度，這就意味著說起話來往往超過讓人了解所需要的信息。」

有趣的是，編者認為英語中表示名詞複數加的s（例如一本書叫a book，不止一本書則必須在名詞book後加一個s，成為books）就完全是多餘的，編者認為英語中的多餘度是很大的。在這一點上（即在複數名詞要附加符號這一點上），漢語沒有多餘信息，一本書也是「書」，一萬本書也是「書」。

關於漢語的多餘度，語言所的林聯合和語用所的尹斌庸都有專門研究論文。

11.3 推論

下面是幾個推論：

(1)H＝0，凡是早已被接收信息者知道的消息，或這個消息已重複多次完全失效的，其信息量等於零。所以一切陳詞濫調的信息量接近或等於零。

在社會語言交際中，有些語詞（如禮貌語、見面語等）雖則重複過無窮次，信息量本來等於零，但是它屬於一種社會規範，表達一種交際習慣，效能可能是最佳的。

(2)信息量的大小與字句多少長短無關。如果傳遞了主要信息，而且這信息量達到最大值時，即使一個字，也能取得最佳效能。

在社會語言交際中，傾向於在定量時間內用最經濟的詞句來傳遞最多的信息。只要符合社會習慣、思維習慣和心理習慣，那麼，它就能得到最佳效能。

(3)為提高精確性，減少誤解或歧義，或抵消噪聲和／或干擾引起的信息混亂，應當採取措施如（甲）重複主要信息；（乙）外加次要信息；（丙）酌加多餘信息。或三者並舉。

(4)凡要傳遞一種「潛信息」①，多半使用修辭手段（如委婉語詞），利用語言的模糊性（而不是精確性）來傳遞特定的社會意義——模糊語言在特定場合可以促使信息量達到最大值。

(5)雙向信息傳遞是利用反饋來考察原發信息的準確性和效應的，反饋信息②只能等於或小於原信息量。

(6)在特殊語境中往往使用最直接的、最醒目的、最易理解的符號來代替語言（包括書面語言），這個符號給出的信息量在這語境中達到最大值，同時也得到社會語言交際的最佳效能。

---

①「潛信息」是一種社會性的信息，在純自然科學的信息理論中所沒有的。

②「反饋」理論是維納控制論中的重要的有決定性的基本概念。維納曾通俗地並且帶有幾分幽默地說過「反饋」的初始意義。他說：「下級在接受命令時必須把命令對上級複述一遍，說明他已經聽到了它並了解它。信號手就必須根據這種複述的命令動作。」見所著《控制論》一書第四章。

12

論對話[①]

12.1 雙向信息流

對話是一種最常見的社會語言現象。對話是一種信息流，甲方把信息傳到乙方，然後又從乙方把信息反饋回到甲方，甲→乙，乙→甲，反反覆覆，循環不已。所以說：對話是一種雙向信息流。人到了非說話不可的時候，就產生了語言。這所謂「非說話不可」的背景，就是一個發生雙向信息流的語境。

雙向信息流在技術上的前提條件就是雙方（對話的雙方）必須有互相了解的共同的符號系統，彼此對所採用的符號都引起同一的概念，包括語義上的概念和感情上的概念，即語義信息和感情信息。如果對所用的符號沒有這樣共同理解的前提，那就不可能進行對話——或者更準確地說，就不可能發生引起共同行為（行動）的、有效果的對話。

① 這是根據我1987年12月在北京召開的中國第一次社會語言學學術討論會上的專題發言改寫的。這次會議的論文輯印成《語言．社會．文化》（1991）一書，因為來不及整理成文，故書中缺這一篇。

對話這種雙向信息流是社會生活必不可少的。在有教養的民族中，對話必定是優雅的，這就意味著語義信息是準確的，蘊含的內容是豐富的，而其外在形式則是完善的。所以說，社會生活的日常對話，往往反映了這個文化群體的文明程度。

12.2 信息反饋

對話被記錄下來，傳遞到遠遠的不同時空，有著很長遠的歷史。

在西方，有著名的柏拉圖《對話錄》；在我國，也有著名的《論語》──它實際上是孔子跟他的生徒之間的對話錄。

當然也有假造的對話（用對話形式）寫出來的作品。不論是真正的對話紀錄，還是假造的對話文本，都帶著雙向信息流這種主要的特徵，那就是必須具有反饋信息。

反饋是維納控制論所闡發的最重要的語言現象。

如果從控制論和信息論的角度立論，對反饋的定義和詮釋可以利用高等數學公式來表達，並且分別出正反饋和負反饋；但如果考察語言行為時，也可以把反饋簡單歸結為一句話：「反饋就是一種用系統的過去演績來調節未來行為的性能。」講得淺白一點，那就是受話者用語言符號或非語言符號對發話者的話語內容作出反應──或者是贊成，或者是反對，或者是漠然，或者是反駁，或者是補充……這反應就是語言行為的反饋。這種反應（反饋）常常給發話者很大的啟發，使他可以修正、補足或詳細闡明他的論點。我記得五年前我寫過一段話，也就是這個意思：

> 「發表文章只能是單向的信息流，而演講卻是雙向的信息活動。聽眾的表情，聽眾的眼神，聽眾的掌聲，聽眾的厭倦，聽眾的

笑聲，聽眾的竊竊私語，聽眾的提問，甚至使報告人多少感到困惑的提問，所有從聽眾發出的聲音、姿態和語言，都是非常有益的、非常感動人的、非常有啟發性的信息反饋。」①

誰都知道讀文章絕對是單向信息流，也許不那麼準確，因為文章發表後常常會得到讀者來信，表示他相同或相反的意見，我這裡只是強調文章的作者很難立即得到讀者的信息反饋。至於演講與對話是不同的信息活動，但在本質上卻可以看作雙向的信息流。

對話中的信息反饋，在很多場合往往採取很簡單的語音形式（例如「唔，唔」、「對，對」、「啊!」），或者索性採取表情符號（例如點頭、頻頻點頭、搖頭、手勢、笑容、怒容、冷漠面孔——甚至所謂「臉上看不出春夏秋冬」，其實已看出那是冷漠的表情了）。美國三〇年代有名的記者約翰·根室（John Gunther）描寫羅斯福總統時，說他在短短的二十分鐘裡面，一個字也沒有說，只作出了「希奇、好奇、偽裝的驚訝、真情的關切、同情、堅定、嘻笑、莊嚴以及種種帶有魅力的各種表情，表達了他對於同他對話者談話內容的信息反饋。」這段話被史拉姆（Wilbur Schramm）教授在他關於《男人，女人，消息與傳媒》②一書中引用過，這也即是史拉姆教授所說的「眼睛、衣服、顏色都會說話」。

12.3 對話與社會生活

近年來外國社會語言學家關於對話作了多方面的研究，有興

① 這段話見我給《社會語言學論叢》（1991）寫的〈序〉，見該書頁5。
② 史拉姆（Wilbur Schramm）與波脫（W. E. Porter）合撰《男人，女人，消息與傳媒》（*Men, Women, Messages and Media,* 1982）是信息學領域中很有意義同時也是很有趣味的書。有余也魯中譯本，取名《傳媒·信息與人》（香港，1990）。

味的是，有許多研究是從電話對話開始的。有一位學者曾對美國一個城市的警察派出所所收到的詢問電話進行研究，得出了某些有趣的論點——如果我們對我國城市的一個派出所所收到的電話加以分類評述的話，自然也能得到另外一些有趣的論點。在美國城市所得到的數據，同在中國城市所得到的數據，可能有一部分是相同的，另一部分是不相同的，其原因是兩國的社會生活有著不同的模式；而對話的長短、文風、色彩（語感）也肯定不一樣。在這裡我不準備對對話這個論題作全面的考察——那是另外一門學科所研究的——，我只想指出，社會生活中人與人之間的對話，十之八九並不完全或嚴格依循語法的規則，不僅時常缺少句子所必要的這一項或那一項因素（例如主詞、謂語），而且往往在求取受話的一方迅速了解發話一方的主題語義，採取某些同傳統的或習慣的語法相違背的方式。須知，對話不是寫文章，不講求系統、完整、全面，而著重在彼方理解不理解此方所發出的信息，以及彼方對此方發出的信息作出什麼反應——即有什麼反饋信息。在對話進行當中，如果完全得不到反饋信息，那就變成甲乙雙方各自進行的獨白，而不是對話了。這是就社會生活的日常對話而言的，政治性的對話——例如在兩個方面各自闡述己方立場和觀點的雙邊會議，或政治性的記者招待會上的對話，由於目的和手段不同，不能一概而論。至於像《五燈會元》[1]那樣的參禪論佛的書中所揭載的對話，那也不是社會生活中的日常對話，各說各的，答非所問，然後產生「頓悟」來，那就溢出應用社會語言學所要闡發的範圍了。

---

①《五燈會元》，宋．普濟撰，二十卷。一本用對話（師徒問答）形式匯集了關於佛教教義的論證的書。

《五燈會元》卷第三有一段與龍山和尚的對話，就是答非所問的「頓悟」對話：

問：無路且置，和尚從何而入？

答：我不從雲水來。

問：和尚住此山多少時耶？

答：春秋不涉。

問：和尚先住，此山先住？

答：不知。

問：為什麼不知？

答：我不從人天來。

問：和尚得何道理，便住此山？

答：我見兩個泥牛鬥入海，直至於今絕消息。

〔禮拜〕

問：如何是主中賓？

答：青山覆白雲。

問：如何是賓中主？

答：長年不出戶。

問：賓主相去幾何？

答：長江水上波。

問：賓主相見，有何言說？

答：清風拂日月。

12.4 人機對話

信息革命以來，人機對話[①]是一個很時髦的、很有意義的、大有前途的語言活動——·人用自然語言同電子計算機對話，已經不是未來的設想，而是活生生的現實了。其中最通俗的是1966年由懷善鮑姆（Weizenbaum）教授開發的「愛麗莎程式」（ELIZA－program）。這個程式開發至今已歷二十幾個春秋，但仍然有吸引人的魅力；與此相類似的程式很不少，不過人們一講人機對話，常常舉出這個程式來作引導。「愛麗莎程式」假設電子計算機是一個精神分析醫生，坐在計算機前面的用戶則是一個求醫的患者。你問一句，他答一句，有時答案頗嚇你一跳——比方有一次我嫌它回答得太死板，發了火罵了它一句：

「你是混蛋。」

機器立即作出令人驚訝的反應。

「罵人不能解決問題。」

此時真把我嚇住了[②]。難道機器也有人性嗎？其實人機對話沒有很大的奧秘，全部秘密是在於主題詞。每一句話都必然有一個主題詞，比方「我不舒服」這樣一個句子，可以把「我」看作主題

---

① 人機對話，參看玉爾（George Yule）的《語言研究導論》（*The Study of Language: An Introduction,* 1985），第十三章：〈語言和機器〉（Language and Machines），本節引的例子見該書頁115－123。參看克拉克（V. P. Clark）等合編《語言導讀》（*Language: Introductory Readings,* 1985）第九部分第二章：〈自然語言處理：展望〉。

② 我使用以色列萬德爾（A. Wandel）教授開發的ELIZA PROGRAMO（世界語版）軟體。我用這個軟體作了很多頗為有趣的「人機對話」——值得注意的是，我使用的是世界語，一種人工語言，把這種人工語言（不是計算機語言）當作自然語言使用了。

詞，當然也可以把「舒服」看作主題詞，或者伴隨主題詞出現的動作描述詞。編程式時就抓住這個主題詞（自然首先要找出並確定哪一個語詞是主題詞）做文章。使我嚇了一大跳的對話，是由於程式把我說的句子中的「混蛋」看作主題詞——所以才能在事先編成「罵人不能解決問題」這樣的對話。這樣的人機對話，可以說是這個計算機有了初步的人工智能，但它只能按預先編成的程式解答你提的問題，而且必定是抓住你提出的問題中的主題詞做文章，不可能有什麼超過你所知道的範圍作答。人工智能的研究工作正在不斷深入，有人認為完全可以發展到創造出比人腦還要智慧的機器，代替人類所有的思維活動；有人則反對這種論點，認為機器有局限性，人總不能造出比人更加聰明的機器來，機器只能代替大腦某些活動，而不能代替全部創造性思維活動，我是後一種論點的支持者——簡單地說，完全可能編成一種程式，使計算機作出像樣的（同樣有美感的）交響樂，但計算機不能作出貝多芬的《英雄》交響樂來。

在人機對話這個領域，從「愛麗莎程式」開始，開發了種種不同的程式，其中有些是很有啟發性的，有些則是很有實用價值的。例如維諾格勒（Terry Winograd）1972年開發的「SHRDLU程式」，是人跟機器（計算機）關於積木世界的交談，假想桌面上有各種各樣的積木，有長方塊、有稜錐體、有方盒等等。「人」命令「機」進行砌積木的活動，而「機」則對「人」的命令作出反應。機器常常有很「聰明」的對話，比方桌面上有三個稜錐體，「人」給「機」下命令，說：

「把那稜錐體拿起來。」

「機」作出聰明的反應，反問：

「我不明白你指的是哪一塊稜錐體。」

又如波伯羅（Babrow）等1977年開發的「GUS系統」，可以應用到旅遊活動中，請看這樣的對話：

人（用戶）：我想5月28日去聖地亞哥。

機：你想什麼鐘點離開？

人：我必須在上午十點以前到達。

機：那就請搭乘PSA-102航班的飛機，將在上午九點十五分到達。

人：下一班機呢？

機：下一班是CA-310，早八時半開，十點正到達。

人：那我就搭上一班機吧。

讀者可以想見，人們在這個系統（程式）中把這個城市所有的飛機航班以及所經過和到達的口岸及時間，都輸入計算機裡，然後可以讓用戶（「人」）用自然語言跟它對話。如果航班像此時在中國那樣經常不準點，那麼，這種人機對話就失去了它全部價值了。

13

論名言／警句[①]

13.1 編引語詞典

還是在那「史無前例」的日子裡，有一天在上班的路上遇到呂叔湘先生。熟朋友難得在大馬路上見面，能說上幾句無拘無束的心裡話，因此我們就在電車站那裡說東道西。他向我建議：為什麼不編一部「引語」詞典呢？他說，漢語文獻這樣豐富，卷籍又如此浩繁，編印出「引語」詞典，對廣大讀書人又方便，又有益。我完全同意他的意見和建議，我自己也常用幾部「引語」詞典來查考外文的名言或警句[②]，從中得到的不只是知識，而且有

---

① 這一章正文，曾用〈關於「引語」詞典或「名言」詞典的隨想〉，發表在1988年夏的《瞭望》雜誌，後來被用作秦牧主編的《實用名言大辭典》(1990）的代序。這裡刪去無關的段落。

② 在英語世界，引語詞典多得不可勝數。我偏愛的有幾部：一部是柯亨(J. M. Cohen）編的《企鵝引語詞典》(*The Penguin Dictionary of Quotations,* 1960)，我喜歡它引用英語以外的警句時，多半附了原來的文字，例如引但丁的警句附了義大利文，引哥德的警句附了德文，引丹東的名言附了法文等等。最近出版的《西方名言引喻典故辭典》(陳珍廣、祁慶生編，1990）也有這樣的優點；另外一部則是格羅斯（John Gross）選編的《牛津警句集》(*The Oxford Book of Aphorisms,*1983)，沁普孫（J. A. Simpson）編的《簡明牛津諺語詞典》(*The Concise Oxford Dictionary of Proverbs*)，前者是分類的，後者是按字母順序的；前者是名人警句，後者則大半是社會流行的成語或熟語，連計算機時代出現的garbage in, garbage out都收進去了，並且把每一條的出處和源流（演變）都注明了，極有益處。

很多激勵和啟發，甚至可以說翻閱這種工具書是一種享受，多少世代文明和文化精英所給予的享受。但那時，我只能報呂老以一笑。因為那些日子在神州大陸正掀起所謂「評法批儒」的全民運動，有些狂徒或傻瓜正醞釀著編一部評法批儒詞典——而要摘引名言，首先得分出名言出自「儒」家還是「法」家，萬一引句出自「儒」家之口，不只等於挖出了「垃圾」，而且成為抗拒運動的復辟派，而對付這些「渣滓」，只能批，不能摘，摘就是放毒——那麼，如何能編詞典呢？何況一場風暴正迎面颳過來，因為我居然斗膽將語言所費十年心血編成的《現代漢語詞典》印出，這一小小的活動激怒了「四人幫」，姚文元揮舞大棍，開動所有宣傳機器——對我、對出版界乃至有關的學術界一大張撻伐。那時真是風聲鶴唳，草木皆兵，一家著名學府的「學」報也匆匆「推出」一篇洋洋灑灑的、引人發笑的「大批判」文章——連「聖人」這樣的語詞也被批得狗血淋頭，且不說「聖人」的引語了。往事如煙，一轉眼已經過去了十幾年，不知呂老還記得我們那次談話不，但現在市場上卻已出現了一部又一部「引語」詞典、「名言」辭典，或者用不同的名稱稱呼的這類詞典，他的建議已經實現了。這樣的一段小小的歷史插曲說明了什麼呢？我想，至少說明兩點：其一，在一種窒息的動盪不安的、動輒得咎的社會生活中，編詞典是一種十分艱苦的，甚至是冒天下之大不韙的冒險行動，而編「引語」詞典則幾乎是不可能的；其二，在那種把一切文明成果都當作「四舊」去破的極左思潮發展到「頂峰」時，幾乎所有先驅者的一切言論都是「混蛋」，只能被否定，還編什麼詞典呢？

13.2 濃縮了的信息

社會生活卻不依循極左邏輯。在人類文明發展的長河中，流過了同時沉積了許許多多發人深省的或者激動心弦的話語——一個詞組、一個句子、一節詩詞、一段文章，其中有些是說理的，有些是感情的，但不論說理的還是感情的，都是前人在實踐中、在生活中，甚至在坎坷道路中得出的結晶，這些透明的晶體經歷幾個世代、幾十個世代流傳而沒有絲毫磨損，正相反，這些結晶在社會交際活動和人類思維活動中仍然閃閃發光。舊時的信息喚起了新鮮的感覺，激活了人們的行動。這就是名言或警句，這就是名言、警句或概括為「引語」的作用。「君子坦蕩蕩，小人常戚戚」——這樣的名言道出了古往今來真正的、善良的人的高尚胸懷，揭露了專門謀私利的「小人」那種可憐而又可鄙的卑劣心境。真是十個字勝過千言萬語！「從善如流」——這樣的四字句帶有規勸的味道，也帶有座右銘的作用，雖說是規勸，卻又那麼平淡，那麼優雅，那麼透明。「天意憐幽草，人間重晚晴」——好一個「人間重晚晴」，這總結了多少代人的社會經歷才能寫成的五個字呀，這麼短短的「片語」引人無限深思，難道不是這樣嗎？

被稱為名言、警句或引語的語言現象，可以說都是語言的精華，而且是濃縮了巨大信息的「積體電路」[①]——往往在字面以外還傳遞許多潛信息，這些潛信息成為一種非語言信息，與字面上的語義同時引起了意想不到的遐想和聯想，從而達到了深化的境

① 古人也重視「濃縮」作用。例如尼采（Nietzsche）就說過：「我的奢望是，用十句話表達了別人寫好幾本書所要表達的東西——甚至表達了好幾本書也未曾表達的東西。」這就是「濃縮」，警句就常常有這樣的「濃縮」作用。

界。作家、藝術家、學者、社會活動家、甚至並無顯赫功績的普通老百姓，都會留下歷久不衰的名言。每一個民族，都十分珍惜、傳誦並且不斷運用自己的名言或警句，以便在適當的場合能採取最經濟的尺寸來表達最豐富的內容——包括邏輯信息和感情信息。

13.3 引語詞典的作用

正因為這樣，各種語言都可以產生自己的不同層次、不同規模的「引語」詞典。這樣的詞典是每一個有教養的，或者正在成為有教養的社會成員所必備的工具書。它在現實生活中確實有多方面（當然同時是多層次）的用途：

——核實在記憶中不那麼準確的名言。隨著歲月的流失，人在大腦記憶庫中儲存的名言往往變得模糊了，需要核實其中的字句；

——查明引語的出處，是哪一位先人在什麼場合下，為了什麼目的而留下的，後來又在歷代的運用中引起什麼樣的變化，這都是人們引用時需要知道的；

——檢索某一個主題積累了多少警句。每一個警句都從不同的角度和立場去闡發這個主題，分類檢索擴大了知識面，深化了對這個主題的認識，從而得到新的啟發；

——消除古語文的限制，獲得現代語義。從古書摘出來的引語，因為用的是古語彙和古語法，必須加以現代語言的詮釋，才能讓現代的讀者掌握確切的讀音和語義。

我想，一部值得稱讚的引語詞典，應當考慮這樣的幾個前提或效果。

14

論社會語言學在中國[①]

14.1 社會語境的巨大變化

社會語言學作為一門獨立學科進入當代中國的學術領域，嚴格地說，不早於本世紀七〇年代中期。但是到了八〇年代初，社會語言學這門學科的實際內容（有時它採取了另外的名稱），卻在研究的領域和現實生活上被人們重視。社會語言學在八〇年代以後得到如此眩目的發展，不單純由於學科本身取得成就，更重要的是由於這個時期在中國貫徹實行開放改革政策，社會生活發生了巨大的變化。開放改革給這個長期封閉或半封閉的文明古國打開了一條充滿希望的道路；甚至比成語所謂「春風吹縐一池春水」還厲害得多。社會生活立即空前活躍起來——因為各民族群

① 《國際語言社會學報》（*International Journal of the Sociology of Language*，簡稱IJSL），由美國社會語言學一個重要學派的先驅費希曼（Joshuc A. Fishman）主編，1974年創辦，在歐（柏林）美（紐約）出版。該刊邀請我與美國語言學家馬歇爾（David F. Marshall）合編一期中國專輯，這就是1990年出版的總第81號。專輯刊有許國璋、陳章太、陳建民、趙世開等學者的論文。我應邀為該專輯寫一個序論，編輯部要求作簡短的概括和列舉若干著名學者的名字。這一章就是根據那篇序論改寫成的，原文為英文，改寫時沒有按照原文直譯，內容略有增刪。

體之間的交往，各自然群體（省、市、縣、鄉）之間的交往，各語言群體（少數民族語言群體、各方言群體）之間的交往，以及這些群體同國外的各種語言群體之間的交往，都比以往任何時期廣泛和頻繁，而其接觸的規模也是空前的。

社會交際的這種急劇變化，自然突出了可能發生的種種語言問題，例如社會交際公用語問題、雙語同時發展問題、傳媒用語問題、人名地名的用字問題及其羅馬字拼法問題、掃除文盲問題、開發智力的基礎工程即語文教育問題[①]、社會用字問題、計算機導入漢語漢字問題、辦公室自動化（OA）問題、科技術語標準化問題，等等等等，都迫切地要求解決，並且希望得到最優的選擇。所有這些問題，都是語言學特別是社會語言學應當和必須解決的問題。

是這樣獨特的語言環境特別向社會語言學挑戰，有時還施加壓力。這就促使語言學其中尤其是社會語言學的研究和實驗，有了強大的動力，同時也有了廣泛發展的可能。與語言學相鄰接的許多學科專門家（例如教育學家、社會學家，甚至經濟學家和社會活動家），對上述的社會語言現象都密切關注，他們的研究、探索和實踐，都給這門學科注入了有生命力的內容。第一屆全國社會語言學學術會議的召開（1987），正是這門學科蓬勃發展的一個標記。

> 1987年12月召開的第一屆社會語言學學術會議，許國璋教授作了一個言簡意賅的報告，系統地評述了西方社會語言學的發展歷史和學科現狀，給與會者很大的啟發。我在會

① 特別值得提出的是「注音識字，提前讀寫」的實驗，把傳統的語文教育推向一個新的高度，即通過拼音讀寫發展兒童的思維能力。參看倪海曙的幾篇調查報告和專論（見《倪海曙語文論集》，1991，頁268－334）。

議開始時作了很簡短的開幕詞：

「我們這個討論會是我國社會語言學界第一次盛會，也是第一次全國性的社會語言學學術會議。

請允許我代表語言文字應用研究所全體同志歡迎參加討論會的各位學者。我們歡迎老一輩的學者，感謝他們對我們這個討論會的支援和關懷；我們歡迎中年和青年學者，他們正是發展我們這個學科的主要力量和希望。

恩格斯曾把文藝復興稱作偉大的時代：一個產生巨人同時需要巨人的時代。我們這個信息化時代比之文藝復興來，絕無遜色，不愧為另一個偉大的時代——它必然需要巨人同時產生巨人。無論從我國實行開放和改革的現狀和未來來說，無論從我國語言現象和語言科學的發展和前景來說，社會語言學都應當而且必定會在這個偉大時代中得到開拓性的、富有成效的成果。

社會語言學是一門多科性交叉學科；從它發展的趨向看來，它不只是社會科學若干學科的交叉，而且是社會科學和自然科學的接合部之一。語言學、社會學、歷史學、人類學、民族學、民俗學、考古學、國土學、經濟學、心理學、概率論、控制論、信息論、系統論、神經科學等等學科都會在這個接合部中發揮作用，形成一個邊緣學科。邊緣學科是富有生命力的，社會語言學也不例外，它已經並且繼續在我們這裡顯示出它的強大生命力。

這個會議，正如大家所希望的那樣，每一個與會者都有自由發表自己的學術觀點的權利，同時也有支持、補充或不同意另一個學者學術觀點的權利——當然，他還必須心平氣和地承擔反對他的學術觀點的學者反駁的義務。我們奉行這樣的信條：科學真理面前人人平等。但是學術觀點的不同，並不妨礙學者之間的友誼和團結；正相反，經過交流、切磋、辯論，直到面紅耳赤的爭論，取得某些一致的看法，或者最終不能取得共同的意見，但是經過這樣的交手，必定會提高相互理解的程度，同時也加深了彼此之間純真的情誼，而對學科的研究本身也將因此而深化。

我希望這個學術討論會能夠達到這樣的一種境界；我想，與會的同志們也都希望創造這樣的一種學術氣氛。」

作為這次會議的學術成果，印行了題名為《語言·社會·文化》（1991）的論文彙編。我為這部書寫在前面的幾句話中對這次會議作了如下的描述：

「看來會議氣氛還是活躍的，討論是熱烈而且真誠的，儘管在極個別的場合不免夾雜一點點帶有濃厚感情色彩的表述，正如有位同志說，碰到了一兩株帶刺的薔薇也無傷大雅，人們在會後還是認為這個會議開得有生氣—這總歸是我國社會語言學研究者們第一次坐在一起，第一次交換意見，第一次真誠地坦率地亮出了自己的論點，第一次面對面地反駁別人或被別人反駁—所有這些都不會在發表文章或印行專著時所能得到的『機遇』，如果我能把這叫做『機遇』的話。當然，會議也不盡如人意。比方說，有些與會者認為研究課題廣而不深，有些同志則認為討論題比較分散而不夠集中。這都是實情。這部論文集不消說也反映出這種不足。我甚至可以說，在某種意義上也反映了我們這個學科今日的發展狀況。這種狀況在學科發展的開頭是正常的，甚至是健康的，一點也不令人氣沮。」

14.2 歷史的傳統

我上面說社會語言學作為一門獨立學科在當代中國起步較晚，並不意味著對語言和社會之間的關係是被學術界忽視的；正相反，對語言和社會關係的研究，絕不是從七〇年代中期忽然爆發的，更不是什麼「大躍進」的產物。中國的人文科學者從歷史上就信服「國之興亡，匹夫有責」這樣的學說，學者們大都是有識之士，憂國憂民是中國歷代學者的優良傳統。遠的不說，對文字、語義同社會發展之間關係的研究——或者更具體地說，對社會生活的變化如何反映或折射在語言文字上的探索，一直是我國近代學術界注目之所在。從本世紀初開始，面對著民族國家危亡的災難，許多學者都熱忱地找尋救國救民的道路。他們從各個不同的層面，用各種不同的觀點和方法，探求中國社會幾千年發展的規律，研究中國社會的性質，以便確定應當沿著什麼道路把這個文明古國推向獨立富強和現代化的坦途。在這些值得尊敬的探索中，有不少學者追尋著所謂「語言的軌跡」(tracks of language)去揭露中國社會發展的奧秘，這裡只須舉出一個聞名的學者名字，就可概見其餘——這就是作為歷史學家的郭沫若（1892—1978)。他在二〇年代末即在所謂「中國大革命」失敗後（1929）發表了創造性的學術著作《中國古代社會研究》。這部著作通過對甲骨文的考察，描述了中國古代社會的經濟生活和文化生活，跟馬克思主義關於人類社會發展規律相互印證，揭出了中國古代奴隸制社會的奧秘。這部著作，連同他的同時代學者的其他著作，開闢了歷史科學與語言科學結合的道路。

14.3 實踐性的特點

研究語言與社會之間的關係，幾乎可以說是中國當代語言學家的「愛好」——甚至可以說這是一種很好的傳統，有利於社會語言學的健康發展，雖然他們自覺地或不自覺地參與這個研究領域，但他們不常使用社會語言學這一術語。可以舉出傑出的語言學大師趙元任（1892—1982）[①]作為範例。趙元任涉獵了語言科學的很多部門，他的許多研究可以列入社會語言學或應用社會語言學，比如他六〇年代的演講錄《語言問題》，第一講〈語言學跟語言學有關係的一些問題〉裡面講語言是什麼東西時，就像一個社會語言學家給語言下的界說。他晚年研究的通字方案，就帶有強烈的應用社會語言學的氣味。他把若干探索漢語的社會特徵的論文彙編成書時，索性把書名叫做《中國社會語言學面面觀》（*Aspects of Chinese Sociolinguistics*）。趙元任的同時代人或稍後的學者，可以舉出黎錦熙（研究「國語」的理論和實際）、羅常培（研究中國語文的文化背景）、陸志韋（研究漢語語彙學）、高名凱（研究漢語外來詞）、王力（研究漢語史和文字改革的理論與實際）。

到本世紀五〇年代，由於社會變革和教育改造的需要，幾乎所有的語言學家都投身於中國語文的規範化工作。

這裡說的規範化是廣義的，即從語音、語彙、語法的規範工作到文字改革工作（或稱為語言規劃）。這實際上是應用社會語言學的工作。可以舉出呂叔湘、朱德熙和丁聲樹幾位老一輩語言

① 這裡提到的趙元任著作，《語言問題》（北京商務版，1980）、《通字方案》（北京商務版，1983）、《中國社會語言學面面觀》（英文版，美國史坦福大學，1976）。

學家的勞作（包括漢語語法修辭的規範性通俗講話①，以及現代漢語規範化詞典②的製作），表明當代中國語言學發展中所具有的實踐性。在廣義的文字改革事業中，著名的社會活動家吳玉章（1878—1966）和胡愈之（1896—1986）領導了一群專業的語言工作者和教育工作者，進行了長期的大規模的語言規劃實驗。如果把這個波瀾壯闊的實驗，歸入應用社會語言學的領域，那是一點也不過分的。在這項實驗中，除了專業的研究所和高等院校有關的學系之外，還有國家機關以其行政力量來支援這項實驗，並將其中一些成果予以推廣。這項廣泛的實驗包括普通話的研究和推廣，漢字的整理和簡化，漢語拼音方案的制定，以及在教育、郵電、人地名羅馬字化這樣三個主要構成部分，都可以列入廣義的社會語言學研究中。在文字改革這項實驗自始至終從理論到實踐作出了重大貢獻的名單中，可以列舉出倪海曙（1918—1986）、葉籟士（1911—1994）和周有光作為代表。

14.4 近十年的成就

作為獨立學科的社會語言學，在短短的一二十年間是以前所未有的速度和勢頭在當代中國發展的。當然不能設想一門學科能在一二十年裡達到成熟的程度，但完全可以說，它已經壯大起來，並且得到社會和學術界的認可，而它在這短短時期內取得如此的成就是值得慶幸的。這表現在如下的幾個方面：

---

① 呂叔湘、朱德熙的《語法修辭講話》，五〇年代初在《人民日報》連載（後來印成單行本），在群眾中有極大的影響，對語文健康發展有重大貢獻。

② 我指的是《現代漢語詞典》，從1956年算起，到1965年印出送審本，1973年印出試用本，遭到「四人幫」的圍攻，直到1977年才改訂完畢正式出版。詞典出版時署語言研究所名義，主持試印和送審本的語言學家先後為呂叔湘、丁聲樹、李榮。

——許多高等院校設置了社會語言學課程。在引進外國各種學派的社會語言學的同時，開展了並初步建立了從現代漢語語言現象出發的或稱之為具有中國特色的社會語言學；

——有關社會語言學各範疇的研究論文、調查報告，在各種學報或綜合性報刊上出現，或者以單行本或參考資料的形式出版；

——在一些科學研究機構和高等院校內，設置了專門的社會語言學研究部門，由是培養和帶動了新的年輕一代的研究工作者；

——陸續出版了一些社會語言學的教材、著譯和調查報告①；

——召開了全國性的社會語言學學術會議。

社會語言學在當代中國發展的另一個特點，就是應用的特點；換句話說，即應用社會語言學有了顯著的成效。這表現在現代漢語各要素的定量分析，包括字頻、詞頻、多餘度、漢字熵、常用字表、通用字表的制訂（傅永和、常寶儒、劉源等）②；北方話詞彙的大規模調研（陳章太、李行健），北京口語的研究（陳建民、胡明揚），機器翻譯和自然語言處理以及有關理論與實踐（如伍鐵平在模糊語言學、張志公在語文教育等等）。

在語言環境如此豐富多彩的當代中國，語言實驗又有如此廣泛的場地和條件，社會語言學（以及派生的應用社會語言學）有著極為壯麗的前景，這是可以預期的。

---

① 參見《語言・社會・文化》一書的附錄：〈社會語言學參考篇目〉（1978—1987）。

② 參看第八章〈論語言工程〉。

15

對社會語言學若干範疇的再認識[①]

15.1 引論

《語言與社會生活——社會語言學札記》(1979)[②]問世至今，已經過去了整整十年。這是我企圖用辯證唯物史觀研究社會語言現象的第一本著作，不是系統的而是有針對性的戰鬥著作。如我在那本小書的前記中說的，我狠下功夫鑽研語言學是由於1974年「四人幫」姚文元藉著批判《現代漢語詞典》，發動一場絕滅文化的運動所激發的。我並沒有參加這部詞典的編纂工作，只是由於1973年我建議印行這部語言學者們花了十年時間編成的詞典(「文化大革命」前只印過送審本)，而這部詞典翌年得以在內部發行，我就成了「革命造反派」批判的對象。為此，隨後

① 這一章原來有一個副標題，即〈古典再出發：回顧與思考〉，是我自己的學術反省。應嚴學宭教授之約，發表在《語言研究》1991年第一期(創刊十周年紀念專輯)。此文印出後不久，嚴教授就與世長辭了。文中「古典」一語即馬列經典著作之謂。

②《語言與社會生活》，副標題《社會語言學札記》初版1979，香港三聯書店；大陸版1980，北京三聯書店。日文版，1984，1989東京凱風(出版)社。

的三年，我有充分的時間對語言現象、對語言科學，同時對「古典」著作（馬列經典著作）進行了力所能及的鑽研——其結果就是這部小書，如果不算剩下來四卷筆記的話。這部小書所研究的社會語言學範疇，都有針對性，帶著那個時代的意識形態色彩，其中好幾個範疇是前人很少或未曾深入探索過的——例如語言拜物教、語言污染和語言禁忌（「塔布」）。第一章「語言與社會」企圖闡明語言的階級性問題，針對他們硬把反映社會多樣性和複雜性甚至階層性的語彙庫，誣衊為「封資修大雜燴」，指出這是完全無知的，是絕滅文化的卑鄙陰謀。第二章提出並分析語言的靈物崇拜，則是針對「文化大革命」所推行的個人崇拜立論的；第三章講語言污染是針對「四人幫」以空話、大話、套話、廢話來污染靈魂的文化毀滅政策；第五章探討語言的禁忌，特別是政治上的委婉語言。這些都是有感而發的。當時這本小書之所以能在海內外激起浪花，是因為有上述的時代背景——否則一部通俗的社會語言學著作，不會引起連我自己也意想不到的社會效應。至於這部小書第四章討論的術語學和第六章討論的語彙辯證法，則是我多年在馬克思主義語言學海洋中浮沉的一得之見，只在其後十年間才有進一步發揮的機會。

15.2 辯證法

我在寫作這部小書時，記起我曾在1940年時寫過一篇分析語彙不會因為社會發生重大變革而在一朝「消滅」的雜文，但我那時沒有找到這篇寫在四十年前的文章，因為它發表在廣東地下黨主辦的公開文化雜誌《新華南》（我是編委之一）上；直到這本小書出版後幾年，好心的友人才找到它並且複印給我——那就是我收在雜文集《書林漫步（續編）》（1984）[①]中的〈垂死時代的語言渣滓〉（1940）。我一直認為這是我在唯物辯證法指導下對語言現象進行分析的第一篇論文，我不記得在這以前我曾作過這方面的研究。直到今年友人寄來1936年1月10日《廣州日報》副刊的影印件[②]，我才發現我曾化名寫了一篇眉標為〈言語和社會〉，題目為〈語言離不掉（離不開）社會生活〉的短論——這篇短文只有一千多字，現在看起來真是幼稚、淺薄，甚至不值一讀，但這記錄了我在最初學習馬克思主義時對我那時極感興趣的語言問題所作的粗淺探討。這篇習作揭出了社會語言學的幾個基本的、重要的範疇，那就是：我們的生活沒有語言是不能存在的；語言在社會生活中產生一種必要力量：正如研究了社會的「本體知識」，就能推翻「人吃人制度」的社會，所以要研究語言的「本體知識」，以便弄明白「語言在社會生活裡所負的重要任務」。這篇短文的發現，對我自己是一件有趣的瑣事，這無關重要；重要的是當研究者一旦掌握了唯物史觀和辯證法，儘管幼稚，卻也能一步一步地接近科學的真理。我現在更加相信這一點。在過去十一年間我發表了幾部社會語言學著作：《語言與社會生活》（1979）、《社會語言學》（1983）[③]、《辭書和信息》（1985）[④]、《社會語言學專題四講》（1988）[⑤]、《語言的社會機能》（日文版，1989）[⑥]、《社會語言學論叢》（1991）[⑦]和

---

① 《書林漫步〔續編〕》，初版1984，北京三聯書店。
② 廣州市文史館李益三同志從日本友人那裡得到的《廣州日報》副刊《世界語周刊》二一九期。這個周刊是我就讀廣州中山大學時由1935年9月起接編的。
③ 《社會語言學》，1983年初版，上海，學林出版社。
④ 《辭書和信息》，1985，上海辭書出版社。
⑤ 《社會語言學專題四講》，1988，北京語文出版社。
⑥ 《ことばの社會機能》，1989，日文版，東京凱風社。這部書收了我的五篇論文〈釋「一」〉、〈釋「大」〉、〈釋「鬼」〉、〈釋「典」〉、〈釋「九」〉。
⑦ 《社會語言學論叢》，1991，長沙，湖南出版社；收錄我十年間的語言學演講、學術報告以及一部分筆記。

《在語詞的密林裡》（1991）[①]。我想我很有必要對若干即使是我自己探討過的社會語言學範疇進行再認識，或者說，很有必要從「古典」再出發，來檢查我這些著作所處理的問題，所採取的學術態度是否嚴謹，是否符合歷史唯物主義和辯證法——因為我確信只有在它的光照下，我們的研究才能更加符合實踐以及更加滿足實踐的需要。

既然認為語言是一種社會現象，那就必須用研究社會現象而不是單純研究自然現象的方法，這就是說要採取歷史唯物主義和辯證的方法去進行探索。為此，可見必須向馬克思主義經典作家學習立場、觀點、方法，而不是去摘引片言隻語做裝潢。這就是我在回顧與思考時提出了從「古典」再出發的緣由。

15.3 經典作家與語言學

在經典作家中，除了近來受眾人非議的史達林外，幾乎可以說沒有專門研究語言學的作品。但在很多場合的討論中，馬克思和恩格斯常常把語言同意識（社會意識）同時並提，也許這就導致了後來信仰馬克思主義的語言學家將語言看成本質上等同於意識的東西，得出語言屬於上層建築的觀點。但是馬恩從來沒有把語言等同於社會意識。馬恩合著的《德意志意識形態》一書，常常為研究語言現象的學者所摘引，但正因為馬恩並沒有意圖專門論述語言問題，他們只是在處理意識形態時觸到了語言問題，因而往往把語言現象提高到哲學的層次去剖析，所以出現了語言和意識幾乎黏在一起的情況。值得注意的是，恩格斯的《自然辯證

①《在語詞的密林裡》，1991，北京三聯書店，收錄我近年寫的201條語言隨感。

法》手稿中，〈勞動在從猿到人轉變過程中的作用〉一文特別受到語言學者和其他人文科學研究者的推崇，這是理所當然的。——這篇論文根據上個世紀末為止自然科學的研究成果，科學地剖析了勞動、思維與語言在人類社會發展上所起的作用。實際上恩格斯寫過一篇可以稱之為語言學專著的論文，那就是〈法蘭克方言〉——這篇著作寫於1881—1882年，寫作時間比上引〈從猿到人〉還早。恩格斯把這篇研究著作叫做「注釋」，附在關於法蘭克時代的研究論文後，而〈法蘭克時代〉則是一篇未完成的著作，在恩格斯生前沒有發表過（1935年才第一次發表），所以恩格斯關於方言的論文沒有引起足夠的注意。恩格斯這篇〈法蘭克方言〉不長，約兩萬言，蘇聯學術界曾稱之為「把歷史唯物主義運用於語言學的範例」——無論如何評價，這篇專著對於我們研究語言學的人來說，至少有著方法論意義。列寧關於語言的論點散見於他的一些著作，特別是關於民族問題的著作和他的哲學筆記中。語言學界熟知的有名論斷「語言是人類最重要的交際工具」，就是他在〈論民族自決權〉一文裡說的，我在《社會語言學》第二章注釋①裡摘引了這句話所出的那一段原文，對於理解列寧提出這樣的論斷的語境是很必要的。在十月革命後兩年，列寧寫過一篇短文，題目叫做〈論純潔俄羅斯語言〉，副標題更有意思：〈在空閒時聽了一些會議上的講話後所想到的〉，不知道為什麼當時沒有發表，這篇短文是反對濫用外來詞以保持語言純潔的，我將全文印在《語言與社會生活》中，由此論證語言污染問題（當然我說的「語言污染」不只是濫用外來語問題）。

在馬列經典作家中，只有史達林在他的晚年出版過一部語言學專著：《馬克思主義與語言學問題》——也就是這部專著，由於個人崇拜的關係，當時言過其實地被譽為推動一切科學發展的原動力。無可懷疑的是，這部專著在推倒馬爾學派的「學閥」作風方面，在論證語言既不是經濟基礎也不是上層建築，因而語言沒有階級性方面，都對後人有很多啟發。至於對某些範疇的論證是不是完全符合辯證法和歷史唯物主義，那在五〇年代初西歐一些進步語言學者也發表過商榷意見，這是可以理解的。這裡還必須提到一個現象，即在這部專著發表後，彷彿馬爾的全部研究成果都是反科學的了，這恐怕也不是應有的科學態度。（但這已溢出本文打算論述的範圍，只能在這裡提一筆。）

15.4 《資本論》的啟發

我這一陣在病床上重新研讀《資本論》這部曾被人稱為「工人階級的聖經」[①]的巨著，又一次得到很多啟發。《資本論》出版後，德國一些被馬克思稱為「庸俗經濟學的油嘴滑舌的空談家」，曾指責這部著作的文體和敘述方法。馬克思在《資本論》第一卷第二版跋的一條注釋[②]中援引了一篇英國的評論和一篇俄國的評論——這兩篇評論的觀點同馬克思是完全相反的，或如馬克思本人所說，是「敵對的」——來回答這些指責。前者稱《資本論》一書「使最枯燥無味的經濟問題具有一種獨特的魅力」；後者說，「除了少數太專門的部分以外，敘述的特點是通俗易懂、明確，儘管研究對象的科學水平很高卻非常生動。在這方面，作者（指馬克思——引用者）……和大多數德國學者大不相同，這些學者……用含糊不清、枯燥無味的語言寫書，以致普通

① 恩格斯說過，「《資本論》在大陸上常常被稱為『工人階級的聖經』。」見《資本論》第一卷英文版序言，《全集》中文版第二十三卷，頁36。
② 見上揭書，頁22－23。

人看了腦袋都要裂開。」這條注釋重新給我以力量。「深入深出」當然比「淺入深出」要好得多，但是用深奧的語言寫書，包括用含糊不清、枯燥無味的語言寫書，其實際結果是使人扔掉不看——誰願意「看了腦袋都要裂開」的書呢。不幸當代西方某些學術著作，特別是各種現代主義傾向的著作，其中包括某些社會語言學著作，都用了十分枯燥無味的語言，堆砌了無數似真似假、似是似非的術語，以及過分深奧的晦澀的文字寫成的，更不幸的是這些年間國人某些論著也學著使用這樣的寫作方法。這種表現法教人看不懂事小，實際上阻礙這門科學的發展事大。檢查我這十年所寫的社會語言學著作，是力圖避免這樣的寫作方法的，但有些篇章還不如人意，例如關於原始思維和原始語言（《社會語言學》第五章）就不能做到「通俗易懂」，主要恐怕是因為自己對這個範疇沒有研究透的緣故。

15.5 《語言學與經濟學》

也是上面提到的這篇跋，馬克思援引了一位評論家對《資本論》的評價，並且認為這位先生所描述是很「恰當」的，而這正是馬克思的「辯證方法」。所援引的文章最後一段是：

> 「生產力的發展水平不同，生產關係和支配生產關係的規律也就不同。馬克思給自己提出的目的是，從這個觀點出發去研究和說明資本主義經濟制度，這樣，他只不過是極其科學地表述了任何對經濟生活進行準確的研究必須具有的目的……這種研究的科學價值在於闡明了支配著一定社會機體的產生、生存、發展和死亡以及為另一更高的機體所代替的特殊規律。馬克思這本書確實具有這種價值。」

援引這一段評論後，馬克思本人表述了他自己的研究方法的特徵，他寫道：

「研究必須充分地占有材料，分析它的各種發展形式，探尋這些形式的內在聯繫。只有這項工作完成以後，現實的運動才能適當地敘述出來。這點一旦做到，材料的生命一旦觀念地反映出來，呈現在我們面前的就好像是一個先驗的結構了。」（著重點是我加的—引用者）

占有材料——分析發展形式——探尋內在聯繫，這就是研究過程的真諦。我在《社會語言學專題四講》中講變異時引用我對招牌用字不規範的調查材料，基本上只做到了前兩步，而沒有深入去探尋其內在聯繫，即為什麼會這樣子，可見，說說是容易，實踐起來卻很難。

關於馬克思《資本論》的引證方法，恩格斯在馬克思逝世後給這部著作的英文版寫的序言中，有一段精闢的論述①：

「在大多數場合，……引文是用作證實文中論斷的確鑿證據。但在不少場合，引證經濟學著作家的文句是為了證明：什麼時候、什麼人第一次明確地提出某一觀點。只要引用的論點具有重要意義，能夠多少恰當地表現某一時期占統治地位的社會生產和交換條件，馬克思就加以引證，至於馬克思是否承認這種論點，或者說，這種論點是否具有普遍意義，那是完全沒有關係的。因此，這些引證是從科學史上摘引下來並作為注解以充實正文的。」

恩格斯這裡的一段話，在別處也重複過。他說的兩種引證方法，對於寫科學著作很重要，有普遍意義。我這十年的著作中，還沒有運用自如地做到這一點，特別是後一方面。

① 見《資本論》第一卷英文版序言，《全集》中文版第二十三卷，頁35。

特別使人感到興趣的是，三卷《資本論》（包括馬克思生前自己寫定的第一卷和馬克思逝世後由恩格斯編成的第二第三卷）幾百萬言中竟有一段話（只有唯一的一段話）直接說到語言是「人們的社會產物」——這是在《資本論》第一卷第一章商品第四節〈商品的拜物教性質及其秘密〉裡，這一段文章是①——

「價值沒有在額上寫明它是什麼。不僅如此，價值還把每個勞動產品變成社會的象形文字。後來，人們竭力要猜出這種象形文字的涵義，要了解他們自己的社會產品的秘密，因為使用物品當作價值，正如語言一樣，是人們的社會產物。後來科學發現，勞動產品作為價值，只是生產它們時所耗費的人類勞動的物的表現，這一發現在人類發展上劃了一個時代，但它決沒有消除勞動的社會性質的物的外觀。……」（所有著重號都是我加的—引用者）。

馬克思研究資本主義生產關係是從解剖商品的秘密開始的，為了解剖商品的秘密，馬克思首先從分析價值入手。價值是一種抽象觀念，正如語言是一種抽象形態一樣。而語言卻正是「人們的社會產物」，正如價值（「使用物品當作價值」）是「人們的社會產物」一樣。而價值在解開它自己的面紗之前顯得有點神秘，因而「價值把每個勞動產品變成社會的象形文字」，換一種說法，也許可以說「價值」是社會產物，是一種精神產物，它會使「勞動產品」變成一種代碼——馬克思在這裡用的「象形文字」，就是指那種如果不「解碼」或「破譯」就不能理解的社會「代碼」（code）。

我覺得最有趣的是，義大利當代左派語言學家洛西．蘭地（F. Rossi-Landi）根據《資本論》的結構，寫成一部十分奇特的

① 見《資本論》第一卷英文版序言，《全集》中文版第二十三卷，頁91。

著作《語言學與經濟學》（1975）[1]，令人奇怪的是這部書竟沒有引用馬克思上面一段話，反而在第四章〈從語言到經濟〉引用了馬克思在上引《資本論》同一節的末尾中的一句話，作為這一章的箴言[2]，這段話是[3]：

「假如商品能說話，它們會說：我們的使用價值也許使人感到興趣。作為物，我們沒有使用價值。作為物，我們具有的是我們的價值。我們自己作為商品進行的交易就證明了這一點。我們彼此只是作為交換價值發生關係。」

接著馬克思斷言：「物的使用價值對於人來說沒有交換就能實現，就是說，在物和人的直接關係中就能實現；相反，物的價值則只能在交換中實現，就是說，只能在一種社會的過程中實現。」尤其有趣的是，馬克思引用莎士比亞一句詩作為這一章的結尾。詩曰：「一個人長得漂亮是環境造成的，會寫字唸書才是天生的本領。」[4]

可惜我在過去十年間研究、寫作時沒有看到洛西．蘭地的那部奇特的書，沒有受他的影響，當然也沒有受到他的啟發。這是很遺憾的。

15.6 語言與階級

從「古典」再出發，我想對我所理解和表述過的社會語言學若干範疇作一番簡短的再認識。

① Ferriccop Rossi-Landi, *Linguistics and Economics,* 1975, Mouton, The hague. Paris.
② 見上揭書，頁121，只引了此段的頭一句話。
③ 見《資本論》第一卷英文版序言，《全集》中文版第二十三卷，頁100。
④ 見上揭書，頁101。

語言與階級。語言是一種社會產物，它不屬於特定的階級，但是它既被社會各階級所使用，而使用語言的每一階級都有自己的利益、自己的立場、自己的習慣、自己的文化傳統，因此，在很多場合給語言打上了階級的烙印。看來史達林的專著在論述這個範疇時沒有充分展開。我在《社會語言學》（§ 1.9）中，比之在《語言與社會生活》（§ 1）表述得更清楚些，但遠不夠深入。在論述史達林提到的拉法格的語言學專著（《革命前後的法國語言》[①]）時，採取了伍鐵平的正確論斷，認為史達林將俄文譯本所用的「全民語言」強加在拉法格頭上，是不夠科學的，因為拉法格用的「通俗語言」（La vulgaire，俄譯本用了 **общенародный**），指的是當時「資產者和手工匠、城市和鄉村」普遍使用的語言。我說，「拉法格之所以使用這個詞組（「通俗」或者「世俗」），是因為當時有同世俗語言相對立的拉丁語。」（《社會語言學》，§ 1.9）如果人們記得文藝復興巨匠但丁寫過一部《俗語論》（*De Vulgari Eloquentia*）[②]，正是指與拉丁文對立的世俗語言（凡夫俗子所用的語言），那就更加感到「全民語言」的不確切了。由於史達林的專著在他本土以及在我國流傳甚廣，「先入為主」，全民語言一詞已被普遍應用——況且在這之旁還有全民所有制這樣一個普遍應用的語詞，看來它只好生存下去了。

在1983年那部著作中，我曾用一章的篇幅來論述〈語言是思想的直接現實〉（第三章），但是我沒有展開「從思想世界降到

---

① 史達林在《馬克思主義與語言學問題》中所引拉法格的著作名為《語言和革命》，按拉法格的論文題即〈革命前後的法國語言〉，副標題〈關於現代資產階級根源的研究〉，應當被認為是社會語言學以語言分析社會的名著。Paul Lafargue, *la langue française avant et aprés la révolution——Etudes sur les origines de la bourgeoise moderne*，有羅大岡譯本。

② 但丁的著作《俗語論》中所說「俗語」，即世俗所用的語言，後來即義大利語，而不是拉丁語。

現實世界是最困難的任務之一」這樣的命題。而「從思想世界降到現實世界的問題」意味著什麼呢？它意味著「變成了從語言降到生活中的問題」。也沒有展開討論無論思想或語言「都不能獨自組成特殊的王國，它們只是現實生活的表現。」實際上一個階級是社會上占統治地位的物質力量，同時也是社會上占統治地位的精神力量；支配著物質生產資料的階級，同時也支配著精神生產的資料。因此沒有精神生產資料的人的思想，一般是受統治階級支配的。這就是我們通常熟知的名言：統治階級的思想，就是社會的統治思想——這句話平常說得不完整，不如馬克思說的那麼確切。他說①：

「統治階級的思想在每一個時代都是占統治地位的思想。」

既然如此，統治階級用以表現思想的語言，難道就全等於世俗所用的「全民」語言嗎？統治階級的語言如何打上階級的烙印，打上了階級烙印的語言是否從通用語言中分化出來？或者沒有分化，只是誘發出一些變異——甚至導致某種程度的「異化」？（上面提過的洛西．蘭地就專門研討語言的「異化」問題。）所有這些，我在過去的著作中都沒有研究得充分。

至於民族語言——或民族通用語問題，也是語言與階級這個範疇中一個很重要的課題。在現時我國的社會生活中，這也是一個很現實的、很重要的課題。遺憾的是我的幾本書都沒有很好的闡明這個問題。馬恩在著名的《德意志意識形態》裡關於民族語言的形成有過很精闢的論述②：

「其實，在任何一種發達的現代語言中，自然地產生出來的言語之所以提高為民族語言，部分是由於現成材料所構成的語言的

① 見《德意志意識形態》，《全集》中文版第三卷，頁52。
② 見上揭書，《全集》中文版第三卷，頁500。

歷史發展，如拉丁語和日耳曼語；部分是由於民族的融合和混合，如英語；部分是由於方言經過經濟集中和政治集中而集中為一個統一的民族語言。」（著重點都是我加的—引用者）

按照馬恩的分析，民族語言的形成通過三條途徑：

(1)語言的歷史發展結果；

(2)多民族的融合和混合引起的結果；

(3)一個民族內由於生產發展促使方言集中的結果。

只有頭一種是語言本身發展而形成民族語言，後兩種都是由於社會發展的原因（民族的融合和混合、經濟發展集中）而激發了語言由多種言語或方言交融形成一種民族語言。在現實世界中，也許這三個條件同時並存（或其中兩個條件同時並存），互相起作用，最後形成全民的（！）民族語言。

我國是由五十六個大小民族組成的多民族國家——各民族都有自己的口頭語言（其中有些民族還沒有自己的書面語言），而在最大的民族（漢民族）內部則因為長時期自然經濟發展的結果，擁有為數甚多的方言。1949年後大陸推行的普通話，是由於上述第(1)和第(3)條條件形成的漢民族共通語，它有著共通的語音標準和共通的文語（白話文）標準，這種普通話在目前的現實中，已成為境內五十六個民族之間進行交際的有效手段——這是不是已經形成中華民族的民族語言？或者還要經過時間的考驗，以及各民族之間相互關係包括經濟關係的進一步發展，才能形成以現在的普通話為基礎的真正的民族語言？這就牽涉到「語言政策」問題——或西方社會語言學稱之為「語言規劃」問題。可惜在過去十年間，我所出版的著作還來不及研究這個問題，即使在我主持國家的語言文字行政機關時，也還來不及研究這個帶有極強政策性而又有極強的學術性的問題。這無疑是馬克思主義社會語言學值得研究的重要範疇的重要內容。

15.7 語言拜物教

語言拜物教。我在《語言與社會生活》中寫的語言靈物崇拜，不是從拜物教理論出發的，而是從「文化大革命」中我親身的感受出發的。那些年我天天挨鬥。有一次「造反派」在一所大學的校園中揪鬥我，在校園兩丈寬的馬路上寫上「打倒𡿨𦣻」四個大字——每個字都是一丈方陣，我的名字倒寫了——象徵著我已經被打倒了——，名字上還打上兩個紅叉——意味著我已被處決了——。同時看到很多標語、文告、旗幟、「紅海洋」，我心中很自然默念著：這是靈物崇拜，少年時讀過的弗雷澤（Sir Frazer）的《金枝》和列維·布呂爾（Levy-Brühl）的《原始思維》所描述的原始社會中的巫術（靈物崇拜）一古腦兒湧現在我心中，卻沒有想到幾年以後竟能有機會寫那麼一段（第二章，特別是§2.12）。我寫這一章時溫習了《資本論》第一章第四節，題為〈商品的拜物教性質及其秘密〉，這一節開頭寫得通俗易曉，富有吸引力，真可謂神來之筆，請看①——

> 「最初一看，商品好像是一種很簡單很平凡的東西。對商品的分析表明，它卻是一種很古怪的東西，充滿形而上學的微妙和神學的怪誕。商品就它是使用價值來說，不論從它靠自己的屬性來滿足人的需要這個角度來考察，或者從它作為人類勞動的產品才具有這些內容這個角度來考察，都沒有什麼神秘的地方。很明顯，人通過自己的活動按照對自己有用的方式來改變自然物質的形態。」

① 見《全集》第二十三卷，頁87以下。

接下去的一段也是非常精彩的，凡讀過這部巨著的人都會留下深刻的印象[①]：

「例如，用木頭做桌子，木頭的形狀就改變了。可是桌子還是木頭，還是一個普通的可以感覺的物。但是桌子一旦作為商品出現，就變成一個可感覺而又超感覺的物了。它不僅用它的腳站在地上，而且在對其他一切商品的關係上用頭倒立著，從它的木腦袋裡生出比它自動跳舞還奇怪得多的狂想。」

馬克思在這裡加了一個注[②]——這條注文中的「中國」一詞曾經引起了包括中國本土在內的許多作者讀者的疑問，因為歐洲許多文字「中國」一詞又可以釋為「瓷器」。注文好像與正文主旨關係不大，但是它本身很有魅力很有風趣：

「我們想起了，當世界其他一切地方好像靜止的時候，中國和桌子開始跳起舞來，以激勵別人。」

「桌子跳舞」是指歐洲1843年革命失敗後，在黑暗的政治反動時期，好些貴族熱中於降神術，特別是桌子靈動術，而「中國」跳舞據蘇聯學術界的解釋則是指太平天國的革命運動。

馬克思分析說，商品形式和它藉以得到表現的勞動產品的價值關係，是同勞動產品的物理性質以及由此產生的物的關係完全無關的；人們找到了物與物之間的關係有著一種虛幻形式，得「逃到宗教世界的幻境中去。在那裡，人腦的產物表現為賦有生命的、彼此發生關係並同人發生關係的獨立存在的東西。在商品世界裡，人手的產物也是這樣。我把這叫做拜物教[③]。」（著重點是我加的——引用者）

---

① 見《全集》第二十三集，頁87。
② 見上揭書，頁88。
③ 見上揭書，頁89。

語言也是這樣。語言與巫術是共生的——有人駁斥這一說，有人贊成這一說，我屬於後一派。現在找到的甲骨文文本很多都與占卜即巫術有關，我以為這是很能說明問題的。難怪控制論的創始人維納（Norbert Wiener）在他第二本著作（《人有人的用途——控制論和社會》，1954）中寫到他在中國看見「敬惜字紙」的告白，寫出下面的幾行來①：

「在許多原始民族中，書寫和巫術並無多大區別。在中國的若干地區，人們對書寫（應為「字紙」即「有字的紙」——引用者）尊重到如此地步，以致破爛的舊報紙和毫無用處的斷簡殘篇都不願意扔掉。」

我寫第一部小書時，雖在1978年底，但我還沒有看到維納在那以前二十四年出的書，更沒有看到耐伊曼與維納兩人的合傳，否則關於語言靈物崇拜還可以發揮得更盡致些——後來我在《社會語言學》中卻沒有再著重研究這一個範疇，只是在〈釋「鬼」〉一文中又略略接觸到它。

馬爾（Н. Я. Марр 1864—1934），俄國／蘇聯科學院院士，創立所謂「耶弗特語言理論」（яфетическая теория），在五十年代初（1950）被批判，批判的主要點是否定了馬爾提出的一切語言都是階級性語言的論點，闡明語言是全民的交際工具。

馬爾於1930年為列維．布呂爾的《原始思維》俄譯本寫了一篇序言②，其中說：

「列維．布呂爾的著作的俄譯本實際上包括下面兩部著

① *Norbert Wiener, The Human use of Human Beings,* 1954（Rev. ed.）《人有人的用途》，陳步譯，頁66。

② 這序文寫於1930年1月，引見中譯本《原始思維》（1981）。

作：《低級社會中的智力機能》和《原始人的心靈》一書的最主要部分。

「值得注意的是，只是現在，俄國學術思想才把自己的興趣轉向了，更確切地說，正在轉向這位作者的一系列著作中這兩部最有益的著作（原著前者還在1923年就印行了第五版，後者在1925年印行第四版。）

「從《原始思維》的主題來說，這本書的巨大社會意義甚至是無法估量的，儘管它用了這樣一個在俄譯書籍中唯一無二的抽象的書名，儘管這書名能使人想到這本書與我們現代生活的緊迫的社會建設問題毫無關係，尤其是，在它裡面研究的材料由於其原出處離我們很遠而為我國所陌生。

「現在實際上既沒有必要對列維·布呂爾的這部有益的著作進行批判；也沒有必要去深究下面一點，即在列維·布呂爾那裡，思維的最古老狀態不是用『巫術的』術語而是用『神秘的』這個其實很成問題的有時代錯誤的術語來說明的；尤其沒有必要去明確規定他所討論的原始性的程度（由於不能弄清這種程度而書中用了靜止的研究方法就談不上真正的原始思維）。

「作者本人相當清楚地解釋了『原始的』這個詞的一般涵義，但關於原始程度的明確規定的問題仍然存在。僅僅一般地用比較法，離開古生物學，因而離開辯證法，能夠達到什麼樣的原始程度呢？誰也不想去肯定這位法國科學院院士、索邦的教授的研究道路與蘇維埃國家裡有效理論的科學探求是相同的或者可能是相同的，然而書中提出的原理，那些由於公正地考慮到的事實的群眾性而迫使人接受的以及由於擺脫了傳統的落後性的世界觀而使人客觀敏銳地感覺出的原理，在我們這裡卻得到了最積極的反應，它們不能不成為打破殘餘觀點的一個強有力的棒槌。

「僅僅這樣一個事實：關於思維的哲學問題是建立在所謂『原始的』或『野蠻的』民族，用作者的話來說——『低級社會』的活生生的材料上，就值得作為時代的表徵！在這方面，用俄文編譯的列維·布呂爾的《原始思維》一書，以供作為他的著作的組成部分的這個書名本身就具有特殊的興趣。這個書名本身說明了這位法國人種志學家的著作的社會意義：這就是——『低級社會中的智力機能』。

「在這部著作中，總的說來，思維的可變性驚人鮮明地被揭露出來了。作者在俄文版序言中表示『在這一點上爭論一下，是不無好處的』，這是對的。

「同時，這也是對舊的語言學說投出了一塊致命的巨石，因為思維和語言是兄妹，是同母所生，是生產和社會結構的產物；投出一塊巨石，——這就是在那個必須決定（假如對什麼人來說還沒有決定的話）新的語言學說，雅弗特語言學說方面的優勢的天平上加砝碼，因為，不僅語言的進化的變異，而且它的革命的變異都是與思維的變異密切聯繫著的。」

15.8 語言污染

語言污染。我在《語言與社會生活》中初次使用「語言污染」這個術語，西方的社會語言學著作沒有論述過這個範疇，只是在一些討論「混合語」（creole）和「涇濱語」（pidgin）的論文中，接觸到語言的污染，但是從沒有人在語言學中使用過「污染」這樣的語詞，寧肯使用「純潔」、「健康」、「淨化」等等正面詞彙。後來在《社會語言學》這部著作中我對這個範疇沒有再作深入的研究。

如上文所說，我研究「語言污染」是從實際生活出發——而不是從理論出發的。我在十年浩劫中深為大話、空話、套話、廢話所苦——特別在詞典上更有切膚之痛。「四人幫」垮台後我的〈關於詞典工作中的若干是非界限〉（發表於《中國語文》復刊號），對那十年污染了我們中國語言的垃圾表示了深惡痛絕，因此在那部小書中提出了語言污染問題——這個問題當時在特定條件下受到海內外讀者熱心的關注和讚賞，但因為我追溯到洋涇濱英語（在半封建半殖民地舊中國，由於外來勢力所使用的語言與封閉性「天朝」所使用的語言發生接觸而產生的一種英語變種），認為這是語言污染的一個例子，也引起了一些不同意見，有同志認為涇濱語和混合語不能認為是「污染」，只不過是兩種語言接觸的必然結果。我至今不這樣認為，特別是「洋涇濱」在中國。當日本軍國主義占領我東北三省後推行（最初是無意識的，後來是有意識的）「協和語」，更可證明這就是語言污染，而不是兩種語言相互接觸和相互影響自然而然引起的語言變異。我在幾次演講中繼續抨擊語言污染（這些演講收在我的《社會語言學論叢》中。後來在《在語詞的密林裡》也有幾段描寫近幾年新形式的語言污染現象）。

在經典著作中，除了列寧留下一篇短文觸到這個範疇之外，好像沒有其他專門的論述。列寧抨擊的是濫用外來詞，我所指的語言污染卻不限於濫用外來詞，而是廣泛得多的社會語言現象。重溫了馬恩關於統治階級的思想在每一個時代都是占統治地位的思想的提法，我想，在社會語言學中對語言污染的社會意義還可以進行更加深入的分析和解剖，這是在我過去的著作所沒有做到的。

有同志提出語言從來不能淨化，語言的發展過程總是不斷地吸收很多同原來的構成要素相協調和相對抗的「物質」的，因此斷言淨化語言的努力是徒勞的。我從經典著作關於意識和意識形態的論述中得到啟發，認為確實不能指望將語言淨化到一個理想的程度，那確實是不可能的，但是，為了使語言交際能收到最佳效果，看來語言的規範化是必要的，也是可能的。可惜在我過去十年的研究著作中，還沒有著重研究語言的規範化～標準化這個範疇，那是語言政策或語言規劃的重要內容。我在《社會語言學專題四講》中對語言的變異提出了新的看法，即變異有負作用的一面，也有·正作用的一面，我甚至提出「在某種意義上說，社會語言學的中心問題就是變異。」因為「變異是普遍存在的一種社會語言現象。在處理變異和規範化這一對對立統一的事物時，不用辯證方法是無法進行的」——《四講》中提出了這個問題，現在還須從古典再出發，展開並很好地解決這個問題。

15.9 科學術語

科學術語。術語學在外國社會語言學的領域中常常占不到應有的一席地，我認為這是不公平的，雖則術語學在本世紀二〇至三〇年代隨著科學技術的發展已逐漸形成為一門獨立的學科。三〇年代初，我曾同蘇聯術語學界的創始人之一接觸過，那時我學工程學，偶然讀了德列仁（E. Drezen）的《關於科技術語國際化問題》一書①，同他通過信，此人在1937—1938年大清洗中消失了。因此對術語學和術語國際化問題留下了深刻的印象；正因為這樣

① E. Drezen, *Pri Problemo de Internaciigo de Science-teknika Terminaro*，莫斯科，1934。

我才在第一本小書《語言與社會生活》中闢了一節（第四章§4.18）專門論述「術語學」；五年後（1983）我的第二本書（《社會語言學》）則寫了整整一章（第十四章）。這一章共有四節文字，第一節講術語的國際化、標準化和規範化的理論——我把「國際化」列為第一項，顯然是受了德列仁和當代術語學創始人奧地利的維于斯脫（Eugen Wüster）的影響；也許把「標準化」放在第一位，國際化放在第二位，而放棄「規範化」更為適當些。1984年我應加拿大政府邀請去訪問世界有名的加拿大數據庫（CDB）和魁北克數據庫（QDB），結識了渥太華學派的隆多教授（G. Rondeau），回國後做過幾次關於術語學當前狀況和前景的學術報告（收在我的《社會語言學論叢》一書中），以此來補足我在前兩本書對術語學這個範疇太過粗略（近乎概念式）的理論分析。

德列仁在他那唯一的一部術語學著作中，援引了馬恩《費爾巴哈論綱》和《德意志意識形態》中有關社會意識如何產生的論點，也引用了列寧多次討論民族自決權的文章中有關語言的論點，他推斷術語和語言一樣，「屬於上層建築」（也許受了顯赫一時的馬爾語言理論的影響），是可以「控制」和「調節」的。後一點沒有錯：術語學的根本目的可以理解為用人工力量，使正在創造的以及已經形成了的科學技術術語達到標準化的程度，也就是達到術語單義性的目的（當然，這一點是純粹從使用語言的技術角度去立論的）。

回顧經典作家的許多著作，到處都能發現他們擔心所用術語會引起歧義，因此在很多地方都加意說明。可以舉出恩格斯在馬克思逝世後給《資本論》第一卷英文版寫的序言。恩格斯寫道①：

① 見《全集》第二十三卷，頁34。

「可是，有一個困難是我們無法為讀者解除的。這就是：某些術語的應用，不僅同它們在日常生活中的含義不同，而且和它們在普通政治經濟學中的含義也不同。但這是不可避免的。一門科學提出的每一種新見解，都包含著這門科學的術語的革命。化學是最好的例證，它的全部術語大約每二十年就徹底變換一次，幾乎很難找到一種有機化合物不是先後擁有一系列不同的名稱的，政治經濟學通常滿足於照搬工商業生活上的術語並運用這些術語，完全看不到這樣做會使自己局限於這些術語所表達的觀念的狹小範圍。……」（著重點是我加的——引用者）

恩格斯在舉出例證以後接著說①：

「……一切產業，除了農業和手工業以外，都一般被包括在製造業（manufacture）這個術語中，這樣，經濟史上兩個重大的本質不同的時期即以手工分工為基礎的真正工場手工業時期和以使用機器為基礎的現代工業時期的區別，就被抹殺了。不言而喻，把現代資本主義生產只看作是人類經濟史上一個暫時階段的理論所使用的術語，和把這種生產形式看作是永恆的最終階段的那些作者所慣用的術語，必然是不同的。」（著重點是我加的—引用者）

這裡向社會語言學這一範疇的研究提出了一系列非常重要的論點，那就是：

——科學提出的新見解引起這門科學的術語革命（更新）；

——借用日常用語作為科學術語往往具有不同的含義；

——同一科學部門中各個學派所用術語也會有不同含義；

——對科學研究對象的理解不同也會產生同一形式（同樣的文字符號）但不同定義的術語。

① 見《全集》第二十三卷，頁35。

在別的地方，恩格斯還揭示出不能把行話當作術語使用，所以他在《資本論》第一卷第三版序言中說道[①]：

「我也沒有想到把德國經濟學家慣用的一些行話弄到《資本論》裡面來。」

他在《資本論》第二卷序言[②]中摘引過馬克思手稿也說過同樣意思的話，這樣一來就會「重新陷入經濟學的費解的行話中」（馬克思語），恩格斯注明，原稿用slang，其實是「行話」。

他舉例說有這樣一種費解的行話，把通過支付現金而讓別人為自己勞動的人叫做勞動給予者，把為了工資而讓別人取走自己的勞動的人叫做勞動受取者。「勞動給予者」和「勞動受取者」這兩個術語確實是「費解」的，甚至可以說是莫名其妙的。他說，法文travail（勞動）在日常生活中也有「職業」的意思。但是，「如果有個經濟學家」搬用德國經濟學家慣用的行話，將「資本家」叫做donneur de travail（勞動給予者），把「工人」叫做receveur de travail（勞動受取者），那麼，「法國人當然會把他看成瘋子」。

在馬恩的早期著作中，所用術語還沒有定型，因為他們都處在新學術的探索階段——正如恩格斯後來說的，一門學科有了新的發展時，必定要引起這門學科術語革命。這種情況同新語彙（新語詞）的出現和定型相類似。關於上面提到的早期術語未定型一事，蘇聯的馬列研究院在編輯《德意志意識形態》時，有下面的一段說明[③]：

「……馬恩所創立的理論的某些基本概念在《德意志意識形態》

① 見《全集》第二十三卷，頁31。
② 見上揭書第二十四卷，頁28。
③ 見上揭書第三卷，頁IX。

中還是用不太確切的術語來表達的，後來他們用比較確切表達了這些新概念的內容的另一些術語代替了這些術語。例如，生產關係這個概念在這裡是用『交往方式』、『交往形式』、『交往關係』等術語來表達的；『所有制形式』這一術語實際上包含著社會經濟形態這個概念。」

術語這個範疇應當繼續深入研究，而難點不僅在於用什麼語詞表達目前湧現的新事物和新概念，同時還在於用什麼方式的語言結構（例如音譯、意譯、音意合譯、造新字、造新詞，一直到關於最基本層次的術語是否可以採用日常語彙的形式，而其第二、第三、第四層次〔類、屬〕是否可以採用國際化形式等等），以及在某種情況下，能否使用兩個術語來表達同一概念，只是兩個並存的同義術語須規定在不同層次的社會語言生活中使用等等。

15.10 語言與思維

語言與思維。語言與思維這個範疇，是我在過去十年間研究得最不透徹、因而涉及最少的範疇。十年前我曾寫過：「有些重大問題如語言與思維……等因為當時就沒深入探討，現在也只能從缺。」（《語言與社會生活》前記）五年後，我雖然說「我還考察了語言與思維的若干問題」，其實只著重涉及「語言符號和非語言交際的一些內容」（《社會語言學》序），而對於這個範疇本質上的許多問題，都沒有涉及。

經典作家對於意識—思維，社會意識—意識形態，思想—統治思想，思想—文化—反映論，等等命題，論述得最多、最廣泛、最深入；馬恩的《德意志意識形態》、馬克思的《費爾巴哈論綱》和恩格斯的《費爾巴哈與德國古典哲學的終結》、列寧的《哲學筆記》，都有關於思維運動的經典論述。從古典再出發，我想在未來的歲月中應當用力氣探討這個範疇——儘管那是一個非常艱難的任務，尤其是要將語言放在思維這個海洋中加以解剖更加不容易；更何況中國是語言文字現象最豐富的國家之一。

我不想研究語言的起源，更不想推斷語言先於思維而存在還是思維先存在的問題，但是我仍然再三研究並且向社會語言學的研習者推薦恩格斯的名篇〈勞動在從猿到人轉變過程中的作用〉。這個名篇著重講的雖是勞動，它深刻地揭示了思維的運動。他所根據的雖是上個世紀下半期的科學成果，但其基本論點與當代科學並沒有對立之處。恩格斯這篇文章據說可能寫於1876年，是在他跟馬克思合著《德意志意識形態》之後整整三十年，應當認為關於思維運動的研究已經很成熟了。可惜的是，這篇論文沒有寫完，世間只發現中斷了的手稿。

我以為恩格斯在論文中並沒有提出思維和語言何者在先的論斷，他只是說，在原始人或「正在形成中的人」共同協作的勞動場合中清楚體會到共同協作的好處，因而「已經到了彼此間有些什麼非說不可的地步了。」（著重點是原作有的——引用者）。所以恩格斯接著提出了這樣的論點[①]：

> 「語言是從勞動中並和勞動一起產生出來的，這是唯一正確的解釋。」

恩格斯認為「首先是勞動，然後是語言和勞動一起，成了兩個最主要的推動力」，在它們的影響下發展了人的腦髓，而腦髓的發展又同所有感覺器官的完善化同時進行，這就引導意識愈來

① 見中文版《馬恩選集》第三卷，頁511。

愈清楚，抽象能力和推理能力發展了，所有這些又反過來對勞動和語言起作用，促進這二者的進一步發展。

這樣的分析，似乎語言發生在意識之前，但再推敲，二者之間互相促進，很難得出一條先後的明確界線。所以波蘭籍語義學家沙夫（Adam Schaff）說①：

> 「馬克思主義者把人的意識和人的言語——對別人的意識——看作社會生活的產物。」

沙夫承認這個假設表現在恩格斯上述論文和別的地方，他認為勞動—思想—語言這三個因素「是相互不可分開的」。沙夫只好含糊地說②：

> 「意識，因而言語，都是勞動的產物，都是社會生活的產物，而同時又是生產過程進一步發展所不可缺少的條件和生產過程的更高更先進的階段的不可缺少的條件。」

沙夫進一步解釋了其實是重複了恩格斯的話③：

> 「人類的勞動是以合作為基礎的，而如果沒有通過概念的思想，沒有實際，合作又是不可能的。這就是相互影響的辯證法……」

我看也只能作這樣的解釋。

15.11 語言與文化

語言與思維這個範疇，應當引申到語言與文化問題——這也是一個困擾人的問題。有一回，海外一位語言學家問我：文化部應不應管語言？文化包不包括語言？我只能回答「管不管」是政

---

① Adam Schaff，《語義學引論》(1962)，中譯本，頁154。
② 同上。
③ 同上。

策措施，「包不包」是對意識——文化——語言內在聯繫的認識。我一直認為在社會語言學中應當有一個語言與文化的範疇，但在過去這些年間我的有關著作沒有專章探討文化——語言這個範疇，因為它牽涉的面很廣，而我直到現在對文化的知識還很少，廣義的文化實踐也很不夠，還不能掌握這個範疇；雖則有學者已經提出了並且寫成了文化語言學作為一個邊緣學科的專著，我仍然沒有足夠的膽量去剖析這有關的現象。

值得思考的是馬恩在《德意志意識形態》這部論戰性著作中，曾透徹地分析了意識的產生和精神產品的問題，在這裡，隨處都可以發現，作者對於他們的論敵通過語言來論證某些社會現象——經濟現象——文化現象，作了無情的揭露和鞭撻。這對我們研究這一範疇至少在方法論上是大有啟發的——實際上在本體論上也是極有啟發的。顯著的例子可以舉出被馬恩用各種「聖」號來作尖刻諷刺的麥克斯·施蒂納（Max Stirnes），玩弄語言現象（玩弄同位語、同義語的形式）來作為「他的邏輯的和歷史的火車頭」。[①]這裡摘引其中的一例[②]：

> 「除了同位語，還有聖桑喬（即施蒂納）以各種方式所利用的同義語。如果兩個字在字源上有聯繫或者那怕只是在發音上有些相似，它們就被當成彼此有連帶責任了；如果一個字具有各種不同的意義，那麼它先按照需要時而作這一種解釋，時而作另一種解釋，而且聖桑喬造成一種假象，似乎他是從各種『變形』的角度來說明同一種事物的。翻譯也是玩弄同義語的一個特殊方面，他在翻譯中用德語中的一個詞來補充法語或拉丁語中的一個詞，而這個德文詞只有那個法文詞或拉丁文詞的一半意義，並且除此以外它還有完全

① 見《全集》第三卷，頁308。
② 見上揭書，頁309。

不相干的一些意義，例如，像我們在上面所看到的，respektieren（尊敬）有時就翻譯成『感到敬畏』。我們還可以回想到Staat（國家）、Status（狀況）、Stand（狀態）、Notstand（貧困的狀態）等字。」

十月革命後，列寧為了社會發展的需要，在很多實踐的場合（而不是在理論研究上）強調了文化建設。列寧的名言：「文盲不能建成共產主義。」應當對社會語言學的研究者有所啟發。羅常培四十年前（1950）寫成的專著《語言與文化》[①]應當被認為是中國老一輩語言學家努力運用唯物史觀去探究這一範疇的最初嘗試，並且由於著者語言學知識的廣博精深，使這部嘗試作品加入了光彩。此書出版後，史達林的著名論文問世，這就引來了著者的「自我批評」（1952）。回顧往事，不能不認為史達林對語言與文化的論述是過於簡單了。羅常培引用史達林在論文中說的「文化按其內容說是隨著社會發展的每個新時期而變更的，語言則在幾個時期中基本上是仍然不變的，同樣地服務於舊文化，也服務於新文化」，來批判他自己所說的「語言不能離開文化而存在」，以及「語言的歷史和文化的歷史的相輔而行」一類的說法是不正確的，這是五〇年代初期政治上「一面倒」和對史達林的個人崇拜所造成的學術僵化和庸俗化的悲劇。平心而論，史達林在處理許多問題時都採用了簡單明瞭的方法（不是模稜兩可的方法），因此他所用的語言也是明快的，但在論述文化與語言這樣複雜的問題時，不免失之於過分絕對化和簡單化。文化當然隨著社會的變革而轉變，但如果把文化看成一種包括歷史社會傳統習慣在內的精神綜合體，則文化顯然也同政治機構不同：有一部分變化得快，一部分變化得慢，還有一部分根本不變化。所以羅常

① 《語言與文化》再版本，1989。下文多處除引自原書外，還見該書邢公畹的再版序言。

培說的「語言的歷史和文化的歷史相輔而行」並沒有離開馬克思主義，連馬恩自己也說過，「語言和意識是有同樣長久的歷史。」至於書中說到語言不能離開文化，實際上也就是說語言離不開意識，語言離不開思維，這裡不存在什麼錯誤。反而是史達林對文化的過分簡單的表述，導致了某些本來錯綜複雜的理論問題的簡單化。著者檢查他強調了馬爾的語義學研究是不對的，這也是史達林論文導致的一個錯覺。我倒認為羅著引述馬爾語言學要特別重視語義研究的意見是正確的，因為「語義的轉變是跟著社會環境和經濟條件起的，是動的而不是靜止的」；所以著者推導出「應該用歷史唯物論的方法推究詞義死亡、轉變、新生的社會背景和經濟條件」，提出研究的方法，「一方面要由上而下地從經籍遞推到大眾的口語，另一方面還得根據大眾的詞彙逆溯到他們的最初來源。」這些表述都是符合唯物史觀的，不需要檢討。我在過去十年中也曾強調語彙的研究是探究社會語言學各範疇所要著重的方面。我說過，「外國的社會語言學者多數把研究的重點放在語音的變異上，而我的小冊子則把重點放在語彙（語義）上。」（《語言與社會生活》日譯本序言）我直到現在還認為是正確的。

*　　*　　*

我在這篇札記式的論文中，只涉及社會語言學若干個範疇，當我在病床上回顧和思考我這十年中進行的研究工作時，「古典」再出發對於我是極為必要的。正所謂：溫故而知新。

恩格斯說過，「一個人過了七十歲，大腦中的邁內爾特聯想纖維工作起來遲鈍得令人討厭。」[①]信哉斯言，我如今也確實感

① 見《全集》第二十五卷，頁4。

到感覺遲鈍，做什麼也不像過去那樣敏捷了，但至少我還要努力從「古典」再出發，要「學會按照作者寫的原樣去閱讀這些著作」（恩格斯語）[①]，這樣才能稱為起碼的科學態度。

① 見《全集》第二十五卷，頁4。

書目舉要

R. Ward haugh, *An Introduction to Sociolinguistics*（Basil Blackwell, 1986）.
《社會語言學導論》。包括社會語言學諸範疇的入門書，還涉及近年興起的應用社會語言學若干問題——例如禮貌語言（第十一章）和語言規劃（第十五章）。每章有討論題。384頁。

R. Fasold, *The Sociolinguistics of Society*（Basil Blac-kwell, 1984）.
《社會的社會語言學》，或譯《社會語言學——社會卷》。兩卷本社會語言學的第一卷。書分十一章，第四章為統計，即定量分析，第九章為語言規劃和標準化，第十章為語言規劃案例，涉及應用社會語言學。331頁。

——, *Sociolinguistics of Language*（Basil Blackwell, 1990）.
《語言的社會語言學》，或譯《社會語言學——語言卷》。為兩卷本的第二卷。第五和第六章為語用學，第七章研究涇濱現象和克里奧爾現象，第九章為〈社會語言學的若干應用〉，論述應用社會語言學問題。342頁。

R. A. Hudson, *Sociolinguistics*（Cambridge University Press, 1980）.
《社會語言學》。第五章為〈語言研究的定量分析〉，導入語言統計學。第三章論述語言與文化和思想，為這一學科入門書不大接觸的領域。250頁。有盧德平譯本（1989）。

J. B. Pride et al, *Sociolinguistics*（Penguin, 1972）.
《社會語言學論文合集》，381頁。有著名學者的論文：J. A. Fishman（1971）, C. A. Fenguson（1970）W. Brisht & A. K. Ramanujan（1964）, W. Labov（1970）, S. M. Ervin－Tripp（1969）。

P. P. *Giglioli ed., Language and Social Context*（Penguin, 1972）.

《語言與社會語境》，論文合集，399頁。有著名學者的論文：J. A. Fishman（1969）, D. Hymes（1964）, B. Bernstein（1970）, W. Labov（1969）, Gumpert（1968）, C. A. Ferguson（1959）。

V. P. Clark et al, *Language: Introductory Readings*（St.Martin's Press, 1985）.
《語言學入門選讀》。書分九部分，第三部分為〈語言和大腦〉，第九部分為〈言語之外：更廣泛的前景〉。740頁。

G. Yule, *The Study of Language*（Cambridge University Press, 1985）.
《語言研究》。書分二十章——其中第十三章為〈語言和社會〉，第十四章為〈語言和大腦〉，第十七章為〈記號（sign）語言〉，第二十章為〈語言、社會與文化〉，都是新接觸的範疇。220頁。

A. Akmajian et al., *Linguistics: An Introduction to Language and Communication*（MIT Press, 1980）Rev. ed.
《語言學：語言與通訊導論》，修訂版。

O. Ducrot & Tzvetan Todorov, *Encyclopedic Dictionary of the Sciences of Language*（The John Hopkins University Press, 1972）.
《語言科學百科詞典》為法文合集的英譯本。原稱Dictionnaire encyclopedigue des sciences du language。（1972）。觸及語言學、社會語言學、應用社會語言學各範疇。非常特別的一部語言科學論著。其中有社會語言學（Sociolinguistics）、心理語言學（psycholinguistics）、修辭學和文體學（rhetoric and stylistics）、詩學（poetics）、符號學（semiotiotics）等專章。380頁。

陳松岑，《社會語言學導論》（1985）。北京大學中文系講授社會語言學的教程。182頁。

P. Trudgill, *Sociolinguistics: An Introduction*（Penguin, 1974）.
《社會語言學導論》。被譽為簡明的入門教材。189頁。

D. Crystal, *Linguistics*（Pelican, 1971）.
《語言學》。第五章頁252以下講社會語言學。作者後來主編應用語言學叢書。267頁。

W. Downes, *Language and Society*（Fontana, 1984）.
《語言和社會》。書分十一章，第二章為〈時空的掛氈〉；第九章為〈語詞的知識和世界的知識〉，均有新意。384頁。

S. Corder ed., *Introducing Applied Linguistics*（Penguin, 1973）.

《應用語言學入門》。§4論述語言作為符號系列。這是狹義的應用語言學，即語言教育學專著。392頁。

林の郎編，《應用言語學講座》。

第三卷，〈社會言語學の探求〉（1985），279頁。

第六卷，〈ことばの林〉（1986），351頁。

P. Trudgill ed., *Applied Sociolinguistics*（Academic Press, 1984）.

《應用社會語言學》，為Crystal主編的《應用語言學研究》叢書的一種，此書有一節專論Standardization（標準化），181頁。又，提到「語言帝國主義」（linguistic imperialism）。

N. Dittmar, Sociolinguistics: *A Critical Survey of Theory and Application*（Mouton, 1976）.

《社會語言學：理論與應用的批判考察》。主要是評介英國社會學家Bernstein的學說（即deficit hypothesis）。又，§5.1評介馬克思主義對社會語言學的論述，其中§3.5.1題為「作為資產階級精英知識的社會語言學」。

J. A. Fishman, *The Sociology of Language: An Interdisciplinary Social Science Approach to Language in Society*（Mouton, 1972）.

《語言社會學：關於語言在社會中的邊緣社會科學》。自序云此書是舊著《社會語言學簡明導論》（*Sociolinguistics: A Brief Introduction*, 1970）的修訂本。第IX部分為〈應用語言社會學〉，舊著沒有用這個小標題）。

劉涌泉，《應用語言學論文選》（*Selected Papers of Applied Linguistics*）（1989），155頁。英文版。

M. Montgomery, *An Introduction to Language and Society*（Methuen, 1986）.

《語言與社會導論》。書分四部分，共十章。此書研究語言交際的各個方面，為《交際Communication研究叢書》之一種。211頁。

W. C. McCormack & S. A. Wurm, *Language and Society*（Mouton, 1979），579頁。

——, *Language and Man*（mouton, 1976）, 393頁。

《語言與社會》，《語言和人》，論文集。兩書均為人類學研究叢刊。

該叢刊尚有*Language and Thought*（《語言和思想》）及*Approaches to Language*（《語言論》）。

祝畹瑾，《社會語言學譯文集》（1985）。有許國璋的〈代序〉，295頁。

A. D. Shvejcer and L. B. Nikol'skij, *Introduction to Sociolinguistics.*（Benjamins, 1986）.

《社會語言學導論》。蘇聯學派的新著，分三部分：⑴社會語言學的哲學問題；⑵社會語言學的理論問題；⑶社會語言學的方法論。181頁。

* * *

*E. Sapir, *Language: An Introduction to the Study of Speech.*

《語言論》。有陸卓元譯本（陸志韋校訂），（1977），142頁。

L. Bloomfield, *Language*（Allen & Unwin, 1955）.

《語言論》。美國結構主義學派的代表作，有袁家驊、趙世開、甘世福譯本。（1980）622頁。

C. F. Hockett, A Course in Modern Linguistics（MacMillan, 1958）.

《現代語言學教程》。當代美國結構語言學的教材，有索振羽、葉蜚聲譯本。中譯上卷包括原書第一—三十五章，論述語言的結構。378頁。下冊包括三十六—六十四章，講語言的演變。362頁。最後一章（§ 64）論述人在自然界中的地位。

V. M. Solntsev, *Language: A System and a Structure*（Nauka, 1983）.

《語言作為一個系統和一種結構》。前蘇聯著名語言學家宋且夫的代表作。作者研究了東方語言（漢語、越語），從索緒爾的語言理論出發，而又衝破它的界限，研究語言的性質（nature）和組織（organization），被稱為語言的「本體論」。英譯本301頁。

Ferdinand de Saussure, *Cours de Linguistique Generale.*

索緒爾，《普通語言學教程》。有高名凱譯本（岑麒祥、葉蜚聲校注），（1980），330頁。

A. Schaff，*Introduction to Semantics.*

沙夫，《語義學引論》。有羅蘭、周易譯本（1979），397頁。

F. Coulmas, ed., With Forked Tongues: *What Are National Language Good For?*（Karoma, 1988）.

《民族語言論集》。書首有編者關於民族語言的綜述，書末有法索德（R. Fasold）關於民族語言綜述，書中有關於民族語言和國際語言產生的隨想（Mey J.）。185頁。
W. D. Whitney, *The Life and Growth of Language*（Dover, 1979）.
《語言的生命和生長》。美國一個古典語言學家的古典著作，作者（1827—1894）此書出版於1875年，把語言當作一種歷史的社會的學科加以研究。326頁。
F. Rossi-Landi, *Linguistics and Economics*（Mouton, 1975）.
《語言學與經濟學》。這是一部非常特別的語言學專著，書前引馬克思關於解剖人和猿的名言，又引用列寧所說「人的意識不僅反映了客觀世界，而且創造了客觀世界。」作者認為語言科學的主要對象是人類的語言，正如經濟科學的主要對象是經濟交換，並論斷兩者是「人類社會發展」的兩個最基本的模式（modes）。
Dante A. *De Vulgari Eloquentia*（TORINO全集版，1983）.
但丁，《俗語論》，拉丁文原文和義大利現代譯本，全集355—533頁。Howell英譯本（1890，1912修訂版），123頁。
M. Knapp, *Nonverbal Communication in Human Interaction*（Holt, Rinnart & Winston, 1972）.
《人間相互接觸時的非語言交際》。系統論述人際關係中的非語言交際，包括體態、面部表情、觸覺、眼神、聲音等。439頁。
M. R. Key, *Nonverbal Communication Today*（Mouton, 1982）.
《今日的非語言交際》。論文合集。有編者Key的總論以及其他專論。319頁。
A. Lowen, *The Language of the Body*（Collier, 1958）.
《體態語言》。醫學博士寫的有關人身表情的專書，前言引用了達爾文（C. Darwin）的名著《人和動物的表情》（*The Expression of Emotion in Man and Animals,* 1872）中的一段論述面部及身體的表情如何給語言增加活力的話。作者為精神分析醫生。400頁。
J. Fast, *Body Language*（1971）.
《體態語言》。研究Kinesics（人體動作學）的入門書。190頁。
汪福祥，《奧妙的人體語言》。（1988），350頁。

T. Balimer, *Biological Foundations of Linguistic Communication*（John Benjamins, 1982）.

《語言交際的生物學基礎》。此書研究一門新的學科，即語言生物控制論（Biocybernetics of Language），是生物學與語言學的交叉科學。書分兩大部分，第一部分為〈語言與生物結構〉，第二部分為〈認知和交際的進化〉。一部獨特的著作。161頁。

W. O. Dingwall & H. A. Whitaker, *Neurolinguistics.*（1978）.

《神經語言學》。載*A Survey of Linguistic Science*（《語言科學概觀》）一書，頁207—246。主要講失語症，有參考書日189+4頁。

F. Parker, *Linguistics for Non-linguists*（Little, Brown, 1986）.

《非語言專業用的語言學》。此書第九章〈語言神經學〉，頁179—211。

* * *

R. Burchfield, *The English Language*（OUP, 1985）.

《英語論》。作者是牛津英語詞典補編的主編，本書是從歷史發展和目前趨勢論述英語的巨著。194頁。

Florian Coulmas, *The Language Trade in the Asian Pacific*（1991）.

《亞太地區的語言貿易》。載《亞太信息學報》，（1991年），27頁。

P. Lafargue, *La langue Française Avant et apés la révolution.*

《革命前後的法國語言》。羅大岡譯本，（1964），75頁。

* * *

趙元任，《語言問題》（北京版，1980）。

演講錄，為*Language and Symbolic System*（《語言與符號系統》）一書的藍本。232頁。

——，《通字方案》（北京商務版，1983）。

原文為英文，作者在現代漢語方言的基礎上，擬了2,085個字的字表，其中80%沒有同音字，可以跟《廣韻》（1007年）的3,877字音或現代北京音裡的1,277個字音相比。128頁。

呂叔湘，《語文論集》（1983），374頁。

——，《語文近著》（1987），348頁。

羅常培，《語言與文化》（1950／1989），182頁。

《陸志韋語言學著作集》（一），（1985），286頁。

王力，《音韻學初步》（1980），71頁。
許國璋，《論語言》（1991）。
論文集。其中§10，11，12論及社會語言學，§22論計量語言學，§23論詞典。425頁。
盧紹昌，《論漢字的價值》（新加坡，1991）。
其中有幾章論述漢字的計量。24頁。
——，《華語論集》（1984），298頁。《續集》（1990），287頁。
南不二男編，〈言語と行動〉（《講座言語》第三卷，東京，1979），326頁。
伍鐵平，《語言與思維關係新探》（1990），144頁。
《高名凱語言學論文集》（1990），676頁。
王宗炎，《語言問題探索》（1985），279頁。
劉煥章，《言語交際學》（1986），346頁。
莊繼禹，《動作語言學》（1988），242頁。
林聯合，《漢語的羨餘率及其算法》（1983）。
尹斌庸，《「多餘度」與文字優劣》（1985）。
倪海曙，《語文論集》（上海，1991），544頁。有葉籟士《倪海曙年譜》
葉籟士，《簡化漢字一夕談》（上海，1988），45頁。
周有光，《漢字改革概論》（第三版，北京，1979），362頁。
陳建民，《漢語口語》（1984），395頁。
詹伯慧，《現代漢語方言》（1981），211頁。
袁家驊等，《漢語方言概要》（第二版，1989）。323頁。
胡明揚，《北京話初探》（1987），164頁。
嚴學宭，《中國對比語言學淺說》（1985），98頁。
岑麒祥，《歷史比較語言學講話》（1981），105頁。
T. K. Ann, *Cracking the Chinese Puzzles*（HK, 1982）.
安子介，《學習漢語》；共五卷。
語言文字應用研究所，《漢字問題學術討論會論文集》（1988）。
論文集，書前有陳原、呂叔湘、朱德熙三篇綜論，然後是諸家論述。376頁。
——，《語言・社會・文字》（1991）

首屆社會語言學學術討論會文集。有王均、陳章太、伍鐵平、胡明揚、陳建民、趙世開、曹先擢等論文，604頁。

陳原，《語言與社會生活》(1979)，120頁。

——，《社會語言學》(1983)，382頁。

——，《辭書和信息》(1985)，249頁。

——，《社會語言學專題四講》(1988)，101頁。

——，《在語詞的密林裡》(1991)，232頁。

——，《社會語言學論叢》(1991)，452頁。

——，《ことばの社會機能》(東京，1989)，152頁。

收〈釋「一」〉、〈釋「大」〉、〈釋「鬼」〉、〈釋「典」〉、〈釋「九」〉五篇論文。

* * *

Frank et al., *Lingvokibernetiko / Sprachkybernetik* (Gunter Narr, 1982).

《控制論語言學》。論文合集。除了綜論例如語言定量分析（書面語主觀信息測定La mezuado de Subjektiva informo de skribita lingvo），主要研究語言教育學方面的論題。190頁。

Language cybernetics / Cybernetique de la langue (NJSZT, Budapest, 1985).

《語言控制論》。匈牙利諾伊曼學會（John von Neumann Society）的信息科學國際討論會論文集，第一卷（語言・教育）。有弗朗克（H. Frank）關於語言革命和控制論的論文、陳原關於現代漢語若干要素定量分析的論文。156頁。

W. Schramm, *Men, Women, Messages and Media* (Rock House, 1982).

《男人、女人、消息和傳媒》。有余也魯譯本，名《傳媒・信息與人》(1990)，副標題為《傳媒概說》(*Undenstanding Human Communication*)。從傳播媒介出發研究信息問題的專著，中譯本，331頁。

A. F. Zeleznikar, *Information Determinations* (Cybernetica, Namur, 1988 N. 3, 1989N. 1).

《信息決定論》。見比利時國際控制論學會機關誌《控制論》。

——, *Principles of Information* (Cybernetica, 1988 N. 2).

《信息原理》。見《控制論》雜誌。

S. Bajureanu, *Determinism and Information* (Cybernetics Academy Odobleja.

News Letter, 1987 13, 14.）.
《決定論和信息》。見奧多布萊札控制論學院通訊稿。
E. Privat, *Esprimo de Sentoj en Esperanto*（1931）.
《世界語的表情》。複印本見*der esperantist*（No.141 / 142, 1987）。
趙世開，《現代語言學》（1983），140頁。
陸致極，《計算語言學導論》（上海，1990），508頁。
錢鋒，《計算語言學引論》（上海，1990），374頁。
馮志偉，《現代漢字和計算機》（北京，1989），210頁。
陳原主編，《現代漢語定量分析》（上海，1989），278頁。
馮志偉、楊平，《自動翻譯》（上海，1987），340頁。
樂秀成，《GEB一條永恆的金帶》，（1983），208頁。
此書為D. R. Hofstadter的*Gödel, Escher, Bach: An Etereal Golden Brail*（1979）的簡述本。
H. L. Dreybus, *What Computers Can't Do —— The Limits of Artificial Intelligence*（1979）.
《計算機不能做什麼？》寧春岩中譯本（1986），353頁。

*　　　*　　　*

John B. Carroll et. al, AH: *Word Frequency Book*（*American Heritage*, 1971）.
《美國傳統詞典進行的英語字頻調查》。856頁。
北京語言學院語言教學研究所，《現代漢語頻率詞典》（1986），1491頁。
——，《漢語詞彙的統計與分析》（1985）。
貝貴琴等，《漢字頻度統計》（即「748工程」）（1988），310頁。
《現代漢語常用字通用字統計數據集》（1986）。
《現代漢語常用字頻度統計》（1986）。
《一九八六年度新聞信息漢字流通頻度》（1987）。
《印刷通用漢字字形表》（1986）。
傅永和主編，《漢字屬性字典》（1989），1906頁。
《信息交換用漢字編碼字符集——基本集》（1981）。
盧紹昌等，《新加坡小學華文教材——字詞頻率詞典》（1989），444頁。
聯合早報，《新加坡中小學華文課本——用詞調查報告》上，下，

(1989)。
香港教育署語文教育學院中文系，《常用字字形表》(1986)。
《漢字多音字統計表》(1985)。
鄭林曦、高景成，《漢字頻度表》(1980)。
《中文信息處理技術發展現狀與展望》(1986)。

*　*　*

G. Rondeau, *Introduction á la terminologie* (*Centre educatif et culturel* inc., 1981).

《術語學導論》。這一門學科最系統的入門著作。有劉鋼、劉健譯本(1985)，220頁。

International Conference on Terminology, Standardization and Technology Transfer, Proceedings Beijing, 1991.

《術語學、標準化與技術傳播——國際學術會議論文集》(北京)，518頁。

其中有下列論文：

—— Chen Yuan, *Terminology, Standardization and the Development of Science and Technology.*

《術語學、標準化與科學技術的發展》。頁166。

—— H. Felber. *Terminology Science, Science of Sciences and Information Science.*

《術語科學、科學的科學與信息科學》。頁7—18。

—— C. Galinski, W. Nedobity, International Terminology Standardization in ISO.

《國際術語標準化在國際標準化組織》。頁19—29。

G. Rondeau et. H. Felber ed., *Textes Choisis de Terminologie* (Université Laval, Québec, 1981).

《術語學論文選》。有Lotte, Wüstes, Drozd, Kandelaki等人的論文。334頁。

Terminologie de l'informatique (Québec, 1983).

《信息學術語集》。英法——法英對照術語集，無釋義。328頁。

E. Wüster, *Esperantologiaj Studoj* (La Laguna, 1978).

《世界語學研究》。Wüster的《標準化與字典原則》（1973）等論文合集。254頁。

E. Drezen, *Pri Problemo de Internaciigo de Scienc-teknika Terminaro*（Saarbrucken, 1983）.

《科技術語國際化問題》。副標題：歷史，現狀和展望（*Histo rio, nuna stato kaj perspektivoj*），為1934年在Stockholm舉行國際標準化學會（ISA）的報告。92頁。

J. Werner, *Terminologia Kurso*（Roudnice and Labem, 1986）.

《術語學教程》。作者自印的教程。86頁。

恩格斯，《勞動在從猿到人轉變過程中的作用》（1876）。

——，《法蘭克方言》（1881—1882）。

——，《路德維希·費爾巴哈和德國古典哲學的終結》（1886）。

馬克思和恩格斯，《德意志意識形態》（1845—1846）。

——，《摩爾根〈古代社會〉一書摘要》（1881—1882）。

列寧，《論純潔俄羅斯語言》（1919—1920）

——，《哲學筆記》（1895—1911）。

史達林，《馬克思主義和語言學問題》（1950）。

毛澤東，《反對黨八股》（1942）。

S. Tulloch ed., *The Oxford Dictionary of New Words*（OUP, 1991）.

《牛津新字字典》。副標題：*A popular guide to words in the News*（大眾新聞用字指南），收字約兩千，述語源、語境和趨勢，並引例句。322頁。

J. Richards et al., *Longman Dictionary of Applied Linguistics*（Longman, 1985）.

《朗文應用語言學詞典》。此書的讀者對象為未經語言學訓練的一般讀者，舉例以英語用例為主。書末附推薦書目。323頁。

P. Angeles, *Dictionary of Philosophy*（Barnes & Noble Books, 1981）.

《哲學詞典》。簡明易懂的釋義。有language（語言）、formal language（形式語言）、functions of language（語言功能）、object language（目

的語言）、metalanguage（元語言）、philosophy of language（語言哲學）、semantics（語義學）等詞條。

J. A. Simpson ed., *The Concise Oxford Dictionary of Proverbs*（OUP, 1982）.

《簡明牛津諺語詞典》。主要收二十世紀在英美兩國流行的諺語。書末附英文諺語書目。256頁。

J. Gross, *The Oxford Book of Aphorisms*（OUP, 1983）.

《牛津警句集》。書分五十八項。各條均注明作者、出處、年份。序中說明未收維特根斯坦（Wittgenstein）的警句，因為未能取得版權所有者的同意。383頁。

D. Longleys & M. Shain, *Macmillan Dictionary of Information Technology*（Macmillan, 第二版，1985）.

《麥克米倫信息工學詞典》。最新最簡明的信息工學詞典，為這門類詞典的開山之作。收詞約六千條。382頁。

A. Bullock, et. al., ed., *The Fontana Dictionary of Modern Thought*（Fontana, 1982）.

《楓丹納現代思潮詞典》。中譯本（1988），629+71頁。

金哲等編，《當代新術語》。（上海，1988），748頁。

李行健等編，《新詞新語詞典》。（北京，1989），410頁。

自由國民社編，《現代用語の基礎知識》（東京版，1989），1295頁。

在匯集各行各業用語及新語詞的類書中比較豐富而翔實的一種。每年出版一冊，書末附外來語詞典（附原文）。

陳珍廣、祁慶生編，《西方名言引喻典故辭典》（1990）。

1,554條西方名言引語，附原文及釋義，是一部精心撰寫的著作。

秦牧主編，《實用名言大辭典》（1990），2124頁。

劉潔修編著，《漢語成語考釋詞典》（1989），1668頁。

劉正埮、高名凱等編，《漢語外來語詞典》（1985），422頁。

岑麒祥，《漢語外來語詞典》（1990），447頁。

紀田順一郎，《〈大漢和辭典〉讀後》（1986），293頁。

饒秉才等編，《廣州話方言詞典》（1981），380頁。

《漢語方言字彙》，第二版（1989），370+19頁。

《漢語拼音詞彙》，重編本（1989），821頁。

外國人名漢譯對照表

（只收歐美人名，按拉丁字母次序排列）

A	Atanasov A. D.（阿塔納索夫）	〔保〕語言學家
B	Bobrow D. G.（波伯羅）	〔美〕信息學家
	Bridgman E. C.（裨治民）	〔美〕來華傳教士
	Bright W.（布賴特）	〔英〕語言學家
C	Carroll J. B.（加羅爾）	〔美〕語言學家
	Carroll L.（加樂爾）	〔英〕作家
	Carron W. B.（坎農）	〔美〕生理學家
	Clark V. P.（克拉克）	〔美〕語言學家
	Cohen J. M.（柯亨）	〔英〕文學家
	Cook J.（庫克）	〔英〕航海家
	Crystal D.（克賴斯圖）	〔英〕語言學家
D	Dante A.（但丁）	〔義〕詩人、作家
	Danton G.J.（丹東）	〔法〕革命家
	Dittmar N.（狄特瑪爾）	〔德〕語言學家
	Downes W.（董納斯）	〔英〕語言學家
	Dreyfus H. L.（德雷福斯）	〔美〕哲學家
	Drezen E.（德列仁）	〔俄〕術語學家
E	Engels F.（恩格斯）	〔德〕革命家
F	Fasold R.（法索德）	〔英〕語言學家
	Feigenbaum E. A.（費根鮑姆）	〔美〕信息學家
	Ferguson C. A.（弗格孫）	〔英〕語言學家
	Fishman J. A.（費希曼）	〔美〕語言學家
	Fouche P.（傅舍）	〔法〕語言學家
	Frazer J. G.（弗雷澤）	〔英〕人類學家

G	Goethe W.（哥德）	〔德〕文學家
	Greenberg J. H.（格林貝爾格）	〔美〕語言學家
	Gross J.（格羅斯）	〔英〕詞典學家
	Gunther J.（根室）	〔美〕新聞記者
H	Hartmann R. R. H.（哈特曼）	〔英〕詞典學家
	Haupenthal R.（豪頻達爾）	〔德〕世界語學家
	Hudson R. A.（赫德孫）	〔英〕語言學家
	Hunter W.（亨脫）	〔美〕商人
J	Jackson W.（傑克遜）	〔美〕信息學家
K	Karlgren B.（高本漢）	〔瑞典〕漢學家
	Koonin A.（庫寧）	〔俄〕語彙學家
L	Labov W.（拉波夫）	〔美〕語言學家
	Lenin V. I.（列寧）	〔俄〕革命家
	Levy-Brühl（列維·布呂爾）	〔法〕人類學家
M	McCormack W. E.（麥哥馬克）	〔美〕人類學家
	Mandelbrot B.（曼德布洛德）	〔法〕信息學家
	Marr N. Y.（馬爾）	〔俄〕語言學家
	Marshall D. F.（馬歇爾）	〔美〕語言學家
	Marx K.（馬克思）	〔德〕革命家
	Meillet P.（梅耶）	〔法〕語言學家
	Murray J.（莫累）	〔英〕詞典學家
N	Nietzsche F. W.（尼采）	〔德〕哲學家
P	Pride G. B.（普拉德）	〔英〕語言學家
R	Richards J.（理查德斯）	〔英〕詞典學家
	Richman B.（里芝門）	〔美〕詞典學家
	Rossi-Landi F.（洛西·蘭地）	〔義〕語言學家
	Rondeau G.（隆多）	〔加〕術語學家
S	Sapir E.（薩丕爾）	〔美〕語言學家
	Saussure F. de（索緒爾）	〔瑞士〕語言學家
	Schaff A.（沙夫）	〔波〕語義學家
	Schloman A.（史洛曼）	〔奧〕詞典學家

Schmidt R. F. （施密特） 〔德〕神經生理學家
Schramm W. （史拉姆） 〔美〕信息學家
Sera C. J. （色拉） 〔西〕文學家
Shannon C. E. （申農） 〔美〕信息學家
Shvejtser A. D. （什維采爾） 〔俄〕語言學家
Simpson J. A. （沁普孫） 〔英〕詞典學家
Stalin J. （史達林） 〔俄〕革命家
Stock F. C. （斯托克） 〔美〕詞典學家
T Tasman A. J. （塔斯曼） 〔荷〕航海家
Trudgill P. （特魯吉爾） 〔英〕語言學家
Tylor E. B. （泰勒） 〔英〕人類學家
V Vendryes J. （房德理耶斯） 〔法〕語言學家
W Wandel A. （萬德爾） 〔以色列〕信息學家
Wardhough R. （華德豪） 〔英〕語言學家
Weaver W. （韋弗） 〔美〕信息學家
Weizenbaum J. （懷善鮑姆） 〔美〕信息學家
Whorf B. （沃爾夫） 〔美〕人類學家
Wiener N. （維納） 〔美〕控制論家
Winograd T. （維諾格勒） 〔美〕信息學家
Wurm S. A. （沃姆） 〔美〕人類學家
Wüster E. （維于斯脫） 〔奧〕術語學家
Y Yule G. （玉爾） 〔美〕語言教育學家

在語詞的密林裡：應用社會語言學 ／ 陳原著.
-- 初版. -- 臺北市：臺灣商務, 2001 [民 90]
面： 公分, -- (Open ; 1:26)
含索引
ISBN 957-05-1679-8 (平裝)

1. 社會語言學 - 論文, 講詞等

800.15 89016785

OPEN系列／讀者回函卡

感謝您對本館的支持，為加強對您的服務，請填妥此卡，免付郵資寄回，可隨時收到本館最新出版訊息，及享受各種優惠。

姓名：＿＿＿＿＿＿＿＿＿＿＿＿＿＿＿＿ 性別：□男 □女

出生日期：＿＿＿年＿＿＿月＿＿＿日

職業：□學生 □公務（含軍警） □家管 □服務 □金融 □製造

□資訊 □大眾傳播 □自由業 □農漁牧 □退休 □其他

學歷：□高中以下（含高中） □大專 □研究所（含以上）

地址：＿＿＿＿＿＿＿＿＿＿＿＿＿＿＿＿＿＿＿＿＿＿＿＿＿＿＿＿

＿＿＿＿＿＿＿＿＿＿＿＿＿＿＿＿＿＿＿＿＿＿＿＿＿＿＿＿

電話：（H）＿＿＿＿＿＿＿＿＿＿＿＿（O）＿＿＿＿＿＿＿＿＿＿＿＿

購買書名：＿＿＿＿＿＿＿＿＿＿＿＿＿＿＿＿＿＿＿＿＿＿＿＿＿＿

您從何處得知本書？

□書店 □報紙廣告 □報紙專欄 □雜誌廣告 □DM廣告

□傳單 □親友介紹 □電視廣播 □其他

您對本書的意見？（A/滿意 B/尚可 C/需改進）

內容＿＿＿＿ 編輯＿＿＿＿ 校對＿＿＿＿ 翻譯＿＿＿＿

封面設計＿＿＿＿ 價格＿＿＿＿ 其他＿＿＿＿＿＿＿＿＿＿＿＿

您的建議：＿＿＿＿＿＿＿＿＿＿＿＿＿＿＿＿＿＿＿＿＿＿＿＿＿＿

＿＿＿＿＿＿＿＿＿＿＿＿＿＿＿＿＿＿＿＿＿＿＿＿＿＿＿＿

＿＿＿＿＿＿＿＿＿＿＿＿＿＿＿＿＿＿＿＿＿＿＿＿＿＿＿＿

臺灣商務印書館

台北市重慶南路一段三十七號 電話：（02）23116118・23115538

讀者服務專線：080056196 傳真：（02）23710274

郵撥：0000165-1號 E-mail：cptw@ms12.hinet.net

廣 告 回 信
台灣北區郵政管理局登記證
第 6 5 4 0 號

100臺北市重慶南路一段37號

臺灣商務印書館 收

對摺寄回，謝謝！

OPEN

當新的世紀開啓時，我們許以開闊